KATHRIN HANKE /
CLAUDIA KRÖGER

Eisheide

SCHLAFRAUBEND Nach einem gemeinsam verbrachten Abend verschwindet Hauptkommissar Benjamin Rehder, der Chef von Kommissarin Katharina von Hagemann, spurlos. Die Kommissarin spürt, dass der Hauptkommissar in Gefahr ist, und merkt dabei, dass sie ihm näher steht, als ihr lieb ist.

Als Katharina die Hoffnung auf eine konkrete Spur schon fast aufgegeben hat, bekommt sie anonym eine Aufforderung zu einem makabren Spiel: Gleich dem Hochzeitsspiel »Wie gut kennst du deinen Zukünftigen?« soll die Kommissarin Fragen zu ihrem Chef beantworten. Mit jeder falschen Antwort sinken seine Überlebenschancen. Schockiert von der Erkenntnis, das Schicksal ihres Chefs in den Händen zu halten, stellt sie sein Privatleben auf den Kopf. Auch Bens Zwillingsbruder und Katharinas Affäre Bene ist betroffen und hilft mit. Ganz im Gegenteil zu Bens Ex-Frau Simone. Wird Katharina es schaffen, ihren Chef zu retten? Die Zeit läuft, denn ihr Gegner gibt ihr nur bis zum 24. Dezember Zeit …

Kathrin Hanke, 1969 geboren, studierte in Lüneburg Kulturwissenschaften. Heute arbeitet sie als Werbetexterin und lebt mit ihrer Familie in Hamburg.

Claudia Kröger, Jahrgang 1972, ist gelernte Verlagskauffrau und heute als Redakteurin und Texterin tätig. Sie wohnt mit ihrem Mann in der Nähe von Lüneburg.

Bisherige Veröffentlichungen im Gmeiner-Verlag:
Wer mordet schon in der Lüneburger Heide? (2015)
Heidegrab (2014)
Blutheide (2013)

KATHRIN HANKE / CLAUDIA KRÖGER

Eisheide

Kriminalroman

SPANNUNG

Personen und Handlung sind frei erfunden.
Ähnlichkeiten mit lebenden oder toten Personen
sind rein zufällig und nicht beabsichtigt.

Besuchen Sie uns im Internet:
www.gmeiner-verlag.de

Im Ehnried 5, 88605 Meßkirch
Telefon 07575/2095-0
info@gmeiner-verlag.de

1. Auflage 2015

Lektorat: Claudia Senghaas, Kirchardt
Herstellung: Mirjam Hecht
Umschlaggestaltung: U.O.R.G. Lutz Eberle, Stuttgart
unter Verwendung eines Fotos von: © Roxana – Fotolia.com
Druck: GGP Media GmbH, Pößneck
Printed in Germany
ISBN 978-3-8392-1740-5

Für Konrad
Kathrin Hanke

Für meinen Mann
Claudia Kröger

Es treibt der Wind im Winterwalde
Die Flockenherde wie ein Hirt,
Und manche Tanne ahnt, wie balde
Sie fromm und lichterheilig wird,
und lauscht hinaus. Den weißen Wegen
streckt sie die Zweige hin – bereit
und wehrt dem Wind und wächst entgegen
Der einen Nacht der Herrlichkeit.

(Advent, Rainer Maria Rilke)

PROLOG:

MONTAG, 1. DEZEMBER 2014

12:37 Uhr

Hauptkommissar Benjamin Rehders Schädel brummte, und ihm war schlecht. Er wusste nicht, wovon er aufgewacht war – wahrscheinlich von beidem. Auf jeden Fall nicht vom Wecker, denn der machte keinen Mucks. Außerdem war es noch stockdunkel und demnach mitten in der Nacht. Kein bisschen Dämmerlicht drang durch die Jalousien in sein Schlafzimmer, wie Ben mit einem Blick in die Richtung, in der das Fenster lag, feststellte. Seufzend drehte er sich auf die andere Seite, schloss seine Augen erneut und versuchte wieder einzuschlafen. Es gelang ihm nicht, obwohl er das Gefühl hatte, todmüde zu sein. Darüber hinaus kam ihm sein Doppelbett, das er damals nach dem Auszug seiner Exfrau behalten hatte, sehr viel schmaler vor als sonst. Irgendwie fühlte er sich beengt, was er jedoch auf sein körperliches Unwohlsein zurückführte. Er wusste, er sollte kurz aufstehen und sich aus dem Bad wenigstens eine Kopfschmerztablette holen, aber allein die Vorstellung der dafür notwendigen Bewegung machte seine Beine schwer und verstärkte das Schädelbrummen. Er stieß leicht auf, aber besser wurde ihm davon auch nicht. Mein Gott, so viel hatte er doch gestern Abend gar nicht getrunken! Außerdem hatte er für den besonderen Anlass seinen besten Roten aus dem Weinkeller geholt – immerhin hatten er und Katharina etwas zu feiern gehabt – und der verursachte keinen Brummschädel. Und dem einen Glühwein zuvor auf dem Weihnachtsmarkt, den er sich zum 1. Advent gegönnt hatte, traute er solch üble Nachwirkung ebenfalls nicht zu.

Normalerweise hätte Tobi gestern Abend als Dritter im Bunde dazugehört, allerdings hatte der junge Kommissar sich bereits am Freitag mit einem üblen Magen-Darm-Virus krankgemeldet. Ob er selbst sich diesen blöden Virus jetzt vielleicht auch eingefangen hatte? War ihm etwa deshalb so flau? Ja, wahrscheinlich lag es daran, und wahrscheinlich war das die Rache des Schicksals dafür, dass er die unerwartete Zweisamkeit mit Katharina gestern so genossen hatte. Trotz seines Unwohlseins musste Ben bei diesem Gedanken in sich hineinschmunzeln. »Rache des Schicksals«, so ein Quatsch. Das hätte von seiner Exfrau Simone kommen können, aber doch nicht von ihm. Simone glaubte an so einen Stuss, zumindest dann, wenn er ihr gerade in den Kram passte. Katharina war da das genaue Gegenteil. Im Grunde wie er selbst, nur dass sie eben eine Frau war, was ihm gestern Abend in seinem Wohnzimmer, in dem er den Kamin angemacht und sich rege mit ihr unterhalten hatte, nur allzu bewusst gewesen war. Zu Beginn hatten sie noch einmal den gerade erfolgreich abgeschlossenen Fall, den Anlass ihrer kleinen Feier, Revue passieren lassen. Dann waren sie privat geworden, was in dieser Form bisher noch nie geschehen war. Katharina hatte von ihren Eltern in Hamburg erzählt – insbesondere von ihrem Vater, mit dem sie massive Probleme hatte. Im Gegenzug hatte Ben Katharina von Simone erzählt, was ihn selbst verwunderte, da er, wenn überhaupt, nur mit seinem besten Freund Alex über seine gescheiterte Ehe sprach. Irgendwann war Katharina vom Kaminfeuer warm geworden und sie hatte ihren in der kalten Jahreszeit obligatorischen Rollkragenpullover ausgezogen. Natürlich hatte Ben Katharina im Sommer schon öfter im Top gesehen, aber eben nie in seinem Wohnzimmer vor dem prasselnden Kamin mit einem Rotwein in der Hand. Gern rief Ben sich auch jetzt wieder das Bild und die knisternde Atmosphäre in Erinnerung. Ein wenig schämte er sich dafür. Immerhin war Katharina seine Mitarbeiterin und lose mit seinem Zwillingsbruder Bene verbandelt. Auf der anderen Seite waren die Gedanken frei und niemand außer ihm selbst kannte die seinen in diesem Augenblick …

Ein weiteres Mal versuchte Hauptkommissar Benjamin Rehder in den Schlaf zu finden, doch dummerweise hatten auch die wohligen Gedanken an Katharina seine Übelkeit und den Kopfschmerz nicht vertreiben können. Dann hilft es wohl nichts und ich muss mir eine Tablette holen, wenn ich nachher einigermaßen fit im Dienst sein möchte, dachte Ben. Falls er sich tatsächlich bei Tobi angesteckt hatte, würde sie zwar auch nicht helfen, doch das musste er abwarten. Er tastete mit der Hand nach dem Nachtschrank, um die darauf stehende Leselampe anzuknipsen. Zu seiner Verwunderung griff er ins Leere. Hatte er es vorhin nicht mehr in sein Bett geschafft und war stattdessen auf seiner Wohnzimmercouch eingeschlafen? Fühlte er sich deshalb so eingeengt? Andererseits spürte er das gewohnte Gefühl einer Daunendecke auf seinem Körper. Hatte er sich die vielleicht aus seinem Schlafzimmer ins Wohnzimmer geholt? Wahrscheinlich war es so, er wusste es einfach nicht mehr. Das Letzte, woran er sich glasklar erinnerte, war, dass Katharina gegangen war. Das lag an dem kleinen Kuss, den sie ihm auf die Wange gehaucht hatte, als sie sich von ihm verabschiedete. In dieser Form waren sie beide sich bisher noch nie nahe gewesen. Und als Ben ihr von seiner Haustür aus hinterhergesehen hatte, wie sie auf ihrem Fahrrad durch die dunkle Nacht davonfuhr, hatte er sich nicht entscheiden können, ob der Schauer, der ihn dabei überlief, von der eisigen Kälte kam oder die Nachwirkung der schmetterlingshaften Berührung seiner Mitarbeiterin war. Danach, auch das wusste er noch, war er zurück ins Wohnzimmer gegangen, hatte sich in seinen Sessel gesetzt und noch einen Schluck aus dem Rotweinglas genommen. Weitere Erinnerungen hatte er nicht.

Mühsam wühlte Ben sich unter der Bettdecke hervor. Er würde den Weg ins Bad auch ohne Licht finden, schließlich war er hier zu Hause! Vorsichtig setzte er erst ein und danach sein zweites Bein auf den Boden, damit er nicht aus Versehen gegen den Couchtisch trat oder etwas von dort hinunterstieß. Er hatte Glück und traf nichts. Erst, als er komplett aufgestanden war, bemerkte er an der Kühle, die seinen Körper sofort umschlang, dass er nackt war, was ihn für einen Moment innehalten ließ – er schlief niemals nackt, zumindest nicht, wenn er keine Frau neben sich im Bett hatte, und das war, seit Simone ihn vor über fünf Jahren verlassen hatte, nicht der Fall gewesen. Hatte er möglicherweise einen Filmriss? War Katharina zurückgekehrt und hatten sie …? Nein, das konnte nicht sein. Trotz Knisterstimmung und Rotwein vor dem Kamin traute er ihnen beiden das nicht zu. Abgesehen von ihrem Techtelmechtel mit seinem Zwillingsbruder war er darüber hinaus Katharinas Vorgesetzter. Und wenn nicht sie, dann hätte er auf jeden Fall ab irgendeinem Moment die Reißleine gezogen, dessen war er sich sicher, da hätte er noch so betrunken sein können!

Behutsam setzte Benjamin Rehder einen Fuß vor den anderen. Nicht allein, weil er im Dunklen nichts sah und etwas anrempeln könnte, sondern in erster Linie, da ihn jetzt zusätzlich zu Kopfweh und Übelkeit ein heftiger Schwindel erfasst hatte. Gerade wollte er sich kurzerhand auf den Boden setzen, als er frontal gegen etwas Raues und zugleich Weiches stieß, aber er hatte nichts Rau-Weiches in seinem Wohnzimmer, geschweige denn in seinem Schlafzimmer! Benjamin wusste jedoch, wo er in seinem Haus so etwas hatte: Unten im Keller war ein komplett mit schalldämmendem Verbundschaumstoff ausgestatteter kleiner Raum. Ganz früher hatte darin der riesige Öltank gestanden, doch dann hatten sie auf Gas umgestellt. Simone hatte sich seinerzeit nahezu auf den nun nutzlosen Raum gestürzt, ihn renovieren lassen und für sich als Musikzimmer eingerichtet. Sogar eine Heizung hatte sie einbauen lassen. Seit ihrem Auszug hatte er den Raum nur ein einziges Mal betreten, um aus einer Kommodenlampe die Birne herauszudrehen, weil er sie in seiner Nachttischlampe brauchte. Dumm gelaufen, dachte Ben jetzt bei sich, da der kleine Raum keine Deckenlampe oder eine andere Lichtquelle besaß.

Ben begann die Wand abzutasten. Tatsächlich hatte er sich nicht geirrt: Er befand sich in Simones schallisolierter Kellerkammer. Die rau-weiche Wandvertäfelung ließ auf nichts anderes schließen – hierfür musste man kein Hauptkommissar sein. Mann, Mann, Mann, welcher Teufel hatte ihn da geritten? Warum war er zum Schlafen hier hinuntergegangen? Vor allem: Was für einen Aufwand hatte er in der Nacht bloß betrieben, ohne dass er sich erinnern konnte? Um in diesen Raum zu gelangen, der am Ende seines langen Kellers lag, hatte er erst einmal einen Bauernschrank wegrücken müssen. Den hatte er vor etwa einem Jahr gemeinsam mit seinem besten Freund Alex vor dem Raum aufgestellt, da er keinen anderen Platz wusste, an dem er nicht störte. Der Bauernschrank stammte von seinen Eltern, die ihn bei ihm »zwischenparkten«, wie seine Mutter es gern betonte. Seine Mutter wiederum hatte den Schrank von ihrer um zehn Jahre älteren Schwester bekommen, als diese aus Altersgründen aus ihrem großen Haus in Bardowick in eine kleine Wohnung in der Nähe des Lüneburger Bahnhofs gezogen war. Ben hatte von Anfang an gewusst, dass »zwischenparken« nur ein Synonym für den Satz war: »Ich bring es einfach nicht übers Herz, mich von dem guten Stück zu trennen, aber haben möchte ich es auch nicht!« So bewahrte Ben seit einigen Monaten alte Jacken und Mäntel sowie allerlei in Kartons verpackten Krimskrams, den er noch nicht wegschmeißen wollte, im Schrank auf. Wenn er schon in seinem Haus herumstand, sollte er wenigstens nützlich sein.

Ben schüttelte in der Dunkelheit den Kopf über sich, was ihm sofort Schmerzen wie Blitze bescherte. Jetzt wollte er wirklich dringend in sein Bad an den Apothekerschrank mit den Kopfschmerztabletten. Außerdem fiel ihm plötzlich ein, dass es eventuell gar nicht mehr Nacht war und er vielleicht sogar verschlafen hatte, schließlich gab der fensterlose stockdunkle Raum keinerlei Hinweis auf die Uhrzeit. Er hob die Hände etwa auf Hüfthöhe und begann sich jetzt, auf der Suche nach der Türklinke, konzentriert an der Wand entlangzutasten.

Ben war schon nach wenigen kleinen Schritten erfolgreich, und sein Herz vollbrachte einen Hüpfer, als er die Klinke fühlen konnte, denn inzwischen machte sich auch seine Blase bemerkbar. Er drückte die Klinke herunter, doch die für Keller typische Stahltür ließ sich nicht öffnen. Vielleicht war sie nur verklemmt? Dennoch fühlte Ben nach dem Türschloss, doch es war leer. Hatte hier nicht immer ein Schlüssel gesteckt? Ben begann mit heruntergedrückter Klinke an der Tür zu rütteln. Mit dem einzigen Erfolg, dass sein Schwindelgefühl zunahm. Mehr nicht. Zu allem Übel musste er seine Blase nun wirklich dringend erleichtern. Ben ließ sich frustriert an der Tür hinuntergleiten und setzte sich. Anders als die anderen Kellerräume war dieser hier nicht mit Fliesen, sondern mit dickem Flokatiteppich ausgelegt, den Simone auch im Wohn- und Schlafzimmer durchgesetzt hatte. Damals hatte er die Nase gerümpft, sie aber gewähren lassen. Jetzt, in diesem Augenblick, war er froh darüber, denn ihm wurde zunehmend frösteliger. Außerdem kroch die Übelkeit erneut in ihm hoch und seine Blase drohte gleich zu platzen.

Nützt ja nichts, dachte Ben, und kroch auf allen vieren in die Richtung, in der er die Schlafcouch vermutete. Der Raum war nicht allzu groß und nach einer Weile ertastete er sein Nachtlager. Er zog sich die Decke herunter, mummelte sich ein und kroch weiter. Irgendwo musste hier ein alter Plastikpapierkorb herumstehen. Da, da war er. Er umschloss ihn mit seiner linken Hand wie einen Schatz, dann stand er blind wie ein Maulwurf und mit wackeligen Beinen auf, ließ die Decke von seinen Schultern gleiten und erleichterte sich in den Korb. Die Scham vor sich selbst hätte nicht größer sein können, aber was hätte er in seiner Not machen sollen?

Nachdem er den Korb weit von sich geschoben hatte, ging er in die Knie, griff nach der Decke zu seinen Füßen und arbeitete sich erneut zum Schlafsofa vor, auf das er sich erschöpft fallen ließ. Wie war er hier bloß gelandet? Was war heute Nacht passiert, nachdem Katharina mit dem Fahrrad davongefahren war? Wieso war die Tür abgeschlossen? Beim Gedanken an die Tür entfuhr ihm ein erleichterter Seufzer. Wenigstens würde er in diesem abgeschotteten Raum nicht ersticken! Als sie damals für Simone den Raum hergerichtet hatten, hatte er darauf bestanden, dass die Tür nicht ganz mit dem Boden abschloss, sondern einen Zentimeter zu kurz war, damit im Fall der Fälle Sauerstoff in den Raum gelangen konnte. Jetzt war so ein Fall.

Wer sollte fragen: wie's geschah?
Es geht auch andern eben so.
Ich freute mich, als ich dich sah,
Du warst, als du mich sahst, auch froh.
Der erste Gruß, den ich dir bot,
Macht' uns auf einmal beide reich;
Du wurdest, als ich kam, so rot,
Du wurdest, als ich ging, so bleich.
Nun kam ich auch tagaus, tagein,
Es ging uns beiden durch den Sinn;
Bei Regen und bei Sonnenschein
Schwand bald der Sommer uns dahin.
Wir haben uns die Hand gedrückt,
Um nichts gelacht, um nichts geweint,
Gequält einander und beglückt,
Und haben's redlich auch gemeint.
Da kam der Herbst, der Winter gar,
Die Schwalbe zog, nach altem Brauch,
Und: lieben? – lieben immerdar? –
Es wurde kalt, es fror uns auch.
Ich werde gehn ins fremde Land,
Du sagst mir höflich: Lebe wohl!
Ich küsse höflich dir die Hand,
Und nun ist alles, wie es soll

(Lebewohl, Adelbert von Chamisso)

1. KAPITEL:

DIENSTAG, 2. DEZEMBER 2014

07:51 Uhr

Dick in ihren Schal eingemummelt, schlenderte Katharina von Hagemann entspannt durch die Lüneburger Altstadt. Obwohl oder vielleicht gerade, weil es so früh am Morgen war, hatte die Kommissarin das Gefühl, als sei es das erste Mal, dass sie die weihnachtliche Atmosphäre in der Stadt bewusst wahrnahm. Dabei war sie nun schon den vierten Winter in der Hansestadt. Bisher hatte sie sich aber nie die Zeit genommen, die beleuchteten Zinnen der Giebelhäuser oder die kleinen Märchenbuden in Ruhe zu betrachten, die während des vierwöchigen Weihnachtsmarktes die Straßen schmückten. Das mochte daran liegen, dass ihr Feiertage im Allgemeinen und Weihnachten im Besonderen nicht sonderlich lagen. In diesem Jahr hatte sie sich jedoch vorgenommen, das zu ändern. Und wenn das irgendwo klappen konnte, dann hier, in der idyllischen Stadt, die sie inzwischen so ins Herz geschlossen hatte. Noch war der Weihnachtsmarkt geschlossen, doch ab 10 Uhr würden die Buden öffnen und nicht nur Touristen in ihren Bann ziehen.

Katharina musste über sich selbst schmunzeln: Von wegen idyllische Stadt … So manch grausamen Fall hatte sie bereits in dieser vermeintlichen Idylle lösen müssen. Die gab es in Lüneburg ebenso wie in München, der Stadt, in der sie zuvor gearbeitet und gelebt hatte und aus der sie schließlich geflohen war. Nur vielleicht nicht ganz so gehäuft. Aber dafür war ihr Team hier in Lüneburg auch kleiner. Ein Lächeln glitt über ihr Gesicht. Ihr Team. Tobias Schneider, Tobi, war ein wirklich toller Kollege und mit seiner witzigen, jungenhaften Art zu einem echten Kumpel geworden. Und natürlich ihr Chef – Benjamin Rehder … Er hatte ihr versprochen, ihr in diesem Jahr mal die wunderschönen Seiten des vorweihnachtlichen Lüneburgs zu zeigen, denn er hatte überhaupt kein Verständnis für ihre Abneigung gegen Feiertage. Wenn jemand ihre Meinung ändern konnte, dann vermutlich er. Heute Abend nach Dienstschluss würden sie sich zu einem gemeinsamen Bummel über den Weihnachtsmarkt treffen, mit Glühkirsch, gebrannten Mandeln und allem, was dazugehört. Das hatte Benjamin ihr noch vorgestern Abend, als sie beide den Abschluss eines Falles gefeiert hatten, fest versprochen. Katharina musste sich selbst eingestehen, dass sie sich ein bisschen zu sehr darauf freute und inständig hoffte, dass es überhaupt klappte, denn gestern Morgen hatte Ben sich per SMS bei ihr krankgemeldet. Zunächst hatte sie sich darüber gewundert – Ben war, seit sie ihn kannte, noch nie ernsthaft krank gewesen – dann hatte sie aber in sich hineingegrinst: Er hatte bei ihrer kleinen gemeinsamen Feier bei ihm zu Hause deutlich mehr dem Rotwein zugesprochen als sie. Bestimmt hatte er einfach einen Kater. Darüber hinaus wusste er, dass aktuell im Dienst nichts anlag und er einfach mal Fünfe gerade sein lassen konnte. Gestern war ihr das mehr als recht gewesen. Da auch Tobi sich schon vor dem Wochenende mit einer Magen-Darm-Grippe ins Bett gelegt hatte, war sie allein im Büro gewesen. Sie hatte die unerwartete Ruhe genutzt, um auf ihrem Schreibtisch Klarschiff zu machen und dabei über den vergangenen Kaminabend sinniert. Ben hatte eine enorme Anziehungskraft auf sie ausgeübt, und sie hatte immer wieder auf die widerspenstige Locke schauen müssen, die ihm andauernd ins Gesicht gefallen war. Mannomann, hatte sie sich zusammenreißen müssen, sie ihm nicht einfach zurückzustreifen. Da sie tatsächlich nicht viel getrunken hatte, konnte sie diese Regung nicht auf den Alkohol schieben, wie sie es gern getan hätte. Sie hatte auch nichts mit Bene zu tun, da war sie sich sicher. Natürlich glich ihr Chef Bene optisch extrem, schließlich waren die beiden eineiige Zwillinge. Dennoch waren sie grundverschieden. Während Benjamin Rehder eher ruhig und oft etwas übertrieben ernst war, wie Katharina fand, war sein Bruder Benedict der ewig jung gebliebene Gute-Laune-Mensch, den alle nur Bene nannten. Er liebte das Leben mit all seinen Vorzügen und hielt sich mit Dingen, die nicht in seinen Plan passten, nicht länger auf als unbedingt nötig. Gerade diese Leichtigkeit, die Benjamin so fehlte, hatte Katharina an Bene von Anfang an gemocht. Sie schien sich auf sie selbst zu übertragen, wenn sie mit Bene zusammen war, und ließ sie auch ihre eigenen Sorgen oft vergessen. Trotzdem gab es in letzter Zeit immer wieder Momente, in denen sie sich wünschte, dass Bene etwas mehr wie sein Bruder wäre. Und zuletzt waren diese Momente gehäuft vorgekommen. Vielleicht hatte sie gerade deshalb den Abend bei Ben so genossen? Katharina ermahnte sich selbst. Sie musste diese komischen Gedanken über Ben schleunigst aus dem Kopf bekommen. An erster Stelle war Benjamin Rehder nämlich vor allem eines: ihr Chef! Und sie arbeiteten täglich eng zusammen, da waren solche Gedanken oder Gefühle komplett fehl am Platz. Dass sie mit seinem Bruder seit Jahren eine … ja, was eigentlich, eine Affäre? … hatte, war schon unprofessionell genug, auch wenn sie fand, dass Ben damit die meiste Zeit sehr souverän umging. Plötzlich kam ihr ungewollt München in den Sinn. Auch mit Maximilian hatte sie eng zusammen gearbeitet. Als zuständiger Staatsanwalt war er in zahlreichen Fällen, die sie in München aufzuklären hatte, ihr Ansprechpartner gewesen. Und außerhalb des Jobs hatten sie dann auch noch Tisch und Bett miteinander geteilt. Bis heute konnte Katharina nicht verstehen, warum sie nie gemerkt hatte, dass sie ihr Leben mit einem kaltblütigen Mörder teilte. Hätte sie nicht wenigstens einmal einen Zweifel spüren müssen? War er ein so begnadeter Schauspieler gewesen oder hatte sie es einfach nicht sehen wollen? In jedem Fall hatte Katharina sich damals geschworen, in Zukunft Privates und Berufliches sehr strikt zu trennen. Allerdings musste sie zugeben, dass ihr das in Lüneburg von Anfang an nicht in der gewünschten Konsequenz gelungen war. Katharina erschauderte und zog den üppigen Wollschal etwas weiter ins Gesicht. Noch heute ließ ihr allein der Gedanke an Maximilians Taten das Blut in den Adern gefrieren. Zum Glück war sie inzwischen schon am Kommissariat angelangt. Höchste Zeit, sich vom Job ablenken zu lassen. Allein mit Ben in dem großen Büro und ohne einen akuten Fall würde das allerdings gar nicht so einfach werden, fürchtete die Kommissarin. Als sie wenig später die Tür zum Gemeinschaftsbüro öffnete, freute sie sich daher sehr, als das noch etwas blasse, aber gewohnt fröhliche Gesicht von Tobi ihr entgegen grinste: »Guten Morgen, liebste Kollegin, da bin ich wieder!«

09:15 Uhr

Alina lag noch im Bett. Sie hatte einfach keine Lust, aufzustehen, und in die Uni musste sie erst später. Sie genoss es, endlich alleine zu wohnen und der Fuchtel ihrer Mutter entkommen zu sein. Bereits seit gut drei Wochen wohnte sie nun schon hier in ihrer Einzimmerwohnung im Gartenweg in Oedeme. Die Wohnung war nicht besonders hell, da sie im Souterrain lag, doch Alina hätte sich kein besseres Zuhause vorstellen können. Es war ihr eigenes kleines Reich, in dem sie tun und lassen konnte, was sie wollte. Vorher war sie von Garlstorf aus zu der nur etwa 30 Kilometer entfernt liegenden Leuphana Universität in Lüneburg gependelt, und wenn es nach ihrer Mutter gegangen wäre, würde sie das nach wie vor tun. Alina war stolz auf sich, dass sie sich durchgesetzt hatte, denn es war kein einfacher Kampf gewesen. Natürlich hatte ihre Mutter einige Argumente vorgebracht, die gegen eine eigene Wohnung in der Universitätsstadt sprachen. An vorderster Stelle das »herausgeschmissene« Geld für die Miete. Im Grunde war es ihr jedoch einzig und allein darum gegangen, ihre Tochter bei sich zu Hause zu behalten, sie weiter versorgen und im wahrsten Sinne des Wortes bemuttern zu können. Erst als Alina betont hatte, dass sie mit ihren 22 Jahren ganz gut selbst auf sich aufpassen könne, zudem sie versprochen hatte, jeden Tag mindestens einmal anzurufen und einmal die Woche vorbeizukommen, war die Diskussion beendet gewesen.

Heute wollte Alina nach der Uni – sie hatte nur eine einzige Vorlesung – nach Garlstorf zu ihrer Mutter fahren. Sie würden zusammen zu Abend essen und dann würde ihre Mutter fragen, ob Alina nicht »zu Hause« schlafen wolle. So war es zumindest die letzten beiden Male gewesen. Alina war hart geblieben und mit ihrem klapprigen Golf II zurück nach Lüneburg gefahren. Für heute nahm sie sich das ebenfalls vor.

Irgendwo in einer der Nachbarwohnungen über sich hörte sie ein Baby schreien, und sie musste daran denken, dass ihre Mutter sie alleine großgezogen hatte, worin sie den Hauptgrund für die extreme Bemutterung sah. Dann war es wieder still um Alina herum. Entspannt kuschelte sie sich in ihr Kissen, schloss die Augen und lauschte den verschiedenen Geräuschen ihres neuen Zuhauses. Die meisten kannte sie schon ziemlich gut und konnte sie einordnen. Sie hörte nebenan die Scharniere ihres Badezimmerfensters quietschen. Wahrscheinlich hatte der Wind das Fenster bewegt, aber wieso war es offen? Sie hatte das letzte Mal gestern Abend geduscht und das Fenster danach zum Lüften weit geöffnet. Hatte sie vergessen, es wieder zu schließen? Das war nachlässig gewesen. Nicht nur, weil es im Badezimmer bei diesen Außentemperaturen jetzt sicher eiskalt war. Alina konnte sich außerdem erinnern, dass vor einigen Jahren in Lüneburg ein Triebtäter umgegangen war, der bei jungen, allein lebenden Frauen eingedrungen war, um sie zu vergewaltigen. Die Presse hatte ihn den »Schwarzen Mann« getauft, da er bei seinen Überfällen stets eine schwarze Neoprenmaske getragen hatte. Ein kleiner Schauer überlief die junge Frau bei dem Gedanken, dass die ganze Nacht jemand bei ihr hätte einsteigen können. Gut, der »Schwarze Mann« saß längst hinter Gittern, aber dennoch: So ein offen stehendes Fenster in einer Souterrainwohnung kam einer Einladung gleich. Es musste ja nicht gleich ein »Schwarzer Mann« sein, sondern bloß ein Kleinkrimineller, der seine

Chance wahrnahm, irgendetwas zu ergattern, was er zu Geld machen konnte. Auch das wäre schlimm genug und würde ihrer Mutter in die Hand spielen, dass sie doch noch nicht erwachsen genug war, um allein zu leben.

Alina schälte sich seufzend unter ihrer Bettdecke hervor, um aufzustehen. In diesem Moment nahm sie ein weiteres Geräusch wahr. Es kam ebenfalls aus dem Badezimmer und klang, als wäre ein Sack Mehl umgekippt. Oder aber als wäre ein Mensch mit Turnschuhen vom Fenstersims ins Bad hineingesprungen … Alina schluckte. Ihr Herz begann schneller zu pochen, und die feinen Härchen auf ihren Armen richteten sich auf. Auf Zehenspitzen schlich sie sich leise an die geschlossene Badezimmertür heran und legte ihre Hand sachte auf den Türgriff. Sie hielt den Atem an, öffnete mit einem Ruck die Tür und spähte in das kleine Duschbad. Bis auf die Tatsache, dass ihr eisige Kälte entgegenschlug, weil das Fenster tatsächlich sperrangelweit offen stand, sah der Raum aus wie immer. Vor allem war hier niemand außer Alina selbst, die erleichtert ausatmete. Dann fiel ihr Blick auf den vorgezogenen Duschvorhang, und augenblicklich begann ihr Herz das Blut wieder schneller durch ihre Adern zu pumpen. Hatte der Vorhang sich nicht eben gerade leicht bewegt? Versteckte sich jemand in ihrer Duschkabine? Hatte sie selbst den Vorhang gestern dermaßen ordentlich zugezogen? Es sah alles zu akkurat aus und irgendwie inszeniert … Da! Der Vorhang bewegte sich wieder. Es war eine kaum wahrnehmbare Bewegung gewesen, doch Alinas Sinne waren durch die Anspannung geschärft. Okay, das konnte ein Windzug gewesen sein, aber sie musste Gewissheit haben.

Der Blick der Studentin huschte im Badezimmer herum, bis er an der Haarspraydose hängen blieb, die auf dem

Ablagetischchen zwischen Waschbecken und Duschkabine stand. Sie griff die Dose blitzschnell mit der rechten Hand und hielt sie hocherhoben in Richtung Vorhang, den Zeigefinger dabei auf den Sprühknopf gelegt, bereit, sofort loszusprühen, sobald sie angegriffen wurde. Dermaßen gewappnet, machte sie einen schnellen Schritt nach vorn, riss in einer fließenden Bewegung mit der linken Hand den Duschvorhang beiseite und starrte in eine leere Duschkabine. Über sich selbst lachend, entspannte sie sich wieder, stellte die Dose zurück an ihren Platz, ging zum Fenster und schloss es mit einem festen Ruck. Glücklich darüber, dass nichts anderes als der Wind der Übeltäter in ihrem Bad gewesen war, begann sie »Der Wind hat mir ein Lied erzählt« von Zarah Leander vor sich hinzusummen. Sie war, was viele ihrer Altersgenossen nicht nachvollziehen konnten, ein großer Fan dieser alten Schlager und kannte die meisten auswendig. Spontan entschloss sie sich, nicht wieder zurück ins Bett zu gehen, sondern eine heiße Dusche zu nehmen. Noch immer summend zog sie sich ihr Schlafshirt über den Kopf, als eine zweite Stimme hinter ihr ebenfalls zu summen begann.

Es war ein tieferes Summen als ihres. Alinas Nackenhaare stellten sich auf, sie verstummte augenblicklich, und instinktiv verdeckte sie ihre bloßen Brüste mit beiden Händen. Zögernd, obwohl die schiere Furcht sie antrieb, drehte sie sich um und sah sich in der Enge des Raumes ihrem schlimmsten Albtraum gegenüber: dem »Schwarzen Mann.« Das darf nicht sein, das kann auch gar nicht sein! Der sitzt doch im Gefängnis! Es stand doch damals in der Zeitung! Das muss ein dummer Scherz sein! In Sekundenschnelle ratterten all diese Gedanken durch Alinas Kopf, während sie die maskierte Gestalt mit schreckgeweiteten Augen anstarrte, die ruhig dastand und immer noch summte, während ihre eigene Stimme längst verstummt war.

Genau so hatte er sich das erste Mal nach der langen Abstinenz vorgestellt: Ungläubige Erkenntnis in den Augen einer jungfräulichen Schönheit. Schon allein für diesen Moment hatte es sich gelohnt, den Psychologen das zu erzählen, was sie hören wollten. Helmut Heinzen grinste unter seiner Maske, während er weitersummte und auf Alina zuging, die ihn anstarrte wie das Kaninchen die Schlange.

Helmut Heinzen war vorzeitig aus der Haft entlassen worden. Anstelle von acht Jahren hatte er wegen guter Führung nur fünf in der JVA gesessen. Danach war er in den Maßregelvollzug im Moringer Fachkrankenhaus für Forensische Psychiatrie gekommen, seinem schnellen Weg in die Freiheit, denn hier waren diese Psychoheinis nach einem halben Jahr zu dem Ergebnis gelangt, dass von ihm »keine Gefährdung« mehr ausging, und so wurde ihm der Rest seiner Strafe erlassen. Er war wieder ein freier Mann. Seit mittlerweile zwei Wochen. Zwei Wochen, in denen er sich mächtig zusammengerissen hatte, sich nicht gleich die Erstbeste zu nehmen, um Druck abzulassen. Nein, er hatte seine erste Frau nach der Zeit hinter Gittern in Ruhe ausfindig machen wollen. Auch, um sie erst einmal ein paar Tage zu beobachten. Sie sollte etwas ganz Besonderes sein, und um das zu beurteilen, musste er auch über ihren Alltag Bescheid wissen. Und er musste ihre Gewohnheiten kennen, damit er nicht das Risiko einging, an ihrem »Hochzeitstag«, wie er seit jeher seine ekstatischen Begegnungen mit Frauen nannte, von Unvorhergesehenem überrascht zu werden.

Dafür war Helmut Heinzen vor gut einer Woche zur Mittagszeit in die Mensa der Uni gegangen. Dort herrschte so viel Trubel, dass er gar nicht weiter auffiel. Außerdem schlug er so zwei Fliegen mit einer Klappe, weil er während des Sondierens und Beobachtens auch gleich etwas essen konnte.

Da Heinzen auch früher schon seine Frauen meist an der Uni gefunden hatte, hatte er sich vorab vergewissert, dass keine ihm bekannte Polizistenvisage vielleicht auf die Idee gekommen war, sein Mittagessen gut und günstig ebenfalls an der Uni einzunehmen. So jemand hätte sofort Lunte gerochen und ihm seine Brautschau vermasselt, bevor sie richtig begonnen hatte. Außerdem hätte es ihm den Appetit verdorben, vor allem, wenn es sich um dieses Bullenschwein Rehder gehandelt hätte. Rehder hatte ihn damals in den Knast gebracht, und seit diesem Tag hatte Heinzen immer wieder daran gedacht, wie er sich an ihm rächen konnte. Wäre er jedoch in der Mensa auf Rehder gestoßen, wäre er ihm sicherlich in blindem Hass an die Gurgel gegangen, was sein Rückfahrticket in die Haft bedeutet hätte.

Heinzen hatte Glück gehabt und weder Benjamin Rehder noch einen anderen »alten Bekannten« in der Mensa getroffen. Dafür hatte er Alina sofort für sich entdeckt. Sie hatte direkt vor ihm in der Schlange an der Essensausgabe gestanden. Sie war ungefähr so groß wie er, hatte ihr brünettes Haar zu einem Bubikopf geschnitten und Beine wie ein junges Reh, auf denen sie etwas unsicher durch die Mensa gestakst war, als sie sich einen Platz gesucht hatte. Am meisten hatte ihm gefallen, dass keiner der männlichen Mensa-Besucher ihr hinterher glotzte. Sie war keine, die ihre Reize zur Schau stellte. Sie war eher eine verborgene

Schönheit, das hatte er sofort erkannt, und gerade deswegen war seine Wahl auf sie gefallen. Genau so liebte er die Frauen. Er hatte sich ein paar Plätze von ihr entfernt hingesetzt, und als sie ging, hatte er ihr sehnsüchtig hinterhergeschaut. Bereits ein paar Tage später hatte er ihren Namen herausgefunden, und danach war es ein Leichtes gewesen, auch ihre Adresse in Erfahrung zu bringen. Und jetzt stand er hier summend in ihrer Wohnung und war mehr als bereit.

Heinzen trat noch einen weiteren Schritt auf Alina zu. Diesmal wich sie zurück und wäre fast über den Duschwannenabsatz gestolpert. Sie konnte sich gerade eben noch fangen, löste dafür jedoch reflexartig ihre Arme vor der Brust.

»Bleib so«, kam es hinter der Maske im Befehlston hervor. Alina gehorchte. Sie kam sich so hilflos vor. Sie wollte schreien, doch es kam nicht mehr als ein heiseres Krächzen aus ihrer Kehle. Ihre Augen wanderten zur Haarspraydose, die sie eben noch in der Hand gehalten hatte. Heinzen registrierte das alles.

»Nicht schreien. Und vergiss die Dose. Auch auf andere dumme Ideen solltest du nicht kommen. Du musst einfach nur machen, was ich will, dann passiert dir auch nichts«, knurrte Heinzen die Studentin an, deren barbusiger Anblick ihn schon fast zum Platzen brachte. Er hatte sie bereits einmal nackt gesehen. Vor zwei Tagen, als er sie am frühen Morgen durch ihr Fenster beobachtet hatte. Draußen war es noch dunkel gewesen, sodass er unbemerkt in ihr hell erleuchtetes Zimmer spähen konnte, in dem sie schlief, aß, arbeitete, Fernsehen guckte und sich umzog. Und jetzt gleich würde er ihr genau in dem Zimmer zeigen, was für ein Mann er war. Hierfür ließ er seine schwarz behandschuhte Hand vorschnellen, um ihren Arm zu greifen. Dann zog er sie mit einem Ruck an sich und weidete sich an der Panik in ihren Augen, die jetzt so dicht vor seinen waren. Alina schluckte und öffnete den Mund, aus dem sie ein einziges Wort hervorflüsterte: »Warum?«

Kurz öffnete auch Heinzen seinen Mund, für den in seiner Neoprenmaske ein Loch war, dann überlegte er es sich jedoch wieder anders und schloss ihn. Wozu sollte er sich Alina erklären? Er war der Mann und hatte das überhaupt nicht nötig. Stattdessen legte er den linken Arm um ihre Taille, presste sie noch enger an sich, drehte sich wie im Tanz mit ihr in einem Halbkreis und führte sie schwer atmend aus dem Badezimmer hinaus.

09:23 Uhr

Katharina stand vor der kleinen Anrichte im Büro und beobachtete, wie der duftende Kaffee in ihre Lieblingstasse lief. Sie war das Einzige, was sie aus ihrer Dienststelle in München mitgenommen hatte. Helen hatte ihr die Tasse im letzten Sommer, den sie zusammen verbracht hatten, geschenkt. Katharina konnte sich noch genau an die Worte ihrer inzwischen bereits seit vier Jahren toten Münchener Teampartnerin erinnern. »Hier, Katha, die ist für dich, von Freundin zu Freundin. Und damit du nicht immer aus meiner trinkst!«

Als das Brummen des Kaffeevollautomaten verstummte, holte Katharina die dampfende Tasse darunter hervor und drehte sich zu Tobi um.

»Du möchtest wirklich keinen Kaffee?« Auffordernd streckte sie ihm ihre Tasse entgegen. »Ich würde dir heute sogar meine geliebte Pünktchentasse abtreten!«

Tobias grinste. »Nee, lass mal. Ich hab dieses Magen-Darm-Abenteuer zwar weitestgehend überstanden, aber vom Kaffee lass ich heute wirklich lieber noch die Finger.« Er tippte auf eine bunt gestreifte Thermoskanne, die auf seinem Schreibtisch stand. »Aber wenn du möchtest, gebe ich dir gern was von meinem Fencheltee ab«, grinste er und drehte den Verschluss auf. Während er bereits zum zweiten Mal an diesem Morgen einen großen Becher mit der hellen, dampfenden Flüssigkeit füllte, schüttelte er sich. »Brrr, allein bei dem Geruch wird mir schon ganz anders.«

Katharina lächelte. »Dann ist es wohl Helmchens Verdienst, dass du das Zeug trotzdem trinkst, richtig?« Sie ging zu ihrem Schreibtisch, setzte sich in den Drehstuhl davor und beobachtete, wie Tobi mit gequältem Gesicht einen ersten Schluck seines Fencheltees schluckte. »Nun stell dich mal nicht so mädchenhaft an, lieber Kollege. Deine Freundin meint es nur gut mit dir.«

»Ja, schon klar«, murrte der Kommissar, doch Katharina wusste, dass er nicht wirklich maulig war. Er war nun schon fast so lange mit Jana Helm, genannt Helmchen, zusammen, wie sie selbst in Lüneburg war. In Katharinas allerersten Mordfall in Lüneburg war die junge Hotelangestellte diejenige gewesen, die die Leiche entdeckt hatte. Und dann hatten Tobias und sie sich gefunden … Dabei hatte Tobi sich damals durchaus in der Rolle des Schwerenöters gefallen. Er hatte so ziemlich jedem Rock hinterhergeschaut, ohne es mit dessen Trägerin wirklich ernst zu meinen. Auch heute war er nach wie vor kein Kostverächter, allerdings reichte ihm der Augenschmaus, wie er es selbst gern sagte. Helmchen war es halt gelungen, ihn zu zähmen. Katharina musste bei diesem Gedanken schmunzeln. Warum ein Schaf zähmen … Sie lachte kurz auf.

»Was ist los?«, fragte Tobi irritiert, und fasste sich ins Gesicht. »Wächst mir schon Grünzeug aus der Nase, weil ich so gesund lebe, oder was?«

»Nein, alles gut«, lachte Katharina. »Ich freu mich einfach nur, dass du wieder an Bord bist.« Dann sah sie sich im Raum um, wandte sich wieder an Tobias und fragte: »Apropos an Bord, wo ist denn eigentlich Ben? Es ist schon fast halb zehn. Auch wenn wir keinen akuten Fall auf dem Tisch haben: Das ist jetzt echt schon sehr zu spät für ihn.«

»Keine Ahnung, ich dachte eigentlich, das würdest du mir gleich erzählen. Hat er denn gestern nichts gesagt, dass er heute später kommt oder so?«

»Ben hat sich gestern ebenfalls krankgemeldet«, antwortete Katharina stirnrunzelnd. »Allerdings war ich mir sicher, dass er nur einen …« Schnell unterbrach sie sich selbst. Dass sie hinter der Krankmeldung ihres Chefs einen Kater vom gemeinsamen Vorabend vermutete, musste Tobi nicht unbedingt wissen. »… nur einen Tag fehlen würde und heute wiederkommt«, berichtigte sie sich schnell.

»Na, dann hab ich ihn vielleicht doch angesteckt!«, befürchtete Tobias. »Dann hat unser lieber Chef mein tiefstes Mitgefühl, das war nämlich …«

»Keine Details, bitte«, fuhr Katharina lachend dazwischen. »Vielleicht hat er einen Termin bei unserem Oberboss, und ich hab es nur vergessen. Wir wissen ja alle, wie Kriminalrat Mausner ist, wenn er einmal in Redelaune ist. Bestimmt kommt Ben gleich. Und ansonsten stemmen wir zwei das hier schon alleine. Ist eh nichts los.«

Tobias blickte auf den akkurat aufgeräumten Schreibtisch seiner Kollegin. »Offensichtlich. Respekt, Katharina – ich glaube, so ordentlich habe ich deinen Schreibtisch seit mindestens fünf Jahren nicht gesehen!«

»Scherzkeks«, grinste Katharina. »So lange bin ich ja noch nicht mal in Lüneburg!«

»Ja eben …« Tobias duckte sich in dem Wissen, dass bei einem solchen Spruch gern mal etwas von Katharinas Seite zu ihm herübergeflogen kam. Doch der Schreibtisch der Kommissarin war tatsächlich so leer gefegt, dass sie auf die Schnelle nicht einmal ein zerknülltes Stück Papier oder einen Radiergummi in die Finger bekam.

»Glück gehabt, mein Lieber!«, grinste sie hinüber. Dann sah sie auf die Uhr. »Wenn ich ehrlich bin, hab ich ein bisschen Hunger. Ich glaub, ich spring mal eben rüber zum Bäcker und hol mir ein Franzbrötchen.« Gespielt mitleidig guckte sie Tobi an und fragte: »Soll ich dir vielleicht ein Päckchen Zwieback mitbringen?«

»Besten Dank«, antwortete Tobi und konnte trotz der zur Schau gestellten bösen Miene sein Lachen nicht unterdrücken. »Dann werde ich garantiert richtig krank. Ein Milchbrötchen tut es auch, und zwar mit Rosinen!«

»Uähhh«, schüttelte sich Katharina. Schon bei dem Gedanken an die kleinen schwarzen getrockneten Weintrauben verging ihr fast wieder der Appetit. Aber zum Glück nur fast.

»Okay«, beschloss sie die Diskussion, »dann lauf ich eben schnell rüber und hol uns was. Du kannst ja in der Zwischenzeit schon mal überlegen, ob dir für uns zwei Hübschen eine sinnvolle Beschäftigung einfällt, falls es hier weiterhin so ruhig bleibt.« Sie zeigte noch einmal auf ihren Vorzeigeschreibtisch. »Aufzuräumen hab ich jedenfalls nichts mehr, und irgendwie müssen wir den Tag ja rumkriegen.«

»Stimmt«, erwiderte Tobi. »Und vermutlich wäre es nicht wirklich prickelnd, wenn Mausner hier nachher vorbeischaut und uns beim Kartenspielen erwischt … Dann leiht er uns nachher wieder für eine Demo-Überwachung aus oder sonst was. Ich lass mir was einfallen! Jetzt hau schon ab, ich hab auch Hunger!«

Nach weniger als zehn Minuten stand Katharina wieder im gemeinsamen Büro und hielt Tobias eine Brötchentüte entgegen. »Einmal Rosinenbrötchen für den Patienten, bitte sehr!«

»Besten Dank, Schwester Katharina«, gab der Kommissar grinsend zurück. »Ich hab dir auch schon einen frischen Kaffee gemacht. Guten Appetit!«

»Dito!«, antwortete Katharina und setzte sich an ihren Schreibtisch, an dem aus der Pünktchentasse heißer Kaffeedampf aufstieg. »Und, hast du dir überlegt, womit wir uns die Zeit vertreiben können?«

Tobias zuckte mit den Schultern. »Nicht wirklich, ehrlich gesagt. Aber wie wäre es, wenn du mir ein bisschen was über Fallanalyse beibringst. Du musst ja nicht ewig die einzige Profilerin vor Ort bleiben.«

»Interessiert dich das wirklich?«, fragte Katharina ehrlich überrascht. »Na klar«, erwiderte Tobias ernst. »Ich finde das schon bewundernswert, wie du teilweise in unseren Fällen aus ein paar wenigen Anfangsfakten ein komplettes Täterprofil erstellst. Und ich würde sagen, du hast in den meisten Fällen recht gehabt.«

Etwas verlegen sah Katharina den Kollegen an. »Na ja, dafür hab ich ja schließlich die ganzen Fortbildungen gemacht. Wäre ja traurig, wenn das dann so gar nicht klappen würde. Im Prinzip ist das 'ne reine Lernsache.«

»Na, na, nun stell dein Licht mal nicht so unter den Scheffel«, sagte Tobias lächelnd. »Ganz so einfach ist das sicher nicht. Ich würde schon gern wissen, wie …«

In diesem Moment klingelte das Telefon auf Katharinas Schreibtisch. Katharina hob ihren Zeigefinger, um Tobi deutlich zu machen, dass er seinen Gedanken im Kopf behalten sollte. Dann deutete sie aufs Telefon, als hätte Tobi das Klingeln nicht auch gehört, grinste ihn an und nahm den Hörer ab.

»Ich schätze mal, das mit meiner Nachhilfestunde in Fallanalytik wird erst mal doch nichts«, murmelte Tobi mehr zu sich selbst, nachdem Katharina stirnrunzelnd den Hörer wieder aufgelegt hatte. Das Gespräch hatte nicht lange gedauert und Katharina hatte nicht viel gesagt, doch allein das abschließende »Wir sind gleich da« hatte ihrem Kollegen deutlich gemacht, dass es einen neuen Fall für sie gab.

»Was ist passiert und wo müssen wir hin?«, fragte er nun und stand auf, um seine Jacke zu holen.

»Komische Sache«, antwortete Katharina, die ebenfalls aufgestanden war. »Die Ilmenau wird doch gerade trockengelegt und entrümpelt, wie jedes Jahr, dieses Jahr nur halt etwas verspätet«, sie sah auf die Uhr, bevor sie weitersprach. »Und vor einer halben Stunde haben Mitarbeiter der Stadtreinigung im Flussbett einen menschlichen Schädel gefunden.«

»Ach Gott, öfter mal was Neues«, unkte Tobias. »So was hatten wir auch noch nicht, jedenfalls nicht zu meiner Zeit.« Er zog seinen dicken Parka über und sah Katharina auffordernd an. »Na, dann lass uns mal los.«

»Warte kurz«, stoppte Katharina ihn. »Ich will nur schnell einen Zettel für Ben hinterlassen. Damit er weiß, wo wir sind, falls er gleich kommt.« Sie schnappte sich den kleinen Post-it-Block, den sie auf dem ordentlichen Schreibtisch sofort fand, schrieb eine kurze Info für ihren Chef darauf und klebte ihn an die Glastür von Bens separatem Büro. Dann schnappte auch sie sich ihre Lederjacke und den dicken Wollschal, der über der Stuhllehne hing, und verließ gemeinsam mit Tobias das Kommissariat.

Die beiden Kommissare hatten entschieden, zu Fuß zu gehen. Der Fundort des Schädels war nahe der Altenbrückertorstraße, und das war so dicht am Kommissariat, dass sie mit Ein- und Ausparken vermutlich mehr Zeit benötigt hätten. Nach wenigen Minuten konnten sie die Stadtreinigung am Ufer der Ilmenau auch schon sehen, ebenso den Streifenwagen und zwei uniformierte Beamte, die sich mit den Reinigungskräften unterhielten. Katharina schüttelte sich leicht und zog ihren dicken Strickschal etwas enger.

»Vielleicht solltest du dir mal eine anständige Winterjacke zulegen«, kommentierte Tobias das Frösteln seiner Kollegin. »Die Lederjacke trägst du ja nun wirklich zu jeder Jahreszeit, aber bei den aktuellen Temperaturen kannst du darin nur frieren. Wenn ich mich recht erinnere, habe ich das aber auch schon letztes Jahr erwähnt. Und das Jahr davor auch … Ich mein, hallo? Wir haben minus zwei Grad, gefühlt wie mindestens minus acht Grad!«

Katharina sah ihn an und zog die Schultern nach unten. »Es geht schon, danke. Das liegt nicht an der Lederjacke, sondern daran, dass ich nicht sonderlich scharf darauf bin, mir diesen Schädel anzugucken. Wir haben es ja eben nicht mal mehr geschafft, unser Frühstück aufzuessen. Und auf fast nüchternen Magen brauche ich solche Sachen nicht unbedingt.« Sie zog die Jacke etwas enger zusammen und kreuzte die Arme vor der Brust. »Okay, und vielleicht ein bisschen an der Kälte. Ich hätte einfach einen dickeren Pullover drunterziehen sollen.«

Tobias grinste. »So ein paar Macken hast du eben doch, meine Liebe. Lieblingstasse, Lieblingsjacke …«

»… genau, und einen Lieblingskollegen, der gleich einen kleinen Stoß in die Rippen bekommt, wenn er nicht die Klappe hält«, frotzelte Katharina zurück.

»Denk dran«, sagte Tobias gespielt erschrocken, »ich bin immer noch krank!«

Katharina wollte gerade zu einer passenden Antwort ansetzen, als sie bereits am Ilmenau-Ufer ankamen und von den Streifenpolizisten begrüßt wurden.

»Moin, Kollegen«, erwiderte Tobi als Erster. »Na, was habt ihr Schönes für uns – ich hab da was von einem Schädel gehört?«

»Stimmt«, sagte ein bereits etwas älterer uniformierter Polizist. »Die Jungs von der Stadtreinigung haben vorhin wohl ziemlich blöd geguckt, als das Ding zum Vorschein kam. An Fahrräder, Waschmaschinen, Mülltüten und sonstigen Abfall sind sie ja bei diesen Aktionen gewöhnt, aber einen echten Schädel hat die Ilmenau so auch noch nicht zum Vorschein gebracht.«

»Wo finden wir denn den Schädel?«, fragte Katharina, um das gemütliche Geplänkel ihrer männlichen Kollegen zu stoppen.

»Da drüben, kommt mit«, antwortete der Uniformierte und ging ein Stück die Uferböschung hinunter, während die beiden Kriminalkommissare ihm folgten. Im nächsten Moment entdeckte Katharina auch schon Frauke Bostel, die gebückt am Ufer hockte. Die Rechtsmedizinerin, die ungefähr in Katharinas Alter war, begutachtete bereits den Schädel, wie die Kommissarin beim Näherkommen erkannte.

»Hi, Frauke«, begrüßte Katharina die Kollegin, »wie geht's?«

»Na, auf alle Fälle mal besser als dem Eigentümer hier«, lachte Frauke Bostel und zeigte auf den Schädel, der im Gras lag.

»Ich liebe deinen Galgenhumor«, schmunzelte Katharina. »Kannst du uns schon was sagen?«

Inzwischen war auch Tobias dazugestoßen und betrachtete den von Schlamm und Dreck verkrusteten Fund, der trotz aller Verschmutzung eindeutig als menschlicher Schädel erkennbar war. »Moin, Frauke. Ist das überhaupt ein Fall für uns?«, fragte Tobi, während die Rechtsmedizinerin sich erhob.

»Berechtigte Frage«, erwiderte sie. »Also, ganz spontan würde ich behaupten, dass der Schädel schon seit mindestens zehn Jahren hier in der Ilmenau herumgegondelt ist. Und auf Anhieb sind keine Spuren eines Gewaltverbrechens zu erkennen, also nicht am Kopf jedenfalls«, erklärte sie den beiden Kommissaren. »Es sind aber noch ein paar weitere Knochen gefunden worden. Die liegen da hinten.« Frauke Bostel zeigte auf eine etwa fünf Meter entfernte kleine Grasfläche an der Böschung. Dann fuhr sie fort: »Ich nehme das alles mit in die Rechtsmedizin und untersuche es dort genauer in meinem stillen Kämmerlein. Sobald ich Näheres weiß, geb ich euch Bescheid. Momentan kann ich euch weder ein genaues Alter noch ein Geschlecht oder Sonstiges sagen, ihr habt also für eure Ermittlungen noch absolut keinen Ansatz.«

»Soll mir recht sein«, murmelte Katharina und wandte den Blick von dem Schädel ab. »Das ist nicht mein Ding, ganz komisch. Ich hab in meiner Zeit bei der Kripo ja nun echt schon so einige Leichen gesehen, aber die waren immer alle noch …« Sie suchte nach dem richtigen Ausdruck, für das, was sie sagen wollte.

»Frisch?«, kam Tobi ihr schmunzelnd zur Hilfe.

»Blödmann«, sagte Katharina, obwohl sie ihm zustimmte. Sie hätte es so nur nicht ausdrücken mögen.

»Wo er recht hat, hat er recht«, stimmte Frauke Bostel grinsend zu. »Mir wäre da jetzt auch kein besserer Begriff eingefallen, von den Fachbegriffen aus der Medizin mal abgesehen.«

»Oh nein, bloß nicht«, insistierte Tobias, der mit den lateinischen Begriffen, die Frauke Bostel gern mal anbrachte, ohne dabei auch nur ansatzweise arrogant zu wirken, überhaupt nichts anfangen konnte. »Das erinnert mich dann gleich wieder so an Schule, und ich bin nach wie vor heilfroh, dass ich das schon lange hinter mir habe!«

Katharina lächelte. »Wie schade! Eigentlich wollte ich dir mal einen Intensivkurs Latein schenken, damit du dich künftig so richtig professionell mit den Kollegen aus der Gerichtsmedizin austauschen kannst.«

»Ja, ja, Hauptsache ihr Frauen seid euch wieder einig«, winkte Tobias ab und trat ein Stück zur Seite. »Also ich würde sagen, für uns ist das hier heute erst mal erledigt, oder? Hier vor Ort gibt es doch für uns aktuell nichts zu tun. Oder sehe ich das falsch?«

»Sehe ich genauso«, stimmte Katharina zu. »Wir müssen abwarten, bis wir Genaueres wissen.«

»Ich beeile mich«, versprach Frauke Bostel, die bereits damit beschäftigt war, den Schädel vorsichtig in einer Plastikkiste zu verstauen, um ihn unbeschadet in die Rechtsmedizin zu transportieren.

Die beiden Kommissare verabschiedeten sich von ihr und von den übrigen Kollegen und machten sich auf den Weg zurück ins Kommissariat.

Als Katharina und Tobias wenig später ihr Büro wieder betraten, sah Katharina sofort, dass ihre Nachricht unberührt an Bens Tür klebte. Ihr Chef war also nach wie vor nicht aufgetaucht. »Komisch«, dachte sie bei sich, doch sie wollte Tobi gegenüber nicht zu besorgt wirken, darum sagte sie nichts.

Der Rest des Tages blieb so ruhig, wie er am Morgen begonnen hatte. Katharina holte sich in der Mittagspause etwas von ihrem Lieblingsitaliener und für Tobias brachte sie eine Hühnerbrühe aus dem Feinkostmarkt, der Am Sande lag, mit. Tobias freute sich dermaßen überschwänglich über diese Geste, dass er erst ruhig wurde, als Katharina schwor, ihm nie wieder etwas zum Essen mitzubringen, wenn er sich weiter so aufführte. Danach aßen sie schweigend. Anschließend unterhielten sie sich eine Weile über die Fälle, die ihnen im Laufe des fast beendeten Jahres auf den Tisch gekommen waren. Schließlich kam Tobi auf seine Idee vom Vormittag zurück. Er schien sich tatsächlich dafür zu interessieren, wie Katharina an Fallanalysen heranging.

»Warum hast du mich das nicht schon viel früher mal gefragt?«, wunderte sich die Kommissarin. »Ich mach das doch schon, seit ich hier bei euch angefangen habe. Bisher hatte ich immer das Gefühl, dass dich das nicht die Bohne interessiert.«

Tobias blieb ungewöhnlich ernst, als er antwortete: »Na ja, ich werde auch nicht jünger. Es kann sicher nicht schaden, noch ein bisschen was dazuzulernen, und momentan fällt mir das vielleicht nicht so schwer wie in ein paar Jahren.«

Katharina war ehrlich überrascht. »Mit dir ist es doch tatsächlich nie langweilig. Da denkt man jahrelang, du bist froh, nur das Nötigste an Theorie machen zu müssen, und dann kommst du plötzlich mit solchen Aussagen um die Ecke ... Hast du irgendwas Bestimmtes in Planung?«

»Keine Sorge, Katharina, ich hab garantiert nicht vor, dir deinen Bereich streitig zu machen«, sagte Tobias vorsichtig.

»Um Gottes willen, so hab ich das nicht gemeint!«, erwiderte Katharina rasch. »Wirklich nicht! Ich finde es total gut, wenn du noch ein bisschen weiterkommen willst und wenn ich hier jemanden habe, mit dem ich mich vielleicht auch mal vor Ergebnispräsentationen austauschen kann. Bisher hab ich dich einfach nur nicht für besonders interessiert oder ehrgeizig gehalten, was das angeht.«

»Na ja«, zögerte Tobias. »Klar will ich weiterkommen. Und dass ich mit einem höheren Dienstgrad auch eine Ecke mehr Kohle verdienen würde, ist schließlich auch kein Geheimnis. Das kann ja nie schaden. Und überhaupt ...«

Katharina hatte den Eindruck, als wäre Tobi die Richtung, die das Gespräch einschlug, irgendwie unangenehm. Sie konnte das zwar nicht wirklich erklären, wollte ihn aber auch nicht noch mehr in Verlegenheit bringen.

»Also los, was willst du wissen?«, versuchte sie daher, die Unterhaltung wieder etwas zu lockern. »Ich stehe dir sehr gern Rede und Antwort zu meinem Lieblingsthema!«

Tatsächlich schien Tobias sich schon länger mit diesem neueren Bereich der Polizeiarbeit auseinandergesetzt zu haben, denn die Fragen sprudelten nur so aus ihm heraus. Katharina wiederum redete sich teilweise richtig in Rage, denn schon lange hatte sie nicht mehr so konkret über ihr Spezialgebiet gesprochen. In der Regel wandte sie das, was sie in zahlreichen Fortbildungen gelernt hatte, für sich alleine an und präsentierte den Kollegen dann am Ende ihr Ergebnis. Das war etwas ganz anderes, als den Weg dorthin zu erläutern.

Der Nachmittag verflog wie von allein und sowohl Tobias als auch Katharina waren fast erschrocken, als sie bemerkten, dass es draußen inzwischen schon dunkel geworden war.

»Wow«, lachte Tobias. »Das nenne ich mal Begeisterung fürs Thema. Hast du schon mal drüber nachgedacht, als Dozentin zu arbeiten?«

Verdutzt sah Katharina ihn an. »Ehrlich gesagt noch nie!«, antwortete sie. »Wie kommst du darauf?«

»Ganz einfach, weil du großartig erklären kannst. Und weil es ansteckend ist, mit welcher Faszination und Leidenschaft du diesen ganzen theoretischen Kram versprühst. Man hört dir echt gern zu.« Er erkannte ihren zweifelnden Blick. »Ich meine das ganz ehrlich. Du hast ja absolut recht, dass ich mich um solche Themen generell nicht reiße. Aber mit einer Lehrerin wie dir würde mir wahrscheinlich sogar Geschichtsunterricht Spaß machen.«

»Danke für die Blumen«, sagte Katharina, immer noch ein wenig irritiert. »Aber das wäre nicht mein Ding. Ich möchte an konkreten Fällen arbeiten, das, was ich gelernt habe, selbst anwenden. Ein Leben ohne aktiven Dienst und nur am Schreibtisch … nein, danke.«

»Na, umso besser«, erwiderte Tobias, »ich hab auch keine große Lust, mich an einen neuen Kollegen gewöhnen zu müssen, nachdem ich es mit dir jetzt endlich gerade so eben aushalte …« Er lachte und duckte sich, wie schon am Morgen, aus gespielter Sorge vor der Reaktion Katharinas, doch sie lächelte ihn lediglich süffisant von der gegenüberliegenden Schreibtischseite an. »Du wirst schon noch sehen, was du davon hast. Ich werde mal ein Profil von dir erstellen, und das schenk ich Helmchen zu Weihnachten, zusammen mit ein paar guten Ratschlägen, wie sie mit dir umgehen sollte. Mal sehen, ob du dann immer noch so viel zu lachen hast!«

Tobias hob die Hände: »Okay, ich geb auf, du hast gewonnen! Schon allein, weil ich jetzt Feierabend machen werde, um zu meinem Helmchen zu gehen. Wie sieht es bei dir aus?«

Katharina sah auf ihre Armbanduhr. »Ich werde mich auch auf den Weg machen. Dann kann ich direkt noch ein paar Besorgungen erledigen.«

»Okay«, sagte Tobias, während er sich seine Jacke überzog. »Dann hau ich schon mal ab, wir sehen uns morgen!«

Katharina wartete, bis sie Tobias vom Fenster aus die Straße entlanggehen sah. Dann schnappte sie sich ebenfalls ihre Jacke, hängte sich den Schal lose um den Hals und verließ das gemeinsame Büro.

17:43 Uhr

Katharina stand stirnrunzelnd an ihrem Küchenfenster und sah in die Dunkelheit hinaus. Auf dem Fußweg vom Kommissariat zu ihrer Wohnung hatte sie kurzerhand ihr Handy hervorgeholt und die Nummer von Benjamin

Rehder gewählt. Es sah ihm in ihren Augen einfach nicht ähnlich, sich nicht abzumelden, auch wenn Tobi sich darüber offenbar nicht so sehr gewundert hatte. Sie wollte auch nicht zu besorgt wirken – vor allem nicht nach ihrem gemeinsamen Abend vor dem Kamin –, aber schließlich hatte sie trotzdem beherzt seine Nummer gewählt, denn sie hatte ja einen zusätzlichen Grund: Ben hatte sich für heute Abend mit ihr zu einem Bummel über den Weihnachtsmarkt verabredet und sie wollte wissen, ob diese Vereinbarung noch stand oder sie ihren Abend anders verplanen musste. Das wäre zumindest die Begründung, die sie ihm für ihren Anruf nennen wollte. Noch während sie sich überlegt hatte, wie sie das Gespräch möglichst unverbindlich und neutral beginnen könnte, war der Anrufbeantworter von Benjamin Rehders Festnetzanschluss angesprungen. Katharina sprach eigentlich ungern irgendjemandem auf Band, aber in diesem Moment war sie so überrascht, dass sie spontan losgebrabbelt hatte: »Hey, Ben, äh, ich bin's, Katharina. Ich wollte eigentlich nur wissen, ob unser Date heute Abend noch steht, du hast es ja den ganzen Tag nicht für nötig gehalten, dich mal zu melden. Wäre schön, wenn du mir Bescheid gibst. Tschüss.« Als sie die Verbindung beendet hatte, war sie über sich selbst erschrocken gewesen. »Unser Date?«, hatte sie fassungslos vor sich hingemurmelt. »Bin ich eigentlich noch ganz dicht? Und mein Tonfall … Na, das hab ich ja mal wieder super hinbekommen!«

Als sie jetzt in ihrer Wohnung stand, aus dem Fenster blickte und daran dachte, ärgerte sie sich noch immer maßlos über ihre Worte. Doch jetzt war das Kind bereits in den Brunnen gefallen. Sie hatte zwar nach ihrer verkorksten Bandansage obendrein Bens Handynummer gewählt, aber auch dort war nur die Mailbox angesprungen, und eine zweite Nachricht hatte die Kommissarin sich tunlichst verkniffen. Ihr Ärger über sich selbst wich, seit sie zu Hause angekommen war, immer mehr der Sorge um Ben. Wo steckte er? Er rief sonst immer zurück und war ein Ausbund an Zuverlässigkeit. Auch dass er ihre Verabredung so einfach vergessen haben sollte, konnte sie sich nicht vorstellen. Ganz abgesehen davon, dass es nicht zu ihm passte, sich mit einer SMS krankzumelden und dann nicht wenigstens am nächsten Tag noch einmal Bescheid zu geben. Außerdem hatte er nicht geschrieben, was er hatte. Okay, gestern hatte sie noch angenommen, es wäre ein Kater, doch dann hätte Ben heute wieder im Dienst erscheinen können. Aber wenn er nun … Katharina stockte der Atem. Wenn er nun gar keinen Kater oder eine harmlose Grippe, sondern einen Unfall gehabt hatte und im Krankenhaus lag! Nein, das hätte sie erfahren. Wenn nicht vom Krankenhaus, dann von Bens Bruder. Da war Katharina sich sicher. Also fiel diese Möglichkeit aus. Aber was war dann mit Ben? Kurzentschlossen schnappte sie sich ihre Lederjacke, griff den Schal und den Schlüsselbund und verließ die Wohnung. Eine Straße weiter ging sie zielstrebig auf das kleine schwarze Cabrio zu, und wie bisher jedes Mal entlockte ihr der Anblick ein kleines Lächeln. Erst vor drei Monaten hatte sie sich – in ihren Augen ziemlich spontan – diesen schicken kleinen Flitzer gegönnt. In München hatte sie kein Auto besessen. Dort hatte sie entweder die öffentlichen Verkehrsmittel genutzt oder war mit dem Auto von Maximilian gefahren. Als sie nach Lüneburg gekommen war, hatte sie sich lange Zeit überhaupt keine Gedanken um ein Auto gemacht – innerhalb der Stadt war es zu Fuß oder mit dem Rad in ihren Augen viel bequemer. Schon allein, weil die Parkplatzsituation in der Altstadt nicht gerade komfortabel war. Mit der Zeit hatte es sie aber doch ab und an genervt, keinen Wagen zu haben, denn wenn sie mal aus der Stadt raus wollte, war sie mit den Öffentlichen doch sehr eingeschränkt. Und dann war ihr Blick eines Tages bei der Fahrt durch Bardowick an einem der dort ansässigen Autohäuser, genauer gesagt an diesem kleinen Flitzer hängen geblieben. Zwei Tage später hatte sie den Kaufvertrag unterschrieben. Und auch wenn sie das Auto unter der Woche wenig nutzte, hatte sie den Kauf bisher nicht im Ansatz bereut.

Jetzt öffnete Katharina die Fahrertür, setzte sich in den Sportsitz und schnallte sich an. Bevor sie den Motor startete, überlegte sie noch einmal, ob ihr Vorhaben richtig war, und entschied sich dann dafür. Sie würde jetzt zu Benjamin Rehder nach Hause fahren und gucken, ob er dort war. Möglicherweise ging es ihm ja wirklich schlecht und er konnte Hilfe gebrauchen. Sie drehte den Zündschlüssel, zirkelte den Wagen geschickt aus der engen Parklücke und verließ die Altstadt in Richtung Ochtmissen.

Knapp 15 Minuten später erreichte sie das Haus, das Benjamin Rehder vor einigen Jahren mit seiner damaligen Frau Simone gekauft hatte. Obwohl das Haus im Lüneburger Stadtteil Ochtmissen lag, gleichzeitig einem der ältesten Dörfer des Landkreises und schon allein deswegen zum Teil recht idyllisch, fand Katharina es ziemlich spießig, hatte das ihrem Chef gegenüber aber natürlich nicht erwähnt. Langsam fuhr sie auf Bens Haus zu. Alles schien dunkel zu sein und sein Auto stand nicht unter dem Carport. Irritiert hielt sie den Wagen einige Meter vor Bens Einfahrt an. Sicher ist sicher, dachte sie und stieg aus. Sie ging zielstrebig auf die Haustür zu und klingelte. Nichts. Kein Licht, kein Geräusch und schon gar keine sich öffnende Tür. Ben war tatsächlich nicht zu Hause. Katharinas Sorge wandelte sich spontan in Verärgerung. Hatte er ihre Verabredung schlichtweg vergessen? War sie ihm so egal? Frustriert drehte sie sich um und ging zurück zu ihrem Auto, als plötzlich eine Frau aus der Zuwegung zum Nachbargrundstück auf sie zutrat.

»Kann ich Ihnen helfen?«, fragte die Frau und sah Katharina freundlich an. »Suchen Sie etwas?«

Katharina schätzte sie auf Mitte 50, sie war bieder gekleidet, hatte eine schlanke Figur und eine sehr unscheinbare Art.

»Nein, vielen Dank«, erwiderte die Kommissarin höflich. »Ich wollte nur einen Kollegen besuchen, aber er scheint nicht da zu sein.«

»Wollten Sie zu Herrn Rehder?«, hakte die Frau nach.

»Ja, zu Herrn Rehder«, bestätigte Katharina und wollte schon weitergehen, als die Kommissarin in ihr erwachte. Scheinbar hatte sie es hier mit einer Nachbarin von Ben zu tun, die ziemlich neugierig war. Solche Menschen waren für Polizisten oft Gold wert, da sie sich in der Regel gern selbst reden hörten oder zumindest ihr Wissen um ihre Umgebung gern mitteilten, vor allem Staatsdienern. Und – das wusste Katharina aus Erfahrung – so manches Mal waren da für Außenstehende harmlos aussehende Beobachtungen darunter, die jedoch die Polizei auf die richtige Spur führten. Und genau das würde Katharina jetzt auch für sich selbst nutzen. So lächelte sie die Frau freundlich an und sagte in betrübtem Ton: »Er ist aber leider nicht da, dabei muss ich ihm etwas Wichtiges mitteilen. Sie sind die Nachbarin, richtig?«

»Ja, ich wohne direkt nebenan, eine Hausnummer weiter. Johanna Ingwersen«, stellte sich die Nachbarin Katharina leutselig vor.

»Katharina von Hagemann«, gab Katharina ihrerseits zurück und fuhr dann verschwörerisch fort, so als sei Johanna Ingwersen ihre Verbündete: »Sie wissen nicht zufällig, wo Herr Rehder ist?«

»Ich? Nein, da kann ich Ihnen leider nicht weiterhelfen«, war die unbefriedigende Antwort.

»Hm, ja, dann, danke«, gab Katharina zurück und hörte selbst die Enttäuschung in ihrer Stimme, als sie sich zum Gehen wandte.

»Obwohl Moment, warten Sie mal. Ich hab ihn vorhin wegfahren sehen. Zusammen mit einer Frau. Hilft Ihnen das vielleicht weiter?«, klang es hoffnungsvoll aus dem Mund der Nachbarin – sie wollte offenbar gern helfen.

»Mit einer Frau? Sind Sie sich da sicher?«, wiederholte Katharina, ohne nachzudenken, und ärgerte sich erneut. Das war heute eindeutig nicht ihr Tag, sie hatte ihre Empfindungen normalerweise deutlich besser im Griff.

»Ja«, antwortete die Frau, die sich über Katharinas überraschten Ausruf nicht zu wundern schien. »Also zumindest fast. Denn ich hab mit Herrn Rehder nicht gesprochen. Ich hab das ja auch nur von Weitem gesehen. Es hätte auch ein anderer Mann sein können, aber wer sollte schon mit Herrn Rehders Auto wegfahren? Ich hab auch mehr auf die Frau geachtet, denn ich dachte erst, das wäre seine Exfrau, aber ich glaube, da habe ich mich getäuscht. Ich habe die ehemalige Frau Rehder ja schon Jahre nicht mehr gesehen, vermutlich sah diese Frau ihr einfach ein bisschen ähnlich.« Sie schaute etwas verlegen, als sie ergänzte: »Halten Sie mich jetzt aber bitte nicht für so eine neugierige Alte, die hier den ganzen Tag aus dem Fenster guckt. Ich habe nur gerade meinen Müll rausgebracht, als die beiden ins Auto gestiegen sind, sonst wüsste ich das gar nicht.«

Katharina sah die Frau an. Wie eine Fensterkissenoma sah sie in der Tat nicht aus. Lächelnd antwortete sie daher: »Nein, tu ich nicht, versprochen!« Sie wünschte der Nachbarin noch einen schönen Abend und stieg in ihr Auto. Sie warf einen Blick in den Rückspiegel. »Und nun?«, fragte sie ihr eigenes Spiegelbild. Ohne sich eine Antwort zu geben, startete sie den Wagen und fuhr zurück in Richtung Lüneburger Altstadt. Kurz darauf hielt sie auf einem kleinen Parkplatz an. Sie hatte keine Lust, diesen Abend jetzt allein auf der Couch zu verbringen. Dann würde der Frust über die geplatzte Verabredung sie die ganze Zeit beschäftigen, das wusste Katharina genau. Ohne lange zu überlegen, wählte sie die Nummer von Bene. Sie rechnete zwar damit, dass er in der Bar im Hotel »Heideglanz« war, aber sofern dort nicht extrem viel los war, ging er auch während seines Dienstes ans Telefon. Bereits nach dem zweiten Klingeln hörte sie seine fröhliche Stimme: »Katharina, was für eine schöne Überraschung! Was verschafft mir die unerwartete Ehre?«

Die Kommissarin lächelte. Ja, genau das hatte sie jetzt gebraucht. Die fröhliche Stimme eines Mannes, der sich über ihren Anruf freute.

»Das verdankst du der frühen Dunkelheit und meiner dadurch verursachten Langeweile«, gab sie ebenso fröhlich zurück. Dass sein Zwillingsbruder sie versetzt hatte, musste sie Bene nicht auf die Nase binden, und sie hielt es für sehr unwahrscheinlich, dass Ben ihm umgekehrt von der Verabredung erzählt hatte. Wie auch – scheinbar hatte er sie ja sehr schnell vergessen … Aber sie wollte nicht schon wieder anfangen, sich zu ärgern.

»Hast du zufällig noch ein Plätzchen an deinem Bartresen frei?«, sagte sie in lockerem Ton. »Dann würde ich auf einen Sprung vorbeikommen.«

»Für dich jederzeit«, antwortete Bene sofort. »Eigentlich …« Er stockte kurz. »Shit«, hörte sie dumpf, bevor er weitersprach. »Hier kommt gerade eine mittelgroße Horde reingestiefelt. Wie üblich pünktlich zur Happy Hour. Da gibt es ja ein paar Häppchen umsonst und die Herrschaften sparen sich die Bratwurst auf dem Weihnachtsmarkt.«

Katharina musste lächeln. Nicht zum ersten Mal regte sich Bene darüber auf, dass seine Bar zur allabendlichen Happy Hour-Zeit in der Regel brechend voll war und sich genauso schnell leerte, wenn die gratis gereichten Snacks verputzt waren.

»Aber pass auf«, fuhr Bene fort. »In spätestens eineinhalb Stunden ist es hier wieder leerer. Wenn du dann kommst, hab ich auch ein bisschen Zeit für dich. Und wenn ich es geregelt bekomme, mach ich früher Schluss und wir können noch zu mir gehen. Was hält meine kriminalistische Traumfrau denn davon?«

»Dieser charmanten Einladung kann ich natürlich nicht widerstehen«, lachte Katharina gelöst, verabschiedete sich kurz und fuhr mit sehr viel besserer Laune als noch vor wenigen Minuten zurück in ihre Wohnung. Dort angekommen, sprang sie unter die Dusche. Unter dem kräftigen Wasserstrahl konnte sie sämtlichen Frust vergessen, und als sie eine Stunde später die Wohnungstür hinter sich zuzog, um zu Bene in die Bar zu gehen, war sie sicher, dass noch ein schöner Abend auf sie wartete.

Das Jahr ward alt. Hat dünne Haar.
Ist gar nicht sehr gesund.
Kennt seinen letzten Tag, das Jahr.
Kennt gar die letzte Stund.
Ist viel geschehn. Ward viel versäumt.
Ruht beides unterm Schnee.
Weiß liegt die Welt, wie hingeträumt.
Und Wehmut tut halt weh.
Noch wächst der Mond. Noch schmilzt er hin.
Nichts bleibt. Und nichts vergeht.
Ist alles Wahn. Hat alles Sinn.
Nützt nichts, dass man's versteht.
Und wieder stapft der Nikolaus
durch jeden Kindertraum.
Und wieder blüht in jedem Haus
der goldengrüne Baum.
Warst auch ein Kind. Hast selbst gefühlt,
wie hold Christbäume blühn.
Hast nun den Weihnachtsmann gespielt
und glaubst nicht mehr an ihn.
Bald trifft das Jahr der zwölfte Schlag.
Dann dröhnt das Erz und spricht:
»Das Jahr kennt seinen letzten Tag,
und du kennst deinen nicht.«

(Der Dezember, Erich Kästner)

2. KAPITEL:

MITTWOCH, 3. DEZEMBER 2014

05:03 Uhr

Bene setzte sich kerzengerade in seinem Bett auf, nachdem er gehört hatte, wie seine Wohnungstür leise ins Schloss gezogen worden war. Er atmete schwer vor unterdrückter Wut. Gerade das vorsichtige Zuziehen der Tür ärgerte ihn über die Maßen. Er hatte gedacht, sie seien inzwischen über diesen Punkt ihrer Beziehung hinaus.

Bene ballte seine Hand zu einer Faust, hob sie hoch und ließ sie auf die Bettdecke sausen. Katharina hatte sich benommen wie nach ihrer allerersten Nacht. Auch damals hatte sie sich in den frühen Morgenstunden wie ein Dieb aus seiner Wohnung geschlichen. Wie eben hatte er es auch seinerzeit mitbekommen und er hatte sie nicht zurückgehalten. Im Gegenteil, es war ihm sogar sehr recht gewesen, dass sie noch vor dem Frühstück ohne Diskussion aus seinem Bett verschwunden war, denn nach Verbindlichkeiten einer Frau gegenüber hatte ihm so gar nicht der Sinn gestanden. Schließlich hatte er Katharina an ihrem allerersten gemeinsamen Abend im Café Krass aufgegabelt und nichts anderes als das kurze Glück bei ihr gesucht. Und gefunden, dachte er süffisant, als er sich jetzt der Erinnerung an diese Stunden hingab. Wobei er sich sofort selbst Lügen strafte, denn von kurzer Dauer war das Glück nicht gewesen. Katharina hatte es ihm vom ersten Augenblick an angetan. Schon als er sie mit ihrer roten Lockenmähne am Tresen vom Krass hatte stehen sehen, hatte er geahnt, dass sie mehr als nur eine weitere schnelle Nummer in seinem Leben sein könnte – ob er wollte oder nicht. Worin diese Anziehungskraft, die sie auf ihn ausgeübt und die bis heute keineswegs nachgelassen hatte, lag, wusste er nicht genau. Vielleicht waren es ihre roten Haare gewesen, von denen er heute wusste, dass Katharina sie kaum bändigen konnte, und damals dachte, dass sie Rückschlüsse auf ihre Qualitäten im Bett zulassen würden. Zumindest hatte er daran gedacht, was der Volksmund über rothaarige Frauen so sagte. Vielleicht war es aber auch ihre zur Schau gestellte Unabhängigkeit gewesen, die sie für ihn hatte interessant erscheinen lassen, und das Fehlen jeglicher Koketterie, die er an Frauen immer schon furchtbar anstrengend gefunden hatte. Inzwischen wusste er noch weit mehr Eigenschaften an Katharina zu schätzen. Angefangen bei ihrer Souveränität und ihrem scharfen Verstand bis hin zu ihrer Sensibilität und dem ausgeprägten Mitgefühl. Außerdem konnte sie unglaublich gut zuhören, wobei sie das in ihrem Job natürlich auch musste. Mittlerweile liebte er es, mit ihr zu frühstücken oder zumindest noch eine Weile vor dem Aufstehen gemeinsam mit ihr im Bett zu verbringen. Darüber hinaus sah Katharina in Benes Augen umwerfend aus. Und er hatte sie gern um sich. Wenn er ehrlich zu sich selbst war, vermisste er sie sogar, wenn sie nicht bei ihm war. So wie jetzt. Keine fünf Minuten, nachdem sie gegangen war. Ja, der Spruch »Er lernte sie kennen und lieben« traf wohl auf ihn zu. Wenn ihm das einer vor rund dreieinhalb Jahren gesagt hätte, hätte er ihn ausgelacht, und so richtig konnte Bene das Ganze auch selbst nicht fassen. Vor dreieinhalb Jahren hatte er Katharina kennengelernt und in dieser Zeit war wirklich viel Wasser die Ilmenau hinuntergeflossen. Gut, am Anfang war ihre Beziehung recht holprig verlaufen, aber seit etwa einem Jahr hatte sie sich intensiviert und aus einer gelegentlichen Affäre war zumindest eine regelmäßige geworden. Wobei »Affäre« das Wort war, das Katharina für ihre Beziehung verwendete, wenn sie mal – meist im Scherz – darüber sprachen. Vor einigen Monaten hatte er das selbst noch getan, doch inzwischen versetzte es ihm einen kleinen Stich. Affäre war für ihn gleichbedeutend mit Abenteuer und einer unverbindlichen Beziehung, die lediglich auf Sex beruhte. Von Katharina wollte er weitaus mehr und was für ihn entscheidend war: Seit es Katharina in seinem Leben gab, interessierte er sich nicht mehr für andere Frauen. Das letzte Mal hatte er vor etlichen Jahren Julie gegenüber solche Gefühle gehabt, aber selbst da hatte er es nicht durchziehen können. Jetzt war er aber ein gutes Stück älter und reifer. Das hieß natürlich nicht, dass er morgen einen Bausparvertrag abschließen würde, aber gerade gestern hatte er sich überlegt, Katharina zu fragen, ob sie mit ihm bei seiner Familie Heiligabend verbringen wolle. Für ihn war diese Frage gleichbedeutend mit einer verbindlichen Beziehung. Dann waren sie für ihn offiziell ein Paar. Als Katharina dann unerwartet angerufen hatte, um ihn spontan zu treffen, hatte er sich wie irre gefreut und sie tatsächlich später bei sich zu Hause gefragt. Sie hatte bei ihm auf dem Schoß gesessen, von ihrem Martini genippt, den er immer für sie bei sich in der Wohnung stehen hatte, dann noch mal genippt und ihn schließlich auf ex heruntergekippt. Dann war sie von seinem Schoß aufgestanden, hatte ihn mit gerunzelter Stirn verwundert angeschaut, irgendwas gemurmelt von »Ich denk drüber nach«, ihn an der Hand genommen und ins Schlafzimmer gezogen. Und heute Morgen hatte sie sich einfach davongestohlen! Schluss jetzt! Bene verbot sich jeden weiteren gefühlsduseligen Gedanken an Katharina. Ein weiteres Mal malträtierte Benes Faust die Bettdecke. Lieber hätte er sein Saxofon herausgeholt, um Dampf abzulassen, aber dafür war es zu früh am Morgen.

07:13 Uhr

Katharina betrat ihr Büro und tastete nach dem Lichtschalter. Es war noch stockfinster und außer ihr war so früh noch niemand da. Sie war jedoch, nachdem sie sich aus Benes Wohnung geschlichen hatte, nur kurz zum Umziehen und Duschen in ihre Wohnung gegangen und hatte sich dann sofort wieder auf den Weg zur Arbeit gemacht. Dafür gab es mehrere Gründe. Zum einen war ihr sofort beim Aufwachen die Frage in den Kopf geschossen, ob Ben heute wieder zur Arbeit erscheinen würde. So ganz hatte sie die Sorge um ihn nicht zur Seite schieben können, auch wenn die Beobachtung von Bens Nachbarin dagegensprach, dass es einen Grund gab, beunruhigt zu sein. Außerdem war da diese irritierende Frage von Bene am gestrigen Abend gewesen, die sie unruhig machte. Die Kommissarin setzte den Kaffeevollautomaten in Gang und unterbrach damit die Stille in dem leeren Büro. Während sich ihr Kaffeebecher langsam füllte, startete sie ihren Rechner und knipste die Schreibtischlampe an. Dann löschte sie das helle Deckenlicht wieder, um sich mit dem dampfenden Kaffeebecher im angenehm gedämpften Licht an ihren Schreibtisch zu setzen. Sie war gestern Abend so glücklich gewesen, als Bene sie in der Hotelbar fröhlich begrüßt und sofort von ihren trüben Gedanken abgelenkt hatte. Genau das hatte sie sich von seiner Gesellschaft erhofft. Als er ihr dann gesagt hatte, dass keine größeren Reservierungen vorlagen und seine Kollegin den Abend allein bewältigen konnte, hatte sie sich noch mehr gefreut. So verließen sie bereits eine Stunde nach ihrer Ankunft die Bar und schlenderten Arm in Arm durch die kalte Lüneburger Altstadt zu Benes Wohnung in der Grapengießerstraße. Es war ein wunderschöner Abend geworden. Benes Zärtlichkeit, sein Charme und sein Witz hatten sie vollends gefangen genommen und sie hatte sich total entspannt. Bis zu dem Moment, als er sie fragte, ob sie Lust hätte, den Heiligabend mit ihm und seiner Familie zu verbringen. Wumm – diese eine kurze Frage hatte sie komplett umgehauen. Und sie tat es auch jetzt wieder, als Katharina sich nur an den Moment erinnerte.

Katharina stand auf und sah in den Flur vor dem Büro hinaus. Noch immer war alles ruhig und dunkel. So ging sie zurück, öffnete das Fenster neben ihrem Schreibtisch und griff nach der Zigarettenschachtel in ihrer Lederjacke. Mit dem Kaffeebecher in der einen und der glimmenden Zigarette in der anderen Hand lehnte sie sich ans Fenster und spürte die kalte Morgenluft im Gesicht. Was hatte Bene sich bloß dabei gedacht? Heiligabend mit seiner Familie hieß mit seinen Eltern, die Katharina bisher nur flüchtig kannte. Außerdem mit Leonie, seiner 11-jährigen Tochter und mit Julie, der Mutter seiner Tochter, die gleichzeitig

Katharinas Freundin und Nachbarin war. Und mit Ben, ihrem Vorgesetzten. Normalerweise würde sich jede Frau über diese Frage freuen, das wusste Katharina ganz genau. Zumindest dann, wenn man eine feste Beziehung eingehen wollte, denn diese Frage zeigte, dass man einen Schritt weiterkam. Doch wollte sie diesen Schritt? Wollte sie überhaupt eine feste Beziehung? Mit Bene? Irgendwie hatten sie ein verdammt schlechtes Timing. Zu Beginn ihrer Liaison war alles noch einfach gewesen, da hatten beide ganz klargemacht, dass alles absolut unverbindlich sein sollte. Doch irgendwann war dieses Übereinkommen unabgesprochen gekippt. Eine Zeit lang war es Katharina gewesen, die sich mehr Nähe gewünscht hatte, die Bene ihr dann jedoch gerade nicht hatte geben können oder wollen. Und nun schien Bene an dem Punkt zu sein, wo er mehr wollte. Doch das konnte Katharina sich momentan nicht vorstellen. Anders – sie hatte in letzter Zeit einfach nicht mehr darüber nachgedacht. Und allein das zeigte ihr, dass sie diese Veränderung nicht wollte. Nicht jetzt. Und ganz sicher nicht zu Weihnachten. Wie stellte Bene sich das überhaupt vor? Dass sie am Heiligabend mit ihm und ihrem Chef vor der brutzelnden Gans sitzen, sich von der Mutter der Brüder die Knödel auffüllen lassen und gemeinsam mit allen Julklapp machen würde? Allein die Vorstellung ließ Katharina schaudern. Sie wollte Bene bestimmt nicht verletzen, aber gerade deshalb musste sie das schnellstmöglich mit ihm klären. Natürlich war es nicht die feine Art gewesen, heute Morgen klammheimlich zu verschwinden. Aus diesen Zeiten waren sie definitiv längst raus. Aber nachdem sie – trotz der blöden Frage – eine aufregende und wunderschöne Nacht miteinander verbracht hatten, hätte sie ihm heute Morgen nicht entspannt begegnen können. Katharina nahm sich fest vor, so bald wie möglich mit Bene zu sprechen und ihm ihre Zweifel zu erklären. Auch wenn sie riskierte, dass sie damit etwas kaputtmachte.

Sie löschte ihre Zigarette in dem kleinen Taschenaschenbecher, den sie für solche »Notfälle« immer in ihrem Schreibtisch liegen hatte, schloss das Fenster und machte sich einen frischen Kaffee. Danach säuberte sie die Maschine akribisch, was einige Zeit in Anspruch nahm, ab und an aber mal notwendig war. Außerdem empfand sie es als willkommene Ablenkung. Im Anschluss füllte sie die Bohnen auf. Nachdem sie gerade wieder an ihrem Schreibtisch Platz genommen hatte, betrat Tobias das Büro. »Moin, Katharina!«, rief er wie gewohnt fröhlich in den Raum. »Melde: Dein Kollege ist vollständig genesen und heute Mittag wieder in der Lage, mit dir ein deftiges Fastfood-Menü zu genießen!« Er grinste und zeigte auf Katharinas Kaffeebecher. »Und den da lass ich mir heute auch nicht noch mal entgehen!« Als er sich kurz darauf mit seinem frischen Kaffee ihr gegenüber an seinen Schreibtisch setzte, zeigte er auf Bens leeres und dunkles Büro. »Ist der Chef immer noch nicht wieder da?«

Katharina schüttelte den Kopf. »Ich hab auch keine Ahnung, wo er steckt. Ich hab nichts von ihm gehört, weder gestern Abend noch heute Morgen. Und gerade weil er zwei Tage nicht da war, wäre er dann doch garantiert heute besonders früh hier gewesen, meinst du nicht?«

Nun sah auch Tobi etwas verwundert aus. »Doch, stimmt. Das ist jetzt allmählich echt irgendwie komisch.« Er überlegte kurz. »Vielleicht hat er sich bei Mausi abgemeldet, und der hat nur vergessen, uns zu informieren?«

Katharina verzog den Mund zu einer missbilligenden Grimasse. Sie fand den Spitznamen des Kriminalrats einfach nur dämlich, ertappte sich von Zeit zu Zeit allerdings dabei, dass sie den Namen selbst verwendete, wenn sie mit den Kollegen über ihn sprach, was sie noch schlimmer fand.

»Dass Mausner das vergisst, kann ich mir gut vorstellen«, gab sie ihrem Kollegen recht. »Andererseits, gerade wenn er wüsste, dass Ben nicht da ist, hätte er eigentlich längst hier bei uns auf der Matte gestanden, um sicherzugehen, dass wir auch anständig arbeiten, oder?«

»Auch wieder richtig«, bestätigte Tobias.

Einen kurzen Moment lang schwiegen beide. Dann ergriff Katharina die Initiative. »Mir ist das zu blöd. Irgendwas stimmt da nicht. Und ich will jetzt wissen, was los ist. Ich geh zu Mausner und frage ihn direkt.«

»Okay«, sagte Tobi. »Dann gehe ich inzwischen zu Frauke und frag nach, ob sie schon neue Infos für uns hat, was den Schädel aus der Ilmenau angeht. So können wir Mausner – egal, ob Ben heute noch kommt – klare Fakten nennen, was wir auf dem Tisch haben und dass wir hier nicht Däumchen drehen.«

»Besser ist das«, meinte Katharina und Tobi grinste ihr verschmitzt zu.

Die beiden Kommissare leerten ihre Kaffeebecher und wollten gerade das Büro verlassen, als ein Kollege aus dem Dezernat für Sexualdelikte an den Türrahmen des offenen Büros klopfte.

»Guten Morgen zusammen, ich will zu Ben. Ist er schon da?«

Katharina gab Tobi ein Zeichen, dass er schon losgehen könne und wandte sich dem Kollegen zu. »Nein, Ben ist noch nicht da. Kann ich dir helfen?«

»Eigentlich habe ich nur eine Info für ihn«, sagte der Kollege und trat ein paar Schritte ins Büro hinein, während Tobi an ihm vorbei nach draußen verschwand und Katharina zuwinkte. »Aber die kannst du Ben auch ausrichten. Wir wollten ihn wissen lassen, dass ein ehemaliger ›Kunde‹ von ihm seit Kurzem wieder auf freiem Fuß ist.«

Katharina wurde sofort hellhörig und bat den Kollegen, näher heranzutreten. »Um wen geht es?«, fragte sie interessiert.

»Heinzen, Helmut Heinzen«, antwortete der Kollege ohne Umschweife. »Ben hat ihn vor ein paar Jahren der mehrfachen Vergewaltigung überführt, als er noch bei uns im Dezernat war. Und Heinzen hat ihm damals gedroht, sich an ihm zu rächen.«

»Und jetzt ist er wieder draußen?«, fragte Katharina besorgt.

»Ja, die übliche Geschichte, gute Führung, gute Chancen auf Resozialisierung … Du weißt schon. Er wurde vor knapp zwei Wochen entlassen, aber wir haben es auch erst gestern Abend erfahren. Wie das so ist. Natürlich hat er noch Bewährung, aber …«, der Kollege stockte.

»Aber was«, hakte Katharina sofort nach.

»Wir haben einen akuten Fall auf dem Tisch, der genau nach dem Muster abgelaufen ist, wie Heinzen es damals immer abgespult hat.«

»Kann ich es ein bisschen genauer haben?«, fragte Katharina ungeduldig.

»Eine junge Studentin ist gestern in ihrer eigenen Wohnung vergewaltigt worden. Von einem Mann mit einer schwarzen Maske. Sie selbst hat ihn als den ›Schwarzen Mann‹ bezeichnet. So wurde Heinzen damals von der Presse genannt, weil er sein Gesicht immer hinter der gleichen Maske versteckt hat. Und auch der Ablauf ist extrem ähnlich. Bis hin zu dem Umstand, dass Heinzen sich seine damaligen Opfer schon immer an der Uni rausgefischt hat …«

In Katharina stieg Panik auf. Hatte dieser Heinzen möglicherweise etwas damit zu tun, dass sie von Ben nichts hörten? Hatte der Ex-Häftling seine Rachepläne in die Tat umgesetzt, kaum dass er wieder draußen war? Allem Anschein nach hatte der Typ sich ja nicht im Griff, falls er tatsächlich der gesuchte Vergewaltiger war. Aber wie passte dann die Frau, mit der Ben weggefahren war, ins Bild?

Sie bedankte sich bei dem Kollegen und versprach, ihren Chef über die aktuelle Situation zu informieren, sobald sie ihn sehen würde. Nachdem er das Büro verlassen hatte, atmete sie tief durch und dachte weiter über die neuen Informationen nach. Vielleicht hatte Heinzen die Frau gezwungen, mit Ben wegzufahren, um von sich selbst abzulenken. Erschrocken über ihre Vermutung rief Katharina sich zur Räson. Bisher war überhaupt nicht klar, ob Ben etwas zugestoßen war, und es war außerdem weder erwiesen, dass Heinzen wieder nach seinem alten Muster aktiv geworden war, noch dass Ben tatsächlich mit einer Frau weggefahren war. Das war lediglich die einzelne Beobachtung einer Nachbarin, die selbst eingeräumt hatte, dass sie sich auch getäuscht haben konnte. Aber wer war dann mit dem Wagen weggefahren? Denn dass er nicht mehr unter Bens Carport stand war Fakt, grübelte Katharina gegen ihren Willen weiter. Es war also durchaus möglich, dass jemand anderes in Bens Wagen gestiegen war. Zum Beispiel Heinzen … Für solche Spekulationen war es natürlich noch viel zu früh und außerdem waren sie eigentlich überhaupt nicht Katharinas Art. Die Kommissarin straffte die Schultern und verließ mit energischen Schritten das Büro. War sie vor dem Besuch des Kollegen noch nicht ganz von ihrem Vorhaben überzeugt gewesen, so war ihr nun schlagartig klar, dass ihr keine andere Wahl blieb: Sie musste mit Mausner sprechen, denn irgendetwas stimmte hier nicht.

08:36 Uhr

Ben hatte langsam aber sicher das Gefühl, wahnsinnig zu werden. Er hatte jegliches Zeitgefühl verloren. So musste es Gefängnisinsassen gehen, die in eine Isolierzelle gesteckt wurden. Wobei in solchen Zellen seines Wissens nach Tag und Nacht das Licht brannte, anstatt den Raum durchgehend in völlige Dunkelheit zu tauchen, wie es bei ihm der Fall war. Aber nackt, nackt waren Isolierzellengäste meist auch. Wie er. Wenigstens hatte er ein Bett, wenn er die kleine Schlafcouch, die Simone damals auf dem Flohmarkt im Hamburger Schanzenviertel ergattert hatte, und auf der er jetzt auch wieder lag, als solches ansah. Und eine Decke. Ob er, wie in Isolierzellen üblich, auch videoüberwacht wurde? Mit einer Infrarotkamera, die ihn in der Dunkelheit sozusagen abtastete? Bei diesem Gedanken versteifte Ben sich auf dem Sofa. Dann suchten seine Augen den Raum nach einem kleinen blinkenden Lämpchen ab, wobei ihm im Prinzip klar war, dass das Unsinn war. Nicht jede Kamera hatte ein blinkendes Lämpchen, das den Betrieb anzeigte. Nur in Filmen war das immer so. Doch das hier war kein Film. Auch kein böser Traum, sondern die pure Realität. Ben war in seinem eigenen Haus gefangen. Zumindest, wenn er den Fakten, die er ertastet hatte, trauen konnte. Aber dann hätte sein Überwacher irgendwie in seinen Keller und auch noch in diesen normalerweise durch einen Bauernschrank versperrten Raum kommen müssen, um die Kamera zu installieren. Doch wer, außer seinem engsten Umfeld, wusste überhaupt von diesem Raum? Ben schloss trotz der Dunkelheit die Augen und konzentrierte sich. Auf diese Weise schaltete er die aufsteigende Panik aus. Wenn er jemals hier herauskommen sollte, würde er den Rest seines Lebens unter Platzangst leiden. Da war er sich sicher. Nicht daran denken, ermahnte der Kommissar sich selbst und ging in seinem Kopf die letzten Tage und Wochen durch. War da jemand in seinem Haus gewesen, der eine Kamera hätte installieren können? Ben fiel nur der neue Schornsteinfeger ein, der vor gut zwei Wochen zum jährlichen Check da gewesen war. Hatte der Mann sich nur für den Schornsteinfeger ausgegeben und war das Kärtchen mit der Besuchsankündigung, das vorab in Bens Briefkasten gelegen hatte, nur ein Fake gewesen? Möglich war es natürlich, aber selbst wenn – in diesem Moment half Ben diese Überlegung nicht weiter. Vor allem weil es so einige Kandidaten gab, die ihm nicht wohlgesonnen waren. Als Kommissar, der schon so manchen hinter Gitter gebracht hatte, lebte man stets in der Gefahr, dass sich der ein oder andere dafür rächen wollte, sobald er wieder auf freiem Fuß war.

Ben öffnete seine Augen wieder und starrte in die Dunkelheit. Dass er gefangen war, ließ sich nicht leugnen. Aber wie lange war er jetzt schon hier eingesperrt? Einen Tag, zwei Tage? Oder bloß ein paar Stunden, die ihm wie eine Ewigkeit vorkamen? Durch die unablässig gleichbleibende Dunkelheit konnte er es überhaupt nicht einschätzen. Wenigsten waren der Kopfschmerz und die Übelkeit aus seinem Körper verschwunden. Dafür hatte er Hunger und irrsinnigen Durst. Bevor er sich eben wieder auf das Sofa gelegt hatte, hatte er auf Knien rutschend und mit den Händen tastend nach irgendetwas Essbarem im Raum gesucht. Vergeblich. Auch etwas zu Trinken hatte er nicht gefunden. Wie auch? Vor seiner Gefangenschaft war er hier seit Ewigkeiten nicht mehr drin gewesen, bis auf dieses eine Mal, an dem er die Glühbirne geholt hatte. Gefangenschaft, gefangen. Allein dieses Wort! Und überhaupt: Warum holte ihn keiner hier raus? Er musste doch vermisst werden! Spätestens im Dienst von seinen Kollegen, die immerhin Kripobeamte waren!

Und wenn er nun doch nicht in dem ehemaligen Simone-Raum in seinem Keller eingesperrt war und er deswegen nicht gefunden wurde? Wenn er sich aufgrund der Wandvertäfelung, des Schlafsofas und auch des Flokatis getäuscht hatte? Superflauschige Teppiche waren gerade in letzter Zeit wieder im Trend. Zumindest waren sie in fast jedem Möbelhaus zu bekommen, wie Rehder unlängst festgestellt hatte, als er auf der Suche nach einer Stehlampe für sein Wohnzimmer gewesen war. Aber was war mit der Wandvertäfelung? Resigniert musste Ben sich eingestehen, dass auch die nicht unüblich war. Er hatte schon so einige Räume gesehen, die schallisoliert waren. Meistens wurden sie zum Musikmachen genutzt. So, wie Simone es ja auch vorgehabt hatte. Der Hauptkommissar schloss erneut die Augen und rieb sich die Schläfen. Alle diese Vermutungen brachten ihn nicht weiter und schon gar nicht hier heraus. Was ihm blieb, war die Hoffnung. Die Hoffnung, dass er sich doch in seinem Keller in seinem Haus befand und dass ihn hier bald jemand suchen würde. Allerdings stand er damit wieder vor derselben Frage: Wer wusste eigentlich von Simones Raum? Sein bester Freund Alex, sein Bruder Bene, denn der hatte damals geholfen, ihn auszubauen, und seine Eltern. Und natürlich Simone. Alles Menschen, die sich nicht nach ein oder zwei Tagen um ihn sorgen würden, da sie es gewohnt waren, dass er sich nicht ständig meldete. Ganz davon abgesehen, dass seine Eltern derzeit im Urlaub waren. Und Simone würde sich sowieso nicht um ihn sorgen … Im Grunde konnte er nur auf seine Kollegen zählen. Oder auf mich selbst, dachte Ben, und wusste im selben Augenblick, dass er diesen Gedanken brauchte, um sich aufrecht zu halten.

11:57 Uhr

Katharina zögerte einen kurzen Moment, bevor sie heute nun schon zum dritten Mal beherzt an die Tür klopfte, die ins Büro von Kriminalrat Stephan Mausner führte. An drei Tagen in der Woche »gönnte« ihr oberster Chef sich eine Sekretärin, wie er selbst sich gern ausdrückte. Diese Vorzimmerdame – das war ein offenes Geheimnis im Kommissariat – diente Mausner aber vornehmlich dazu, ihn vor allzu vielen Störungen zu bewahren, während er vermeintlich wichtige Termine wahrnahm. Dabei handelte es sich nicht selten um private Besuche der besseren Lüneburger Gesellschaft, die der Kriminalrat mit großem Ehrgeiz empfing. Gute Kontakte zu örtlichen Politik- und Wirtschaftsgrößen waren ihm äußerst wichtig, denn noch immer schien er sich zu Höherem berufen zu fühlen. Die besagten Herren und seltener Damen hatten wiederum gegen einen engen Draht zur Polizei in der Regel ebenfalls nichts einzuwenden. Schließlich wusste man ja nie, wofür das mal gut sein konnte. Katharina hatte das erst im vergangenen Jahr erlebt, als die Tochter eines angesehenen Lüneburger Unternehmers verschwunden war und Mausner sie von einem aktuellen Fall abziehen wollte, um nach dem Mädchen zu suchen. Am Ende war alles ganz anders gekommen, doch gelernt hatte Mausner daraus nicht.

Mittwochs war die Sekretärin des Kriminalrats nicht im Haus, das wusste Katharina, und so hatte sie das Vorzimmer direkt betreten, um sich bei Mausner nach Ben zu erkundigen. Heute Morgen bereits zweimal erfolglos. Da war Stephan Mausner noch nicht im Büro gewesen. Jetzt erfolgte ebenso keine Reaktion auf ihr Klopfen, doch sie hörte ihn in seinem Büro telefonieren. Der Kommissarin fiel es schwer, sich zu gedulden, ihr Anstandsgefühl verbot es ihr jedoch, das Büro einfach so zu betreten. Also wartete sie ein paar Minuten, bis sie hörte, dass das Telefonat hinter der Tür beendet wurde, und klopfte erneut an.

»Ja bitte!«, erklang es vernehmbar unerfreut von drinnen, was Katharina nicht im Geringsten störte. Forsch öffnete sie die Tür und betrat das elegant eingerichtete Büro.

»Guten Tag, Herr Mausner«, sagte sie höflich, trat auf seinen Schreibtisch zu und blieb in angemessenem Abstand stehen. »Ich muss Sie dringend sprechen. Es geht um Ben, also um Hauptkommissar Rehder.« Alle Kollegen im Kommissariat waren per Du, einzig der Kriminalrat hatte sich das förmliche »Sie« weitestgehend erhalten. Benjamin Rehder gehörte zu den wenigen Ausnahmen, mit denen auch er sich duzte. Katharina fiel es in dieser Konstellation immer etwas schwer, die richtige Formulierung zu finden.

»Guten Tag, Frau von Hagemann«, erwiderte der Kriminalrat und machte keine Anstalten, ihr einen Platz auf einem der Stühle vor seinem Schreibtisch anzubieten. Ein weiteres Zeichen dafür, dass er sich in seiner Ruhe gestört fühlte. »Was gibt es denn so Dringendes?« Erwartungsvoll sah er die Kommissarin an.

»Können Sie mir sagen, wo Hauptkommissar Rehder sich aufhält?« Katharina hatte auf dem Weg zu Mausners Büro beschlossen, direkt auf den Punkt zu kommen. Bei keinem anderen Kollegen hätte sie das so gemacht, doch da Ben und Mausner ein ganz spezielles Verhältnis hatten, war sie ziemlich sicher, dass Ben kein Ärger drohte, sollte sich ihre Sorge in Luft auflösen. Wenn Mausner nichts von Bens Abwesenheit im Dienst wusste und Ben aus welchem Grund auch immer einfach nur blaumachte, würde Mausner beide Augen zudrücken, während andere Kollegen postwendend eine Abmahnung erhalten würden. Katharina wusste nicht, weswegen es so war, und im Moment war ihr das auch ziemlich egal. Hauptsache, sie erfuhr gleich was über den Grund für Bens Abwesenheit.

Sie wurde enttäuscht. Verwundert sah der Kriminalrat erst Katharina und dann die große Wanduhr in seinem Büro an. »Ich verstehe Ihre Frage nicht, Frau von Hagemann. Wo soll er sein? Wenn er nicht bei Ihnen im Büro ist, wird er wohl jeden Moment eintreffen. Sicherlich wurde er einfach nur durch etwas aufgehalten, was ihn daran gehindert hat, heute Morgen pünktlich zum Dienst zu erscheinen.«

»Er ist nicht in seinem Büro«, antwortete Katharina. »Und gestern war er gar nicht hier, abgemeldet hat er sich aber auch nicht. Jedenfalls nicht bei dem Kollegen Schneider oder bei mir. Krankgemeldet hatte er sich nur am Montag. Darum wollte ich fragen, ob er sich vielleicht bei Ihnen noch länger krankgemeldet hat.«

Der überraschte Gesichtsausdruck ihres Gegenübers ließ Katharina ahnen, dass ihre Sorge um Ben nicht ganz unberechtigt war. »Nein, ich habe nicht mit Kommissar Rehder gesprochen, seit ...« Mausner überlegte kurz. »Seit vergangenen Freitag, kurz vor Feierabend. Ich war selbst in den letzten beiden Tagen nicht hier, sondern in dringenden Angelegenheiten unterwegs.«

Katharina konnte sich diese dringenden Angelegenheiten lebhaft vorstellen. Sie hatten im Zweifel in einem gehobenen Hotel stattgefunden, mit großem Spa-Bereich und exzellentem Essen. Zum Golfspielen war es zu dieser Jahreszeit schließlich zu kalt, zumindest für Image-Golfer wie Mausner einer war.

»Dann muss ich Ihnen mitteilen, dass ich befürchte, Ben – also Kommissar Rehder – könnte etwas zugestoßen sein.« So, jetzt war es raus.

Stirnrunzelnd sah Mausner Katharina an. »Was meinen Sie damit? Ich denke, er hat sich krankgemeldet!«

»Aber nur am Montag«, wiederholte Katharina. »Gestern nicht und heute auch nicht. Auf meine Anrufe hat er nicht reagiert, weder auf dem Festnetz noch auf seinem Handy. Das ist einfach nicht seine Art.«

»Ja, dann ... dann wird er vermutlich noch immer krank sein und das Telefon ausgeschaltet haben.« Mausner wirkte zusehends genervter.

»Entschuldigen Sie bitte, Herr Mausner, bei allem Respekt – das glaube ich nicht«, wagte Katharina sich vor. »Sie kennen Hauptkommissar Rehder doch noch viel besser als ich. Er ist absolut zuverlässig. Auch wenn es ihm nicht gut ginge, würde er sich zumindest abmelden. Und außerdem …« Katharina überlegte kurz, ob sie die Information des Kollegen vom Dezernat für Sexualdelikte einbringen sollte, und entschied sich dann dafür. »Außerdem gibt es da einen Straftäter, der Kommissar Rehder bei seiner Verhaftung mit Rache gedroht hat, und der ist seit einigen Tagen wieder auf freiem Fuß …«

Eigentlich hatte Katharina noch ihr Gespräch mit Bens Nachbarin und deren Beobachtung erwähnen wollen, doch in diesem Augenblick polterte Mausner lauthals los – eine Reaktion mit der Katharina beim besten Willen nicht gerechnet hatte: »Also, ich bitte Sie, Frau von Hagemann, das ist ja wohl nicht Ihr Ernst! Und wegen so einem Unsinn behelligen Sie mich? Benjamin Rehder ist in meinen Augen durchaus nicht immer ein Ausbund an Zuverlässigkeit, ich habe ihn da schon ganz anders erlebt. So traurig das ist. Natürlich ist es nicht in Ordnung, dass er – wenn es denn so ist – einfach seiner Arbeit fernbleibt, ohne uns zu informieren. Auch wenn es bisher ja wohl gerade mal ein Tag war, wenn ich Sie richtig verstanden habe. Aber das, was Sie da gerade … herumfantasieren, das geht ja nun wirklich zu weit! Am besten gehen Sie jetzt zurück an Ihren Schreibtisch. Ich bin mir sicher, Rehder ist inzwischen eingetroffen und wir beide hätten die letzten zehn Minuten besser nutzen können als mit diesen merkwürdigen Vermutungen!« Als hätte er es genau so geplant, klingelte in diesem Moment Mausners Telefon. Er sah die Kommissarin an, und als sie keine Anstalten machte, forderte er sie direkt auf: »Bitte, Frau von Hagemann, Sie sehen doch, ich habe zu tun!« Unwirsch wedelte er mit seiner rechten Hand in Richtung Tür, während er zum Hörer griff und das Gespräch entgegennahm.

Fassungslos stand Katharina wenige Sekunden später wieder auf dem Flur. Was war denn das für eine Reaktion gewesen? Sie war aufgebracht und wütend. Nicht, dass sie sich außer einer Information gerade viel Unterstützung von ihrem obersten Chef erwartet hatte, aber dass er sie dermaßen abwimmeln würde, hatte sie nicht für möglich gehalten. Eigentlich war sie auch nicht gewillt, das so hinzunehmen. Sie hatte ja nicht einmal die Chance bekommen, ihm etwas genauer von Helmut Heinzen zu berichten und den aktuellen Verdacht gegen den verurteilten Straftäter zu schildern. Und auch nicht von der Frau, mit der Ben angeblich weggefahren war. Das würde sie nachholen, und zwar schon sehr bald. So einfach ließ sie sich nicht abblocken. Sie war allerdings vernünftig genug, zu wissen, dass sie erst einmal runterkommen musste. Nichts wäre außerdem peinlicher, als wenn Ben tatsächlich inzwischen seelenruhig in seinem Büro saß, während sie beim Kriminalrat seinetwegen einen Aufstand probte. Sie würde jetzt zurück an ihren Schreibtisch gehen. Entweder Ben war da – woran sie mittlerweile aber nicht mehr glaubte – oder sie würde mit Tobi gemeinsam überlegen, was jetzt zu tun war. Und wenn Mausner ihr seine Unterstützung verweigerte, dann würde sie das eben alleine regeln. Als Allererstes würde sie jetzt erst einmal die umliegenden Krankenhäuser abtelefonieren, vielleicht hatte Ben ja auch einen Unfall gehabt und keine Papiere mit sich geführt.

Das Jahr vergeht in Monatsraten.
Es ist schon wieder fast vorbei.
Und was man tut, sind selten Taten.
Das, was man tut, ist Tuerei.

(aus: Herbst auf der ganzen Linie, Erich Kästner)

3. KAPITEL:

DONNERSTAG, 4. DEZEMBER 2014

08:57 Uhr

»Du siehst ja aus wie der Tod auf Latschen!« Ehrlich etwas erschrocken sah Tobias Katharina an, nachdem er das Büro betreten und sich ihr gegenüber in seinen Schreibtischstuhl hatte fallen lassen. »Hast du eine lange Nacht gehabt?«

»Danke für die Blumen«, erwiderte Katharina. Sie wusste, dass er recht hatte, sie selbst war beim morgendlichen Blick in den Spiegel entsetzt gewesen. Ein Schwall eiskaltes Wasser, das sie sich daraufhin ins Gesicht geschwappt hatte, hatte zwar ein wenig Abhilfe geschafft, aber offensichtlich nicht genug. »Keine Sorge, dir ist keine wilde Party entgangen, ich hab nur schlecht und wenig geschlafen.«

»Alles in Ordnung bei dir?«, fragte Tobi besorgt.

»Ach, ich hab mir die halbe Nacht Gedanken gemacht, was mit Ben los sein könnte.« Katharina sah Tobi mit ernster Miene an. »Oder willst du mir etwa erzählen, dass du dir immer noch keinen Kopf machst, wo er steckt?«

»Na ja«, räumte Tobias ein, »ich geb zu, inzwischen finde ich das auch merkwürdig, zumal die Krankenhaustelefoniererei gestern auch nichts ergeben hat. Aber als du gesagt hast, dass Mausner das so locker genommen hat …«

»Ach der«, fuhr Katharina barsch dazwischen. »Der war doch einfach zu bequem, überhaupt darüber nachzudenken. So was passte gestern wahrscheinlich einfach nicht in seine Tagesplanung. Traurig genug eigentlich, dass es ihn als Vorgesetzten scheinbar überhaupt nicht kratzt, ob seine Mitarbeiter zur Arbeit erscheinen oder nicht!« Katharina gab sich nicht einmal Mühe, ihren Ärger über den Kriminalrat zu verheimlichen. Nach dem Gespräch mit ihm am Vortag hatte sie sich Tobias gegenüber noch zusammengerissen. Sie hatte ihrem Kollegen nur die Fakten wiedergegeben, aber nicht ihre Meinung zu Stephan Mausners Desinteresse. Auch war sie sich ein wenig albern vorgekommen. Niemand außer ihr schien sich über Benjamins Fernbleiben oder Verschwinden – ganz wie man es sah – Sorgen zu machen. Deswegen hatte sie gestern beschlossen, nicht noch weiter die Pferde scheu zu machen und bis heute abzuwarten. Die Krankenhäuser hatte sie allerdings wie geplant abtelefoniert, jedoch ohne Ergebnis. Sie hatte den Rest des Tages irgendwie über die Runden bekommen, aber nach der vergangenen schlaflosen Nacht hatte sie jetzt keine Kraft mehr, sich zurückzunehmen. Am Vorabend hatte sie versucht, sich vor dem Fernseher abzulenken. Weitestgehend erfolglos. Dann hatte sie sich nicht mehr zurückhalten können, den Hörer in die Hand genommen und erneut bei Ben angerufen – sowohl auf dem Festnetz als auch auf dem Handy. Bei beiden Anschlüssen war wieder nur die Mailbox angesprungen, doch diesmal hatte Katharina keine Nachricht hinterlassen. Irgendwann war sie ins Bett gegangen, hatte sich ein Buch geschnappt, aber nach kurzer Zeit gemerkt, dass sie sich nicht wirklich darauf konzentrieren konnte. Den Rest der Nacht hatte sie sich – bis auf kurze Phasen, in denen sie oberflächlich eingedöst war – mit ihren Gedanken herumgeschlagen. Am Morgen hatte sie dann den endgültigen Entschluss gefasst, diese Ungewissheit nicht länger mit sich herumzuschleppen. Sie wollte erst mit Tobias sprechen und dann ein weiteres Mal zu Mausner gehen und zur Not auf den Tisch hauen.

Tobias sah sie besorgt an. »Ich versteh dich ja, Katharina. Aber es gibt da was, was du vermutlich nicht weißt, denn damals warst du noch nicht hier.«

Neugierig sah Katharina ihren Kollegen an. »Und das wäre?«

Tobi räusperte sich. »Na ja«, druckste er fast etwas verlegen herum. »Eigentlich würde ich das so nicht erzählen, aber vielleicht beruhigt es dich ja etwas.«

»Nun schieß schon los«, forderte Katharina ihn ungeduldig auf.

»Als Ben vor ein paar Jahren von seiner Frau verlassen worden ist, noch dazu wegen so einem komischen Guru-Typen, da ging es ihm ziemlich schlecht. Und damals ist er ganz plötzlich und ohne irgendeine Vorwarnung einfach für ein paar Tage verschwunden. Untergetaucht, wenn du so willst. Auch da hat keiner gewusst, wo er steckt, wir Kollegen nicht und Mausner auch nicht.«

Die Kommissarin sah Tobi überrascht an. Davon hatte sie bisher tatsächlich nichts gewusst. »Und dann?«, fragte sie auffordernd.

»Dann stand er genauso plötzlich wieder in der Tür, wie er verschwunden war«, erklärte Tobias. »Er hat sich knapp entschuldigt, ist an seinen Schreibtisch gegangen und das war's.«

»Aha«, kommentierte Katharina kurz. So ein Verhalten hätte sie sich von ihrem Chef bisher nicht vorstellen können.

»Mausner erinnert sich mit Sicherheit an die Geschichte«, fuhr Tobias fort. »Der hat damals nämlich mächtig getobt, und Ben hat eine Weile lang nicht die besten Karten gehabt, was uns alle gewundert hat, da Mausner Ben ja bekanntlich so einiges durchgehen lässt.«

Einen Moment lang schwiegen beide Kollegen. Dann fügte Tobias hinzu: »Mein einziges Problem bei der Sache ist, dass Ben im Moment ja total entspannt ist. Ich wüsste nicht, was ihn gerade so aus der Bahn geworfen haben könnte, das annähernd so heftig ist wie die Sache damals, als seine Frau ihn sitzen gelassen hat.«

Katharina überlegte stumm. Auch ihr kam dafür nicht wirklich ein Grund in den Sinn. Für einen winzigen Moment huschte ihr die Erinnerung an den gemeinsamen Sonntagabend vor dem Kamin durch den Kopf. Konnte es vielleicht sein, dass Ben sich Hoffnungen … Nein, sie verwarf den Gedanken abrupt. Unsinn. Das war total abwegig. Oder war er viel sensibler, als sie dachte? Aber auch hier passte die unbekannte Frau irgendwie nicht rein. Bevor sie weiter darüber nachdenken konnte, wurde sie durch ein forsches »Guten Morgen« unterbrochen. Stephan Mausner hatte wie gewöhnlich ohne anzuklopfen das Büro betreten und stand nun etwas unbeholfen mitten im Raum.

»Guten Morgen, Herr Kriminalrat«, begrüßte Tobias ihn betont höflich, besorgt, dass Katharina das Bedürfnis verspürte, ihren Frust loszuwerden.

Mausner sah zum dunklen und leeren Büro von Benjamin Rehder hinüber. »Hauptkommissar Rehder ist also auch heute nicht erschienen?«, fragte er.

»Nein, und wir haben nach wie vor kein Lebenszeichen von ihm«, konnte Katharina sich nicht verkneifen zu sagen.

Mausner sah sie an und Katharina glaubte, eine gewisse Unsicherheit in seiner Mimik zu erkennen, als der Kriminalrat nun etwas näher an die Schreibtische der Kommissare herantrat. »Das ist jetzt in der Tat doch etwas … wie soll ich sagen … also, das geht natürlich so nicht.«

Seine Verlegenheit war nicht mehr zu übersehen. Sollte er seine klare Meinung vom Vortag auf einmal revidiert haben? Wenn es so war, dann würde ein Typ wie Mausner das auf keinen Fall offen zugeben, das war Katharina vollkommen klar. Sie verbot sich selbst, ihm auch nur ansatzweise entgegenzukommen, sondern sah ihn nur kühl und direkt an.

»Kann es sein, Frau von Hagemann …« Mausner schien nach den richtigen Worten zu suchen, »Kann es sein, dass Sie mir gestern noch etwas erzählen wollten, als mein dringender Anruf unser Gespräch unterbrochen hat?«

Katharina biss sich auf die Zunge, damit ihr kein zynischer Kommentar herausrutschte. Dann schluckte sie die Worte, die sie eigentlich dringend loswerden wollte, trocken herunter und antwortete sachlich: »Das ist korrekt. Es gibt da nämlich etwas, was meine Sorge in meinen Augen durchaus begründet. Falls Sie mir jetzt zuhören möchten, werde ich Ihnen das gern erklären.«

10:26 Uhr

Helmut Heinzen schritt mit gesenktem Kopf über den Weihnachtsmarkt am Rathaus. Die Buden hatten erst seit knapp einer halben Stunde geöffnet, dennoch war hier bereits einiges los – trotz des Wetters, das sich nicht gerade freundlich zeigte und eher einer trüben Suppe ähnelte. Es war neblig, die Temperatur lag bei 0 Grad und der leichte Wind trieb einem den feinen Nieselregen ins Gesicht. Der Lüneburger Weihnachtsmarkt zog jedes Jahr mehr Touristen an, die sich hier auf das Fest der Liebe einstimmen wollten. Fest der Liebe. Helmut Heinzen schmunzelte genüsslich in sich hinein. Oh ja, auch er würde das Fest der Liebe und die besinnlichen Tage davor auf angenehmste Weise verbringen. Ursprünglich hatte er das nicht geplant, aber seit seiner wunderbaren Begegnung mit der zauberhaften Alina war sein Bedürfnis nach Liebe ins Unermessliche gestiegen. Eigentlich hatte er mindestens drei Monate warten wollen, denn er wusste, wie gefährlich es war, sich jetzt schon die nächste Braut zu nehmen, doch er konnte nicht anders. Seine Gedanken kreisten nur darum. Um den Kick, den es ihm verschaffte, wenn er seine Macht demonstrieren konnte und diese Studentinnen in Besitz nahm. Wenn sie ihm hier auf der Straße begegnen würden, würden sie durch ihn hindurchsehen. Das wusste er. Aber selbst wenn nicht, würden sie ihm nur mit Arroganz begegnen, weil er ein einfacher Erntehelfer war und sie Abitur hatten und an der Universität waren. Was sie nicht wussten: Er war sehr viel klüger als sie, hatte nur nicht gerade die besten Startvoraussetzungen für eine ordentliche Schulbildung gehabt. Wie auch – bei Eltern, die ebenfalls einfache Arbeiter waren und sich seit eh und je mit verschiedensten Aushilfstätigkeiten in der Landwirtschaft über Wasser hielten? Mit seiner schwarzen Maske nahmen solche Frauen ihn nicht nur wahr, sondern vor allem ernst. Jeglicher Hochmut fiel dann von ihnen ab, und sie ordneten sich ihm unter. So wie vorgestern Alina. Seit Alina fragte Helmut sich immer wieder, wie er es im Knast nur ohne seinen Kick ausgehalten hatte. Ob es daran gelegen hatte, dass er dort kaum Frauen begegnet war? Gut, in Moringen hatte es eine Psychologin gegeben, Dr. Helga Meyer-Hofmann, aber das einzig Weibliche an der war ihr Vorname gewesen. Er erinnerte sich voller Ekel an ihren Damenbart, der sich von der Oberlippe bis zum Kinn ausgebreitet hatte. Helmuts Blut hatte diese Psychotante jedenfalls bestimmt nicht in Wallung gebracht. Glücklicherweise. Schließlich hatte er ihr den Eindruck vermitteln müssen, dass er sein Verhalten bereute und er es auch nie wieder an den Tag legen würde. Davon und von ihrer äußeren Erscheinung mal ganz abgesehen, entsprach Dr. Meyer-Hofmann sowieso nicht seinem Beuteschema. Frauen, die ihn reizten, waren Anfang 20, konservativ gekleidet, alleinstehend, knabenhaft gebaut und an der Universität. Die Meyer-Hofmann war nichts von alledem, dafür aber eine andere. Zumindest nach dem, was Helmut bisher von ihr wusste. Vier seiner Kriterien trafen schon mal auf sie zu. Sie war 23, mit ihrer weißen Bluse und der dunklen Stoffhose fast schon bieder, sah eher aus wie ein Junge mit ihrer praktischen Kurzhaarfrisur und den kaum auszumachenden Brüsten, und sie studierte an der Leuphana. Er hatte sie gestern entdeckt. Diesmal hatte er sich nicht in die Mensa gesetzt, sondern sich an die Bushaltestelle Scharnhorststraße gestellt. Sie hatte in ihrem mausgrauen Daunenmantel, der ihr bis zu den Waden reichte, neben ihm gestanden und auf einen der Busse gewartet. Er hätte nur die Hand ausstrecken müssen, um sie zu berühren, doch er hatte sich am Riemen gerissen. Dann war der Bus der Linie 5011 Richtung Rettmer/Häcklingen gekommen. Sie war eingestiegen und er war ihr gefolgt. Im Bus hatte ihn eine feuchte, nach menschlichen Ausdünstungen übel riechende Wärme empfangen, die er jedoch begrüßt hatte, als er sah, dass seine aktuell Auserkorene ihren dicken Daunenmantel aufknöpfte. Auf diese Weise hatte er ihren Kleidungsstil begutachten können, woraufhin er sich mal wieder selbst bestätigt sah: Sie war wirklich ganz sein Typ. An der Haltestation Wiesengrund war sie ausgestiegen und er ihr wieder gefolgt. Einmal hatte sie sich umgeschaut, war dann aber ganz normal weitergegangen. Sie hatte weder ihren Schritt beschleunigt noch verlangsamt, damit er vorbeigehen konnte. Auch hatte sie sich kein zweites Mal umgedreht. Dennoch war Helmut Heinzen ab diesem Moment vorsichtiger gewesen, und als sie anfing, in ihrer Tasche zu suchen und kurz darauf einen Schlüssel hervorgeholt hatte, wusste er, dass sie gleich bei ihr zu Hause waren. Tatsächlich hatte sie keine Minute später die Tür von einem Mehrfamilienhaus aufgeschlossen und war dahinter verschwunden. Da es draußen schon schummrig gewesen war, war er noch ein paar Meter weitergeschlendert und dann stehen geblieben, um zu sehen, hinter welchem Fenster das Licht angemacht wurde. Als es in der rechten Erdgeschosswohnung hell wurde, hatte er sein Glück kaum fassen können. In diese Wohnung würde er mühelos einsteigen können, da er nicht davon ausging, dass die Fenster über die Maßen gut gesichert waren. Danach sah das Haus einfach nicht aus. Er hatte noch einen kleinen Augenblick gewartet und war dann durch den kleinen Vorgarten zur Haustür gegangen. Als er die Klingelschilder begutachtet hatte, hatte sich ein breites Grinsen wie von allein auf seinem Gesicht breitgemacht, und wenn er jetzt, während er Am Ochsenmarkt rechts vom Rathaus einbog, daran dachte, verzog sich sein

Mund unwillkürlich wieder dazu. Auf dem Klingelschild zur rechten Erdgeschosswohnung war nur ein Name zu lesen gewesen – »M. Clausen« –, was für Heinzen bedeutete, dass hier auch nur eine Person lebte. So viel Erfahrung hatte er inzwischen. Dennoch würde er sich später davon überzeugen, ob er auch damit richtig lag. Zur Sicherheit. Vorher hatte er aber noch ein Treffen, zu dem er nicht nur unbedingt erscheinen, sondern auch pünktlich sein sollte. Mit seinem Bewährungshelfer Torge Nesser war nicht zu spaßen. Der nahm seinen Job ziemlich genau und ließ einem nichts durchgehen. Nicht einmal eine kleine Verspätung. Das wusste Helmut aus dem Knast. Ein paar »Wiederkehrer«, mit denen er gesessen hatte, gehörten zu Nessers »Schäfchen« und hatten ausnahmslos alle kein gutes Haar an ihm gelassen. Vielleicht hatte der Typ deswegen keine mehr auf dem Kopf, feixte Helmut in sich hinein und bog in die Straße Auf den Klosterhof ein, die wenige Hundert Meter weiter in die Reitende-Diener-Straße überging. Immerhin hatte Torge Nesser ihm eine Wohnung und einen Job besorgt. Die Einzimmerwohnung in Kaltenmoor hatte er gleich nach seiner Haftentlassung beziehen können, die Stelle als Gebäudereiniger würde er am 1. Januar antreten – und im Frühjahr würde er dann wieder einem ansässigen Bauern bei der Spargelernte helfen.

Torge Nesser wartete schon vor dem Haus mit der Nummer 2. Hier war die Lüneburger Bewährungshilfe untergebracht. Torge Nesser stand draußen, weil er rauchte und dies in den Büroräumen nicht durfte. Wahrscheinlich sein einziges Laster, dachte Heinzen, der selbst starker Raucher war, zynisch und zog sich unwillkürlich seinen Schal enger, bevor er sich ebenfalls eine Zigarette hervorholte und ansteckte. Er wusste, dass der Bewährungshelfer, der gegen die Kälte und den Regen eine schwarze Wollmütze übergezogen hatte, nicht mit ihm hineingehen würde, sondern in den Liebesgrund, den wenige Hundert Meter entfernt liegenden kleinen Park mit dem Namen, der in Heinzens Kopf jedes Mal einen ganzen Film ablaufen ließ, wenn er ihn hörte oder nur daran dachte. Zumindest waren sie auch letzte Woche, bei ihrem ersten Treffen außerhalb der Knastmauern, im Liebesgrund spazieren gegangen. Auch da hatte es leicht geregnet, aber Nesser hatte das nichts ausgemacht. Nesser hatte Kette geraucht und Heinzen hatte sich vorgestellt, was hier schon alles hinter den Büschen getrieben worden war. Die Vorstellung hatte ihn erregt und im Anschluss an das Treffen mit seinem Bewährungshelfer war Heinzen in die Uni gegangen und hatte Alina für sich auserkoren.

Denk an was anderes und bleib cool, mahnte Heinzen sich selbst bei der Erinnerung an seinen intensiven Tag mit Alina. Falls die Studentin – obwohl er es ihr natürlich unter Drohungen verboten hatte – nach ihrem Stelldichein zur Polizei gegangen war, hatte die ihn jetzt mit Sicherheit im Visier und aller Wahrscheinlichkeit nach auch Torge Nesser informiert. Er wusste, dass sie ihm nichts nachweisen konnten, da er keine Spuren hinterlassen hatte, aber dennoch war er auf der Hut. Er war schon einmal gefasst worden und hatte nicht vor, noch mal im Knast zu landen. Eine Welle der Wut schwappte in Heinzen hoch, als er an damals dachte, und um sich zu beruhigen, zog er heftig an seiner Zigarette. Zusammen mit der kalten Luft brannte das Nikotin in seiner Kehle. Es tat ihm gut. Es lenkte ihn ab, sodass er sich wieder auf das Hier und Jetzt konzentrieren konnte. Er nahm einen weiteren Zug, schnippte die Zigarette weg und setzte das unverbindliche Lächeln auf, das er im Knast und für die Psychiater so präzise einstudiert hatte. Auch Nesser hatte ihn inzwischen entdeckt. Heinzen hob die Hand zum Gruß und beschleunigte seine Schritte.

14:37 Uhr

Katharina sah auf ihre Armbanduhr. Die erste Hälfte des Tages war nur so an ihr vorbeigerannt, doch zumindest war sie ein kleines Stück weitergekommen. Stephan Mausner hatte sich am Morgen tatsächlich zu ihr und Tobias gesetzt und ihr ruhig zugehört, während sie ihm die Information des Kollegen aus dem Dezernat für Sexualdelikte geschildert hatte. Und nicht nur das – Mausner hatte sich sofort an diesen Heinzen erinnert. Nach wie vor schien er es für unwahrscheinlich zu halten, dass Helmut Heinzen etwas mit Bens Verschwinden zu tun hatte, aber er schloss es zumindest nicht mehr gänzlich aus. Eine offizielle Suche nach Ben hatte er Katharina allein aufgrund der Aussage der Nachbarin nicht zugestanden: »Noch nicht, Frau von Hagemann, noch nicht«, hatte er süffisant gesagt, »vielleicht ist der gute Ben, ich meine, Kommissar Rehder, ja auch auf Freiersfüßen und hat einfach nur vergessen, uns Bescheid zu geben. Nicht, dass ich das grundsätzlich billigen würde«, schob er nach, »aber er ist ja nun schon eine ganze Weile alleine, da kann man dann vielleicht schon mal ein bisschen den Boden unter den Füßen verlieren. Hab ich mir sagen lassen.« Er grinste, dümmlich, wie Katharina fand, aber sie wusste selbst, dass sie momentan so sauer war, dass sie nicht mehr objektiv war.

Das Einzige, was Mausner ihr gestattet hatte, war, bei den Kollegen noch einmal intensiver nachzuhaken, auf welchem Stand die Ermittlungen gegen Heinzen waren und ob es schon Beweise gab, dass er für die gemeldete Vergewaltigung verantwortlich war. Katharina reichte das fürs Erste. Die Kommissarin hatte, direkt nachdem Mausner das Büro verlassen hatte, bei dem Kollegen angerufen, der sie informiert hatte, doch er war nicht im Haus und wurde erst am Nachmittag zurückerwartet. Also hatte sie die verbliebene Zeit genutzt, um sich mit Tobi zu besprechen. Sie waren übereingekommen, dass er sich – solange sie keinen akuten Fall auf den Tisch bekamen – um den Schädel aus der Ilmenau kümmern und sie auf dem Laufenden halten würde. Auch er wusste, dass die Kommissarin, unabhängig von den Informationen, die sie sich von den Kollegen erhoffte, keine Ruhe geben würde, bevor klar war, wo Ben steckte. Und er war sowohl Katharina als auch seinem direkten Vorgesetzten Benjamin Rehder gegenüber loyal genug, ihr in der Zwischenzeit so gut es ging den Rücken frei zu halten. Zudem fing er nun auch langsam an, sich Sorgen zu machen, war sich nur noch nicht im Klaren darüber, ob sie »echt« waren oder er sich lediglich von Katharina hatte anstecken lassen.

Vor fünf Minuten hatte nun der Kollege angerufen, um Katharina mitzuteilen, dass er jetzt Zeit für sie hätte. Katharina war sofort von ihrem Drehstuhl aufgesprungen und das Stockwerk nach oben gehechtet. Jetzt klopfte die Kommissarin an die offene Bürotür des Dezernats für Sexualdelikte und betrat das Gemeinschaftsbüro, das sich dort vier

Kollegen teilten. Zwei Schreibtische waren leer, an einem dritten saß eine junge Frau, die Katharina mürrisch ansah. Sie hatte schulterlange schwarze Haare und war für Katharinas Geschmack eindeutig zu stark geschminkt. Merkwürdig, dachte Katharina, die hab ich hier im Kommissariat noch nie gesehen. Bevor die Kommissarin jedoch dazu kam, sich intensivere Gedanken darüber zu machen, trat der Kollege, den sie treffen wollte, auf sie zu.

»Hi, Katharina«, sagte er freundlich. »Was kann ich für dich tun?«

»Hallo, Malte«, erwiderte Katharina, »es geht noch mal um diesen Heinzen.«

Eine knappe Stunde später saß Katharina von Hagemann wieder an ihrem eigenen Schreibtisch. Viel hatte sie von dem Kollegen nicht erfahren, denn die Ermittlungen waren seit seiner ersten Information noch nicht wirklich weiter fortgeschritten. Man hatte Kontakt zu Heinzens Bewährungshelfer aufgenommen, doch der hatte nach eigener Aussage bisher keinerlei Anzeichen für einen eventuellen Rückfall seines »Schützlings« erkennen können, wobei er ihn seit seiner Entlassung auch noch nicht oft gesehen hatte. Da der Täter bei der Vergewaltigung der jungen Studentin keinerlei Spuren hinterlassen hatte, gab es für die Polizei keinen plausiblen Grund, Helmut Heinzen zu vernehmen oder zu beobachten, auch wenn sie noch so viele Parallelen zu seinen früheren Taten erkannten. Malte Brückner hatte Katharina natürlich gefragt, warum Heinzen sie so interessierte. Sie hatte – so sachlich und unverbindlich, wie es ihr möglich war – erklärt, dass Ben zurzeit nicht erreichbar war und sie einen Zusammenhang mit Heinzen ausschließen wollte. Das Wort »verschwunden« hatte sie bewusst vermieden, sie wollte bei den Kollegen zu diesem Zeitpunkt noch keine zu große Sorge zeigen. Tatsächlich hatte Malte Brückner sich aber sehr überrascht gezeigt. »Also, ich kenne Ben ja nun schon echt lange und zumindest damals, als er noch bei uns im Dezernat war, waren wir öfter mal einen trinken«, stutzte er, »und das sieht ihm gar nicht ähnlich, sich überhaupt nicht zu melden.«

Katharina hatte daraufhin versucht, die Situation herunterzuspielen, doch insgeheim fühlte sie sich nur noch mehr bestätigt. Die junge Kollegin mit dem auffälligen Make-up hatte während der Unterhaltung unverhohlen zugehört, jedoch kein einziges Wort dazu gesagt. Ihr Blick war Katharina irgendwie unangenehm gewesen, aber sie konnte das nicht recht einordnen. Selbst als Katharina das Büro verlassen hatte, war von der Kollegin kein Ton gekommen, und so kannte Katharina nicht einmal ihren Namen. Egal, verwarf sie den Gedanken, mein Ansprechpartner ist ohnehin Malte, und das ist auch gut so.

Ein Blick auf die Uhr sagte ihr, dass es inzwischen fast vier war. Sie konnte offiziell heute nichts mehr bewirken, das war ihr klar, wenn es ihr auch überhaupt nicht gefiel. Aber sie hatte einen anderen Plan. Für den würde sie aber vermutlich bis zum nächsten Morgen warten müssen. Auch das passte ihr nicht, sie sah jedoch im Moment keinen anderen Weg. Organisieren konnte sie es aber jetzt schon – sollte sie sogar unbedingt. Entschlossen griff sie zum Telefonhörer, wählte mit flinken Fingern die ihr bestens bekannte Nummer und hoffte auf ein Freizeichen.

Es ist Unsinn
sagt die Vernunft
Es ist, was es ist
sagt die Liebe
Es ist Unglück
sagt die Berechnung
Es ist nichts als Schmerz
sagt die Angst
Es ist aussichtslos
sagt die Einsicht
Es ist, was es ist
sagt die Liebe
Es ist lächerlich
sagt der Stolz
Es ist leichtsinnig
sagt die Vorsicht
Es ist unmöglich
sagt die Erfahrung
Es ist, was es ist
sagt die Liebe

(Was es ist, Erich Fried)

4. KAPITEL:

FREITAG, 5. DEZEMBER 2014

10:06 Uhr

»Also ganz ehrlich, Katharina, mir ist dabei echt nicht wohl«, murrte Bene und hielt mit spitzen Fingern einen einzelnen Schlüssel vor Katharinas Nase.

»Soweit ich weiß, hast du schon weitaus Verboteneres gemacht, als am helllichten Tage in das Haus deines Bruders zu gehen. Durch die Tür und mit dem Ersatzschlüssel, wohlbemerkt!«, erwiderte Katharina in einem Ton, der ihren Worten jeglichen Anflug von Humor nahm.

Sie war angespannt, das konnte Bene spüren, nur verstand er nicht, wieso. Er ließ seine Hand mit dem Schlüssel wieder sinken, wendete sich von ihr ab und der Haustür seines Bruders zu.

Bereits gestern, als Katharina ihn angerufen hatte, war sie ihm seltsam vorgekommen. Seinen Ärger über ihren morgendlichen Abgang aus seiner Wohnung am Mittwoch hatte er längst verdaut. Im Gegenteil hatte er sich die ganze Zeit gefragt, ob er sie anrufen sollte oder nicht. Eigentlich mochte er dieses Taktieren nicht, und er konnte es auch nicht besonders gut. Dennoch war er sich nicht sicher gewesen, ob er sie vielleicht nerven würde, und so hatte er es erst einmal gelassen – sie würde sich schon melden, wenn sie ihn sehen wollte. So hatte er sich zunächst gefreut und bestätigt gefühlt, als ihr Foto auf seinem Handydisplay erschienen war, gepaart mit einem nur für Katharina reservierten Klingelton – er liebte solche technischen Spielereien und hatte meist das Neueste vom Neuesten, soweit er es sich leisten konnte. Gleich nachdem er abgenommen hatte, war seine Freude jedoch verflogen. Bereits an ihrer Begrüßung hatte er gemerkt, dass der Anruf nicht wirklich ihm galt. Dafür kam ihr »Hi, hier ist Katharina. Stör ich?« zu reserviert und auch irgendwie gehetzt rüber. Dann hatte sie ihn gefragt, ob er wüsste, wo Ben sei. Ihm hatte auf der Zunge gelegen zu erwidern, dass sie das wohl besser wissen müsse, schließlich saß sie mit seinem Bruder in einem Büro, doch das hatte er sich verkniffen. Er hatte geahnt, dass Katharina das nicht witzig finden würde. Stattdessen hatte er lapidar gesagt: »Nö, keine Ahnung.« Daraufhin hatte Katharina ihm erklärt, dass Ben seit ein paar Tagen wie vom Erdboden verschluckt sei und sie sich Sorgen mache. Und jetzt stand er hier mit ihr vor Bens Haus und schloss ihr die Tür auf. Bene hatte kein gutes Gefühl, einfach so in das Haus seines Bruders hineinzumarschieren. Er selbst würde das umgekehrt auch nicht gut finden. Außerdem hatte Ben ihm nie seinen Haustürschlüssel gegeben. Bene hatte ihn vom Schlüsselbrett seiner Eltern nehmen müssen, die bis in den Januar hinein im Urlaub bei Freunden waren, die auf Bali lebten. Als er das gegenüber Katharina am Telefon erwähnt hatte, war es plötzlich still in der Leitung gewesen.

»Dann sind die an Weihnachten ja gar nicht da!«, hatte sie nach einem Moment, in dem er nur ihren Atem gehört hatte, verblüfft festgestellt. Bene hatte diese doch recht einfach zu kombinierende Tatsache mit einem knappen »Stimmt« bestätigt und sich mit Katharina vor Bens Haus verabredet. Erst als sie aufgelegt hatten, war ihm aufgegangen, dass Katharina bei ihrer Feststellung wahrscheinlich an seine Frage gedacht hatte, ob sie das Weihnachtsfest zusammen verbringen wollten.

»Voilà, hineinspaziert in die gute Stube«, versuchte Bene sich selbst Lockerheit vorzuspielen, nachdem er die zweimal verschlossene Haustür mit dem Schlüssel geöffnet hatte und sie nun für Katharina aufhielt. Die ging nicht weiter auf ihn ein, sondern bewegte sich an ihm vorbei und betrat den Flur. Als Bene ihr folgen wollte, hielt sie ihn mit einer knappen Handbewegung und den Worten »Warte hier erst mal« zurück. In diesem Augenblick begriff Bene, was das Verschwinden seines Bruders bedeuten konnte. Immerhin war sein Bruder ein Polizist, und es gab sicherlich einige Typen, die nicht unbedingt gut auf Ben zu sprechen waren … Während er in den Flur trat und die Haustür schloss, schaute Bene Katharina besorgt hinterher, die mit einer Hand an ihrer Waffe langsam den Flur entlangging. Ob sie einen akuten Verdacht hatte? Aber wenn das so war, warum hatte sie ihn dann gebeten, Benjamins Haustür für sie aufzuschließen und war dazu auch noch allein gekommen? Bene wusste, dass geplante Aktionen mindestens zu zweit im Team durchgeführt werden sollten, was nur bedeuten konnte, dass im Kommissariat niemand von Katharinas »Hausbegehung« wusste. Bene straffte seine Schultern. Natürlich war Katharina eine erfahrene Polizistin, aber sie war auch die Frau, von der er sich gerade eingestanden hatte, dass er eine feste Bindung mit ihr eingehen wollte. Und zudem war er ein Mann, der sich nicht gern in die Ecke stellen ließ, wenn Gefahr drohte. Nachdem sie die Küche und das Gästebad inspiziert hatte, war Katharina inzwischen im Wohnzimmer, wohin Bene ihr nun folgte. In seine Nase stieg immer deutlicher der Geruch von kaltem Rauch, was er nicht nur widerlich, sondern auch merkwürdig fand. So hatte es im Haus seines Bruders, der zwar hin und wieder einen Zigarillo rauchte, noch nie gerochen. Außer vielleicht mal nach einer Party.

»Mensch, ich hab doch gesagt, du sollst auf mich warten!«, zischte Katharina ihn an, als er den Raum betrat. Gleich darauf wandte sie sich wieder ab und starrte auf den Couchtisch. Sie war kreideweiß. Bene folgte ihrem Blick. Auf dem Tisch standen zwei leere Rotweinflaschen, ein benutztes Rotweinglas und ein übervoller Aschenbecher.

»Wow, da hat es mein Bruder aber krachen lassen«, kommentierte Bene das Stillleben und trat einen Schritt vor. »Und wie es aussieht, nicht allein. Hier, guck mal, im Ascher sind außer seinen Zigarillos auch Zigarettenkippen drin. Den Kamin hatte er scheinbar auch an, und da ist das zweite Rotweinglas.« Er deutete zum Sessel, neben dem ein Glas mitten in einem großen roten Fleck lag – vermutlich getrockneter Rotwein. »Also wenn du mich fragst, sieht das alles nach einem romantischen Zusammensein aus, das in spontane Leidenschaft umgeschlagen ist. Hast du nicht selbst gesagt, dass Bens Nachbarin ihn mit einer Frau hat wegfahren sehen? Vielleicht hat mein Bruder endlich mal angefangen, sein Leben zu leben, anstatt …«

»Halt doch mal den Mund! Keiner weiß, ob das wirklich Ben war!«, herrschte Katharina ihn an. Warum vermuteten eigentlich alle möglichen Männer, dass Ben und diese ominöse Frau etwas miteinander hatten? Gut, Katharina hatte auch schon daran gedacht, aber so ganz konnte sie sich das nicht vorstellen. Hätte Ben einen so intensiven Abend mit ihr, Katharina, bei sich verbracht und sich dann noch zum Weihnachtsmarkt mit ihr verabredet, wenn es da gerade eine neue Frau in seinem Leben gäbe? Und selbst wenn Ben spontan mit der Frau weggefahren war, hätte er doch seine Verabredung mit Katharina abgesagt. So war er einfach. Bene sah sie verletzt und verwundert an. Katharinas Gesichtsausdruck war zunächst erschrocken und wechselte dann zu reumütig: »Es … es tut mir leid. Ich weiß auch nicht, was in mich gefahren ist. Bitte sei nicht sauer, es ist nur … das sind meine Kippen da, und … und das Glas auf dem Tisch, daraus hab ich getrunken …«

»Du?«, schüttelte Bene ungläubig den Kopf. »Du und Ben? Aber …« In seinem Kopf stoben die Gedankenblitze durcheinander. Wie lange ging das wohl schon zwischen den beiden? Plötzlich wurde ihm auch klar, warum Katharina wegen Weihnachten so merkwürdig reagiert hatte. Dann würde sie schließlich mit ihm und Ben zusammen an einem Tisch sitzen!

»Nein, Bene, es ist nicht so, wie du denkst«, setzte Katharina zu einer Erklärung an.

»Ach, und was denk ich?«, entfuhr es ihm und sein Ton war ebenso barsch wie eben noch der von Katharina.

»Na, dass ich und Ben …«, begann sie vorsichtig, doch dann wurde ihre Stimme wieder hart: »Ben ist mein Chef und nichts weiter. Glaub es mir oder nicht. Außerdem ist Ben seit Tagen verschwunden. Unser ›romantisches Zusammensein‹, wie du es nennst, war einfach die spontane Feier eines abgeschlossenen Falles, und zwar am Sonntag.«

»Am Sonntag? Heute haben wir Freitag!«

»Ja, eben …«

»Aber Ben hätte niemals so lange den Ascher nicht geleert und die Gläser herumliegen lassen. Na ja, und auch wenn er mit einer Frau für eine Weile geplant weggefahren ist, ohne euch Bescheid zu geben, hätte er vorher Ordnung gemacht. Ich kenn doch meinen Bruder!«

»Ach, nee, Schlaumeier! Was glaubst du wohl, warum ich mir Sorgen mache? Und genau deswegen rufe ich jetzt Verstärkung und lass sein Haus auf den Kopf stellen. Für mich hat Ben nämlich genau ab diesem Moment den Status einer vermissten Person! Und damit das auch für alle anderen in meiner Behörde so ist, fährst du jetzt zur Polizei und gibst ganz offiziell eine Vermisstenanzeige auf. Erzähl den Kollegen ruhig, dass du schon mit mir gesprochen hast. Sie sollen sich für alles Weitere erst einmal an mich wenden!«

11:03 Uhr

Ben spürte es mehr, als dass er es hörte. Eine leichte Vibration hatte für den Bruchteil einer Sekunde seinen Körper durchzogen. Sein Körpergefühl hatte sich, ebenso wie sein Hör- und der Geruchssinn, stärker entwickelt. Geschärft. So wie bei Blinden. Aber schließlich war er ja auch blind in dieser undurchdringlichen Dunkelheit, der er jetzt bereits wahrscheinlich seit vier oder fünf Tagen mit nur kurzen Unterbrechungen ausgesetzt war. Er nahm die Mahlzeiten, die er bekommen hatte, für seinen Kopfkalender als Anhaltspunkt. Sonst hätte er vermutlich bereits jegliches Zeitgefühl verloren. Er hatte einmal eine Dokumentation über Nordnorwegen und die lange Polarnacht gesehen, deren Bilder er immer wieder vor seinem inneren Auge abspulen ließ. Die Bilder gaben ihm Trost und zusätzliche Kraft, seine gegenwärtige Situation durchzustehen. Die Bewohner Nordnorwegens waren vor allem in den Wintermonaten ähnlichen Bedingungen wie er ausgesetzt, und zwar Jahr für Jahr. Gerade jetzt, kurz vor Weihnachten, der Zeit der Wintersonnenwende, schien die Sonne dort überhaupt nicht. In der Dokumentation war auch berichtet worden, dass sich die Selbstmordrate in dieser dunklen Zeit regelmäßig erhöhte, da ein Leben »ohne wahre Lichtblicke« – so hatte es der Sprecher genannt und Ben hatte sich diese Redewendung irgendwie eingeprägt – oft zu Depressionen führte. Und das, obwohl die Norweger in diesen Zeiten ganz einfach per Schalter das Licht zumindest in ihren Häusern anmachen konnten, was ihm selbst gerade nicht möglich war. Ben hatte den festen Willen, sich vor dieser Depression zu bewahren. Er würde den Kerl, der ihn hier gefangen hielt, überlisten und wieder nach draußen gelangen. Sein persönlicher »Lichtblick« war sein eiserner Wille.

Er verstand nach wie vor nicht, wie er in diese Lage gekommen war, und das machte ihn extrem wütend auf sich selbst. Auch hatte er noch nicht den Sinn und Zweck seiner Gefangenschaft begriffen. Er bekam in seinem Gefängnis viermal täglich zu essen und zu trinken – Frühstück, warmes Mittagessen, Kaffee mit Kuchen oder Keksen und Abendbrot. Was seine Verpflegung anging, konnte er sich also nicht beklagen, und inzwischen war ihm auch eine Art Latrine in den Raum gebracht worden. Der Putzeimer mit Deckel, auf dem eine Toilettenpapierrolle thronte, hatte mit einem Mal da gestanden. Das hatte er gesehen, denn zusammen mit den Mahlzeiten wurde ihm auf dem Tablett inzwischen auch jedes Mal eine Taschenlampe serviert. Deswegen wusste er nun auch sicher, dass er in seinem eigenen Haus gefangen gehalten wurde. Die Taschenlampe musste er ausgestellt mit seinem leer gegessenen Teller auf dem Tablett wieder abgeben. Das hatte auf einem Zettel gestanden, der ihm mit der Lampe mitgeliefert worden war.

Das erste Mal hatte er ein Tablett mit Essen bekommen, nachdem er gerade aufgewacht war. Er hatte das Türschloss gehört, dann das leichte Quietschen der Scharniere, Geklapper – später wusste er, dass es von dem Geschirr stammte – wieder Scharnierquietschen und im Anschluss das Türschloss. Alles war so schnell gegangen, dass er in keinster Weise reagiert hatte. Er hatte nur dagesessen und den Geräuschen gelauscht. Erst als sie vorüber waren, hatte er sich geregt und war in Richtung der Tür gekrabbelt. So hatte er auch das Tablett entdeckt. Er war dagegengestoßen und hatte dann mit den Händen die belegten Brote und die Flasche Wasser ertastet. Kurz hatte er überlegt, ob er alles stehen lassen sollte, denn mittlerweile war er davon überzeugt, dass man ihn irgendwie unter Drogen gesetzt hatte, bevor er hier heruntergeschafft worden war. Schnell hatte er den Gedanken aber verworfen. Er war zu hungrig und musste es einfach darauf ankommen lassen. Nachdem er nach der ersten Mahlzeit keine Nebenwirkungen gespürt hatte, aß er die folgenden, ohne zu überlegen. Wenn er hier irgendwie rauskommen wollte, musste er bei Kräften bleiben.

Als er heute sein Frühstück restlos aufgegessen hatte, hatte er sich mit dem Tablett an der Tür platziert. Er hatte einen Plan gefasst, wie er seinen Gefängniswärter überwältigen konnte. Die Taschenlampe hatte er dafür nicht auf das Tablett zurückgelegt, sondern auf die Couchlehne, sodass sie einer Person, die durch die Tür trat, direkt in die Augen blendete. Ben wusste, dass sein Gefängniswärter selbst auch durch die Dunkelheit kam, da kein einziges Mal, als er die Tür geöffnet hatte, Licht in seinen Raum gefallen war. Vom Taschenlampenlicht wäre dieser Kerl also zunächst einmal kurzzeitig blind, und das wollte Ben ausnutzen. Deswegen saß er jetzt nicht wie sonst die meiste Zeit, sondern stand nahe der Tür an die Wand gelehnt. Hätte er sich dabei nicht so fest an die Wand gedrückt, hätte er die Vibration vielleicht nicht gespürt. Zunächst war Ben überrascht, doch dann zählte er eins und eins zusammen. Die Dämmung in Simones ehemaligem Raum ließ zwar keine Geräusche durch, aber die Dielen im Erdgeschoss seines Hauses leiteten stärkere Bewegungen, die auf ihnen stattfanden, weiter. Ben nahm an, dass über ihm jemand ging. Jetzt macht dieser Mistkerl es sich auch noch bei mir gemütlich, dachte Ben wütend. Sein Kellerverlies lag unter dem hinteren Teil seines Wohnzimmers. Ungefähr dort, wo die Couch stand. Jetzt spürte er nichts mehr. Ben drückte sich noch weiter in die weiche Wand. Da, da kam die Vibration als kleine Welle wieder. Ihr folgten noch einige nach. Manche stärker, manche schwächer. Ben spürte sein Herz vor Aufregung bis in den Hals hinein hämmern. Das war nicht der Kerl, der ihn gefangen hielt. Das waren mehrere Menschen. Menschen, die nach ihm suchten! Endlich! Wider besseren Wissens begann Benjamin Rehder aus vollem Hals gegen die schallisolierte Wand zu schreien. Immer und immer wieder wiederholte er: »Hier bin ich! Hier unten! Hallo, Hilfe, hier bin ich!«

Aller Welt dreht er den Rücken,
und sein Blick geht zu Protest.
Und dann murmelt er beim Bücken:
»Ach, du liebes Weihnachtsfest!«

Im Lokal sind nur zwei Kunden.
(Fröhlich sehn die auch nicht aus.)
Und der Kellner zählt die Stunden.
Doch er darf noch nicht nach Haus.

Denn vielleicht kommt doch noch einer,
welcher keinen Christbaum hat,
und allein ist wie sonst keiner
in der feierlichen Stadt.

Dann schon lieber Kellner bleiben
und zur Nacht nach Hause gehn,
als jetzt durch die Straßen treiben
und vor fremden Fenstern stehn!

(Der Weihnachtsabend des Kellners, Erich Kästner)

5. KAPITEL:

SAMSTAG, 6. DEZEMBER 2014

12:13 Uhr

Katharina stand vor dem Kommissariat in der unangenehm feuchten Kälte und rauchte. Es gab zwar einen kleinen Raum innerhalb des Gebäudes, der als Raucherzimmer bestimmt worden war, doch der wurde selten gelüftet, und Katharina fand, dass es dort selbst für einen Raucher nicht gut auszuhalten war, ähnlich, wie in den gläsernen Kammern an den Flughäfen. Dann stand sie lieber auch bei Regen, Kälte oder Hitze draußen vor der Tür, wenn sie rauchen wollte.

Sie war frustriert. Obwohl Samstag war, war sie heute Vormittag ins Büro gegangen. Zu Hause hatte sie es wieder nicht ausgehalten, und sich einfach nur durch das weihnachtliche Lüneburg treiben zu lassen, hätte sie auch nicht wirklich abgelenkt. Ebenso wenig wie Gesellschaft, wonach ihr obendrein gerade überhaupt nicht der Sinn stand. Die Sorge um Ben trieb sie nach wie vor um. Seinen Computer im Büro hatte sie schon durchforstet, aber nichts gefunden, was ihr weiterhalf. Privat benutzte Ben ein Laptop. Obwohl sie es gestern kurzerhand unbemerkt aus Bens Haus mitgenommen hatte, hatte sie es noch nicht genauer unter die

Lupe genommen. Sie scheute sich davor, denn schließlich würde sie dann in Bens Privatsphäre eindringen. Wenn Ben allerdings nicht in Kürze plötzlich in der Tür stehen sollte, käme sie früher oder später nicht darum herum. Katharina stieß einen Seufzer aus. Nach ihrer Zigarettenpause wollte sie sich Bens Schreibtisch vornehmen – allerdings brauchte sie dafür keine Zeugen. Schon gar nicht nach der gestrigen Aktion. Nachdem Bene ihr das Haus seines Bruders aufgeschlossen und sie das Wohnzimmer exakt so vorgefunden hatte, wie sie es fast eine Woche zuvor verlassen hatte, hatten alle Alarmglocken in ihr geschrillt. Die Hausdurchsuchung mit Spurensicherung und allem Drum und Dran hatte keine weiteren Erkenntnisse gebracht, außer wahrscheinlich ordentlich Ärger, da sie sie nicht von Mausner hatte genehmigen lassen. Die Eingabe dafür hatte sie erst eben schnell heruntergetippt, und Mausner würde sie am Montag auf seinem Schreibtisch finden. Natürlich mit der Begründung, dass Ben von seinem Bruder offiziell als vermisst gemeldet worden war. Das Donnerwetter, das dennoch wegen ihrer einsamen Entscheidung folgen würde, konnte sie sich bereits jetzt lebhaft vorstellen. Katharina inhalierte einmal kräftig. Das Nikotin tat ihren Nerven gut. Sie blies den Rauch wieder aus und schaute ihm hinterher. Ben, wo bist du? Was ist passiert? Bist du wirklich, wie es momentan alle anderen annehmen, mit einer Frau durchgebrannt? Weggefahren … okay, vielleicht – aber im klassischem Sinne durchgebrannt? Katharina konnte sich das immer noch nicht vorstellen, aber Bene hatte ja auch sofort etwas in dieser Richtung vermutet. Zwar aufgrund des Szenarios im Wohnzimmer, aber er hatte es seinem Bruder immerhin zugetraut. Genau wie zuvor Mausner und später dann auch Tobi, der sich gestern noch einmal mit der

Nachbarin von Benjamin unterhalten und von ihr die gleiche Information bekommen hatte, wie zuvor Katharina: Ein Mann, höchstwahrscheinlich Ben, war mit einer unbekannten Frau in Bens Auto weggefahren. Auch andere Nachbarn waren befragt worden, und tatsächlich hatten zwei die Beobachtung von Johanna Ingwersen bestätigt. Bei denen hieß es sogar, dass die Frau am Steuer gesessen hatte. Nähere Angaben zur Person oder eine Beschreibung konnten sie jedoch nicht liefern. Katharina hatte das an Tobis Blick gesehen. Und sie hatte auch gesehen, dass er in eine ähnliche Richtung dachte wie Bene, als sie ihn in bewusst sachlichem Tonfall darüber informierte, dass die Zigarettenkippen und das Rotweinglas auf dem Tisch von ihrem Besuch bei Ben stammten. Die Tatsache, dass Tobi den Anrufbeantworter abgehört hatte und nur Katharina darauf zu hören gewesen war, noch dazu mit einem Text, der zugegebenermaßen für andere Ohren missverständlich oder zumindest verfänglich klingen musste, hatte es nicht besser gemacht. Katharina verdrehte jetzt noch die Augen über sich selbst, wenn sie an ihr dämliches Gebrabbel dachte: »Hey, Ben, äh, ich bin's, Katharina. Ich wollte eigentlich nur wissen, ob unser Date heute Abend noch steht, du hast es ja den ganzen Tag nicht für nötig gehalten, dich mal zu melden. Wäre schön, wenn du mir Bescheid gibst. Tschüss.«

Tobias hatte dazu nichts gesagt, sondern sie nur fragend angesehen. Sie hatte ihn über die Fakten aufgeklärt, ohne ins Detail zu gehen, weshalb vor allem das Wort »Date« durch die eh schon angespannte Atmosphäre waberte. Katharina war dennoch nicht gewillt, sich weiter zu erklären. Sie und Ben hatten lediglich am Abend etwas zusammen getrunken und sich für einen gemeinsamen Bummel über den Weihnachtsmarkt verabredet. Was war da Schlimmes dran? Nichts, beruhigte sich Katharina auch jetzt wieder selbst, außer dass Ben seitdem verschwunden war und sie sich in den Augen aller anderen wie eine hysterische Geliebte aufführte. Sie wusste genau, dass sie umgekehrt genauso denken würde, doch das minderte ihren Ärger nicht im Geringsten. Apropos Geliebte: Sie musste unbedingt mit Bene sprechen. Sie hatte gemerkt, wie verletzt er gestern gewesen war, und das war das Letzte, was sie wollte.

Katharina schickte sich gerade an, ihre Schachtel Marlboro samt Feuerzeug wieder in der Tasche ihrer Lederjacke zu verstauen und hineinzugehen, als die Tür aufging und die Kollegin mit dem auffälligen Make-up nach draußen trat. Sie hatte ebenfalls eine Zigarettenschachtel in der Hand, als sie Katharina entdeckte und sich zu ihr gesellte.

»Hallo! Katharina, richtig?«, fragte sie und hielt der Kommissarin ihre Hand entgegen. »Auch Wochenendarbeit? Ich bin Vivien. Wir sind uns ja noch gar nicht wirklich vorgestellt worden. Vivien Rimkus.«

Katharina ergriff die ausgestreckte Hand und erwiderte: »Hi, Vivien. Ja, Katharina ist richtig, Katharina von Hagemann.« Ohne darauf einzugehen, warum sie hier war, zündete sie sich eine zweite Zigarette an, weil sie es unhöflich gefunden hätte, die Kollegin stehen zu lassen. »Ich hab dich hier noch nie gesehen«, meinte Katharina verwundert. »Weder im Kommissariat noch hier draußen.«

»Ich bin erst seit dem 1. Dezember hier«, antwortete Vivien. »Und ich war ein paar Mal in dem Raucherraum oben, aber da ist es ja nicht auszuhalten.« Sie schüttelte sich und Katharina musste lächeln. Die neue Kollegin schien entgegen ihrer mürrischen Ausstrahlung am Vortag doch ganz okay zu sein. Sie war – das bemerkte Katharina, als sie sie nun aus der Nähe betrachtete – noch ziemlich jung, einige Jahre jünger als sie selbst. Durch das starke Make-up war ihr das gestern Nachmittag im Dezernat gar nicht aufgefallen. Warum schminkte eine junge hübsche Frau sich so stark und machte sich dadurch so viel älter? Katharina hatte das noch nie verstanden.

»Sag mal«, begann sie einer plötzlichen Eingebung folgend, »du hast ja mitbekommen, worüber ich mit Malte gesprochen habe. Gibt es inzwischen irgendwas Neues von Heinzen?«

Vivien sah Katharina aufmerksam an. Erneut empfand Katharina diesen Blick irgendwie als unangenehm, so wie schon gestern im Dezernat. Lag es vielleicht an den intensiv umrandeten Augen?

Ohne ihren Blick zu verändern, antwortete Vivien: »Nein, gibt es nicht. Darum bin ich heute hier. Ich durchforste gerade die Polizeicomputer nach ähnlichen Fällen. Es muss ja nicht unbedingt Heinzen gewesen sein, wobei wir das nach wie vor vermuten. Hast du denn von deinem Kollegen immer noch nichts gehört?«

Katharina schüttelte den Kopf. »Nein, und ich mache mir wirklich Sorgen.« Sie zögerte kurz, bevor sie weitersprach und den einen Strohhalm packte, der vor ihr lag. »Könntet ihr, also, ich meine, könntest du … mich irgendwie auf dem Laufenden halten über eure Ermittlungen?«

Vivien blickte sie etwas verwundert an. »Malte wird dich doch sicher informieren, sofern wir entweder Helmut Heinzen oder jemand anderen als Täter überführen können.«

»Ja, sicher«, gab Katharina zögerlich zurück. »Aber … es würde mir vielleicht weiterhelfen, wenn ich bis dahin auch weiß, was ihr unternehmt oder was ihr an neuen Erkenntnissen habt. Zum Beispiel, falls ihr Heinzen genauer ins Visier nehmt, oder so.« Katharina fühlte sich nicht wirklich wohl in ihrer Haut, aber sie wollte jede Chance nutzen, an weitere Informationen zu kommen. Und da Mausner ihr sicherlich keine offizielle Maßnahme gestattete, schon gar nicht nach der Aktion mit der Hausdurchsuchung, blieb ihr keine andere Wahl, als es auf diesem Weg zu versuchen. Aber konnte sie der jungen neuen Kollegin trauen? Oder würde sie nun direkt damit zu Malte Brückner oder sogar zum Kriminalrat marschieren? Andererseits: Jetzt war es so oder so zu spät für Zweifel, sie hatte schließlich bereits gefragt.

»Du machst dir wirklich große Sorgen, oder?«, fragte Vivien. »Ich kenne deinen Chef, also diesen Benjamin ja nicht, aber er muss ein netter Chef sein, wenn du dir so viele Gedanken machst.«

Etwas verlegen sah Katharina auf den Boden. War das jetzt eine Anspielung? Quatsch, ermahnte sie sich selbst, jetzt wirst du empfindlich. Wie sollte Vivien schließlich darauf kommen? So schnell war der Flurfunk im Kommissariat dann doch nicht, und die Frage der Kollegin war völlig berechtigt. Katharina straffte die Schultern und sagte mit fester Stimme: »Na ja, er ist ja nicht nur mein Chef. Wir sind ein Team, Ben, Tobias Schneider und ich. Und wir arbeiten schon eine Weile sehr eng zusammen in der Mordkommission. Da wächst man natürlich zusammen und kennt sich ziemlich gut. Ich finde es eigentlich selbstverständlich, dass man sich dann Sorgen macht, wenn einer aus dem Team plötzlich ver…, ähm, nicht erreichbar ist, und …« Katharina brach mitten im Satz ab. Wieso rechtfertigte sie sich denn jetzt plötzlich? Außerdem hätte sie jetzt fast doch von »Verschwinden« gesprochen. Erwartungsvoll sah sie Vivien an.

»Okay«, kam es nach kurzem Zögern aus dem rot geschminkten Mund. »Ich will hier zwar nicht gleich zum

Start irgendwas machen, was Malte verärgert, aber ich werde sehen, was ich tun kann. Sobald ich etwas Genaueres weiß, sage ich dir Bescheid. Ist ja auch nichts dabei, mal so von Kollegin zu Kollegin über den Job zu plaudern, oder?«

Vivien lächelte Katharina verschmitzt an und Katharina lächelte erleichtert zurück – jetzt guckte die junge Frau ganz offen. »Vielen Dank, Vivien. Ich will dich bestimmt nicht in Schwierigkeiten bringen, und ich hätte dich nicht darum gebeten, wenn es mir nicht wichtig erscheinen würde.« Sie drückte die Zigarette im Aschenbecher aus, der vor der Tür für die Raucher bereitstand, und Vivien tat es ihr gleich.

»Wir Frauen müssen ja schließlich zusammenhalten in dieser Männerdomäne«, sagte Vivien und ihr Lächeln wurde noch breiter. »Ich melde mich, versprochen. Aber jetzt muss ich wieder rein, mir wird kalt, und außerdem haben wir gleich eine Besprechung. Vielleicht weiß ich danach ja schon mehr.« Sie deutete ein kurzes Winken an und verschwand durch die Tür nach drinnen. Katharina sah ihr hinterher. Sie war nicht sicher, ob sie richtig gehandelt hatte. Entgegen ihrer Gewohnheit zündete sie sich noch eine weitere Zigarette an. Sie brauchte noch ein paar Minuten für sich, bevor sie wieder an ihren Schreibtisch ging.

13:32 Uhr

Ben war schon länger wach. Irgendetwas war an seiner Armbeuge gewesen, doch das störende Gefühl war so schnell verschwunden, wie es gekommen war. Er hielt die

Augen fest geschlossen. Der Grund war nicht die Dunkelheit, die ihn sowieso erwartete. Er hatte ein ganz anderes Motiv: Er wollte den Eindruck erwecken, als würde er schlafen.

Es war jemand im Raum. Ben hörte es an den rasselnden Atemzügen, wie sie starke Raucher machten. Außerdem roch es nach Zigarette – nicht nach frischem Rauch, sondern nach dem, der in den Kleidern haftet. Katharina roch manchmal so, doch sie war es sicher nicht und auch niemand anderes, der kam, um ihn zu befreien, sonst hätte derjenige Ben längst angesprochen. Es konnte also nur dieses miese Arschloch sein, das ihn in seinem eigenen Haus gefangen hielt. Ben überlegte fieberhaft, was er tun konnte. Nachdem sein Angriff an der Tür missglückt war, war der Kerl sicherlich noch mehr auf der Hut. Als Ben die Taschenlampe platziert und an der Tür auf seinen Gefängniswärter gewartet hatte, hatte er natürlich damit gerechnet, dass der Typ sich wehren würde, aber er hatte auf den Überraschungsmoment gehofft, den er sich durch die blendende Taschenlampe verschaffen wollte. Den hätte Ben wohl auch gehabt, wäre er nicht so durcheinander gewesen, nachdem er mitbekommen hatte, dass aller Wahrscheinlichkeit nach seine Kollegen in seinem Haus nach ihm suchten. Dass er sich dann nicht hatte bemerkbar machen können, trotzdem er sich die Lunge aus dem Hals gebrüllt hatte, hatte ihm eine gehörige Portion Energie geraubt. Als er begriffen hatte, dass der Suchtrupp wieder abgezogen war, hatte er sich desillusioniert auf den Boden gesetzt. Tränen der Verzweiflung waren in ihm aufgestiegen, doch er hatte sie unterdrückt. Ben hatte gewusst, dass er sich jetzt nicht dem Selbstmitleid hingeben durfte, um sich nicht noch weiter zu schwächen. Gerade als er sich aufgerappelt und die Taschenlampe ausgestellt hatte, um die Batterie zu schonen, hörte er, wie das Türschloss aufgesperrt wurde und die Scharniere beim Türöffnen wie immer quietschten. Er hatte angenommen, dass aufgrund des unerwarteten Besuchs in seinem Haus vorerst das Tablett nicht abgeholt werden würde. Scheinbar hatte er sich getäuscht. Oder doch nicht? In seinem Kopf hatten sich die Gedanken überschlagen. Was, wenn vorhin jemand seine Rufe gehört hatte und jetzt kam um ihn zu befreien? Oder war es sein Gefängniswärter? Er hatte schnell beschlossen, dass er es darauf ankommen lassen musste, hatte die Taschenlampe in Richtung der Türgeräusche gerichtet und sie in der gleichen Handbewegung angeknipst. Doch er hatte zu spät reagiert. Benjamin Rehder hatte gerade noch gesehen, wie sein Widersacher, der eine riesige schwarze Maske trug, die seine gesamte obere Gesichtshälfte bedeckte – aller Wahrscheinlichkeit nach eine Infrarotbrille – einen Schritt auf ihn zu machte und seinen Arm gegen ihn ausstreckte. Gleich darauf hatte Ben einen stechenden Schmerz gespürt, der sich sofort in seinem gesamten Körper breitmachte, und er war zu Boden gegangen. Was dann geschehen war, wusste Ben nicht mehr.

Er vermutete, dass er mit einem Elektroschocker kaltgestellt worden war. Verdammt nochmal! Wenn ich wenigstens wüsste, wer der Kerl ist. Vielleicht könnte ich ihn dann besser einschätzen, dachte Ben und merkte dabei, wie sehr ihn schon dieser einzige Gedanke anstrengte. Ihm war merkwürdig zumute. Als wäre er aus seiner Haut geschlüpft und würde sich jetzt selbst beobachten. Nur dass er sich selbst nicht sah, sondern dafür die Worte, die in seinem Kopf langsam Gestalt annahmen und sich zu Sätzen formten. Als hätte die weitere Person im Raum seine Gedanken gehört, sagte sie jetzt: »Du kannst deine Augen ruhig aufmachen. Ich weiß, dass du wach bist. Aber komm nicht wieder auf dumme Ideen, sonst muss ich dich bestrafen.«

Ben war sich nicht sicher, was ihn mehr beunruhigte. Die ausgesprochene Drohung oder die eindeutig mit einem Stimmverzerrer veränderte Stimme. Kannte er seinen Gefängniswärter? Ben wunderte sich bei dem Gedanken über sich selbst. Warum war er nicht früher darauf gekommen? Als Hauptkommissar wusste er schließlich, dass Opfer und Täter sich in den meisten Fällen kannten. Vor allem, wenn der Täter seine Tat geplant hatte. Und dass er das in Bens Fall getan hatte, war zweifelsfrei. Ohne genaue Planung wäre das, was hier gerade passierte, nicht möglich. In der Erwartung, nur Schwarz zu sehen, öffnete er die Augen. Zu seiner Überraschung war der kleine Raum, seine Gefängniszelle, in sanft-flackerndes Kerzenlicht gehüllt. Ben wollte sich aufsetzen, doch seine Muskeln versagten ihm den Dienst. Außerdem wurde ihm sofort schwummerig. Erst bei einem zweiten Versuch gelang es ihm, doch das seltsam körperlose Gefühl blieb. Da er, wie die ganzen letzten Tage, noch immer nackt war, hüllte er sich mühsam in seine Bettdecke, die beim Aufsetzen verrutscht war. Ihm gegenüber auf einem Schemel, den Ben noch nie gesehen hatte, saß eine in einen schlichten dunklen Kaftan gehüllte Gestalt, die ihn durch ihre Infrarotbrille aufmerksam beobachtete. Darum also das Kerzenlicht, begriff Ben, denn dass es der Romantik dienen könnte, daran dachte er keine Sekunde. Es simuliert Dämmerlicht, in dem wir beide etwas erkennen können. Ich soll ihn sehen, aber nicht ohne seine Brille, die gleichzeitig sein Gesicht bedeckt. In ganz hellem Licht wiederum könnte der Täter aber durch die Brille nicht so gut sehen, weil es ihn blenden würde. Außer es handelte sich um eine digitale Nachtsichtbrille, wie sie seit Kurzem beim SEK eingesetzt wurde, aber das konnte sich Rehder nicht vorstellen. An diese modernen Geräte war schwer heranzukommen, und so sah die Brille auch nicht aus, die dieser Kerl im Gesicht hatte. Glaubte er wenigstens.

»Wer bist du?«, fragte Ben schleppend. Seine Zunge war schwer. Das konnte doch nicht davon kommen, dass er so lange nicht geredet hatte. Die Gestalt sah ihn weiter an. Ben nahm an, dass er keine Antwort bekommen würde, trotzdem fragte er noch einmal: »Wer bist du?«

Zu seiner Überraschung bekam er eine Antwort, mit der er allerdings nicht viel anfangen konnte: »Oh, wie gut, dass niemand weiß, dass ich Rumpelstilzchen heiß.«

»Was soll dieser Quatsch?« Ben hatte die Worte laut und bestimmt sagen wollen, doch stattdessen stolperten sie schwerfällig über seine Lippen.

»Benjamin, lass es gut sein«, meinte die Gestalt und legte ihm eine behandschuhte Hand auf seinen rechten Unterarm, dessen feine Härchen sich sofort unter der Berührung aufrichteten. Ben wollte den Arm wegziehen, doch er gehorchte ihm nicht und blieb zuckend liegen.

»Was hast du mir gegeben?«, brachte Ben jetzt mühsam hervor. Für einen Moment wurde ihm wieder schwarz vor Augen und er sackte in sich zusammen.

»Leg dich besser hin. Du wirst gleich wieder einschlafen. Ich hab dir etwas gegeben, das dir dabei hilft. Wenn du schläfst, kannst du keine Dummheiten machen«, hörte Ben die verzerrte Stimme, die so fern zu sein schien. Dann spürte er, wie seine Beine angehoben und auf das Sofa gelegt wurden, sodass er sich wieder in Liegeposition befand. Ben wollte sich wehren, doch er war zu müde dazu. Das Letzte, was er bemerkte, war, dass seine Bettdecke fortgenommen wurde. Dann fiel er in einen traumlosen Schlaf.

15:37 Uhr

Katharina sah unschlüssig auf den kleinen Zettel in ihrer Hand, auf dem eine Telefonnummer stand. Julie hatte ihr die Nummer von Alexander Thiele, dem besten Freund von Ben, gestern gegeben. Katharinas Nachbarin und inzwischen auch gute Freundin hatte die Kommissarin zwar etwas überrascht angesehen, als sie nach der Nummer fragte, doch sie hatte nicht weiter nachgehakt, wofür Katharina sehr dankbar gewesen war. Es würde vermutlich ohnehin nicht mehr lange dauern, bis auch Julie von Bens Verschwinden erfuhr, doch bis dahin wollte Katharina sie und vor allem ihre kleine Tochter Leonie nicht unnötig beunruhigen. Die gemeinsame Tochter von Julie und Bene war die Patentochter von Benjamin Rehder und hing sehr an ihm. Als Bene damals einfach sang- und klanglos aus Lüneburg verschwunden war, ohne Plan, ohne Ziel, und vor allem ohne den Menschen, die ihm nahestanden, etwas davon zu sagen, war seine damalige Freundin Julie bereits von ihm schwanger gewesen. Doch davon hatte Bene nichts gewusst. Als Leonie einige Monate später auf die Welt gekommen war, hatte dafür Ben Julie stets zur Seite gestanden. Mit tatkräftiger Hilfe, einer starken Schulter in den seltenen Momenten, in denen selbst Julie einmal schwach war, und letztlich auch finanziell. Er hatte es als selbstverständlich angesehen, wenigstens ein Stück weit den Platz auszufüllen, der eigentlich von seinem Zwillingsbruder hätte besetzt sein sollen. Die Patenschaft für Leonie war für ihn, auch wenn er ohnehin ihr leiblicher Onkel war, mehr als nur eine Formsache. Und obwohl Leonie bis zu Benes Rückkehr nach Lüneburg vor inzwischen rund dreieinhalb Jahren nicht wusste, dass der Bruder ihres Paten ihr Vater war, war Ben zumindest auf diese Weise immer schon ihr »Onkel« gewesen. Auch wenn Leonie ihren Papa inzwischen heiß und innig in ihr kleines Herz geschlossen hatte, hatte dies der festen Bindung zu Ben nichts anhaben können. Dass die beiden Männer sich glichen wie ein Ei dem anderen, hatte die Sache vielleicht zusätzlich erleichtert. Zumindest für Leonie war genau dieser Umstand am Anfang ein Heidenspaß gewesen.

Immer noch zögernd drehte Katharina den Zettel zwischen ihren Fingern. Es war ihr gestern ganz plötzlich eingefallen, dass dieser Alex vielleicht etwas wusste. Sie hatte ihn erst wenige Male gesehen, wenn er Ben im Büro abgeholt hatte oder sie beide bei Julie in einem größeren Kreis aufeinandergetroffen waren. Alex war Bens bester Freund, seit Kindheitstagen, wie Julie ihr irgendwann mal beiläufig erzählt hatte. Auch Bene kannte ihn somit schon seit einer Ewigkeit, doch von Freundschaft war zwischen ihm und Alex nie die Rede. Alexander hatte Bene seine früheren Sperenzchen sehr übel genommen und verurteilt, wie er mit seinem Zwillingsbruder und mit Julie umgegangen war. Während sowohl Ben als auch Julie das inzwischen als vergangen ansahen und Bene eine neue Chance gegeben hatten, war Alexander ihm gegenüber reserviert geblieben, und Bene schien das nicht besonders zu stören.

Katharina atmete tief ein, schaute entschlossen auf den Zettel und wählte die Nummer. Nach dem dritten Klingeln ertönte die sympathische Stimme von Bens bestem Freund:

»Thiele?«

»Hallo, Alexander! Hier ist … Katharina. Katharina von Hagemann. Ich weiß nicht, ob du dich an mich erinnerst, wir haben uns ein paar Mal kurz gesehen, ich bin eine Kollegin von Ben.«

»Sicher«, antwortete Alexander, »natürlich erinnere ich mich. Was kann ich für dich tun? Hast du was ausgefressen und musst für den guten Ben jetzt die Vorzimmerdame spielen?« Er lachte, bevor er sich erklärte. »Eigentlich warte ich nämlich schon seit zwei Tagen auf einen Anruf von Ben.«

Katharina erschrak. Das bedeutete, dass auch Alexander nichts von Ben gehört hatte. Ohne zu zögern, kam sie direkt auf den Punkt. »Alexander, hör zu: Ben ist seit Tagen spurlos verschwunden. Können wir uns treffen? Heute noch?«

Am anderen Ende der Leitung war es still.

»Alexander? Bist du noch dran?«, fragte Katharina irritiert.

»Ja, bin ich. Passt es dir um halb acht im ›Capitol‹?«

18:14 Uhr

Vivien Rimkus betrachtete sich in dem großen Spiegel, der im Badezimmer eine der Wände dominierte. Als sie die kleine Altbauwohnung besichtigt hatte, hatte dieser Spiegel bereits dort gehangen, und sie hatte dem Vormieter einen stolzen Abstandspreis dafür gezahlt. Gerade weil sie jahrelang den Blick in einen Spiegel, so gut es ging, vermieden hatte, wollte sie ihn. Sie sah ihn als eine Art therapeutisches Mittel an. Seit gut vier Wochen wohnte sie nun hier, und tatsächlich fiel es ihr von Tag zu Tag leichter, dem Spiegel komplett ausgesetzt zu sein, sobald sie ihr kleines Badezimmer betrat.

Die Besprechung im Dezernat hatte länger gedauert als gedacht, der Samstag war verloren, ihr blieb nur noch der Abend, und den wollte sie nutzen. Als sie nach Hause gekommen war, hatte sie sich eine halbe Tiefkühl-Pizza in den Ofen geschoben, es sich für einen Moment auf dem Sofa gemütlich gemacht und schließlich vor dem Fernseher gegessen. Danach war sie ausgiebig duschen gegangen. Eigentlich badete sie viel lieber und versteckte sich dabei unter Unmengen von Seifenschaum, doch die Wohnung besaß keine Badewanne. Da es schwer genug gewesen war, nach der Zusage ihres neuen Jobs kurzfristig eine bezahlbare Wohnung im Stadtkern von Lüneburg zu finden, war das Fehlen einer Wanne kein Auswahlkriterium gewesen. Der Spiegel dafür umso mehr …

Vivien wickelte sich ein großes Badetuch um den schmalen Körper und ging ins Schlafzimmer, um sich aus dem Kleiderschrank die passenden Sachen für den Abend herauszusuchen. Schließlich entschied sie sich für eine enge schwarze Lederhose und einen eisblauen, eng anliegenden Rollkragenpullover. Sie wusste, dass ihr dieses Outfit, so leger es auch war, in der Kombination mit ihren schwarzen Haaren und den blauen Augen immer eine besondere Ausstrahlung verschaffte. Ihre vom Duschen noch nassen Haare hinterließen Wassertropfen auf dem dunklen Dielenboden. Sie wickelte das Handtuch vom Körper und ließ es genau dort auf den Boden fallen, wo es die Tropfen aufsaugen konnte. Bei der Auswahl der Dessous wählte sie guten Gewissens die besonders bequemen. Außer ihr würde sie niemand zu sehen bekommen. Lediglich der BH musste unter dem engen Pullover seine Aufgabe erfüllen. Nur in Unterwäsche gekleidet, ging sie zurück ins Badezimmer und öffnete den großen Wandschrank, der sorgfältig sortiert mit einem ganzen Kosmetik-Sortiment gefüllt war. Sie war an das folgende Prozedere so sehr gewöhnt, dass sie blind zu den einzelnen Dingen greifen konnte, die sie brauchte. Eine gute halbe Stunde kostete es sie, bis sie sich im Spiegel wiedererkannte. Inzwischen war dies zu einer Zeit geworden, die sie zum Nachdenken nutzte. Jetzt führten ihre Gedanken sie zu Katharina von Hagemann, der Kollegin aus dem Kommissariat, die sie heute zum ersten Mal gesprochen hatte. So ganz zufällig war die Begegnung vor der Tür nicht gewesen, denn Vivien hatte auf dem Gang gesehen, wie Katharina mit der Zigarettenschachtel in der Hand das Büro verließ. Dass der Raucherraum im Gebäude nicht zu ertragen war, entsprach allerdings der Wahrheit. Anstatt später allein draußen zu stehen, hatte Vivien jedoch bewusst die Chance genutzt, dort ein paar Worte mit der neuen Kollegin zu wechseln. Sie wusste nicht genau, warum, aber irgendetwas an Katharina zog sie an. Sie hatte das Gefühl, dass etwas sie verband. Nur was das sein konnte, da tappte sie noch im Dunkeln. Vivien war zwar noch recht neu in ihrem Job, doch ihr war sehr wohl klar, dass es Katharina sicher nicht leichtgefallen war, eine neue, unbekannte Kollegin zu bitten, ihr Informationen zu liefern. Ohne Frage zogen sie letztlich alle am selben Strang: Sie bekämpften Verbrecher, Psychopathen, Mörder. Trotzdem gab es auch oder gerade in diesem Beruf sehr strenge Regularien, und Katharina bewegte sich definitiv auf dünnem Eis. Dass Kriminalrat Mausner nämlich gerade auf die Einhaltung solcher Regeln strengsten Wert legte, war eine der ersten Informationen gewesen, die Vivien bekommen hatte, nachdem sie ihren Dienst in Lüneburg vor ein paar Tagen angetreten hatte.

Vivien betrachtete ihr fertiges Gesicht zufrieden im Spiegel. Inzwischen hätte sie gut und gerne auch als Kosmetikerin oder Visagistin arbeiten könnte, so sehr hatte sie sich selbst perfektioniert. Doch dieser Beruf lag ihr fern. Sie wollte die Welt verbessern, indem sie das Böse von der Straße holte, und nicht, indem sie hübsche, wohlhabende Frauen noch schöner machte.

Sie föhnte sich die Haare, überlegte kurz, sie hochzustecken, ließ sie dann aber offen und zog sich fertig an. Ein letzter, befriedigender Blick in den Spiegel sagte ihr, dass ihr Abend beginnen konnte.

Eine halbe Stunde später betrat Vivien die Bar des Hotel »Heideglanz«. Hier war sie bisher noch nicht gewesen. Sie hatte sich vorgenommen, jedes Mal, wenn sie allein ausging, ein anderes Lokal aufzusuchen. So würde sie die unterschiedlichsten Leute – Männer – kennenlernen und ganz nebenbei ihre neue Umgebung gleich mit. Sie fand es wichtig, als Polizistin die Stadt, in der sie arbeitete, zu kennen. Und gerade für ihr Dezernat war die Kneipenszene nicht irrelevant. Vivien wollte ihren Job gut machen, und gerade was die Kenntnis des Umfeldes anging, war sie als Neue, die nicht aus Lüneburg kam, ihren Kollegen unterlegen. Das wollte sie schnellstmöglich ändern. Und ihr privates Anliegen konnte sie auf diesem Weg ebenfalls am besten in die Tat umsetzen.

Vivien sah sich in der kleinen Bar um. Es waren fast alle Tische besetzt, mit Paaren oder kleinen Gruppen. Kurzentschlossen steuerte sie den Bartresen an und setzte sich auf einen Platz am Rand. Sie hängte ihren Parka über die Lehne ihres Barhockers und studierte die Getränkekarte, die auf dem Tresen bereitlag. Heute würde sie sich – passend zu dem gewählten Ambiente – einen Prosecco gönnen. Das war ein guter Start und wurde ihrer guten Laune gerecht. Kurz überlegte sie sogar, einen Champagner zu wählen, doch das gab ihr schmaler Geldbeutel in so einer Bar nicht unbedingt her und übertreiben wollte sie es auch nicht.

»Was darf es sein?«, hörte sie plötzlich eine sympathische Stimme von der anderen Seite des Tresens.

Vivien sah auf und blickte in das offene und freundliche Gesicht eines gut aussehenden Kellners. Sie lächelte zurück und sagte: »Ich hätte gern ein Glas Prosecco.«

»Aber sicher, kommt sofort«, antwortete der Kellner, den Vivien auf Anfang 40 schätzte. Während er sich umdrehte, um ihre Bestellung zu buchen und einzuschenken, sah sie sich erneut in der Bar um. Keine Spur von alleinstehenden Männern. Scheinbar kamen hier eher Pärchen her oder Freunde, die sich trafen. Möglicherweise war dies kein Ort, um ihre Bedürfnisse zu erfüllen. Aber das fand sie nicht schlimm. Auch das musste sie wissen, und nicht jeder Abend musste zum Erfolg führen.

»Bitte sehr, Ihr Prosecco«, klang es in ihr Ohr, und es wanderte zuerst eine kleine Serviette und dann ein gut geschenktes Glas auf den Tresen.

»Danke!« sagte Vivien, nahm das Glas und erhob es kurz in die Richtung des Barkeepers. Ihre Blicke kreuzten sich und ein Lächeln breitete sich in seinem Gesicht aus. Dann wandte er sich wieder seiner Arbeit zu. Sie beobachtete ihn eine Zeit lang, wie er fröhlich und professionell die Gäste versorgte und den zwei weiteren Kolleginnen, die die Tische in der Bar bedienten, klare Anweisungen mit auf den Weg gab. Vielleicht, überlegte sie, würde der Abend doch nicht erfolglos sein. Bisher hatte sie ihre Suche immer auf die Gäste der Lokale ausgerichtet, aber heute würde sie ihr Augenmerk einfach mal auf das Personal lenken.

19:15 Uhr

Bereits um viertel nach sieben betrat Katharina das »Capitol«. Sie erhoffte sich von dem Gespräch mit Alexander Thiele ein paar neue Informationen und hatte seit dem Telefonat dem Treffen entgegengefiebert. Als sie sich auf der Suche nach einem freien Tisch umsah, entdeckte sie Alex, der bereits mit einem Glas Rotwein an einem Ecktisch saß und nachdenklich ins Leere schaute. Offensichtlich hatte auch er es nicht abwarten können. Katharina ging zu ihm und begrüßte Bens besten Freund: »Hallo, Alexander, danke, dass du gekommen bist!«

Aus seinen Gedanken gerissen, sah er erschrocken auf: »Hallo, Katharina!« Er stand auf und gab ihr die Hand. »Natürlich, ist doch Ehrensache. Ben ist mein bester Freund. Aber sag doch bitte Alex zu mir. Alexander nennt mich eigentlich nur mein Vater.«

Katharina lächelte bestätigend, hängte ihre Lederjacke über die Stuhllehne und legte ihren dicken Schal zusammengerollt auf den Tisch. Im gleichen Moment trat ein junger Kellner an den Tisch.

»Was möchtest du trinken?«, fragte Alexander.

»Einen Martini bianco, mit Eis und Zitrone, bitte«, erwiderte Katharina, mehr an Alex als an den Kellner gerichtet. Alex sah den jungen Mann an, der nickte und in Richtung Tresen verschwand.

»Du hast gesagt, Ben ist verschwunden?«, begann Alex sofort das Gespräch. »Nach deinem Anruf hab ich ein paar Mal versucht, ihn zu erreichen, aber es sprang immer nur die Mailbox an. Hätte mir ja klar sein müssen, aber ich konnte nicht anders.« Bedrückt sah er Katharina an. »Was ist passiert?«

»Wenn ich das wüsste«, antwortete Katharina und spürte einen Kloß in ihrem Hals aufsteigen. In diesem Moment brachte der Kellner bereits ihren Martini und dankbar griff sie zum Glas. Zum Anstoßen fand sie die Situation ohnehin unpassend. Nach einem kleinen Schluck schilderte sie Alexander Thiele in knappen Worten die Lage. Sie verschwieg auch nicht, dass sie selbst am Sonntag bei Ben gewesen war und sie – gemeinsam mit Bene – das Haus oder zumindest das Wohnzimmer gestern so vorgefunden hatte, wie sie es fünf Tage zuvor verlassen hatte.

»Das sieht Ben überhaupt nicht ähnlich«, bemerkte Alexander und Katharina nickte stumm. »Und es gibt überhaupt keinen einzigen Hinweis, wo er sein könnte?«

»Nein, nicht wirklich«, antwortete Katharina. »Es ist alles irgendwie merkwürdig. Sein Handy konnten wir nirgendwo finden. Wenn er tatsächlich einfach weggefahren ist, wäre das logisch. Gleichzeitig hängen aber alle wärmeren Jacken an der Garderobe. Zumindest alle, die ich an ihm kenne.« Sie nahm einen weiteren Schluck von ihrem Martini, bevor sie fortfuhr. »Neben der Tatsache, dass dieser Heinzen wieder frei herumläuft, gibt es nur einen einzigen etwas konkreteren Hinweis: Eine Nachbarin hat am Dienstag eine Frau gesehen, die mit einem Mann in Bens Auto gestiegen und weggefahren ist. Wir … also ich, gehe davon aus, dass dieser Mann Ben war, aber bei der Frau weiß ich nicht weiter. Sie wurde auch von zwei weiteren Nachbarn gesehen.« Sie sah ihr Gegenüber fragend an: »Hast du irgendeine Idee, wer sie sein könnte?« Etwas verlegen sah Katharina ihn an. »Versteh das bitte richtig, ich möchte dich bestimmt nicht nach Bens Privatleben ausfragen, aber du bist – gerade was diese unbekannte Frau angeht – im Moment meine letzte Hoffnung. Sie ist unsere einzige Spur und nach meinem jetzigen Wissen die Letzte, die Ben gesehen hat. Wenn Ben irgendwem erzählen würde, dass er jemanden kennengelernt hat, dann sicher dir …«

Bens Freund überlegte einen kurzen Moment. »Eine Frau? Keine Ahnung. Außer dir und Julie fällt mir da keine ein. Seit der Scheidung von Simone hat es keine Frau in seinem Privatleben gegeben. Und das ist kein Geheimnis. Du musst dir also keine Sorgen machen, dass ich dir etwas zu Privates über deinen Chef erzähle.« Freundlich lächelte er Katharina an. Dann wurde er schlagartig wieder ernst. »Im Übrigen – der Zweck heiligt die Mittel. Irgendwas scheint ja nicht zu stimmen. Und ich bin mir sicher, dass Ben nichts dagegen hat, wenn du etwas mehr über ihn weißt, falls das hilft, ihn zu finden.« Er überlegte einen Moment. »Haben die Nachbarn die Frau denn beschreiben können?«

»Nicht wirklich«, gab Katharina zurück. »Nur die eine Nachbarin, seine direkte, sagte, sie hätte zuerst gedacht, es sei Bens Exfrau. Inzwischen sei sie sich da aber gar nicht mehr sicher, weil es schon so lange her ist, dass sie seine Exfrau gesehen hat.«

Alexander sah erstaunt auf: »Simone? Also ehrlich gesagt, glaub ich kaum, dass es Simone war. Sie und Ben haben so gut wie gar keinen Kontakt mehr. Wenn ich richtig informiert bin, weiß Ben nicht mal, wo sie inzwischen wohnt.

Würde mich nicht wundern, wenn es sie komplett nach Indien oder Thailand verschlagen hat, die gute Simone.«

Jetzt war es Katharina, die erstaunt aufblickte. Ben hatte ihr zwar an ihrem letzten gemeinsamen Abend von Simone erzählt, aber vom Ausland war da nicht die Rede gewesen. Alexander grinste. »Simone hat Ben verlassen, weil sie sich selbst finden wollte. Diese Schnapsidee hat ihr damals so ein komischer Yoga-Guru ins Ohr geflüstert. Und Simone – vorher extrem bodenständig und fast ein bisschen pomeranzig – hat ihr ganzes Leben über den Haufen geschmissen und ist auf die Suche gegangen …« Er schüttelte den Kopf und Katharina musste schmunzeln. Sie hatte schon ein paar Mal versucht, sich vorzustellen, mit was für einer Frau Benjamin Rehder wohl verheiratet gewesen war. Die Schilderung von Alexander rief nun zwar ein paar Bilder in ihrem Kopf hervor, doch wollte dieser Typ Frau, der dabei aufkam, so gar nicht zu ihrem Chef passen. Und so oder so schien die Vermutung der Nachbarin, es könne sich bei der unbekannten Frau in Bens Auto um seine Exfrau gehandelt haben, nicht realistisch zu sein, wenn Alex recht hatte.

»Vielleicht würde es zumindest Sinn machen, wenn ich in unserem Computersystem mal nachsehe, ob ich Bens Exfrau ausfindig machen kann …«

Katharina hatte eher laut gedacht, als Alexander angesprochen, doch er reagierte prompt: »Was immer du tun kannst, um Ben zu finden – tu es! Der haut nicht einfach so ab, nur …« Alexander brach mitten im Satz ab.

Katharina ahnte, warum, und hakte nach: »Ich hab gehört, dass Ben damals, als seine Frau ihn verlassen hat, auch für ein paar Tage … na ja, sagen wir mal, untergetaucht ist. Das hast du damals doch sicher auch mitbekommen.« Erwartungsvoll sah sie ihn an.

»Ja, klar hab ich das mitbekommen. Daran musste ich ja gerade denken. Aber das war damals für ihn auch wirklich eine Ausnahmesituation. Ich will ja nicht sagen, dass die beiden die brillanteste aller Ehen geführt haben, aber sie waren glücklich zusammen. Und wäre Simone nicht plötzlich auf diesen Yoga-Heini gestoßen, wären sie das vermutlich heute noch.« Er machte eine kurze Pause und nahm einen kräftigen Schluck aus seinem Rotweinglas, bevor er weitersprach. »Weißt du, Katharina, Ben ist tief in seinem Herzen ein richtiger kleiner Spießer. Das meine ich überhaupt nicht negativ, aber ich finde keinen passenderen Begriff. Er mag es harmonisch, ordentlich und kontrolliert. Also, mit kontrolliert meine ich jetzt eher eine gewisse Routine im Alltag und im Leben ganz allgemein. Klingt bei einem Kommissar vielleicht komisch, aber wahrscheinlich ist das so ein bisschen die Beamtenseele. Bens Eltern leben so ein Leben, und ich denke, Ben wollte es immer ähnlich haben. Und mit Simone hatte er das. Bis …«

»Bis der Yoga-Guru auf der Matte stand …«, ergänzte Katharina und lächelte.

»Im wahrsten Sinne des Wortes«, lächelte Alexander zurück.

Dann wurden beide wieder ernst und Katharina ergriff das Wort. Sie fühlte sich nicht ganz wohl in ihrer Haut mit all diesen privaten Informationen über Ben, schon gar nicht, wenn sie ihr nicht wirklich weiterhalfen. »Okay, dann werde ich mich morgen schlaumachen, ob Bens Exfrau vielleicht doch wieder irgendwo in der Nähe wohnt, und falls ja, werde ich sie fragen, ob sie Ben getroffen hat. Einen anderen Anhaltspunkt haben wir im Moment einfach nicht.« Sie winkte dem Kellner und gab ihm ein Zeichen, dass sie gern bezahlen wollte.

»Wenn ich darf, lad ich dich ein«, sagte Alexander auf eine so unaufdringliche Art, dass es Katharina entgegen ihrer Natur leichtfiel, das bereits gezückte Portemonnaie wieder in die Tasche ihrer Lederjacke zu schieben.

»Danke«, sagte sie und lächelte Alexander an. »Du sagst mir doch sofort Bescheid, wenn du etwas von Ben hörst, oder?«, bat sie.

»Natürlich, und umgekehrt bitte ich dich auch darum. Ich werde auch noch mal überlegen, ob ich irgendwas übersehen haben könnte oder ob mir irgendeine Idee kommt. Mir gefällt die ganze Sache nämlich ganz und gar nicht.«

Nachdem Alexander bezahlt hatte, verließen die beiden das Lokal gemeinsam und blieben vor der Tür stehen. Der Wind pustete ihr kühl ins Gesicht und Katharina zog die Schultern unter dem dicken Schal hoch. Obwohl sie wusste, dass sie innerhalb kürzester Zeit eiskalte Hände haben würde, zog sie ihre Zigarettenschachtel hervor und steckte sich eine an.

»Kann ich auch eine haben?«, fragte Alexander. »Ich bin da eigentlich längst von ab, aber im Moment ist mir gerade danach.« Er zog tief an der Marlboro und blies den Rauch in die nebelverhangene Winterluft. Dann zeigte er in Richtung City-Parkhaus. Mein Auto steht da vorn. Wenn du willst, fahre ich dich gern. Ist bei der Kälte vielleicht angenehmer?«

»Nein, vielen Dank«, lehnte Katharina ab. »Ich glaub, ich geh noch ein Stück, das macht den Kopf frei. Außerdem hab ich es ja nicht weit.« Sie überlegte, ihm die Hand zum Abschied zu geben, fand das aber irgendwie unpassend. Darum entschied sie sich zu einem kurzen »Okay, ich gehe dann mal los. Danke für deine Hilfe und … wir hören voneinander!«

»Wenn ich noch irgendwie helfen kann, gib mir bitte sofort Bescheid!«, sagte Alexander, während Katharina bereits die Hand zum Abschiedsgruß hob und sich umdrehte.

Tatsächlich genoss Katharina die kalte Luft. Kurz vor der Einbiegung in die Münzstraße, in der ihre Wohnung lag, entschied sie sich anders und ging weiter in die Richtung, in der das Hotel »Heideglanz« lag. Ein kurzer Absacker bei Bene an der Bar würde nicht schaden. Wenige Minuten später betrat sie das Foyer und rieb sich in der schlagartigen Wärme die Hände. Während sie weiterging, zog sie sich bereits den Schal von den Schultern. Als sie die Bar fast erreicht hatte und ihr Blick zum Tresen fiel, sah sie Bene sofort. Er stand hinter dem Tresen und lachte fröhlich. Wenn sie es nicht besser wüsste, hätte Katharina gesagt, er war in bester Flirtlaune. Sie verlangsamte ihren Schritt und versuchte einen Blick auf die andere Seite des Tresens zu erhaschen, der bis eben von einem der dicken Pfeiler im Foyer verdeckt war. Irritiert und abrupt blieb sie stehen. Bene gegenüber an der Bar saß Vivien. Die neue junge Kollegin, die ihr ihre Unterstützung bei der Suche nach Ben zugesagt hatte. Katharina überlegte nur einen winzigen Moment, bevor sie sich umdrehte, den Schal wieder umlegte und das Hotel auf dem gleichen Weg verließ, wie sie es betreten hatte.

Mancher grüßet uns freundlich bei Tage, doch käm er im Finstern uns in den Weg, es möchte wohl kaum zum Besten geraten.

(Johann Wolfgang von Goethe)

6. KAPITEL:

2. ADVENT, 7. DEZEMBER 2014

02:57 Uhr

Maya Clausen hatte den vergangenen Abend allein zu Hause verbracht. Zunächst hatte sie für die Uni gelernt und es sich später dann mit einer halbvollen Flasche Weißwein auf dem Sofa im Wohnzimmer gemütlich gemacht und ferngesehen. Erst vor etwa zwei Stunden, als die Flasche leer war und die Heizung automatisch auf Nachtschaltung umgestellt hatte, war sie in ihr Bett gekrabbelt. Ihr waren fast sofort die Augen zugefallen. Seitdem schlief sie tief in ihrem kleinen, aber gemütlichen Schlafzimmer. So hörte sie nicht, wie ihre Balkontür im Wohnzimmer von außen aufgehebelt und die Nachttischlampe neben ihrem Bett angeknipst wurde. Sie wurde erst wach, als sich eine Hand auf ihren Mund drückte, deren Finger dermaßen nach Nikotin rochen, dass sie es sogar durch den Eigengeruch der medizinischen Latexhandschuhe hindurch wahrnahm. Maya riss die Augen auf und sah sich einer schwarzen, glatt gezogenen Fratze gegenüber, aus der sie zwei kleine trübe Augen anblickten. Entsetzt schrie Maya aus tiefster Kehle, doch die Hand auf ihrem Mund erstickte den Laut, sodass es wie ein einziges Wimmern klang. »Hör auf zu schreien, dann passiert dir auch nichts«, kam eine Männerstimme aus dem Fratzengesicht und trotzdem es nicht so formuliert war, verstand Maya das als Drohung. Oh Gott, was passiert hier?, dachte Maya und überlegte krampfhaft, was sie tun könnte. Wenn sie sich wehrte, was würde sie dann von der Fratze zu erwarten haben? Würde der Mann, der sich dahinter versteckte, sie töten? Wo blieb eigentlich ihr Bruder? Marvin hatte vorhin angerufen und gesagt, er käme irgendwann heute Nacht nach Hause, weil er doch keine Lust habe, bei seinem Freund in Hamburg auf einer Matratze zu schlafen. Wann war irgendwann?

Maya Clausen war 22, hatte aber noch nie einen Freund gehabt. Ihr war bisher nicht der Richtige über den Weg gelaufen und wenn doch, dann war sie nicht die Richtige. Maya war in Hannover-Mühlenberg mit drei Geschwistern aufgewachsen, und schon als Fünfjährige hatte sie beschlossen, dort so schnell wie möglich herauszukommen. Bereits in der Grundschule war sie Klassenbeste gewesen, und das hatte sich bis zum Abitur durchgezogen. In ihrer Familie waren sie und ihr zwei Jahre jüngerer Bruder, auf den sie erheblichen Einfluss nehmen konnte, die Einzigen, die Abitur hatten und jetzt sogar studierten. Auch wenn man es ihr nicht ansah – darauf achtete sie sehr – war Maya ein Gossenkind. Sie hatte von klein auf gelernt, wie man sich zur Wehr setzte und Schläge austeilte, damit man selbst keine einsteckte. Außerdem war Maya noch Jungfrau und wollte das so lange bleiben, bis sie selbst entschied, das zu ändern. Das alles rauschte Maya in Sekundenschnelle durch den Kopf, als ihr Angreifer ihr jetzt einen Knebel in den Mund zu stopfen begann, der aus einem benutzten, muffigen Stofftaschentuch bestand, das er aus seiner Hosentasche gezogen hatte. Nachdem er sie auf diese Weise mundtot gemacht hatte, zog er mit seiner freien Hand die Bettdecke von ihr herunter, schwang ein Bein über sie und setzte sich auf ihren Bauch. Dann packte er gleichzeitig ihren linken und rechten Arm und führte beide über ihrem Kopf zusammen. Marvin, wo bleibst du? Beeil dich und hilf mir, flehte Maya ihren Bruder in Gedanken an. Sie musste würgen, da das Stofftaschentuch an ihrem Gaumenzäpfchen kitzelte, und mit dem aufsteigenden Würgereiz wurde die ebenso aufkeimende Panik von schierem Kampfgeist abgelöst. Inzwischen hielt der Mann mit der schwarzen Maske Mayas Arme nur noch mit einer Hand zusammen. Mit der anderen zog er aus seiner Jackentasche einen Kabelbinder hervor. Maya begann sich zu wehren, aus reinem Reflex und ohne erneut über mögliche Konsequenzen nachzudenken. Sie versuchte sich aufzubäumen, wurde jedoch von seinem Gewicht tiefer in die Matratze hineingedrückt. Dann begann sie, mit den Beinen um sich zu schlagen, doch das Einzige, was sie traf, war die Luft um sie herum. Inzwischen hatte ihr Angreifer den Kabelbinder um ihre beiden Handgelenke geschlungen. Ich kann aber immer noch meine Arme bewegen, du Schwein, dachte Maya.

Sie war eine kleine Wildkatze. Das hätte Helmut Heinzen nicht gedacht, so, wie sie sich anzog und auf der Straße bewegte. Dort machte sie den Anschein, als sei sie eine kleine graue Maus ohne Durchsetzungsvermögen. Gerade nach gestern hätte er geschworen, dass dieses zarte Mädchen, das hier in seinem Bett noch mehr wirkte wie ein zerbrechlicher Knabe, sich nicht wehren, sondern ihn verschreckt gewähren lassen würde. Gestern war er mit ihr noch einmal gemeinsam im Bus gefahren. Den ganzen Vormittag über hatte er vor ihrem Haus auf sie gewartet. In dem Moment, in dem sie endlich rausgekommen war, hatte Heinzen sich in Bewegung gesetzt und war zur Bushaltestelle gegangen, weil er annahm, dass sie ebenfalls dorthin wollte. Natürlich hätte er mit seiner Vermutung danebenliegen können, hatte er aber nicht. Er war vor ihr in den Bus gestiegen. Am Sande war sie ausgestiegen, genauso wie er und einige andere Fahrgäste. Sie hatte den Weihnachtsmarktbuden kaum Beachtung geschenkt und war in die proppenvolle Kleine Bäckerstraße eingebogen. Ermuntert durch die Enge war er ein paar Schritte auf gleicher Höhe mit ihr gegangen, und hatte sie dann bewusst grob mit der Schulter angerempelt. Anstatt auf seine Reaktion zu warten, hatte sie sich sofort defensiv bei ihm entschuldigt und war mit gesenktem Kopf weitergegangen. Er war stehen geblieben und hatte ihr hypnotisiert hinterhergesehen. Dieses schon fast masochistische Verhalten seiner neuen Auserwählten hatte ihn so sehr erregt, dass er versucht gewesen war, sich auf einer der öffentlichen Toiletten Erleichterung zu verschaffen. Er hatte es nicht getan, sondern es sich für den richtigen Moment aufgespart, und der war jetzt gekommen. Heinzen packte die Knöchel des sich windenden Mädchens und schnürte sie ebenfalls mit einem Kabelbinder zusammen. Dann erhob er sich vom Bett und zog sich vor den funkensprühenden Augen seines Opfers bis auf seine Gesichtsmaske und die Arzthandschuhe aus. Der Beweis seiner Männlichkeit stand hoch empor und tropfte bereits vor Verlangen, doch Heinzen hatte es nicht eilig. Er genoss jede Sekunde und ging erst einmal in die kleine Küche, in der er nach einer Schere suchte. Als er sie gefunden hatte, ging er zurück, drehte und wendete sie genüsslich, bevor er in aller Seelenruhe begann, das T-Shirt seiner vor ihm auf dem Bett liegenden Braut aufzuschneiden. Sie versuchte, es durch das Schlagen mit ihren Armen auf seinen Kopf zu verhindern, ließ es aber sofort bleiben, als er ihr die Schere an den Hals drückte. Stumm arbeitete er weiter, bis er das T-Shirt wie ein Hemd auseinanderschlagen konnte und die kleinen Knospenbrüste mit den festen Nippeln sah, die sich mit dem Brustkorb hoben und senkten. Einmal kurz jauchzte er vor Lust und gern hätte er sie in seinen Mund genommen. Er konnte es gerade noch unterdrücken, denn noch hatte er seine Vorbereitungen nicht beendet. Er wandte sich der langen Pyjama-Hose seines Opfers zu und begann auch diese vom Leib der Angebeteten zu schneiden, die zu Heinzens Freude inzwischen einfach nur mit geschlossenen Augen dalag und mit sich geschehen ließ, was geschehen musste. Sie schien also endlich auch begriffen zu haben, dass sie füreinander geschaffen waren. Nachdem er auch damit fertig war, stand er auf, holte ein Präservativ aus seiner Hosentasche, riss die Verpackung mit den Zähnen auf und zog es sich über. Er mochte diese Dinger nicht, aber nachdem er das letzte Mal auf eines verzichtet hatte, hatte ihn dieser Scheiß-Bulle Rehder in den Knast stecken lassen. Bei dem Gedanken an den Kommissar spürte Heinzen, wie seine Erregung wuchs. Gleich war es so weit. Gleich würde sein Finale beginnen. Heinzen ließ seine Augen über die entblößte Studentin gleiten und wurde augenblicklich noch härter. Er trat zurück ans Bett, bewegte die Studentin wie einen eingerollten Teppich und drehte sie auf den Bauch, um sich dann rittlings auf ihre Waden zu setzen und sich an ihrem kleinem, kräftigen Hintern zu ergötzen. Dann nahm er endgültig in Besitz, was ihm gehörte.

Er hielt sich nicht zurück und stöhnte seine überschäumenden Gefühle lauthals heraus. Gerade als er fertig war und seine Braut nicht mehr brauchte, aber noch eine kleine Weile die wohlige Entspannung genießen wollte, die seinen Körper hinterher immer durchzog, stürmte ein Mann in das Schlafzimmer und auf ihn zu. Heinzen hatte nicht einmal mehr Zeit, darüber nachzudenken, wo der Typ so plötzlich herkam. Mit erhobener Faust stürzte der Mann sich auf ihn und schrie immer wieder: »Was machst du mit ihr, du Schwein? Was machst du mit ihr?«

Nach der ersten Schrecksekunde schlug Heinzen einmal kräftig zu. Er war zwar eher schmächtig gebaut, doch im Knast hatte er schmerzhaft lernen müssen, sich zu verteidigen. Jetzt kam ihm das zugute: Er hatte seinem Gegner mit aller Kraft auf den Brustkorb geschlagen, sodass der erst einmal nach Luft schnappen musste. Heinzen zögerte keine Sekunde. Er sprang vom Bett auf, raffte seine wenigen Sachen zusammen, hastete ins Wohnzimmer und über den Balkon hinaus ins Freie. Erst etliche Häusereingänge weiter hielt er inne, verbarg sich zwischen zwei parkenden Autos und zog sich an.

11:13 Uhr

Katharina hatte vor wenigen Minuten das Kommissariat betreten und ging nun auf ihr Büro zu. Eigentlich versuchte sie, sich den Sonntag generell frei zu halten, um Zeit für sich zu haben, doch in der jetzigen Situation spielte das keine Rolle. Sie war nach dem Treffen mit Alexander und dem missratenen Besuch in Benes Bar direkt nach Hause gegangen. Vor dem Fernseher hatte sie noch ein bisschen Ablenkung gesucht, doch ihr hatte weder nach einem Krimi noch nach einer der für die Vorweihnachtszeit üblichen Spendenshows der Sinn gestanden und so war sie nach einer Weile mit einem Buch ins Bett gekrochen, wo sie nach kurzer Zeit eingeschlafen war. Tatsächlich hatte sie die Nacht auch fast durchgeschlafen, der wenige Schlaf der letzten Nächte hatte seinen Tribut gefordert, und so war sie am Morgen zwar nass geschwitzt aber verhältnismäßig munter aufgewacht. Noch im Bett liegend, mit einem ersten Kaffee in der Hand hatte sie das Bild von Vivien an Benes Bar konsequent aus ihrem Kopf verbannt und über das Gespräch mit Alex nachgedacht. Daraufhin hatte sie den Entschluss gefasst, gleich am Vormittag ins Kommissariat zu gehen – am Nachmittag war sie mit ihrer Mutter verabredet. Im Kommissariat wollte sie versuchen, herauszufinden, wo Bens Exfrau Simone zurzeit wohnte oder zumindest gemeldet war.

Als sie nun im Gemeinschaftsbüro Licht brennen sah, war Katharina irritiert. In diesem Büro saßen nur sie, Tobi und Ben. Tobi war sonntags nie hier, außer wenn Ben in speziellen Situationen den Dienst anordnete. Katharinas Herzschlag beschleunigte sich. War Ben dort? War er wieder da und jetzt an seinem Schreibtisch? Sie lief die letzten Meter bis zum Büro und öffnete voller Vorfreude die Tür. Ein erschrockenes Gesicht sah ihr entgegen: Es war das von Tobi.

»Du?«, brachte Katharina nur hervor und ihr Gesicht zeigte eine Mischung aus Überraschung und Enttäuschung.

»'Tschuldige, dass ich es nur bin – George Clooney hatte heute schon was anderes vor«, witzelte Tobi in der für ihn typischen Art, doch sein Gesicht blieb ernst dabei.

»Entschuldige, so meinte ich das nicht«, sagte Katharina, während sie die Tür schloss und zu ihrem Schreibtisch ging. »Ich hatte nur kurz gedacht, dass vielleicht Ben … Du bist sonst nie am Sonntag hier. Ist es etwa wegen diesem Schädel aus der Ilmenau?« Fragend sah sie ihren Kollegen an.

»Nein, mit dem Schädel hat das nichts zu tun. Ich musste einfach mal raus und irgendwie bin ich dann hier gelandet. Weiß auch nicht …«, erwiderte Tobi und wirkte dabei irgendwie verlegen. »Gibt es denn was Neues wegen Ben?«, versuchte er eindeutig, das Thema zu wechseln.

»Nein, keine Spur«, antwortete Katharina. Von dem Gespräch mit Alexander würde sie ihm erzählen, sobald sie etwas zu Bens Exfrau in Erfahrung gebracht hatte. Sie hatte das Gefühl, Tobi bedrückte irgendetwas. Sie fuhr ihren Computer hoch und startete das Einwohnermeldesystem. Dann wandte sie sich wieder Tobias Schneider zu. »Was ist los, Tobi? So kenne ich dich gar nicht. Hast du Ärger zu Hause?«

»Nein, so würde ich das nicht sagen«, druckste Tobi herum, doch es war ihm anzusehen, dass Katharina nicht so ganz falsch mit ihrer Vermutung lag.

»Tobi, du weißt, dass ich dich nicht dränge und mich nicht einmische. Aber wenn wir hier nun schon mal zusammenhocken und du reden willst, dann schieß einfach los. Ansonsten halte ich gern meine Klappe.«

Einige Minuten schwiegen beide. Katharina war gerade dabei, im Suchfenster den Namen ›Simone Rehder‹ einzugeben, als Tobi plötzlich ohne Vorwarnung verkündete: »Helmchen ist schwanger!«

Mehr als überrascht hob Katharina den Kopf und sah zu ihrem Kollegen hinüber. »Schwanger?«, wiederholte sie und konnte nicht verheimlichen, dass sie mit allem anderen als mit dieser Botschaft gerechnet hatte. »Wow – du wirst also Papa?«, setzte sie nach und sah Tobi erwartungsvoll an. Als von der anderen Schreibtischseite nichts kam, fuhr sie fort: »Erzähl schon – wie geht's dir damit? Habt ihr das geplant? Wann kommt es denn?«

Tobi blickte zu ihr herüber und sah kreuzunglücklich aus. »Helmchen ist erst in der fünften Woche. Dauert also noch 'ne Weile. Und nein, das war nicht geplant. Von mir jedenfalls nicht. Nicht wirklich. Ich bitte dich, Katharina, ich und Vater – kannst du dir das vorstellen?«

Katharina sah ihn direkt an und sagte bestimmt: »Allerdings, das kann ich. Sehr gut sogar. Du bist ja schließlich selbst oft noch wie ein großer Junge.« Sie lächelte, merkte jedoch, dass ihre Worte keinen rechten Anklang fanden. »Ich meine das todernst, Tobi. Du bist bestimmt ein toller Vater. Und ihr alle zusammen eine total süße Familie. Habt ihr denn nie vorher über eure Familienplanung gesprochen?«

»Doch, schon …«, räumte Tobi ein. »Aber für mich war das noch absolut weit weg. Nenn mich meinetwegen naiv, aber ich hab gedacht, selbst wenn wir nicht mehr verhüten, das wird schon noch eine Weile dauern …«

»Ja, das war dann vielleicht tatsächlich etwas blauäugig«, gab Katharina zu und konnte sich ein Grinsen nicht verkneifen. »Aber wenn es nun mal so ist?«

»Ich brauch einfach ein bisschen, um das zu verdauen«, sagte Tobias. »Ich hab es heute Morgen beim Frühstück erfahren, okay? Kannst du dir das vorstellen? Gestern Abend hab ich noch mit Kumpels zusammen Fußball geguckt, wie immer. Und heute Morgen sitze ich mit meiner Süßen beim Frühstück, bin froh, meinen Kater von gestern einigermaßen im Griff zu haben, und dann finde ich unter der Serviette auf meinem Teller einen Zettel auf dem steht ›Guten Morgen, Papi!‹«

Katharina musste bei der Vorstellung schmunzeln. »Okay, dass dich das überrumpelt hat, kann ich verstehen. Aber wahrscheinlich sind da mit Helmchen einfach die Glückshormone durchgegangen. Und es scheint ja, als wenn sie sich darüber freut, oder etwa nicht?«

»Doch, das ist ja das Problem«, gab Tobias geknickt zurück. »Sie hat wohl erwartet, dass ich aufspringe und ihr vor Freude um den Hals falle.«

»Was du offensichtlich nicht getan hast …«, folgerte Katharina.

»Nö, nicht so wirklich. Ich hab sie gefragt, ob das ihr Ernst ist und bin erst mal unter die kalte Dusche gegangen.«

»Autsch«, sagte Katharina und verzog das Gesicht. »Das kam sicher nicht so gut an, was ich durchaus verstehen kann.«

»Ja, schönen Dank auch, Kollegin. Dass das keine Paradeaktion von mir war, weiß ich selbst. Was meinst du, warum ich jetzt hier bin?«

Katharina verspürte ehrliches Mitgefühl mit ihrem Kollegen. So gut, wie sie ihn inzwischen kannte, konnte sie sich ziemlich genau vorstellen, dass er mit der Situation überfordert war. Etwas zu mitleidig sah sie ihn an, was ihn erst recht in Verlegenheit brachte.

»So, nun haben wir über dieses Thema auch genug gequatscht für heute, das wird ja wohl in nächster Zeit noch oft genug auf mich zukommen. Also, Themenwechsel – was machst du überhaupt hier? Warum genießt du nicht dein Wochenende?«, fragte Tobi und bemühte sich erfolglos, seinem Ton etwas Schärfe beizumischen.

Das brachte auch Katharina wieder zurück in die Realität. »Ich wollte was nachprüfen. Im EWO.« Ohne sich weiter zu erklären, vervollständigte sie ihren Eintrag in der Suchmaske vom Einwohnermeldesystem und klickte dann auf die obligatorische Lupe auf dem Bildschirm. Nach wenigen Sekunden erhielt sie vom Programm eine Antwort. »Shit, kein Eintrag!«, fluchte sie vor sich hin.

»Könntest du mich vielleicht mal aufklären?«, forderte Tobi sie auf. »Es geht da doch sicher irgendwie um Ben, oder täusche ich mich?«

»Nein, tust du natürlich nicht«, bestätigte Katharina. »Ich hab im EWO nachgeguckt, ob es einen Eintrag zu Simone Rehder, also zu Bens Exfrau, gibt. Gibt es aber nicht.«

»Du suchst nach seiner Ex? Warum das denn jetzt auf einmal?«, fragte Tobi sichtlich verwundert.

Katharina sah immer noch stirnrunzelnd auf den Bildschirm. »Wenn ich jetzt eine internationale Suche starte, reißt Mausner mir wohl den Kopf ab, oder?« Sie sah Tobi an, der die Hände hob.

»Dazu müsste ich vielleicht erst einmal wissen, warum du nach ihr suchst.«

»Das erzähl ich dir in Ruhe«, antwortete Katharina resigniert. »Pass auf, wir beide gehen jetzt einen Kaffee trinken. Da berichte ich dir dann alles.«

Eine Stunde später hatte Katharina ihrem Kollegen von dem Treffen mit Alexander Thiele und den knappen Informationen zu Simone Rehder erzählt. Sie hatten sich an einen ruhigen Glühweinstand Am Sande gestellt, wo um die Mittagszeit noch nicht viel los war und sie in Ruhe reden konnten. Nach Glühwein stand beiden nicht der Sinn, aber der Kaffee wärmte ebenfalls durch und schmeckte unerwartet gut. Tobi hatte sich unterwegs außerdem eine große

Portion Schmalzgebäck gekauft und war inzwischen am Boden der Tüte angelangt.

»Schön, zu sehen, dass dir die Nachricht von heute Morgen zumindest nicht deinen gesegneten Appetit verdorben hat«, lachte Katharina.

»Na, hör mal! Aus dem Frühstück ist ja vorhin für mich nichts mehr geworden. Und außerdem werde ich meine Kräfte in Zukunft wohl erst recht brauchen. Aber wir wollen da jetzt bitte nicht schon wieder von anfangen.«

Katharina tat ihm den Gefallen, zumal sie merkte, dass er die Angelegenheit inzwischen schon nicht mehr ganz so schwer nahm. »Dann würde ich sagen, du gehst jetzt nach Hause und entschuldigst dich bei Jana. Am besten bringst du ihr noch was vom Weihnachtsmarkt mit, wird nicht schaden. Es muss ja nicht gleich ein Lebkuchenherz mit der Aufschrift ›Die beste Mama der Welt‹ sein.«

Katharina wich instinktiv aus, weil sie wusste, dass Tobi nach diesem Spruch spaßhaft die Hand erheben würde, worin sie sich nicht täuschte. Sie lachten beide.

»Ich muss auch los«, fuhr Katharina fort. »Ich hab meiner Mutter für heute einen kurzen Besuch versprochen. Mein Vater ist auf Geschäftsreise. Und da ich mich für die Weihnachtstage schon mal pauschal abgemeldet habe, muss ich mich da zumindest an einem Adventssonntag mal kurz blicken lassen. Ob ich Lust habe oder nicht.« Sie trank den letzten, bereits erkalteten Schluck Kaffee aus und nahm ihren und Tobis Becher in die Hand, um sie zum Stand zurückzubringen.

»Okay«, sagte Tobi, und setzte eine übertrieben tragische Mine auf. »Dann wage ich mich mal in die Höhle der Löwin!«

Katharina lachte, nahm Tobias kurz in den Arm und gab ihm – ganz entgegen ihrer Gewohnheit – ein kleines Küsschen auf die Wange.

»Was war denn das jetzt?«, fragte Tobi überrascht.

»Ich freu mich einfach für euch!«, erklärte Katharina. Dann hob sie nur noch kurz die Hand, bevor sie sich umdrehte und den Weg zu ihrer Wohnung einschlug.

Ein Röslein unterm Schnee –
So blühst du mir, du letzte Lust,
Versteckt in Scham und Weh.

Ich pflege dein zur Nacht!
Dir hat des Tages froher Blick,
Die Sonne nie gelacht.

Mir aber bist du lieb,
Mich dünkst du schön, du hungrig Reis,
Das meine Armut trieb!

(Letzte Lust, Anna Ritter)

7. KAPITEL:

MONTAG, 8. DEZEMBER 2014

6:59 Uhr

Benjamin Rehder träumte. Der Hautkommissar träumte davon, wie er nackt an einem einsamen Strand lag. Die Sonne strahlte vom Himmel und umhüllte ihn mit einer wohligen Wärme. Er lauschte dem Meeresrauschen und fühlte sich unendlich frei. Als ein Schatten über ihn fiel, schloss er die Augen. Er spürte, wie ihm eine Hand auf die Brust gelegt wurde. Beruhigend. Nicht beängstigend. Er wollte nicht wissen, wer da zu ihm getreten war, aber er ahnte, wer es war: Katharina. Sicherheitshalber fragte er nicht nach. Die Atmosphäre, die sie beide umgab, würden Worte nur kaputtmachen. Das wollte er auf keinen Fall riskieren. Seit Langem hatte er sich nicht so wohlgefühlt. Die Hand auf seiner Brust spielte sanft mit seinen Haaren und folgte dann streichelnd ihrem Verlauf von seiner rechten Brustwarze zur linken, dann wieder zurück in die Mitte auf das Brustbein. Hier verharrte die Hand mit einem leichten Druck, sodass Ben das Gefühl hatte, sie sinke in ihn ein. Ja, als würde sie mit ihm verschmelzen. Ein leises Stöhnen stahl sich zwischen Bens Lippen hervor. Er wollte mehr, nicht nur die Hand. Als die Hand sich jetzt langsam von ihm zurückzog, war er umso enttäuschter und wollte sie aufhalten. Doch er konnte nicht. Seine eigenen Hände schienen an seinen Oberschenkeln wie festgewachsen zu sein. Dann war die fremde Hand wieder da. Die von Katharina. Eigentlich waren es nur ihre Fingerspitzen, die die Linie seiner Haare von der Brust nach unten entlangfuhren. Ganz sanft, als seien sie ein Schmetterling, der ihn gerade entdeckt hatte und nun mit seinen Flügeln erkundete. Ben erschauerte unter der Liebkosung. Ein ums andere Mal. Er merkte, wie es sich zwischen seinen Lenden regte, doch es machte ihm nichts aus. Im Moment war Katharina nicht seine Mitarbeiterin, sondern die Frau, die er begehrte. Je weiter die zärtlichen Finger an ihm hinabwanderten – inzwischen waren sie bei seinem Bauchnabel angelangt und umkreisten ihn – desto erregter wurde Ben. Jetzt hörte er auch Katharinas schwer gewordenen Atem. Ihr ging es genauso wie ihm. Ben hätte sie auch gern berührt, doch seine Hände klebten nach wie vor an seinen Oberschenkeln. So streckte er voll Verlangen seine Hüfte ihren Fingern, nein ihrer Hand entgegen. Sie schien seine Körpersprache zu verstehen, legte ihre ganze Hand auf seinen Bauch und schob sie vom Nabel aus geradewegs weiter nach unten. Als sie ihn in Besitz nahm, stöhnte er vor Lust ihren Namen. »Ja, Katharina.«

»Katharina?«, echote es scheppernd zurück, und der Klang erinnerte Ben an die verzerrte Stimme seines Gefängniswärters. Gleichzeitig verschwand die Hand von seinem Körper. Bens Traum wurde geradewegs zum Albtraum. Bloß das nicht, dachte Ben und merkte an diesem Gedanken, dass er wach war, doch er schlug die Augen nicht auf. Er wollte wieder in seinen Schlaf zurückfinden. Den schönen Teil seines Traums weiterträumen.

»Katharina!«, schepperte es erneut und diesmal mit einem boshaften Unterton an Bens Ohr. Ben erstarrte. Diese Stimme hatte er nicht geträumt! Hatte er dann alles nicht geträumt? Er riss die Augen auf und blickte in das infrarotbebrillte Gesicht dieses Kerls, der ihn gefangen hielt. Nach dieser Rumpelstilzchennummer hatte er sich Ben nicht mehr gezeigt. Wie viele Tage war das jetzt her? Bens Zeitgefühl war wieder durcheinander, da er sich nicht mehr an den Mahlzeiten orientieren konnte. Nachdem er versucht hatte, diesen Verrückten zu überwältigen, hatte er neben einer Kiste Mineralwasser nur noch ein Mal ein Tablett in seinen Keller bekommen. Darauf waren ein Teller, einige in einer Tüte abgepackte Scheiben Graubrot, Streichhölzer, eine dicke, große Kerze, ähnlich einer Altarkerze, und ein Zettel. Mehr nicht. Auf dem Zettel hatte gestanden: *Du hast mich wütend gemacht, und dafür muss ich dich bestrafen. Bis ich dir verziehen habe, kannst du dir bei Wasser und trockenem Brot Gedanken über dein Verhalten machen.*

»Du Schwein«, platzte es aus Ben heraus, als ihm bewusst wurde, dass der Kerl ihn möglicherweise eben betatscht hatte, während Ben dachte, er würde träumen.

»Ach, Benjamin, du hast es doch auch genossen. Ich hab es deutlich gesehen«, schepperte es Ben selbstsicher entgegen. Dann ließ die Kreatur, denn nichts anderes war dieser Typ für Ben, ihren Blick über Bens Körper gleiten, wobei die Zunge wollüstig die Lippen leckte. Ben hatte diese schmalen, rissigen Lippen schon einmal gesehen. Nur bei wem? Er konnte sie beim besten Willen keiner Person zuordnen, war aber absolut sicher, dass seine Erinnerung ihn nicht trog. Er kramte jedoch jetzt nicht weiter in seinem Kopf danach, denn ihm war mit einem Mal klar geworden, dass er vollkommen entblößt hier auf dem Schlafsofa lag. Er wollte sich aufsetzen und nach seiner Decke greifen, die fein säuberlich gefaltet – und das nicht von ihm – über das Fußende des Sofas hing. Doch er musste feststellen, dass er wie ein Paket mit Klebeband an den Fußfesseln und auch gleich unterhalb der Hüfte mitsamt seiner Arme zusammengeschnürt war. Hasserfüllt drehte er seinen Kopf und stellte die Frage, die ihn seit Beginn seiner Gefangenschaft beschäftigte: »Warum?«

»Du bist der Kommissar, Benjamin, sag du es mir«, war die scheppernde Antwort.

»Du hast mich entführt und forderst jetzt etwas für mich. Was ist es? Geld? Willst du einer Strafe entgehen? Oder tust du es für jemand anderen?«

»Nein, kalt – ganz kalt. Aber es ist schön, dass du ›du‹ zu mir sagst. Rate weiter.«

»Ist es Rache? Ja, dann muss es Rache sein. Wir kennen uns!«, spekulierte Ben weiter und meinte, ein Schmunzeln auf den Lippen seines Gegners erkennen zu können. Auch ihn schien die Unterhaltung zu freuen. Als Kommissar wusste Ben, wie wichtig es war, mit dem Täter ins Gespräch zu kommen. Dadurch wurde eine emotionale Bindung aufgebaut, die den Täter oft nachlässig werden ließ. In wenigen Fällen hatte ein Täter sogar sein Opfer wieder laufen lassen.

»Ja, es wird schon etwas wärmer«, hörte Ben den Kerl nun sagen, und in diesem Moment brach Panik über ihn herein. Die ganzen Tage, die er nun bereits in seinem eigenen Keller gefangen gehalten wurde, hatte er sich zusammengerissen, sich selbst Mut zugesprochen. Selbst nach seinem missglückten Überwältigungsversuch hatte er nicht resigniert. Jetzt allerdings konnte er nicht mehr. Dieses

Schwein hier hatte ihn betatscht. Zusätzlicher Ekel überkam Ben, als er daran dachte. Hatte er es mit einem homosexuellen Täter zu tun, der ihn hier als sein Sexspielzeug gefangen halten wollte? So mussten sich vergewaltigte Frauen fühlen. Beschmutzt und ihrer Würde beraubt. Ben merkte, wie er am ganzen Körper zu zittern begann. Er konnte nichts dagegen machen. In seiner linken Armbeuge fing es auch noch an zu pochen. Er sah sie sich an und registrierte mehrere Einstichlöcher. Hatte dieses miese Schwein ihn mit Spritzen ruhiggestellt? Plötzlich überkam ihn eine bleierne Müdigkeit und seine Lider sanken ihm über die Augen. Ben wollte noch etwas sagen, doch selbst dazu fehlte ihm die Kraft.

»Benjamin, du zitterst ja. Ist dir etwa kalt?«

Ben antwortete nicht, sondern drehte stattdessen seinen Kopf zur Sofalehne. Dann wurde die Bettdecke über ihm ausgebreitet.

»Du hast recht, wir haben noch so viel Zeit miteinander. Wir spielen unser Heiß-und-Kalt-Spiel einfach morgen weiter. Ruh dich erst mal aus. Nach körperlichen Vergnügungen ist man ja immer erschöpft. Mir geht es da nicht anders. Schlaf schön, Benjamin.«

9:02 Uhr

Vivien stand neben ihrem Dezernatsleiter Malte Brückner vor einer geschlossenen Wohnungstür in einem der Kaltenmoor-Hochhäuser. Sie drückte bereits zum dritten Mal auf den Klingelknopf. Diesmal ließ sie ihn nicht wieder los. Sie wussten, wer hier seit Kurzem wohnte, obwohl kein Namensschild abgebracht war. Sie wussten auch, dass der Mieter der Wohnung zu Hause war. Die Nachbarin der danebenliegenden Wohnung hatte es ihnen gesagt. Die Frau hatte gerade im Hausflur die Schuhe vor ihrer Tür sortiert, als Vivien und Malte aus dem Fahrstuhl gestiegen waren und das erste Mal Heinzens Klingel gedrückt hatten.

»Wenn Sie zu dem Neuen wollen, der ist da, aber da müssense garantiert länger klingeln. Der schläft bestimmt seinen Suff aus«, hatte sie ungefragt verkündet. »Ich hab ihn gehört, als er vorhin nach Haus gekommen ist. Ist noch gar nicht lang her. So 'ne Dreiviertelstunde vielleicht. Und dann hat der geduscht. Ewig lang. Die Wände sind hier echt dünn, wissense. Muss man sich mal vorstellen. Bestimmt 20 Minuten hat der geduscht. Bei den Wasserkosten. Also nee …«

Gerade als Vivien den Finger von der Klingel nehmen wollte, wurde die Tür von innen aufgemacht. Vivien und Malte waren auf alles gefasst. Keiner von beiden wusste, wie Helmut Heinzen reagieren würde, sobald er kapierte, dass die Polizei bei ihm vor der Tür stand.

Für jeden außenstehenden Beobachter würden die Beamten in Zivil locker erscheinen, sie waren jedoch auf das Äußerste konzentriert und gespannt. Vivien noch mehr als Malte – es war ihr erster offizieller Einsatz in der neuen Dienststelle und ihre große Chance, sich gleich schon nach ein paar Tagen zu behaupten. Außerdem hatte ihr Chef auf der Fahrt hierher im Auto gesagt: »Wenn wir bei Heinzen sind und sehen, dass er gesprächsbereit ist, dann übernimmst du das. Damit ich seh, wie du so drauf bist.« Sie hatte ihn kurz angesehen und eine ihrer fein gezupften

Augenbrauen hochgezogen. Dann hatte sie sich wieder dem Autoverkehr vor ihr zugewandt. Malte hatte sich daraufhin erklärt: »So lern ich dich besser kennen.« Sie waren schweigend weitergefahren. Vivien hatte aber noch einen weiteren Grund, angespannt zu sein, den sie jedoch hinter ihrer dicken Make-up-Schicht zu verbergen suchte: Männer wie Heinzen waren der Grund, weswegen sie überhaupt zur Polizei gegangen war. Sie hasste Männer wie ihn.

»Ja, was ist denn?«, fragte jetzt ein ziemlich müde aussehender Helmut Heinzen durch den Türspalt hindurch. Außerdem prangte auf seiner rechten Wange ein rötlicher Bluterguss. Er war noch nicht blau – für Vivien ein Zeichen, dass der Bluterguss relativ frisch war und das durch die geplatzten Äderchen ausgetretene Blut unter der Haut noch nicht vollends geronnen.

Malte und sie stellten sich vor und wiesen sich aus. Heinzen sagte gar nichts und rührte sich auch nicht. Er blieb einfach nur an seiner Tür stehen und betrachtete die beiden Kommissare. Vivien kam er schicksalsergeben vor.

»Was ist mit Ihrem Gesicht passiert? Haben Sie sich geprügelt? Schade, dass so eine schwarze Neoprenmaske keine Schläge abhalten kann, nicht wahr?«, unterbrach sie das Schweigen. Ihr Ton war hart.

»Was wollen Sie damit sagen?«, brummte Heinzen, zog aus seinem Bademantel ein Feuerzeug und eine Zigarette hervor und steckte sie sich an.

»Dürfen wir reinkommen?«, mischte Malte sich ein. »Da erklärt es sich besser.«

»Eigentlich will ich es gar nicht wissen«, entgegnete Heinzen, blies Vivien, die ihm am Nächsten stand, einen Schwall Rauch ins Gesicht und machte den Versuch, die Tür zu schließen. Vivien war schneller und stellte ihren Fuß auf die Schwelle. Heinzen drückte dennoch von innen gegen die Tür und Vivien bereute, dass sie ihre weichen Fellstiefel angezogen hatte anstelle der festen Boots. Gerade als der Schmerz unerträglich schien, stemmte Malte sich mit ganzer Kraft gegen die Tür. Im ersten Moment tat sich nichts, doch Malte ließ nicht nach. Plötzlich gab die Tür nach und sprang auf, was den Hauptkommissar zu Fall brachte. Heinzen musste von der Tür weggesprungen sein, kombinierte Vivien blitzschnell. Während Malte sich aufrappelte, spähte Vivien Rimkus in das kleine Zimmer, das Heinzen bewohnte. Von ihm war nichts zu sehen, doch von dem Zimmer gingen noch zwei Türen ab. Fifty-Fifty-Chance, dachte Vivien bei sich. Sie wusste, dass der Ex-Häftling in einer Einzimmerwohnung ohne Balkon wohnte, also hatte er sich entweder in der Küche verschanzt oder im Bad, denn da sie im sechsten Stock waren, musste sie nicht befürchten, dass Heinzen durch ein Fenster entkommen war.

»Herr Heinzen«, rief sie, warf ihrem Kollegen einen Blick zu, zog ihre Waffe aus dem Halfter und hielt sie ausgestreckt vor sich, während sie auf die linke der beiden Türen zuging. »Wir wollen wirklich nur mit Ihnen reden. Kommen Sie raus.«

Malte machte ihr mit einem Kopfnicken deutlich, dass er verstand, was sie vorhatte. Er würde noch einmal für sie den Türöffner spielen. Obwohl beide Kommissare ahnten, dass es nichts nützen würde, falls Heinzen sich hinter dieser Tür befand, drückte Malte zunächst die Klinke hinunter. Wie erwartet war sie abgeschlossen, für beide jedoch das Zeichen, dass Vivien sich für die richtige Tür entschieden hatte. Aus den Augenwinkeln sah sie, dass die Nachbarin neugierig in die Wohnung lugte. Auch Malte sah die Frau und gab ihr mit einer Kopfbewegung zu verstehen, dass sie verschwinden sollte. Vivien klopfte gegen die Tür und rief noch einmal: »Herr Heinzen, machen Sie die Tür auf und kommen Sie raus. Sonst kommen wir rein.«

Als sich nichts rührte, fackelten die Kommissare nicht lange. Sie tauschten einen Blick aus und dann warf Malte sich gegen die Tür, während Vivien ihn mit erhobener Pistole sicherte. Die einfache Zimmertür zerbarst gleich bei Maltes erstem Versuch. Es war die Tür zum Badezimmer, in dessen Mitte Helmut Heinzen stand. Sein Anblick ließ Vivien erschauern und rief böse Erinnerungen hervor. Wie gern hätte sie jetzt den Abzug ihrer P2000 gezogen. Stattdessen sagte sie: »Helmut Heinzen, Sie sind vorläufig festgenommen wegen des dringenden Verdachts der Vergewaltigung in mindestens einem Fall.«

18:19 Uhr

Katharina saß im Schneidersitz auf ihrem großen Sofa und starrte auf den schon etwas betagten Laptop, der neben ihr lag. Es war Bens privater Laptop, den sie heimlich aus seiner Wohnung mitgenommen hatte, bevor die Spusi dort angerückt war. Bisher hatte sie sich gescheut, ihn auch nur anzustellen, doch jetzt war sie an einem Punkt angelangt, an dem sie keine Ahnung hatte, wo sie sonst noch nach einer Spur zu Bens Verschwinden suchen sollte. Nach wie vor fühlte Katharina sich aber nicht wohl bei dem Gedanken, in seinen privaten Angelegenheiten herumzustöbern. Es war einfach nicht ihre Art und sie war nicht sicher, wie

Ben das aufnehmen würde. Zumindest dann, wenn er tatsächlich freiwillig abgetaucht war. So wenig die Kommissarin an diese Möglichkeit glaubte, war da doch noch ein Funke Hoffnung. Weil sie sich auch jetzt nicht überwinden konnte, stand sie auf, ging in die Küche und holte aus einem Regal eine Flasche Rotwein. Sie hatte mehrere Flaschen Wein dort liegen, doch als sie sich das Etikett ansah, stellte sie fest, dass sie nicht irgendeine Flasche gegriffen hatte. Sie schluckte. Diese Flasche hatte Ben ihr zu ihrem letzten Geburtstag im Februar geschenkt, mit den Worten: »Hier, das ist ein richtig edler Tropfen. Heb ihn dir für einen besonderen Augenblick auf.« Das hatte sie getan. Und nun war dieser Augenblick. Sicher keiner, wie Ben ihn sich damals vorgestellt hatte, doch Katharina sah es als eine Art Fügung an, dass sie ausgerechnet in diesem Moment zu exakt dieser Flasche gegriffen hatte. Vielleicht war es genau jetzt das Richtige. Bestimmt sogar! Entschlossen holte sie aus der Schublade den Korkenzieher und öffnete die Flasche. Dann holte sie eines der guten Weingläser aus dem Schrank, die sie sonst nur benutzte, wenn sie Besuch hatte. Sie nahm beides mit zu dem kleinen Tisch vor dem Sofa und schenkte das Glas halb voll. Dann setzte sie sich erneut im Schneidersitz auf das Sofa, nahm das Glas in die Hand und trank einen kräftigen Schluck. Ben hatte recht gehabt – das war wirklich ein guter Wein. Auch wenn sie bei Weitem nicht so viel davon verstand wie er, das schmeckte sogar sie. Und dank der bei den aktuellen Außentemperaturen gut geheizten Wohnung hatte er vermutlich sogar die perfekte Temperatur. Sie nahm noch einen zweiten Schluck, bevor sie das Glas auf dem Tisch abstellte und sich den Laptop auf den Schoß zog. Während der Laptop hochfuhr, überlegte Katharina, was sie tun konnte, wenn Ben auf seinem Privatrechner alles durch Passwörter geschützt hatte. Sie kannte zwar eine Software, die nach Passwörtern suchte, doch die hatte sie selbst noch nie benutzt, sondern es nur bei Kollegen beobachtet. Und zur Spusi konnte sie den Laptop nicht bringen, denn offiziell hatte sie ihn ja gar nicht in ihrem Besitz. Sie hatte sich mit der Bitte um Information bei Vivien schon aufs Glatteis begeben, und mit der Durchsuchung von Bens Haus sowieso. Noch ein Ding würde ihr Mausner nicht durchgehen lassen, wenn er Wind davon bekam. Während sie noch darüber nachsann, öffnete sich die Benutzeroberfläche auf dem Bildschirm des Laptops. Weit und breit war keine Passwortabfrage zu erkennen. Katharina atmete erleichtert auf und besah sich die vielen Icons auf dem Desktop. Sofort sprang ihr das verwendete Mail-Programm ins Auge und sie machte einen Doppelklick. Das Programm öffnete sich und mit ihm die Frage nach der E-Mail-Adresse und dem Passwort. »Shit«, murmelte Katharina vor sich hin. Nun wurde es komplizierter. Die Mail-Adresse war kein Problem, die hatte sie. Doch beim Passwort war sie ratlos. Sie überlegte, was ein Mann wie Ben in so einem Fall wählen würde. Als Erstes probierte sie es mit »Bene« in verschiedensten Variationen. Engste Verwandte waren oft Namensgeber für private Passwörter, und enger als der eigene Zwilling ging es ja kaum. Sie probierte es: Mit vollem Namen, mit Rufnamen, mit Geburtstag oder Geburtsjahr … nichts! Während sie weitergrübelte, füllte sie das inzwischen leere Weinglas nach. Leonie! Ja, sie würde es mit Leonie probieren. Erneut spielte sie sämtliche Varianten durch, die ihr in den Sinn kamen, und war dankbar, dass das Mail-Programm nicht nach einigen Versuchen die Eingabe sperrte. Doch zum Ziel kam sie auch mit dem Namen von Bens Nichte nicht. Enttäuscht schob sie den Laptop von ihrem Schoß und lehnte sich mit dem Glas Wein in der Hand zurück. Verdammt, was konnte sie noch versuchen? Die Namen seiner Eltern? Nein. Seinen eigenen? Nein, erst recht nicht. Katharina überlegte fieberhaft. Die Schuldgefühle wegen ihres Einbruchs in Bens Privatsphäre waren vergessen. Jetzt war die leidenschaftliche Kommissarin am Zug, die alles daransetzte, eine Lösung zu finden. Plötzlich schoss ihr ein Gedanke in den Kopf: So bodenständig wie Ben war, konnte es möglich sein, dass sein Passwort immer noch aus dem Namen seiner Exfrau bestand? Weil er es vielleicht auch schon damals auf diesem Laptop hier angelegt und niemals geändert hatte? Das Gerät war nicht das Allerneueste und Katharina wusste, dass – so schräg das für Außenstehende klingen musste – gerade Polizisten in solchen Dingen oft unvorsichtig waren. Da war es so wie mit dem Schuster, der selbst die ältesten Schuhe trägt. Und die Tatsache, dass Ben den Zugriff zu seinem Laptop generell gar nicht gesichert hatte, sprach für ihre Vermutung. Sie ließ das Gerät neben sich auf dem Sofa liegen und tippte »SIMONE« in die Tastatur. Nichts. Auch nicht in anderen Varianten von Groß- und Kleinschreibung. Sie wusste nicht einmal das Geburtsjahr von Bens Exfrau, woher auch. Obwohl … plötzlich fiel ihr ein, dass Julie mal etwas erwähnt hatte. Sie hatte gesagt, Simone sei jünger gewesen als Ben, aber nicht viel. Kurzentschlossen tippte Katharina erneut eine Kombination in die Suchmaske: »SIMONE1972«. Bingo! Fast hätte Katharina ihr Glas fallen gelassen, so überrascht und froh war sie, als sich der Posteingang von Bens Mailprogramm tatsächlich öffnete. Sie stellte den Rotwein zur Seite, zog den Laptop wieder auf ihren Schoß und begann, zuerst die eingegangenen Mails zu überfliegen. Alle Mails der letzten Tage waren noch als ungelesen markiert. Das bedeutete mit großer Wahrscheinlichkeit, dass Ben sie auch von keinem anderen Gerät wie zum Beispiel seinem Handy oder einem Tablet-PC abgerufen hatte, und bestätigte erneut Katharinas Sorge um ihren Chef. Es waren einige Spam-Mails dabei, wie üblich, auf den ersten Blick nichts Interessantes oder Ungewöhnliches. Also sah Katharina sich die Ordner an, die Ben in seinem Postfach angelegt und wo er unter Umständen einige Mails abgelegt hatte, so wie Katharina selbst es tat. Neben Ordnern mit den Namen »Job«, »Belege« und »Termine« fand sie schnell auch einen mit dem Titel »Privates«. Sie klickte ihn an und blieb sofort mit den Augen an einer Mail hängen: Der Absender lautete »heartbeat-dating«. Sie wusste genau, dass sie den Namen schon mal gehört oder gelesen hatte. Als sie die Mail öffnete, war ihr auch schlagartig klar, wo. »Heartbeat-Dating« war ein Dating-Portal, das online massiv Werbung betrieb und inzwischen auch oft im Radio. Das Unternehmen warb, daran erinnerte sich Katharina, vor allem mit seiner Seriosität und seinem Niveau, beziehungsweise dem Niveau der Mitglieder. Sie konnte trotzdem nicht glauben, dass Ben sich auf so etwas einließ, doch die Mail war ganz klar die Bestätigung seiner Anmeldung auf diesem Portal. Mitte November hatte Ben sich dort registriert und ein eigenes Profil angelegt … Katharina schloss die Mail vorerst. Damit würde sie sich später in Ruhe beschäftigen. Vorerst wollte sie den Rest des Postfachs in Augenschein nehmen. Sie fand Mails von Alexander, von Julie, von Bene, von Bens Eltern und von einigen Absendern, die ihr auf den ersten Blick nichts sagten, hinter denen sie aber Freunde oder Bekannte von Ben vermutete. Sie öffnete die Mails, unter deren Namen sie sich nichts vorstellen konnte, fand dort aber nur kurze Grüße, Verabredungen für ein privates Treffen oder Einladungen zu Geburtstagen und Ähnliches. Auch hinter dem Absender »indianSummer« vermutete sie einen privaten Kontakt oder vielleicht noch eher ein Reisebüro, bei dem Ben irgendetwas gebucht oder angefragt hatte, und öffnete die entsprechende Mail. Als sie den Inhalt der Nachricht rasch überflog, stockte ihr der Atem: Die Mail war unterschrieben mit »Deine Simone«. Katharina wurde schlagartig hellwach. Sie schaute noch einmal auf das Datum der Mail: 25. November 2014. Eilig ging sie noch einmal sämtliche Mails aus dem »Privat«-Ordner durch, und tatsächlich fand sie noch eine weitere mit demselben Absender, die mit einem früheren Datum versehen war. Sie öffnete die Mail und las aufgeregt:

Lieber Ben, vermutlich bist du jetzt gerade etwas verwundert, von mir zu lesen. Wenn du die Mail denn überhaupt erst geöffnet und nicht direkt gelöscht hast, was ich sehr hoffe.

Ich will gar nicht lange drum herumreden: Ich bin seit einiger Zeit wieder in »Good old Germany« und würde dich unheimlich gern treffen. Einfach nur so, zum Reden. Es gibt viel zu erzählen, bei mir auf jeden Fall und vermutlich auch bei dir, denn wir haben uns ja lange nicht gesehen oder gesprochen.

Ich würde mich wirklich total freuen, wenn du Zeit für mich hast. Hast du? Sag mir Zeit und Ort, ich werde da sein.

Deine Simone

Darunter stand eine Adresse aus Hitzacker samt Telefonnummer. Katharina griff zu einem kleinen Notizblock mit Stift, den sie immer parat auf dem Wohnzimmertisch liegen hatte, und notierte sich die Anschrift. Dann kehrte sie wieder zu der anderen Mail mit dem Absender »indianSummer« zurück und öffnete sie erneut.

Hallo Ben,

schade, offensichtlich hast du nicht mal 'ne Stunde oder ein paar Worte für mich übrig, sonst hättest du zumindest den Anstand gehabt, zu antworten. Gut, dann nicht. Hatte mehr von dir erwartet. Dann muss ich einen anderen Weg wählen.

Simone

Wow, dachte Katharina, Geduld oder Reue sahen anders aus. Wenn es stimmte, dass Simone Ben damals Hals über Kopf verlassen hatte, weil sie auf dem Selbstfindungstrip gelandet war, hatte Ben allen Grund, ihr nicht mit offenen Armen zu begegnen, aber das schien seine Exfrau offensichtlich anders zu sehen. Natürlich wusste Katharina nichts über ihre Beziehung in den Jahren nach der Trennung bis heute, aber wenn sie Alex' Worten Glauben schenkte, dann hatten Ben und Simone bis auf die Scheidungsformalitäten nichts mehr miteinander zu schaffen gehabt.

Katharina atmete tief durch und vergewisserte sich noch einmal, dass dies die beiden einzigen Mails mit dem Absender »indianSummer« waren. Sicherheitshalber sah sie auch noch im »Gelöscht«-Ordner nach.

Zumindest war sie einen kleinen Schritt weitergekommen. Sie wusste nun, wo sie Bens Exfrau finden konnte, und sie würde sie auf jeden Fall kontaktieren, und zwar gleich morgen früh, wenn sie wieder im Kommissariat war. Eventuell hatte Ben sich ja doch mit Simone getroffen und sie war die ominöse Frau, mit der Ben weggefahren war. Schließlich hatten die Nachbarn Simone Rehder aller Wahrscheinlichkeit etliche Jahre nicht gesehen und sie vielleicht deswegen nicht erkannt. Katharina würde das morgen gleich alles überprüfen. Jetzt war da aber noch diese Registrierung bei dem Dating-Portal. Auch das war eine Spur, obwohl Katharina sich das von Ben überhaupt nicht vorstellen konnte, aber was wusste sie letztlich über sein Privatleben? Wenn sie jetzt nicht darin stochern müsste, so gut wie gar nichts. Ben sprach nie wirklich über sich. Außer an dem letzten Abend vor seinem Verschwinden, da waren sie sich überraschend nähergekommen … Katharina musste schlucken, als sie an ihren Abend mit Ben dachte. Allerdings hatten sie da über die Vergangenheit und nicht über Zukunftspläne gesprochen. Mit keinem Wort hatte er erwähnt, dass er nicht mehr allein sein wollte. Über eine Woche war das nun schon wieder her, und obwohl die Zigarettenkippen in seiner Wohnung eine andere Sprache sprachen, kam es ihr manchmal so vor, als hätte sie sich den Abend nur eingebildet. Katharina merkte selbst, dass sie gerade im Begriff war, in ein schwarzes Loch zu fallen, und konzentrierte sich wieder auf die Fakten. Sie nahm an, dass Alex auch nichts von Bens Partnersuche via Internet wusste, sonst hätte er es ihr gesagt. Spätestens als Katharina ihn gezielt nach Frauen in Bens Leben gefragt hatte. Hätte er da nicht reagieren müssen, wenn er von dieser Registrierung bei »Heartbeat-Dating« wusste? Wenn es wirklich stimmte, bestand natürlich neben Simone auch die Möglichkeit, dass Ben sich mit einer Frau aus dem Portal getroffen hatte und sie es war, die die Nachbarin gesehen hatte. Katharina nahm sich vor, alle Mails, die nach der Registrierung eingegangen waren, noch einmal gezielt zu checken. Möglicherweise hatte es dort doch schon einen

Blind-Date-Kontakt gegeben, den sie vorhin übersehen hatte. Und außerdem würde sie sich im Dating-Portal Bens Profil ansehen. Soweit sie wusste, hatten solche Portale auch immer einen internen Chatroom. Vielleicht war ja eine Unterhaltung von Ben gespeichert. Die Zugangsdaten konnte sie der E-Mail entnehmen. Doch bevor sie das machte, würde sie Alexander anrufen und ihn fragen, ob er etwas von dieser Anmeldung wusste. Katharina griff zu ihrem Telefon, das neben dem Sofa auf einem kleinen Regal stand. Im Handy suchte sie nach Alexanders Telefonnummer und tippte sie ins Festnetzgerät.

Schon mit ihren schlimmsten Schatten
Schleicht die böse Nacht heran;
Unsre Seelen sie ermatten,
Gähnend schauen wir uns an.

Du wirst alt und ich noch älter,
Unser Frühling ist verblüht.
Du wirst kalt und ich noch kälter,
Wie der Winter näher zieht.

Ach, das Ende ist so trübe!
Nach der holden Liebesnot,
Kommen Nöte ohne Liebe,
Nach dem Leben kommt der Tod.

(An Emma, Heinrich Heine)

8. KAPITEL:

DIENSTAG, 9. DEZEMBER 2014

09:37 Uhr

»Herr Heinzen, was fällt Ihnen zu Benjamin Rehder ein?«, fragte Katharina den Mann, den Vivien Rimkus ihr heute Morgen auf dem Präsentierteller serviert hatte. Als sie ins Büro gekommen war, hatte sie eigentlich gleich Simone Rehder kontaktieren wollen, dann aber einen Zettel auf ihrem Schreibtisch vorgefunden, auf dem Vivien sie um Rückruf bat. Für einen Moment hatte Katharina geglaubt, Vivien wolle mit ihr über Bene sprechen, sich dann aber selbst an die Stirn gefasst. Warum hätte Vivien das tun sollen? Es sei denn, Bene hatte ihr von Katharina erzählt, aber wieso sollten die beiden privat miteinander reden? Sie hatte Vivien lediglich an Benes Tresen gesehen. Vivien war eine von einigen weiblichen Bargästen gewesen, und dass Bene gern flirtete, war nichts Neues. So hatte sie selbst ihn ebenfalls kennengelernt. Außerdem konnte er tun und lassen, was er wollte. Er war ihr keine Rechenschaft schuldig und schon gar nicht zu irgendwas verpflichtet. Sie führten schließlich keine feste Beziehung. Sie wusste, dass das inzwischen vor allem an ihr selbst lag, weil sie sich im Gegensatz zu Bene gerade in letzter Zeit nicht noch enger auf ihn hatte einlassen wollen, was sie ihn auch hatte spüren lassen. Trotzdem oder gerade deswegen – darüber war Katharina sich an ihrem Schreibtisch nicht klar gewesen – hatte sie sich geärgert, dass sie sich am Samstag nicht einfach mit zu Vivien an die Bar gestellt hatte. Aber nun war es so gelaufen, wie es eben gelaufen war. Dennoch hatte die Situation Katharina gewurmt und während sie auf ihr Telefon geschielt hatte, hatte sie sich gefragt, ob sie möglicherweise eifersüchtig war. Oder in ihrer weiblichen Eitelkeit gekränkt, weil Vivien jünger war als sie und zudem noch auf eine sehr direkte Art attraktiv. Katharina war zu dem Schluss gekommen, dass sie von beidem ein bisschen war, und hatte überlegt, ob sie sich bei Bene melden sollte, dann aber beschlossen, dass sie ihn kommen lassen wollte. Sie hatte sich einen Ruck gegeben, sich aufrecht in ihrem Bürostuhl aufgesetzt und Viviens interne Kurzwahlnummer eingetippt, die die Kollegin ihr praktischerweise mit aufgeschrieben hatte. Erst dabei war es Katharina wie Schuppen von den Augen gefallen, dass Vivien sie vermutlich wegen Helmut Heinzen sprechen wollte. Bereits am Tag zuvor hatte die Kollegin sie über seine Festnahme informiert. Scheinbar hatte Heinzen wieder eine Studentin vergewaltigt, war jedoch von deren Bruder dabei überrascht worden. Zwar hatte er entkommen können, in der Eile aber ein benutztes Stofftaschentuch bei der jungen Frau hinterlassen. Man würde also die DNA des Täters darauf finden. Außerdem glaubte die Überfallene, dass sie den Täter anhand seiner Augen und seiner Stimme identifizieren könnte. Genauso wie die Studentin, die ein paar Tage zuvor ebenfalls in ihrer Wohnung vergewaltigt worden war. Beide hatten überdies zu Protokoll gegeben, dass der Täter stark nach Zigarettenrauch gerochen hätte – und Heinzen rauchte offenbar wie ein Schlot. Heute Morgen hatte Vivien dann am Telefon berichtet, dass Heinzen unter der Last der Vorwürfe gegen ihn gestanden hatte, die beiden Studentinnen missbraucht zu haben. Zu Benjamin Rehder hatte er allerdings nichts gesagt. »Aber ich dachte, du möchtest ihn vielleicht auch noch mal persönlich kennenlernen, und wir beide statten ihm mal einen kurzen Besuch ab. So zwischendurch, wenn du weißt, was ich meine. Malte ist nämlich heute früh noch in irgendeiner privaten Angelegenheit unterwegs, und bis er kommt können wir vielleicht ein oder zwei Zigaretten mit Herrn Heinzen rauchen …«, hatte Vivien spitzbübisch vorgeschlagen, und jetzt saßen sie hier tatsächlich und rauchten: Helmut Heinzen, Vivien Rimkus und sie.

»Benjamin Rehder, Herr Heinzen. Können Sie mir was zu ihm sagen?«, fragte Katharina jetzt noch einmal. Zuerst schien es so, als würde Heinzen auch diesmal nicht reagieren. Er zog wie abwesend an der Marlboro, die Katharina ihm gegeben hatte. Bevor er sie angezündet hatte, hatte er den Filter abgekniffen und verkündet: »Ich bin doch kein Weichei, das 'n Filter braucht!«

»Sie meinen dieses miese Arschloch, das mich in den Knast gebracht hat?«, kam es nun plötzlich doch noch von Heinzen.

Katharina und Vivien tauschten einen Blick. »In den Knast haben Sie sich wohl damals selbst gebracht, aber ja, genau den Benjamin Rehder meine ich.«

»Und was soll ausgerechnet ich Ihnen zu dem erzählen? Hat der Dreck am Stecken oder was? Ist das hier so 'ne interne Ermittlung gegen den ach so sauberen Bullen? Oder stehn Sie auf ihn und wollen wissen, wie es ist, wenn er einem Handschellen umlegt? Denn hübsch isser ja, das muss man ihm lassen.« Heinzen lachte heiser und sah die beiden Frauen dabei herausfordernd an, verschluckte sich jedoch und bekam einen Hustenanfall, der seinen Kopf rot anlaufen ließ. Vivien wollte ihm ein Glas Wasser einschenken – auf dem Tisch stand eine noch unangebrochene Flasche – doch Katharina gab ihr mit einer raschen Kopfbewegung zu verstehen, dass sie es bleiben lassen sollte. Stattdessen schenkte sie sich selbst ein Glas ein, hielt es Heinzen vor die Nase und als er danach greifen wollte, zog sie das Glas weg und trank einen Schluck daraus. Sie wollte Heinzen ganz bewusst provozieren und würde es gleich noch mehr tun. Ihm seine primitive Überheblichkeit nehmen. Sie wusste, dass das reichlich unprofessionell war, aber ihre Sorge um Ben ließ sie alle Sachlichkeit vergessen. Zum Glück war das hier kein offizielles Verhör, das mitgeschnitten wurde. Was Vivien anging, da musste Katharina einfach hoffen, dass sie über ihr Verhalten nichts im Kollegenkreis herumerzählte, und was die junge Kollegin von ihr denken würde, war Katharina im Moment ziemlich egal. Sie musste rasch zum Ziel kommen, weil sie hier nicht mehr ewig zusammensitzen konnten, und ihrer Erfahrung nach war Provokation bei Typen wie Heinzen in jedem Fall ergiebiger als freundliches Geplänkel.

»Sie haben Hauptkommissar Rehder ein paar Jahre nicht gesehen, woher wollen Sie wissen, dass er noch immer hübsch ist?«, fragte Katharina.

»Oh, ich habe die Bullenkarriere von Rehder ganz genau verfolgt. Im Knast kennen ihn so einige, und in die Zeitung hat er's ja auch schon des Öfteren geschafft. Hin und wieder sogar mit Bild. Darum weiß ich, dass er sich nicht wirklich verändert hat, und außerdem, dass er sich jetzt um Mörder kümmert und für mich nicht mehr zuständig ist. Aber was ich echt nicht weiß ist, warum wir hier über Rehder quatschen. Kann ich noch 'ne Zippe haben?«

Katharina warf ihrer Kollegin einen Seitenblick zu, ob sie Anstalten machte, Heinzen eine Zigarette zu geben, aber Vivien hatte ihre volle Aufmerksamkeit auf ihr Handy gerichtet und tippte gerade eine Nachricht ein. Wem sie wohl schrieb? Vielleicht Bene?, schoss es Katharina blitzartig durch den Kopf, doch sofort konzentrierte sie sich wieder auf Heinzen. Sie musterte ihn, als ihr plötzlich eine Idee kam, wie sie ihn vielleicht aus der Reserve locken könnte. Als würde sie nach dem Wetter fragen, sagte sie: »Stehen Sie auf Männer, Herr Heinzen?«

»Wä?«, machte Heinzen irritiert.

»Sind Sie schwul oder bisexuell?«, stellte Katharina ihre Frage direkt und hatte das Gefühl, ins Schwarze getroffen zu haben.

»Wie kommen Sie denn jetzt darauf?«, fragte Heinzen verunsichert.

»Das haben uns ein paar Ihrer Knastkollegen gesteckt«, log Katharina, und Vivien ergänzte: »Außerdem sind Ihre Opfer zwar, soweit uns bekannt, Frauen, aber sowohl Alina Röben als auch Maya Clausen sind knabenhaft gebaut und könnten durchaus als zarter, aber hübscher junger Mann durchgehen, wenn sie wollten. Auch Ihre früheren Opfer trugen zumindest alle einen Kurzhaarschnitt.«

»Ach, was wissen Sie schon«, fauchte Heinzen Vivien an. »Sie wollen sich mit mir ja nur Ihre Sporen verdienen. Rehder war wenigstens ein gestandener Mann.«

»War? Wieso reden Sie in der Vergangenheit von Hauptkommissar Rehder?« Noch in dem Moment, in dem sie die Worte ausgesprochen hatte, ahnte Katharina, dass sie einen Fehler gemacht hatte. Sie war einfach viel zu emotional in dieser Befragung. Heinzen setzte sich aufrecht hin, musterte Katharina und fragte aufgesetzt freundlich: »Sagen Sie, dürfen Sie das eigentlich? Mich hier so ausfragen? Da läuft ja auch gar kein Band! Ich will sofort meinen Anwalt sprechen!«

13:12 Uhr

Vivien sah Benedict schon von Weitem an der Weihnachtsmarktbude auf dem Rathausmarkt stehen, an der sie sich heute Vormittag per SMS verabredet hatten. Um diese Zeit war der Rummel auf dem Platz noch einigermaßen überschaubar, im Gegensatz zum Feierabend oder dem Wochenende. Der Barmann lehnte am Holztresen und sah nachdenklich aus, wie Vivien fand. Das passte zum Inhalt seiner SMS. Darin hatte er sie gefragt, ob sie vielleicht zusammen einen Happen zu Mittag essen wollten. Ihm würde Ablenkung ganz guttun, weil ein paar Dinge ihm gerade auf den Magen schlugen, an denen er aber nichts ändern könne. Konkreter war er nicht geworden und Vivien hatte nicht weiter nachgefragt. Es interessierte sie nicht wirklich. Sie hatte den Abend an der Bar für sich genossen und war froh über ihre Entscheidung gewesen, sich diesmal ans Personal statt an andere Gäste zu halten. Auch wenn es nicht so abgelaufen war, wie sie es normalerweise plante. Benedict war charmant gewesen, hatte ab und zu vielleicht sogar ein bisschen mit ihr geflirtet, aber Vivien vermutete, dass sie das eher seiner Tätigkeit als Barchef als ihren Verführungskünsten zuschreiben musste. Tatsächlich war sie über einen Drink aufs Haus nicht hinausgekommen. Umso überraschter war sie von seiner Frage nach ihrer Mobilnummer gewesen. Als er ihr dann heute geschrieben und nach einem Treffen gefragt hatte, hatte sie prompt zugesagt. Sie selbst hatte bei ihrem Bargespräch so gut wie nichts von sich preisgegeben. Ihren Vornamen, klar, und den Umstand, dass sie erst seit Kurzem in Lüneburg war. Dass sie ihm ihre Mobilnummer gegeben hatte, sah ihr eigentlich gar nicht ähnlich. Allerdings war es ihre Zweitnummer gewesen, die sie jederzeit löschen konnte. Das war es aber auch schon. Dass sie bei der Polizei war, hatte sie wie üblich für sich behalten. In der Regel erreichte sie ihr Ziel, bevor die Männer überhaupt auf die Idee kamen, sie nach ihrem Beruf zu fragen, und ansonsten hatte sie Fantasie genug, sich irgendetwas auszudenken. Normalerweise kam es aber auch nicht zu weiteren Treffen. Das hier lief anders und Vivien war sich inzwischen nicht mehr sicher, warum sie überhaupt zugestimmt hatte, heute Mittag die Pause mit Benedict zu verbringen. Gerade als sie überlegte, einfach kehrtzumachen, sah sie, dass Benedict die Hand hob und ihr zuwinkte. Zu spät – er hatte sie entdeckt. Okay, dachte Vivien. Er ist vielleicht auch ein Macho, aber eigentlich zu nett und zu zurückhaltend, um in mein Raster zu passen. Warum also nicht eine gesellige Mittagspause genießen, anstatt allein irgendwohin zu gehen.

Die Liebe gleicht dem April:
Bald Frost, bald fröhliche Strahlen,
Bald Blüten im Herzen, und Talen,
Bald stürmisch und bald still;
Bald heimliches Ringen und Dehnen,
Bald Wolken, Regen und Tränen, –
Im ewigen Schwanken und Wähnen,
Wer weiß, was werden will!

(unbenannt, Emanuel Geibel)

9. KAPITEL:

MITTWOCH, 10. DEZEMBER 2014

09:07 Uhr

Katharina hatte sich am Vortag, nachdem sie und Vivien das Gespräch mit Heinzen ergebnislos beendet hatten, direkt an ihren Dienst-PC gesetzt und sich ans Telefon geklemmt. Sie hatte gehofft, von dem Anbieter des Dating-Portals, bei dem Ben sich registriert hatte, ein paar Auskünfte zu bekommen. Das hatte sich als erheblich komplizierter herausgestellt, als Katharina angenommen hatte. Tobi war seit dem Vormittag unterwegs, »in Sachen Schädel«, wie er es ihr auf einem Post-it an ihrem Bildschirm hinterlassen hatte, darum musste sie erst einmal allein klarkommen. Es war zwar eine deutsche Seite, doch die Betreiber saßen im Ausland und unterhielten von dort aus eine ganze Reihe verschiedenster Portale. Nach ewig langer Recherche im Internet und diversen Anrufen hatte sie zwar irgendwann den Namen des zuständigen Mitarbeiters herausgefunden, ihn aber nicht direkt erreichen können. Sie hatte um dringenden Rückruf gebeten, sich jedoch parallel selbst mit Bens Zugangsdaten im Portal eingeloggt, da sie wenig optimistisch war, dass der Mitarbeiter sich schnell melden würde. Katharina hatte sich Bens Registrierung angesehen und von dort aus nach möglichen Kontakten gesucht, mit denen er bereits kommuniziert haben konnte, doch da war nichts. Kein Chatverlauf, keine Nachrichten, überhaupt keine Hinweise, dass Ben in irgendeiner Form auf der Plattform aktiv gewesen war oder jemand versucht hatte, mit ihm Verbindung aufzunehmen, nachdem er sich registriert hatte. Auch diese Spur hatte wieder ins Leere geführt und Katharina zudem den ganzen Nachmittag gekostet, sodass sie ihren eigentlichen Plan, nach Simone Rehder zu suchen, nicht mehr hatte umsetzen können. Es kam alles zusammen: die fehlende Unterstützung von oben durch Kriminalrat Mausner, das unbefriedigende Gespräch mit Heinzen, das ergebnislose Surfen auf dem Dating-Portal, die schlaflosen Nächte … Ihr hatte einfach die Kraft gefehlt, noch länger im Kommissariat zu bleiben. Stattdessen war sie nach Hause gegangen, hatte sich mit einem Fertiggericht aus der Mikrowelle aufs Sofa gesetzt und war dort noch vor dem Beginn der 20-Uhr-Nachrichten eingeschlafen. So tief und fest, dass sie erst heute Morgen mit steifem Nacken und in der Kleidung des vorigen Abends genau dort wieder aufgewacht war. Nach einer ausgiebigen Dusche und zwei Bechern Kaffee hatte sie sich dafür seit Tagen das erste Mal wieder einigermaßen fit gefühlt. Jetzt im Kommissariat wollte sie als Allererstes die Suche nach Simone Rehder fortführen.

Die Adresse aus Hitzacker, die die Kommissarin der E-Mail von Bens Exfrau entnommen hatte, war mit dem Begriff »Goldene Momente« überschrieben gewesen, und das wollte sie zuerst checken. Sie gab den Namen zusammen mit dem Wohnort in der Suchmaschine ein und erhielt sofort einen Treffer: »Goldene Momente – Designschmuck aus dem Wendland«. Katharina öffnete den gelisteten Link und wurde von einem mit verschiedensten Orangetönen gestalteten, übergroßen Logo begrüßt, das an eine aufgehende Sonne erinnerte. In Katharinas Augen extrem kitschig und überladen. Nach einem weiteren Klick auf das Logo erschien eine sehr viel dezentere und klar strukturierte Website mit Hinweisen auf verschiedenste Unterbereiche wie Schmuckdesign, Online-Shop, Sonderanfertigungen und mehr. Katharina klickte gezielt auf den Link zum Impressum. Tatsächlich fand sie dort den Namen »Simone Rehder«, genannt als Inhaberin des Geschäftes. Als Nächstes schaute sie sich die Öffnungszeiten an, warf einen Blick auf ihre Armbanduhr und fasste einen spontanen Entschluss: Sie würde die Exfrau von Ben nicht telefonisch kontaktieren, sondern direkt zu ihr fahren. Ein bisschen Neugier, das musste Katharina sich eingestehen, spielte dabei auch eine Rolle, aber vor allem hielt sie es für effektiver.

10:01 Uhr

Benedict Rehder betrat seine Wohnung und ließ sich, ohne seine vom Regen nasse Jacke und den Schal abzulegen, auf sein großes Ledersofa sinken. Er war durcheinander. Das hatte ihn vorhin auch aus dem Bett getrieben und bei dem ungemütlichen Wetter auf die Straße gehen lassen. Er hatte sich zwei Schrippen zum Frühstück geholt, auf die er jetzt jedoch gar keinen Appetit mehr hatte. Irgendwie lief gerade alles nicht so, wie es sollte. Zum einen war da das Verschwinden seines Zwillings. Bisher hatte Bene das erfolgreich verdrängt und sich eingeredet, dass Ben einfach nur mal ein paar Tage abgehauen war, aber kaum einer wusste besser als er selbst, dass das nicht Bens Art war. Zudem spürte Bene instinktiv, dass sein Bruder in Gefahr war. Während er es früher immer belächelt hatte, wenn Leute sagten, Zwillinge hätten eine ganz besonders enge Verbindung, so musste er jetzt zum ersten Mal feststellen, dass vielleicht doch etwas daran war. Bisher war er es immer gewesen, der in Schwierigkeiten geraten war, und ob Benjamin dann etwas davon gespürt hatte, hatte er nie hinterfragt. Doch jetzt schien es ihm, als läge ein schweres Gewicht auf seiner Brust und er konnte sich das Gefühl nicht anders erklären. Umso mehr quälte es ihn, dass er die Situation bisher nicht wirklich ernst genommen hatte. Er musste unbedingt mit Katharina sprechen. Damit war er schon bei seinem zweiten Knackpunkt angekommen. Auch die Beziehung zu Katharina lief derzeit nicht nach seinen Vorstellungen ab. Bene kam es so vor, als würden sie sich immer mehr entfremden und als würde Katharina sich zurückziehen. Dabei wollte er genau das Gegenteil … Warum er sich gerade dann aber mit einer anderen verabredete, konnte Bene sich selbst nicht erklären. Vivien, die junge Frau, die er vor ein paar Tagen an seinem Bartresen kennengelernt hatte, war überhaupt nicht sein Typ. Sie war für seinen Geschmack viel zu stark geschminkt, auch wenn sie ansonsten nicht aufgetakelt, sondern leger wirkte. Außerdem kam sie eher schnippisch rüber, sogar als sie augenscheinlich mit ihm geflirtet hatte. Dabei hatte er sie auch nach ihrer Telefonnummer gefragt, die sie ihm nach einem gewissen Zögern gegeben hatte – im Grunde hatte er nur höflich sein wollen, da er glaubte, sie erwartete das von ihm nach dem Flirt. Er hatte absolut nicht vorgehabt, sich tatsächlich bei Vivien zu melden. Als er jedoch gestern den Zettel mit der Nummer in seiner Hosentasche gefunden hatte, hatte er ihr zu seiner eigenen Überraschung spontan eine SMS geschrieben und sich zum Mittag mit ihr auf dem Weihnachtsmarkt verabredet. Nachdem er auf »Senden« gedrückt hatte, hatte er sich plötzlich gefragt, was er da eigentlich tat. Wollte er sich beweisen, dass er Katharina nicht brauchte? Dass sein Herz nicht an ihr hing? Irgendwie stand er sich gerade selbst im Weg. Als Vivien dann recht schnell mit einer Zusage geantwortet hatte, war ihm zwar nicht wohl bei der Sache gewesen, doch er hatte sich vorgenommen, die Verabredung einzuhalten. Schließlich war sie von ihm ausgegangen und Vivien konnte nichts für seinen Gemütszustand. Außerdem hatte er gehofft, das Treffen würde ihn für einige Zeit von seinen Grübeleien abhalten. Natürlich hätte er sich auch mit Katharina in ihrer Mittagspause verabreden oder sie wegen Ben sogar im Kommissariat aufsuchen können, aber er wollte sie momentan nicht in ihrer Dienstzeit sehen. Er wollte sie privat treffen, allerdings am Abend, da er auf eine gemeinsame Nacht hoffte. Gestern Abend hatte er an seiner Bar stehen müssen, aber heute hatte er frei … Ob er Katharina von Vivien erzählen sollte? Das Treffen mit ihr hatte ihn definitiv abgelenkt, aber mehr auch nicht. Vivien selbst war ziemlich verschlossen gewesen und hatte kaum etwas über sich selbst erzählt. Und auch Bene war nicht bereit gewesen, ihr von sich zu erzählen oder ihr sogar zu erklären, was ihn momentan belastete, obwohl er in seiner SMS darauf angespielt hatte. Es ging sie einfach nichts an. So war es bei oberflächlichem Smalltalk geblieben, und das hatte für eine Stunde Mittagspause gerade so genügt. Als Vivien am

Ende gefragt hatte, ob sie sich wiedersehen würden, war Bene der Frage ausgewichen. Es hatte Zeiten gegeben, da hätte er solche Gelegenheiten sofort beim Schopf gepackt und sich kein amouröses Abenteuer entgehen lassen, das sich ihm bot, doch diese Zeiten waren definitiv vorbei, wie er in diesem Moment fühlte, und er wusste bei dieser Erkenntnis nicht, ob sie ihn eher freute oder erschreckte. Was er aber wusste, war, dass er Katharina nicht von Vivien erzählen würde. Dafür war ihm diese neue Bekanntschaft viel zu gleichgültig und würde das auch bleiben. Wozu also die Pferde scheu machen?

Als er zu schwitzen begann, zog Bene endlich die dicke Winterjacke aus und hängte sie samt Schal an die Garderobe. Sie war inzwischen halbwegs trocken, dafür war nun aber sein Sofa feucht. Als er einen Blick in den großen Spiegel warf, der im Flur hing, blieb er an seinem müde aussehenden Ebenbild hängen. Bene, was willst du eigentlich?, fragte er sich selbst. Eigentlich eher eine rhetorische Frage, denn er wusste ja sehr genau, was er wollte. Er griff zum Telefon, das neben dem Spiegel auf einem kleinen Regal stand, und wählte die Kurzwahl von Katharinas Handy.

10:13 Uhr

Katharina lenkte ihren kleinen Sportwagen durch Hitzacker. Sie musste sich konzentrieren, da der Regen unablässig gegen ihre Scheibe prasselte und ihre Wischer gar nicht mehr hinterherkamen. Tolle Vorweihnachtszeit, dachte Katharina. Andererseits passte dieses ungemütliche, deprimierende Wetter genau zu ihrer derzeitigen Stimmung.

Als sie die Anschrift des Ladens erreicht hatte, parkte sie und spähte aus dem Fenster. Gerade als sie aussteigen wollte, klingelte ihr Handy. Sie griff in die Innentasche ihrer Lederjacke, holte es hervor und sah auf das Display: *Anruf von Bene*, konnte sie dort lesen. Was wollte Bene um diese Uhrzeit von ihr? Normalerweise schlief er da noch. Hatte er eventuell etwas von seinem Bruder gehört? »Hi Bene«, begrüßte sie ihn, nachdem sie das Gespräch angenommen hatte. »Hast du etwas von Ben gehört?«

»Das wollte ich dich eigentlich fragen«, antwortete Bene und Katharina erkannte Besorgnis in seiner Stimme.

»Nein«, sagte sie resigniert.

»Können wir uns sehen – heute Abend?«, fragte Bene direkt. Katharina überlegte nicht lange. Bene hatte ein Recht darauf, informiert zu sein, und ihr würde seine Gesellschaft vermutlich auch guttun. Sie verabredete sich mit ihm für 19:00 Uhr in ihrer Wohnung und beendete das Gespräch mit dem Hinweis, dass sie zu tun hätte. Dass sie gerade im Begriff war, seine ehemalige Schwägerin zu treffen, musste er zum jetzigen Zeitpunkt keinesfalls wissen. Sie könnte am Abend immer noch entscheiden, ob sie Bene davon erzählen würde. Katharina schob das Handy zurück in ihre Jackentasche und stieg aus dem Auto.

Sie war bisher noch nie in Hitzacker gewesen, obwohl der Luftkurort nur rund 50 Kilometer von Lüneburg entfernt lag. Ihr Blick fiel auf eine kleine Geschäftszeile, in deren Mitte auch der Name »Goldene Momente« prangte. Na dann, ermunterte die Kommissarin sich selbst und ging direkt auf den kleinen Laden zu. Das Schaufenster war ähnlich opulent mit orangefarbenen Deko-Stücken gestaltet wie das Logo, das Katharina auf der Website gesehen hatte. Zwischen bunten Tüchern und Blumen waren extravagante Schmuckstücke ausgestellt. Für Katharinas persönlichen Geschmack alle viel zu groß und auffällig, aber durchaus geschmackvoll, wie sie feststellte. Sie öffnete die Ladentür und betrat das Geschäft, während ein melodisches Windspiel an der Tür ihre Ankunft vermeldete. Umgehend erklang ein fröhliches »Bin gleich da«, von dem Katharina vermutete, dass es aus einem Hinterzimmer kam. Es dauerte eine knappe Minute, bis eine große, schlanke Frau um die Ecke kam. Als Katharina sie sah, war sie sich sicher, nicht Bens Exfrau vor sich zu haben, sondern eine Angestellte, denn mit ihren kurzen schwarzen Haaren, die mit bunten Strähnen durchzogen waren, und dem kunterbunten Kleid war sie alles, aber ganz sicher nicht Bens Frauentyp. Katharina ärgerte sich im Stillen. Warum hatte sie nicht daran gedacht, dass Simone Rehder vermutlich nicht ständig selbst im Laden stand, sondern Angestellte hatte? Hätte sie vorher angerufen, hätte sie den Weg nicht umsonst auf sich genommen.

»Einen wunderschönen guten Tag«, flötete die Frau ihr entgegen. »Herzlich willkommen bei ›Goldene Momente‹! Welchen Schmuckwunsch kann ich Ihnen erfüllen?«

»Ehrlich gesagt, gar keinen«, entgegnete Katharina und holte ihren Dienstausweis hervor. »Mein Name ist Katharina von Hagemann, Kripo Lüneburg. Ich würde gern mit Simone Rehder sprechen – ist sie hier?«

»Sie steht direkt vor Ihnen«, antwortete die Frau, immer noch freundlich, aber mit einer gewissen Skepsis in der Stimme. Das konnte Katharina ihr nicht einmal verdenken, denn so reagierte fast jeder, wenn sie sich unangekündigt als Kripobeamtin vorstellte. Im Moment war sie vor allem selbst überrascht – das war Bens Exfrau? Die Frau, von der er selbst ihr am Abend vor seinem Verschwinden erzählt hatte? Sie versuchte, ihre Verwunderung für sich zu behalten und lächelte Simone Rehder an. »Oh, umso besser. Guten Tag, Frau Rehder.« Sie reichte ihrem Gegenüber die Hand. »Ich hätte da ein paar Fragen an Sie. Haben Sie ein paar Minuten Zeit für mich?«

Simone Rehder warf einen Blick auf ihre Armbanduhr. »Sicher, wenn auch nicht allzu lang. Worum geht es denn?«

Katharina sah sich in dem kleinen Laden um und zeigte auf eine kleine Sitzgruppe aus knallgelben Korbstühlen. »Können wir uns vielleicht setzen?«

Simone Rehder nickte stumm und die beiden Frauen setzten sich einander gegenüber.

»Also?«, fragte die Ladeninhaberin und sah Katharina erwartungsvoll an. »Wollen Sie mich vor eventuellen Raubüberfällen warnen und mir irgendwelche polizeilichen Empfehlungen zur Absicherung meines Ladens geben? Dann muss ich Sie gleich enttäuschen. Zum einen fehlt mir dafür das nötige Kapital und zum anderen passiert so etwas hier in Hitzacker vermutlich eher selten. Und ich bin so ausgestattet, dass es genügt, um im Ernstfall meine Versicherung in Anspruch zu nehmen.«

»Nein, es geht um etwas ganz anderes«, antwortete Katharina, die sich über die Annahme Simones wunderte und überlegte, wie sie das Gespräch am besten auf den Punkt steuern konnte.

»Es geht um Benjamin Rehder, Ihren Exmann«, sagte Katharina, entschlossen, die Sache ohne Umschweife anzugehen.

»Um Ben?«, fragte Simone Rehder und wirkte ehrlich überrascht. »Ich weiß nicht, ob ich Ihnen da helfen kann. Wie Sie ja gerade selbst gesagt haben, ist er mein Exmann. Ich hab schon ewig nichts von ihm gehört.«

»Aber Sie haben ihm vor Kurzem zwei E-Mails geschickt«, konterte Katharina direkt und löste damit eine deutliche Reaktion aus.

»Ist die Überwachung von Privatkontakten in Deutschland durch die eigene Polizei jetzt schon so weit fortgeschritten, dass selbst so etwas nicht mehr den Schutz der Privatsphäre genießt?«, entgegnete Simone Rehder scharf. »Ich werde doch wohl meinem Exmann meine neue Adresse mitteilen dürfen.« Sie lehnte sich demonstrativ zurück und verschränkte die Arme vor der Brust. »Worum geht es denn nun konkret: Um Ben oder um mich? Brauche ich einen Anwalt?«

Katharinas Verwunderung über diese Frau wurde zunehmend größer. Warum fühlte sie sich angegriffen? Das ergab keinen Sinn, es sei denn, sie hatte etwas zu verbergen. Außerdem hatte sie sofort an Überwachung gedacht und nicht daran, dass Ben den Inhalt der Mail weitergegeben haben könnte. Die Kommissarin hatte das Gefühl, dass sie etwas vorsichtiger sein musste, wenn sie nicht riskieren wollte, dass das Gespräch ohne jegliches Ergebnis von Simone Rehder beendet wurde. Mit deutlichem, aber trotzdem freundlichem Ton umging sie einen Großteil der Anfeindung und kam wieder auf ihr Anliegen zu sprechen. »Es geht um Ihren Exmann. Benjamin Rehder ist seit ein paar Tagen spurlos verschwunden. Genauer gesagt, seit dem 1. Dezember. Wir befragen im Moment einfach alle Personen, die in letzter Zeit mit ihm Kontakt hatten oder ihm in irgendeiner Form nahestehen und uns einen Hinweis geben könnten. Darum möchte ich von Ihnen einfach nur wissen: Haben Sie Ihren Exmann seit Montag, den 1. Dezember getroffen oder mit ihm gesprochen?«

Die Haltung von Simone Rehder wurde zunehmend abweisender und kühler. »Nein, ganz sicher nicht. Und von ›nahestehen‹ kann in meinem Fall auch absolut nicht die Rede sein. Wenn Sie so gut über meine E-Mails informiert sind, werden Sie ja sicher auch wissen, dass mein Exmann es nicht für nötig befunden hat, mir zu antworten. Mir ist zwar nicht ganz klar, warum er so nachtragend ist, aber das ist wohl so. Dann muss ich eben andere Mittel und Wege wählen.«

»Um was zu erreichen?«, fragte Katharina, hellhörig geworden.

»Das geht Sie gar nichts an«, kam es scharf zurück. »Es gibt noch ein paar private Dinge zwischen uns zu klären. Da ich längere Zeit im Ausland verbracht habe, kann ich das jetzt erst regeln. Unter anderem habe ich vor, meinen Mädchennamen wieder anzunehmen.«

»Aber dafür brauchen Sie ja wohl nicht die Hilfe oder Zustimmung Ihres Exmannes, oder?«, konnte sich Katharina nicht verkneifen.

»Sicher nicht, was glauben Sie denn eigentlich, wen Sie vor sich haben?«, entgegnete Simone Rehder, die sich entrüstet aufgerichtet hatte. »Ich bin durchaus in der Lage, meine Dinge selbst zu regeln. Das war ja einer der Gründe, warum ich mich damals getrennt habe. Mir war das alles viel zu eng und zu … zu sachlich. Erst in Indien habe ich gelernt, was das Leben wirklich ausmacht. Aber jemand wie Sie kann das natürlich nicht verstehen.«

»Jemand wie ich?«, fragte Katharina zurück. Jetzt schien es interessant zu werden. »Sie kennen mich doch gar nicht.«

»Das brauche ich auch nicht«, antwortete Simone Rehder schnippisch. »Sie sind doch Beamtin, genau wie Ben. Sie machen Ihren Routinejob, freuen sich monatlich über Ihre festen Bezüge und später auf die überhöhte Pension , leben Ihr schön braves, geordnetes Leben und verlieren dabei den Blick für die wirkliche Realität des Lebens.«

Katharina musste fast lachen bei dieser pauschalisierten Einschätzung. Sie musste an Alexanders Schilderung von Simone denken und versuchte, ihr Gegenüber etwas aus der Reserve zu locken. »Wenn ich richtig informiert bin, ist das eher Ihr Leben vor der Trennung gewesen, das Sie da gerade beschrieben haben, nur dass Sie den Beamtenstatus nicht selbst innehatten, sondern von dem Ihres damaligen Mannes profitiert haben.«

Scheinbar hatte Simone Rehder mit einer so deutlichen Gegenwehr nicht gerechnet, denn sie wirkte etwas irritiert und musste erst einen Moment lang überlegen, bis sie wieder zurückfeuerte. »Ich habe den Absprung aus diesem beengten Leben aber noch rechtzeitig geschafft.«

»Dann wundere ich mich ein wenig, dass Sie überhaupt nach Deutschland zurückgekehrt sind«, warf Katharina ein.

»Auch dafür gibt es private Gründe, die Sie nichts angehen«, gab Simone Rehder zurück, doch so langsam schien ihr die Luft auszugehen. Sie sah Katharina herausfordernd an. »Also, wie Sie inzwischen gemerkt haben sollten, kann ich Ihnen nicht weiterhelfen. Wenn das alles war, möchte ich Sie bitten, zu gehen. Ich habe noch zu tun.«

Katharina sah sich um. Sie war jetzt seit ungefähr einer Viertelstunde hier und niemand hatte während dieser Zeit den Laden betreten. Simone Rehder wollte sie ganz klar loswerden. Aber wieso? Hatte sie etwas mit Bens Verschwinden zu tun? Konnte das sein? Immerhin hatte sie sich absolut nicht besorgt gezeigt, als Katharina ihr erzählt hatte, dass er seit Tagen als vermisst galt. Dafür gab es nur zwei Erklärungen. Entweder ihr Exmann war ihr überaus egal – wogegen ihre erste Mail an ihn sprach – oder sie hatte bereits gewusst, dass er verschwunden war.

Mist aber auch, dachte die Kommissarin. Ich hab nichts in der Hand, was eine weitere Befragung rechtfertigen würde. Sie würde sich fügen müssen, obwohl sie keinen Schritt weitergekommen war.

»Gut, Frau Rehder«, schloss sie knapp, aber nicht unfreundlich. »Für den Moment wäre das dann alles. Sollte Ihnen aber noch irgendetwas einfallen, wo Benjamin Rehder sich aufhalten könnte, oder auch wenn Ihnen jemand einfällt, der Grund hätte, Ihrem Exmann etwas anzutun, dann geben Sie mir bitte auf jeden Fall Bescheid.« Sie schob Simone Rehder eine ihrer Visitenkarten über den Tisch entgegen. Bens Exfrau nahm sie desinteressiert entgegen und steckte sie in die Tasche ihrer langen Strickjacke. »Sicher«, gab sie ruhig zurück, »aber rechnen Sie besser nicht damit.«

18:46 Uhr

Katharina verließ das Kommissariatsgebäude und machte sich auf den Weg nach Hause. Irgendwie war es schon wieder ein Tag gewesen, auf den sie hätte verzichten können. Der Besuch bei Simone Rehder hatte die Kommissarin nicht wirklich weitergebracht, und sie war sich selbst noch nicht sicher, wo sie Bens Exfrau einordnen sollte. Sie hatte

Tobi von dem Gespräch berichtet. Er kannte Simone nur sehr flüchtig vom Sehen aus der Zeit, als sie noch mit Ben verheiratet gewesen war, fand ihre Reaktion auf Katharinas Fragen allerdings auch merkwürdig. Dann hatte er Katharina erzählt, dass er am Tag zuvor zur Mittagszeit die neue Kollegin aus dem Dezernat für Sexualdelikte zusammen mit Bene auf dem Weihnachtsmarkt gesehen hatte. Tobi hatte das ganz beiläufig erwähnt, denn er wusste weder Genaueres über das Verhältnis von Katharina und Bene noch kannte er Vivien Rimkus näher. Katharina hatte Mühe gehabt, ihre Überraschung über ein erneutes Zusammentreffen der beiden für sich zu behalten – Vivien an der Bar im »Heideglanz« hätte Zufall sein können, ein paar Tage danach aber ein gemeinsamer Weihnachtsmarktbummel wohl weniger. Auch jetzt musste Katharina wieder schlucken, als sie daran dachte und den Gedanken weiterspann: Wenn Bene sich bereits gestern Mittag mit Vivien getroffen hatte, hatte er Katharina erst danach angerufen und um ein Treffen gebeten. Was konnte das bedeuten? Wollte er ihr mitteilen, dass es da eine andere Frau in seinem Leben gab? Vivien? Katharina wusste ihre eigenen Gefühle nicht recht einzuordnen. Sie spürte so etwas wie Eifersucht in sich aufsteigen. Und auch Verlustangst. Gleichzeitig war sie sich aber darüber im Klaren, dass sie dazu eigentlich kein Recht hatte. Sie war es schließlich, die sich momentan nicht auf etwas Festeres mit Bene einlassen wollte, und somit war er ihr in keinster Form Rechenschaft schuldig. Dennoch, Bene und eine andere Frau, das war kein schöner Gedanke, und die Vorstellung tat Katharina weh. Sie beschleunigte ihren Schritt nach einem Blick auf die Uhr. Für das Treffen mit Bene in ihrer Wohnung war sie schon knapp dran und sie wollte sich gern noch etwas frisch machen, bevor er kam. Als sie um die Ecke in die Münzstraße bog, erkannte sie jedoch, dass daraus nichts wurde: Bene trat gerade auf die Haustür des Mehrfamilienhauses zu und drückte auf Katharinas Klingelknopf.

»Da wirst du kein Glück haben«, rief Katharina und hoffte, damit den Start zu einer nicht allzu verkrampften Begrüßung hinzubekommen.

Überrascht sah Bene ihr entgegen. »Bin ich zu früh? Wenn es dir nicht passt, hättest du es einfach sagen können. Obwohl … ich wollte dich sehen.«

»Schon okay, kein Problem«, antwortete Katharina und lächelte ihn an. »Ich hab mich nur ein bisschen in der Zeit vertan.« Sie zog ihren Haustürschlüssel aus der Jackentasche und schloss die Eingangstür auf.

»Bekomme ich heute nicht einmal eine Umarmung zur Begrüßung oder wenigstens ein kleines ›Hallo, Bene‹?« scherzte er, und Katharina hatte das Gefühl, eine gewisse Unsicherheit aus seinen Worten herauszuhören. Oder war sie gerade übersensibel?

Sie drehte sich zu Bene um und gab ihm einen flüchtigen Kuss auf den Mund. »Hallo, Bene – schön dich zu sehen!«, sagte sie und lächelte ihn an.

»Schon besser«, erwiderte er grinsend und hielt Katharina die Tür auf. Die beiden betraten das Treppenhaus und stiegen die Stufen zu Katharinas Wohnung hinauf, als sich die Tür der Nachbarwohnung öffnete. Julie trat heraus und sah sie fröhlich an. »Hab ich mich doch nicht verhört, hallo, ihr zwei! Ich will euch auch gar nicht lange stören, aber – könnt ihr mir sagen, wo Ben steckt? Ich hab jetzt schon ein paar Mal versucht, ihn anzurufen, doch ich bekomme ihn einfach nicht an die Strippe. Und auf dem Kommissariat wollte ich nicht anrufen, so wichtig ist es nicht.« Erwartungsvoll ließ Julie ihren Blick von Katharina zu Bene wandern.

Die beiden sahen sich gegenseitig etwas betreten an, bis die Kommissarin das Wort ergriff. »Hast du einen Moment Zeit, Julie? Dann wäre es schön, wenn du mit zu mir kommst. Ich denke, es ist höchste Zeit, dir etwas zu erzählen.«

»Klar«, antwortete Julie sichtlich irritiert. »Leonie ist ohnehin nicht da, sie schläft heute bei Laura.« Sie griff nach einem Schlüsselbund, das neben der Tür auf einem kleinen Schränkchen lag, zog die Wohnungstür zu und folgte Katharina und Bene in die gegenüberliegende Wohnung.

»So, und jetzt mal Butter bei die Fische«, sagte Julie ungeduldig, als alle drei sich im Wohnzimmer gesetzt hatten. »Was ist mit Ben? Ist er krank?«

»Nein«, sagte Katharina und sah ihre Freundin direkt an: »Ben ist seit Tagen spurlos verschwunden.«

Eine knappe halbe Stunde später hatte Katharina von ihrem Abend mit Ben und seinem Verschwinden tags darauf erzählt. Genauso wie von der Durchsuchung seines Hauses und der Beobachtung der Nachbarn, dass er mit einer fremden Frau weggefahren sei, während Bene stumm danebengesessen hatte. Julie war schockiert. »Und wann hattet ihr vor, mir das zu sagen?«, fragte sie etwas ungehalten.

»Ich wollte dich nicht beunruhigen, und Leonie erst recht nicht«, erklärte Katharina entschuldigend, obwohl sie ihre Freundin und Nachbarin nur zu gut verstehen konnte. Sie selbst hätte nicht anders reagiert, denn schließlich war Ben Leonies Patenonkel und für Julie ein enger Freund. »Und Bene hatte ich ebenfalls gebeten, dir vorerst nichts zu erzählen«, fügte Katharina hinzu, als sie bemerkte, dass

Julie ihn vorwurfsvoll ansah. »Aber morgen wäre ich zu dir gekommen, wirklich! Ich hatte halt gehofft, bis dahin zumindest eine Spur zu haben …«

Einen Moment lang war es unangenehm still im Raum, bis Bene das Wort ergriff: »Habt ihr denn tatsächlich nicht mal die geringste Idee, wo Ben stecken könnte oder was passiert ist?«

»Nein«, gab Katharina kleinlaut zu. Sie wog ab, ob sie erwähnen sollte, dass sie auf dem Kommissariat bisher keine echte Unterstützung bekommen hatte, ließ es dann aber bleiben und hielt sich an die Fakten. »Es gibt oder gab einen ersten Verdacht gegen einen gerade entlassenen Straftäter, den Ben vor einigen Jahren überführt hat. Wir … oder besser gesagt ich hatte gedacht, dass er hinter Bens Verschwinden steckt. Nachdem er zugegeben hat, erneut straffällig geworden zu sein, indem er zwei junge Frauen vergewaltigt hat, hätte er eigentlich keinen Grund gehabt, es nicht auch zuzugeben, wenn er für Bens Verschwinden verantwortlich gewesen wäre. Aber er schien mir ehrlich überrascht, als wir ihn nach Ben gefragt haben. Kurz und gut: Ich glaube nicht, dass er etwas mit der Sache zu tun hat, bleibe aber dran.« Katharina überlegte, wie weit sie Bene und Julie informieren sollte, entschloss sich dann aber, direkt und ehrlich zu sein. »Ich war heute bei Bens Exfrau …«

»Bei Simone?«, fragten Bene und Julie gleichzeitig und sahen unabhängig voneinander deutlich überrascht aus.

»Was wolltest du denn bei Simone?«, fand Julie als Erste ihre Sprache wieder. »Und vor allem – wo hast du sie getroffen? Ich dachte, sie wäre seit der Trennung von Ben irgendwo im Ausland?«

»Sie ist wohl seit Kurzem wieder in Deutschland und lebt in Hitzacker«, erklärte Katharina. »Es war eher Glückssache, dass ich das herausgefunden habe«, fügte sie hinzu. Von den E-Mails, die Simone an Ben geschickt hatte, wollte sie vorerst nichts erwähnen. »Sie hat dort einen kleinen Schmuckladen.«

»Einen Schmuckladen? Simone?« Jetzt war es Bene, der überrascht nachhakte. »Das passt ja so gar nicht zu ihr.«

»Doch, das passt schon«, widersprach Julie. »Du hast nicht miterlebt, wie sehr Simone sich verändert hat, bevor sie Ben damals verlassen hat. Zu der Zeit warst du ja nicht hier.« Sie sah Bene an, und Katharina war wieder einmal erstaunt, wie neutral Julie mit Benes jahrelanger Abwesenheit umging, während sie die gemeinsame Tochter aufgezogen hatte. Auch wenn Bene damals von seiner Vaterschaft nichts geahnt hatte, zollte Katharina ihrer Freundin nicht zum ersten Mal Respekt dafür, dass diese ihm keinerlei Vorwürfe machte.

»Da mein Bruder mit mir nie über diese Zeit gesprochen hat, auch nicht, nachdem ich nun ja schon ein paar Jahre wieder an eurem Leben teilhabe, kannst du es mir dann vielleicht ja etwas näher erklären«, sagte Bene nicht ohne Sarkasmus.

»Um es kurz zu machen: Simone ist damals total auf die Esoterik-Schiene abgedriftet«, erklärte Julie. »Mit einem Yoga-Kurs hat es angefangen, und plötzlich hat sie ihr ganzes Leben umgekrempelt und sich komplett verändert.«

»Das hab ich tatsächlich nicht gewusst, das haben nicht mal meine Eltern erwähnt.« Bene war ehrlich erstaunt.

»Na ja, du kennst deine Eltern. Die lassen so leicht auf niemanden etwas kommen. Sie haben sich auch damals weitestgehend aus allem rausgehalten. Allerdings hat Ben auch nicht viel geredet in der Zeit. Er hat das mit sich selbst ausgemacht … Ihr wisst doch, wie er ist.«

»Kanntest du Simone gut?«, fragte Katharina an Julie gewandt.

»Nicht wirklich«, antwortete ihre Freundin. »Wir zwei hatten nicht gerade dieselbe Wellenlänge. Vorher schon nicht, und erst recht nicht, nachdem sie ihre merkwürdige Wandlung vollzogen hat. Wenn wir uns gesehen haben, sind wir uns so gut es ging aus dem Weg gegangen, und meistens hab ich Ben allein getroffen. Ich erinnere mich noch, dass sie so einen komischen Guru kennengelernt hat, der hat sie dann immer weiter in diese esoterischen Kreise gezogen. Ben dachte anfangs, das wäre 'ne richtige Sekte, aber das war es nicht. Simone hatte wohl einfach das Gefühl, dass sie plötzlich mehr aus ihrem Leben machen muss. Und zum Schluss hat sie dann ihren Job bei der Bank geschmissen, sich von Ben getrennt und ist ab nach Indien. Zur Selbstfindung. Gemeinsam mit diesem Guru.« Julie schüttelte bei der Erinnerung daran den Kopf.

»Meinst du …«, Katharina stockte kurz. »Also ich meine, würdest du Simone zutrauen, dass sie etwas mit Bens Verschwinden zu tun hat?«

Julie sah überrascht auf und auch Bene schien verwundert über die Frage.

»Simone?«, fragte Julie ungläubig nach. »Wie kommst du darauf? Nein, das kann ich mir nicht vorstellen. Warum auch? Sie hat gar keinen Grund, Ben irgendetwas anzutun. Trotz der ganzen Geschichte hat Ben damals anstandslos Unterhalt für sie bezahlt und ihr bei der Scheidung keinerlei Schwierigkeiten gemacht.«

»Ich kann es dir nicht erklären«, gab Katharina zu. »Es ist einfach so ein Bauchgefühl.«

»Niemals zeigt sich die Natur des Menschen bestialischer, als wenn sie zur Ehre der höchsten Ideen ins Wüten gerät.«

(Jacob Grimm)

10. KAPITEL:

DONNERSTAG, 11. DEZEMBER 2014

07:02 Uhr

Ben zitterte am ganzen Körper. Er hatte Fieber und Schüttelfrost. Ihm war von innen heraus kalt. Gleichzeitig rannen ihm die Schweißperlen von der Stirn. Er lag auf dem Sofa und hatte die Augen geschlossen. Dennoch fand die salzige Flüssigkeit von seiner Stirn den Weg auf seine Pupille. Die Augenbrauen und Wimpern hielten sie längst nicht mehr auf. Ben kümmerte es nicht. In seinem schmerzenden Kopf rauschte es, und alle seine Gliedmaßen taten im weh. Was machte da schon ein bisschen Schweiß in seinen Augen? Selbst wenn er sie öffnete, würde sich ihm das gleiche in Kerzenlicht getauchte Bild zeigen wie die letzten Tage. Er war es so satt. Außerdem fühlte er sich dermaßen müde und schlapp, dass ihm sogar die Kraft fehlte, die Augen zu öffnen. Am liebsten hätte er sie gar nicht mehr aufgemacht. Er war kurz davor aufzugeben. Er wusste, dass das fatal für ihn sein konnte, doch momentan konnte er die Resignation, die sich in ihm breitmachte, einfach nicht mehr abschütteln. Im fehlte jeglicher Antrieb. Wie lange war er jetzt schon hier unten? Ben kam es wie eine Ewigkeit vor, vor allem seit er nur noch Brot und Wasser bekam. Er hatte diesen miesen Arsch gefragt, der ihn hier gefangen hielt, doch keine Antwort bekommen. Ebenso hatte er gefragt, warum er hier festgehalten wurde. Er vermutete Erpressung, aber wer wurde erpresst? Seine Familie wohl kaum, denn da war nichts zu holen. Vielleicht der Staat? Das könnte schon eher sein, obwohl er sich das auch nicht so recht vorstellen konnte. Warum Ben keine Kleidung bekam, konnte er sich dagegen denken. Nackt fühlten sich die meisten Menschen hilflos, vor allem, wenn sie bekleideten Menschen ausgeliefert waren. Auch Ben ging es so. Ihm wurde dadurch seine Würde genommen, was ihn über kurz oder lang kleinmachen sollte und bereits zum Teil gelungen war. Wenigstens war das Klebeband um seinen Körper inzwischen Handschellen gewichen. Ein Paar hielt seine Fußfesseln zusammen, das andere Paar die Hände – nicht hinter dem Rücken, sondern vor seinem Bauch, damit er weiterhin einige Tätigkeiten wie Essen oder Trinken mit ihnen ausführen konnte.

Ben wusste, dass er nach wie vor unter Drogen gesetzt wurde, um ihn gefügiger zu machen. Inzwischen machte dieser Mistkerl keinen Hehl mehr daraus, sondern verabreichte sie Ben so, dass er es mitbekam. Es war immer der gleiche Ablauf: Ben bekam einen Becher hingehalten, den er austrinken sollte. Das erste Mal hatte er den Becher aus einer Ahnung heraus weggeschlagen. Der Typ hatte nichts gesagt. Er war gegangen und kam eine Weile später mit einem neu gefüllten Becher wieder. Und mit einem Foto von Katharina. Ben konnte so schnell nicht erkennen, wo es aufgenommen worden war, denn der Kerl zerriss es in kleinste Stücke, die er vor sich zu Boden rieseln ließ. Er sagte nichts dazu, aber das musste er nicht. Ben hatte die Drohung auch so verstanden. Er hatte getrunken und danach keine Erinnerung mehr.

Plötzlich fühlte Ben eine Hand auf seiner Stirn. Er wusste, wer das war. Wer sollte es auch anderes sein als sein Wärter? Ben war so matt vor Müdigkeit, aber er wollte die Schwäche so lange vor den Augen des anderen bekämpfen, wie es ging. Er wollte kein leichtes Opfer sein, obwohl er es bisher gewesen war. Ben öffnete die Augen und fast im gleichen Augenblick fragte er sich, ob er träumte. Das durfte doch nicht wahr sein. Hatte er etwa so hohes Fieber, dass er fantasierte? Das Gesicht hatte nicht wie erwartet eine Infrarotbrille auf. Und: Er kannte das Gesicht! Er war gerettet! Bens Lippen verzogen sich fast automatisch zu einem Lächeln. Sagen konnte er nichts.

»Mein Gott, du glühst ja!«, sagte eine ihm durchaus vertraute Stimme und Ben schloss vor Erschöpfung wieder die Augen. Jetzt würde alles gut werden. Er war gefunden worden! Dann war die Hand wieder weg. Von weit her hörte Ben die Scharniere der Kellertür quietschen und er war abermals allein.

08:20 Uhr

Stephan Mausner starrte aus dem Fenster. Ein Beobachter hätte annehmen können, er zähle die seit gestern unablässig vom wolkenverhangenen Himmel fallenden Regentropfen, so konzentriert wirkte er.

Normalerweise war es nicht die Art des Kriminalrats, bereits so früh im Kommissariat zu sein. Er nutzte die Annehmlichkeiten seiner Position gern aus, und dazu gehörte es auch, nicht mehr penibel darauf achten zu müssen, wann er kam und wann er ging. Früher war das anders gewesen. Da war er bekannt gewesen für seine Disziplin im Job, doch da war er auch noch nicht Kriminalrat gewesen und vor allem noch nicht mit Ann-Christin verheiratet. Ann-Christin war seine zweite Frau. Seine erste Frau hatte ihn wegen seines Berufs verlassen. Die stete Angst um ihn und die unplanbaren Arbeitszeiten hatte sie nicht ausgehalten. Kurz nach der Scheidung war er Kriminalrat geworden und wiederum kurz darauf hatte er Ann-Christin kennen- und liebengelernt. Selbst aus bestem Hause stammend hatte Ann-Christin ihn in die gehobene Gesellschaft im Kreis Lüneburg und darüber hinaus eingeführt und schnell hatte er die Vorzüge, die er durch seine neuen Verwandten und Freunde hatte, zu schätzen gewusst. Deswegen, und auch um seine zweite Ehe nicht wie die erste zu gefährden, ließ Mausner, was seine Arbeitszeiten betraf, inzwischen gern einmal Fünfe gerade sein. Soweit es möglich war, frühstückte er auf diese Weise mindestens zweimal die Woche ausgiebig mit seiner Frau, traf sich zum Golfspielen oder ging einer anderen gesellschaftlichen »Verpflichtung« nach. Ihm war klar, dass im Kommissariat darüber getuschelt wurde, aber das kümmerte ihn nicht. Er wusste, warum er das tat, und das allein reichte ihm. Außerdem hatte er in den verschiedenen Dezernaten leitende Mitarbeiter sitzen, auf die er sich verlassen konnte. Allen voran Benjamin Rehder, der auch der Grund war, warum er heute das Frühstück mit seiner Frau hatte ausfallen lassen und jetzt bereits in aller Herrgottsfrühe in den Regen hinausstarrte. Er hätte eh nichts herunterbekommen.

Mit Hauptkommissar Benjamin Rehder verband ihn etwas ganz Besonderes, darum war Ben auch einer der wenigen, mit denen er sich hier im Haus duzte. Stephan Mausner merkte, dass er in Erinnerungen abzugleiten drohte, und verbat es sich sogleich. Seine Konzentration war voll und ganz in der Gegenwart gefragt. Hatte er bis vor ein paar Tagen noch geglaubt, dass Benjamin Rehder sich eine Auszeit genommen hatte und Katharina von Hagemann da ein bisschen überreagierte, machte der Kriminalrat sich inzwischen ernsthafte Sorgen um den Hauptkommissar. Hellhörig war er bereits geworden, als Katharina von Hagemann ihm von dem öffentlichen Racheschwur des entlassenen Vergewaltigers erzählt hatte. Dennoch hatte er die Suche nach Ben zu diesem Zeitpunkt noch immer nicht zu einem offiziellen Fall erklären wollen, und das einzig und allein, um Ben zu schützen. Doch das hatte er selbst Bens engsten Mitarbeitern nicht sagen wollen. Er hätte das als Eingriff in Bens Privatsphäre angesehen, da es ein Kapitel in seinem Berufs- und auch Privatleben betraf, das der Hauptkommissar sicherlich am liebsten selbst gern vergessen würde. Die ganze Sache war etwa elf Jahre her. Es war um Autoschiebereien gegangen. Damals hatte Ben seinen Zwillingsbruder Benedict vor dem Gefängnis bewahrt und dadurch seinen Job riskiert. Die Tatsache, dass die eineiigen Zwillingsbrüder sich zum Verwechseln ähnlich sahen und noch dazu fast identische Namen trugen, hatte die sowieso bereits prekäre Situation äußerst brenzlig gemacht. Stephan Mausner hatte damals für seinen Mitarbeiter an oberster Stelle gebürgt und so das Ruder noch einmal rumreißen können. Davon ganz abgesehen, verstand Stephan Mausner bis heute nicht, wie Eltern ihre Zwillingssöhne so nennen konnten. Für ihn wirkte es, als hätte man seine Söhne Max und Moritz genannt.

Stephan Mausner drückte sich mit seinem linken Fuß ab, sodass sein Drehstuhl eine 180-Grad-Wendung machte und der Kriminalrat wieder auf seinen aufgeräumten Schreibtisch schaute. Ein einziges Papier lag darauf, das er jetzt hochnahm und musterte. Den Inhalt kannte er auswendig. Es war die Eingabe von Katharina von Hagemann für die Durchsuchung von Benjamin Rehders Haus, die er jetzt im Nachhinein genehmigen sollte. Der Kriminalrat hatte einen Entschluss gefasst. Er krauste seine Stirn, dann griff er zum Telefon und wählte die private Handynummer von Staatsanwalt Bent-Ove Friedberg, von dem er wusste, dass er es mit den Arbeitszeiten aus ähnlichen Gründen in der Regel so hielt wie er selbst. Keine fünf Minuten später verabschiedete sich Stephan Mausner wieder und legte den Hörer zurück auf die Gabel. Er stand auf, verließ sein Büro und steuerte stattdessen das des Morddezernats an.

09:13 Uhr

Katharina war ungern unpünktlich, und zur Arbeit kam sie schon gar nicht gern zu spät. Selbst wenn nicht viel zu tun war, achtete sie darauf, dass der Schlendrian nicht Einzug hielt. Heute jedoch war sie zu spät dran, und obwohl sie wusste, dass vermutlich keine wirklich wichtigen Neuigkeiten auf sie warteten, war sie gehetzt, als sie die Tür zu ihrem Büro öffnete. Tobi saß bereits hinter seinem Schreibtisch und lächelte ihr auf ihr knappes »Guten Morgen« ungewöhnlich verkniffen zu.

»Was ist denn mit dir los? Schlecht geschlafen?«, vermutete Katharina sofort, während sie ihre vom Regen nasse Lederjacke über die Rückenlehne eines Besucherstuhles hängte und diesen dann in die Nähe der Heizung rückte.

»Nein, nein«, erwiderte Tobi und verdrehte die Augen.

»Was dann? Du hast doch irgendwas«, wunderte sich Katharina über das Verhalten ihres Kollegen, als ihr plötzlich einfiel: »Oder … oder ist was mit Helmchen?«

»Nein, keine Bange«, sagte Tobi, doch er wirkte immer noch verkrampft. Wieder verdrehte er die Augen, diesmal begleitet von einigen Luftstupsern seines Kinns in die Richtung, in der Bens Büro lag, das nur durch eine Glasscheibe von Tobis und Katharinas Gemeinschaftsbüro getrennt war. Katharina verstand nun den Hinweis und wirbelte herum. War Ben wieder da? Tatsächlich saß jemand an Bens Schreibtisch, aber die Kommissarin erkannte sofort, dass es sich nicht um Benjamin Rehder handelte. Kriminalrat Stephan Mausner hatte auf Bens Stuhl Platz genommen und blickte Katharina erwartungsvoll an. Die wiederum blickte zu Tobi und wieder zurück zu Mausner, bevor sie sich ohne ein weiteres Wort in Bewegung setzte und zu ihm ging.

Kaum hatte Katharina das kleine Büro betreten, begrüßte der Kriminalrat sie mit »Guten Morgen, Frau von Hagemann, schön, dass Sie auch schon da sind! Machen Sie mir doch bitte einen von Ihren leckeren Latte Macchiatos, und dann setzen wir uns kurz zusammen.«

Katharina musste beinahe schmunzeln. Stephan Mausner blieb sich doch einfach immer treu. Ganz gleich, ob er in seinem Büro saß oder in einem anderen, Delegieren schien ihm einfach im Blut zu liegen. Gern hätte sie erwidert, dass es nicht so schwer sei, den Kaffeevollautomaten zu bedienen, doch immerhin war Mausner ihr oberster Chef. So ließ sie es bleiben und ging zu der Anrichte, auf der der Vollautomat stand, den sie für sich und ihre beiden Kollegen angeschafft hatte, da der Kaffee aus dem Automaten auf dem Kommissariatsflur nur für absolut unsensible Geschmacksnerven geeignet war. Während der Automat dröhnte, kam Mausner in das Gemeinschaftsbüro und sprach mit Tobi. Katharina verstand durch die lauten Nebengeräusche nicht genau, was sie sagten, sie hörte nur die Worte »Ilmenau« und »Schädel« und »alt«. So reimte sie sich zusammen, dass es um den Schädelfund in der Ilmenau ging. Soweit sie wusste, war Tobi noch zu keinem Ergebnis gekommen, zumal Frauke Bostel festgestellt hatte, dass der Schädel bereits seit ungefähr 10 Jahren in der Ilmenau gelegen haben musste. Gerade als Katharina überlegte, ob es schon weitere Erkenntnisse dazu gab und sie später Tobi fragen müsste, war der Kaffee fertig. Sie hatte für Stephan Mausner wie gewünscht einen Latte Macchiato, für Tobi einen Cappuccino und für sich selbst einen schwarzen Kaffee gebrüht. Alle drei transportierte sie jetzt auf einem kleinen Tablett zu ihrem Schreibtisch, um sie zu verteilen. Ob der Kriminalrat inzwischen etwas von Ben gehört hatte? Katharina brannte es auf der Zunge, doch sie beschloss abzuwarten, was Stephan Mausner zu sagen hatte.

Obwohl sie schon seit dem ersten Tag von Bens Verschwinden darauf gehofft hatte, war sie perplex, als der Kriminalrat ihr und Tobi mitteilte, dass Bens Verschwinden nun ein offizieller Fall sei und sie drei ab sofort die Sondereinheit »Rehder« bilden würden.

»Wir drei?«, rutschte es Tobi ungläubig heraus.

»Ja, wir drei sind der feste Stamm. Darum habe ich Sie ja auch von diesem Schädelfund abgezogen, Herr Schneider. Wenn noch mehr Leute benötigt werden, holen wir welche dazu. Wir werden natürlich anders zusammenarbeiten, als Sie es mit Hauptkommissar Rehder gewohnt sind. Ich muss schließlich noch diversen anderen Verpflichtungen nachkommen, die meine Position nun mal erfordert. Darum werden Sie zunächst jeden Tag an mich direkt berichten und wir überlegen dann zusammen, welche Schritte nötig sind. Weiteres wird sich dann ergeben und vielleicht ist Ben … äh, Hauptkommissar Rehder, ja auch bald wieder bei uns. Und bevor Sie fragen: Staatsanwalt Friedberg ist von alledem in Kenntnis gesetzt und hat ebenfalls grünes Licht gegeben. So, und jetzt bringen Sie mich mal auf den aktuellen Stand, und zwar angefangen mit dem Tag des Verschwindens des Kollegen Rehder.«

09:33 Uhr

Sie saß vor dem Spiegel in ihrem Schlafzimmer. Während sie sich die Haare bürstete, machte sie sich tausend Vorwürfe, dass Ben krank geworden war. Hätte sie ihn nicht bestraft und auf Wasser und Brot gesetzt, wäre das sicher nicht passiert. Aber warum hatte er sich auch gegen sie aufgelehnt? Sie gehörten doch zusammen, und sie hatte angenommen, dass er das inzwischen auch so empfinden würde! Es hatte bestimmt mit seiner Kollegin zu tun. Der rothaarigen Hexe. Die musste ihn verzaubert haben, und jetzt war der Hexe ihr Liebling abhandengekommen und sie suchte nach ihm. Ja, die Hexe hatte sogar die Unverfrorenheit besessen, sie nach Ben zu fragen!

Mitten im Haarebürsten hielt sie inne, senkte ihren Blick und betrachtete das Buch, das auf dem Nachttisch lag und in dem sie fast jeden Abend vor dem Einschlafen ein wenig blätterte: Die Kinder- und Hausmärchen der Gebrüder Grimm. Es war eine alte Ausgabe von Anfang des 20. Jahrhunderts mit wunderhübschen Illustrationen. Sie hatte das Buch von ihrem Vater, und der wiederum hatte es von seiner Mutter geschenkt bekommen, ihrer längst verstorbenen Großmutter. Sie kannte jedes einzelne der darin enthaltenen Märchen auswendig. Als Kind hatte ihr Vater ihr daraus vorgelesen, und wenn sie heute das Buch zur Hand nahm, hörte sie noch immer seine Stimme, die sagte: »Und wenn sie nicht gestorben sind, dann leben sie noch heute.« Der Anblick des Buches hatte einen Gedanken in ihr freigesetzt, den sie jedoch noch nicht recht greifen konnte. Er hatte etwas mit der Hexe zu tun …

Jetzt weiß ich es, dachte sie keine Sekunde später: Mich trifft gar keine Schuld an Benjamins schlechtem Zustand! Die Rothaarige war es! Sie hat ihn verhext, damit er sich in sie verliebt! Aber seitdem ich mich um ihn kümmere, kämpft er unbewusst gegen den bösen Zauber an, weil er inzwischen auch spürt, dass wir beide füreinander geschaffen sind! Darum jetzt das Fieber! Er schwitzt das Böse aus sich heraus! Sie nickte ihrem Spiegelbild selbstzufrieden zu. Wahrscheinlich war es sogar genau richtig gewesen, dass sie ihm in den letzten Tagen nur Wasser und Brot gegeben hatte. Von ihr war es als Strafe empfunden worden, dabei war es eine Art Selbstkasteiung, die Ben unterbewusst vollzog, damit er den Hexenzauber wieder loswurde. Ja, so musste es sein! Und jetzt musste sie mit der Hexe um ihren Prinzen Benjamin kämpfen. Nur so konnte sie ihn befreien und glücklich mit ihm werden! Dazu musste sie die Hexe herausfordern. Nur wie? Sie nahm das Buch auf. Vielleicht würden die vielen weisen Zeilen ihr sagen können, wie sie vorgehen musste. Sie nahm alle Seiten des Buches zwischen Daumen und Zeigefinger, schloss die Augen und fächerte dann das Papier in ihren Händen auf. Laut sagte sie »Stopp« und legte einen Finger zwischen die Seiten, an denen sie in diesem Moment angelangt war. Sie öffnete die Augen und schaute auf die ihr bestens bekannte Illustration eines Raben. Sie gehörte zu dem Märchen »Das Rätsel«. Die Frau runzelte die Stirn. Wie könnte dieses Märchen ihr helfen? Hier ging es um einen Prinzen, der auf eine Prinzessin trifft, die Rätsel liebt und denjenigen zum Gemahl nehmen will, der ihr ein Rätsel stellt, das sie in drei Tagen nicht lösen kann. Der Prinz stellt ihr ein Rätsel, und nach einigen Irrungen und Wirrungen heiratet er die Prinzessin. Die Frau grübelte, was dieses Märchen mit ihr zu tun haben konnte, und dann, mit einem Mal, war es ihr vollkommen klar: Sie sollte der Hexe Rätsel stellen! Sie lächelte ihrem Spiegelbild zu. Nichts leichter als das, gleich heute werde ich damit anfangen. Dann fuhr sie fort, ihr Haar zu bürsten, und fragte selbstvergessen ihren Spiegel: »Spieglein, Spieglein an der Wand, wer ist die Schönste im ganzen Land?«

15:37 Uhr

Katharina von Hagemann öffnete die Tür des Kommissariats, trat nach draußen und atmete tief durch. Für fast

Mitte Dezember war es immer noch zu warm, aber sie hatte zumindest einen der kurzen Augenblicke an diesem Tag erwischt, in dem der Regen nicht in Strömen vom Himmel fiel. Sie reckte den steifen Nacken, trat vor das Gebäude und zündete sich eine Zigarette an. Tief sog sie den ersten Zug ein, was sie sonst selten tat, doch jetzt war ihr dringend danach. Bis vor wenigen Minuten hatten Tobi und sie mit Kriminalrat Mausner zusammengesessen. Zuerst hatten sie ihm ausführlich alle bisherigen Erkenntnisse geschildert. Das wäre eigentlich recht schnell gegangen, denn allzu viel hatten sie zu Bens Verschwinden bisher ja nicht in Erfahrung bringen können. Wie befürchtet, hatte Mausner jedoch unzählige Fragen und Anmerkungen beigesteuert, von denen die meisten in Katharinas Augen vollkommen überflüssig gewesen waren. Nachdem sie nun aber endlich die gewünschte Unterstützung erhalten sollte, hatte sie es vermieden, ihren obersten Chef durch Unterbrechungen oder Widerreden zu verärgern. Ihr Vorgehen hatte sich offensichtlich rentiert, denn Mausner hatte ihr sogar eine erneute und diesmal offizielle Befragung von Helmut Heinzen gestattet und persönlich dafür gesorgt, dass diese schon am frühen Nachmittag hatte stattfinden können. Mausner hatte dem Verhör beigewohnt, war aber weitestgehend still geblieben, während Katharina die Fragen gestellt hatte. Heinzen war auch diesmal wenig zugänglich gewesen, doch die Anwesenheit des Kriminalrats schien ihn in grotesker Art zu beeindrucken. Er fühlte sich wichtig und nahezu geehrt, so Heinzens eigene Worte, dass endlich auch mal ein »hohes Tier« seine Person ernst nahm. Katharina hätte dem so einiges entgegenzusetzen gehabt, doch sie hatte nicht riskieren wollen, dass Heinzen sofort wieder komplett blockierte. Mit Erfolg. Helmut Heinzen hatte nach einiger Zeit eingeräumt, dass er durchaus während seiner Zeit in der Haftanstalt verschiedenste Rachepläne gegen Benjamin Rehder geschmiedet hatte. Gegen den Mann, der in seinen Augen dafür verantwortlich war, dass er im Knast saß. Bei diesen geplanten Aktionen war es jedoch um Knastkumpanen gegangen, die sich bereit erklärt hatten, Benjamin bei Gelegenheit eine ordentliche Abreibung zu verpassen. Heinzen erklärte aber, dass er sich das noch hatte aufsparen wollen. Bis dahin habe er lediglich die Vorfreude darauf genossen. Sosehr Katharina sich einen Hinweis von Heinzen erhofft hatte – er erschien glaubhaft in seiner Aussage und obendrein viel zu wenig intelligent, um überzeugend zu lügen. Kriminalrat Mausner hatte sie darin bestätigt, und so waren sie trotz des erneuten Verhörs keinen Schritt weitergekommen. Die einzige Person, die sie konkret als möglichen Täter im Visier gehabt hatten, war zumindest in diesem Fall nicht zu überführen.

Im Anschluss daran hatten Mausner, Katharina und Tobias grob das weitere Vorgehen skizziert – erneutes Abtelefonieren der Krankenhäuser, die Überprüfung von Bens Laptop durch die Computerspezialisten sowie eine erneute Hausdurchsuchung – und dann hatte der Kriminalrat sich für den Rest des Tages entschuldigt. Wenige Minuten später hatte Katharina Tobias erklärt, dass sie eine kurze Pause brauchte und an die frische Luft musste. Tobias' Thema war eher sein knurrender Magen gewesen, und so hatte er sich bereit erklärt, in der Zwischenzeit für sie beide etwas zu essen zu besorgen.

Katharina sah hinauf zum grauen Himmel, der voller Wolken hing. Das deprimierende Wetter der letzten Tage drückte ihre ohnehin schlechte Stimmung immer weiter nach unten. Sie hatte so darauf gehofft, durch die Vernehmung von Heinzen voran zu kommen oder ihn sogar als Täter entlarven zu können, doch sie war inzwischen sicher, dass er nicht gelogen hatte. Ein neuer Gedanke schoss Katharina durch den Kopf: Konnte es sein, dass einer der besagten Knastkumpanen sich aus eigenem Antrieb, ohne Auftrag von Heinzen, an Ben rächen wollte? Entweder, weil er generell was gegen die Polizei hatte oder weil er selbst ebenfalls von Ben überführt worden war und ihm die Schuld für seine Inhaftierung zuschrieb und Heinzen ihn durch seine Rachegedanken angestachelt hatte? Die Kommissarin kam nicht dazu, diesen Gedanken zu Ende zu bringen.

»Furchtbar, dieses Wetter, oder?«, fragte plötzlich jemand neben ihr und Katharina sah Vivien auf sich zukommen. »Darf ich dir mal wieder für eine Zigarettenlänge Gesellschaft leisten?«, fragte die junge Kollegin, während sie sich bereits eine Zigarette aus der Schachtel zog.

»Klar«, antwortete Katharina, obwohl ihr der Sinn eigentlich gerade nicht nach Smalltalk stand. Aber schließlich hatte Vivien nicht ahnen können, dass sie nach draußen gegangen war, um für ein paar Minuten allein zu sein.

»Arbeitest du dich gut ein?«, fragte Katharina, mehr um freundlich zu sein, als aus echtem Interesse.

»Schon, ja. Außer der Nummer mit Heinzen hab ich ja noch nicht viel machen können, aber ich denke, da hab ich mich ganz gut geschlagen«, antwortete Vivien Rimkus entspannt und selbstbewusst. »Und bei euch – irgendwas Neues von dem Kollegen?«, fragte sie und sah Katharina interessiert an.

»Na ja …« Gerade als Katharina erklären wollte, dass die Suche nach Ben nun offiziell war, klingelte ihr Handy.

»Entschuldige kurz«, sagte sie, drehte sich zur Seite, während sie das Handy aus der Hosentasche zog und einen Blick aufs Display warf. *Anruf von Bene*, las sie dort. Nachdem Julie sich am Vorabend mit der dringenden Aufforderung, sie auf dem Laufenden zu halten, verabschiedet hatte, war Bene geblieben und hatte die Nacht bei Katharina verbracht, was die Kommissarin durchaus genossen hatte. Es hatte ihr in der Nacht einfach gut getan, nicht allein zu sein. »Hey«, sagte sie fröhlich, nachdem sie das Gespräch angenommen hatte. »Was gibt es?«

»Ich wollte dir eigentlich nur sagen, dass ich es gestern Abend so schön fand, bei dir zu sein, dass ich es heute gern wiederholen würde.« Benes Stimme klang entspannt und erwartungsvoll. »Ich könnte heute Abend zwar nicht komplett freimachen, aber eine Kollegin würde gern die Schicht tauschen, dann wäre ich spätestens um kurz nach acht bei dir. Wie sieht es aus?«, fragte er.

»Nette Idee«, antwortete Katharina und lächelte dabei, »aber das wird heute bei mir eher nichts. Ich kann im Moment überhaupt nicht einschätzen, wann ich nach Hause komme. Wir …« Kurz überlegte sie, ob sie Bene von der neuen Situation berichten sollte, entschied sich jedoch dagegen. Dass der Fall seines Zwillings nun offiziell behandelt wurde, würde ihn möglicherweise eher beunruhigen und weitere Fragen nach sich ziehen. Und am Telefon, noch dazu vor der Tür des Kommissariats wollte sie das erst recht nicht besprechen. »Wir werden heute länger im Kommissariat sein«, erklärte sie knapp. »Das wird auch in den nächsten Tagen so sein. Am besten melde ich mich bei dir, wenn ich absehen kann, wann es passt, okay? Und natürlich, wenn es Neuigkeiten gibt«, setzte sie etwas leiser hinzu, denn sie vermutete, dass Benes Anruf auch dazu diente, zu erfahren, ob sie etwas Neues über Ben wusste, auch wenn er das so direkt nicht sagte. »Ich melde mich, versprochen«, sagte Katharina abschließend, beendete das Gespräch ohne seine Antwort abzuwarten und schob das Handy zurück in die Hosentasche, während sie sich wieder zu Vivien umdrehte.

»Stress mit deinem Freund?«, fragte Vivien und sah sie neugierig an.

Katharina war so perplex über die in ihren Augen unangebracht private Frage, dass sie nicht sofort eine passende Antwort parat hatte. Das Klingeln von Viviens Handy, das sie in der Hand hielt, ersparte Katharina weitere Überlegungen.

»Sorry«, lachte die junge Kollegin. »Wir sind wohl heute beide sehr gefragt.« Sie sah auf ihr Display, nahm das Handy ans Ohr und sagte fröhlich: »Hallo, Bene, was für eine nette Überraschung, dass du mich anrufst!«

Katharina konnte es nicht fassen. Da hatte sie Bene vor nicht mal einer Minute abgesagt, und er hatte nichts Besseres zu tun, als dann direkt bei Vivien anzurufen? Was war das für eine Geschichte mit den beiden? Ungläubig beobachtete sie Vivien, die Bene nun offensichtlich aufmerksam zuhörte, denn sie selbst sprach nicht. Katharina beschloss, sich das nicht länger anzutun. Sie drückte ihre Zigarette aus und gab Vivien beiläufig ein Zeichen, indem sie auf ihre Uhr zeigte und dann zur Tür, als hätte sie es eilig. Ohne Viviens Reaktion abzuwarten, betrat sie das Kommissariat und machte sich auf den Weg in ihr Büro. Hoffentlich hatte Tobi keinen Großeinkauf gestartet – der Appetit war Katharina gerade vergangen.

Ich würde keine Freunde haben, wenn ich nicht auch Feinde hätte, man kann nicht beides zugleich, kalt und warm, sein, und auf Kampf besteht das Leben in der ganzen Natur.

(Otto von Bismarck)

11. KAPITEL:

FREITAG, 12. DEZEMBER 2014

08:17 Uhr

Katharina betrat mit einem mulmigen Gefühl das Kommissariatsgebäude. Vor einer knappen Stunde hatte sie, noch im Bett liegend, einen merkwürdigen Anruf erhalten: Ein Kollege aus dem Raubdezernat hatte sie benachrichtigt, dass er sie dringend sprechen müsse. Nähere Auskünfte hatte er ihr am Telefon nicht geben wollen. So hatte sie sich nur eine kurze Dusche gegönnt, auf den ersten Kaffee ganz verzichtet und war dann auf schnellstem Wege zum Dienst geeilt. Sie hasste es, wenn Tage so anfingen, zumal sie keine Ahnung hatte, was sie mit dem Raubdezernat zu tun haben sollte, obendrein noch so dringend. Als sie ihr Büro betrat, um sich zumindest dort noch einen Kaffee zu machen und ihre Sachen abzulegen, wurde sie bereits erwartet. Kommissar Sebastian Wippermann, der Kollege, der sie am Morgen angerufen hatte, stand sichtlich nervös mitten im Gemeinschaftsbüro. Als er Katharina sah, kam er ihr sofort entgegen. »Katharina, gut dass du endlich da bist!«

»Hallo, Sebastian, guten Morgen. Schneller ging es wirklich nicht«, antwortete Katharina leicht gereizt. »Das ist ja der reinste Überfall hier. So dringend kann es doch nun auch nicht sein. Darf ich mir wenigstens erst mal einen Kaffee machen?«

»Besser nicht«, antwortete Wippermann knapp und wedelte mit einem Briefumschlag in seiner Hand. Erst jetzt bemerkte Katharina, dass er Handschuhe trug. »Ich hab hier was für dich, und glaub mir, das ist wichtiger als alles andere.«

Nun wurde Katharina tatsächlich stutzig und außerdem neugierig. Sie war Sebastian Wippermann schon ein paar Mal begegnet, und er hatte nie den Eindruck eines Hektikers auf sie gemacht.

»Was ist das?«, fragte sie, während sie sich ebenfalls Handschuhe überstreifte und dann nach dem Umschlag griff.

»Eine Nachricht für dich. Lies am besten selbst«, erwiderte der Kollege und setzte sich auf den Bürostuhl von Tobias. Katharina betrachtete den weißen Umschlag in ihrer Hand. Es stand nichts drauf, weder ein Absender noch ein Empfänger. Schlagartig kam ihr eine ähnliche Situation in den Sinn, die sie den Atem anhalten ließ: Rund eineinhalb Jahre war es jetzt her, dass Ben ihr einen Briefumschlag in die Hand gedrückt hatte. Jener Umschlag war jedoch ganz klar an sie persönlich adressiert gewesen. Ein Schaudern durchzuckte Katharina, als die Erinnerung daran sie überkam. Ihr früherer Lebensgefährte Maximilian hatte ihr damals aus der Justizvollzugsanstalt einen Brief geschickt, der – clever geschrieben und für niemanden außer Katharina erkennbar – eine eiskalte Drohung enthielt. Und diese Geschichte war noch immer nicht beendet. Die Kommissarin straffte die Schultern und schüttelte den Gedanken so gut es ging von sich, um sich wieder der aktuellen Situation und dem Kollegen zuzuwenden. Fragend sah sie Sebastian Wippermann an und hoffte, dass er ihre kurzzeitige gedankliche Abschweifung nicht bemerkt hatte.

Bevor sie etwas sagen konnte, reagierte Sebastian Wippermann auf ihren fragenden Blick. »Gestern Abend ist eine der Weihnachtsmarktbuden aufgebrochen worden. Der Besitzer hat es nur zufällig bemerkt, weil er noch mal dort war, um etwas zu holen, sonst hätten wir vermutlich erst heute Vormittag irgendwann davon erfahren, nach dem Beginn des Weihnachtsmarktes.«

»Ich verstehe immer noch nicht«, hakte Katharina ungeduldig nach. »Was hab denn ich mit einem Einbruch zu tun – da seid ihr doch die Profis.«

Sachlich, aber sichtlich nervös fuhr der Kollege fort: »Es ist nichts gestohlen worden, auch nichts verwüstet. Wenn der Besitzer nicht sofort erkannt hätte, dass die Tür aufgebrochen wurde, hätte keiner was gemerkt. Stattdessen hat der Täter diesen Brief dort zurückgelassen – einen Brief für dich, Katharina.«

Die Kommissarin konnte erneut die aufsteigende Erinnerung an den Brief von Maximilian nicht aus ihrem Kopf verbannen. Doch sie wusste, sie musste dagegen angehen. Mit zitternden Händen und auf die ihr so vertraute Handschrift von Maximilian gefasst, öffnete sie den nicht versiegelten Umschlag und zog einen zweimal gefalteten Zettel hervor. Als sie ihn auseinandergefaltet hatte, stand dort tatsächlich: *Für Katharina von Hagemann, Kommissarin, Lüneburg*. Der Text war jedoch nicht per Hand, sondern mit dem Computer geschrieben. Katharina hatte gar nicht bemerkt, dass sie die Luft angehalten hatte, und atmete befreit aus. Ohne noch länger zu zögern, las Katharina weiter: *Katharina – du suchst deinen Kollegen, Hauptkommis-*

sar Benjamin Rehder. Ich kann dir sagen, wo er ist, denn er ist bei mir! Du hörst wieder von mir – bleibe wachsam!

Gezeichnet: Rumpelstilzchen

Eine kurze Welle der Erleichterung durchlief Katharina, weil scheinbar nicht Maximilian der Absender war, wenngleich diese Botschaft im aktuellen Fall nicht weniger erschreckend war – Ben war tatsächlich in Gefahr.

»Verstehst du jetzt, warum ich es so dringend gemacht habe?«, fragte der Kollege. »Wenn die Streife mir den Brief nicht einfach auf den Tisch gepackt hätte, sondern dich direkt informiert hätte, wären wir schon längst aktiv geworden. Aber ich hab den Umschlag selbst erst bei Dienstantritt vorgefunden.« Sebastian räusperte sich kurz, bevor er weitersprach: »Ist es wahr, Katharina? Ben wurde entführt?«

08:59 Uhr

Bene parkte sein Auto vor dem Reihenhaus seines Bruders. Er stieg nicht aus, sondern blieb bei laufendem Motor sitzen. Er war auf dem Weg nach Hamburg. Dafür war er extra früh aufgestanden. Er hatte vor, dort noch ein paar Weihnachtseinkäufe zu erledigen, wusste jedoch selbst, dass dies nur eine Ausrede war, denn das, was er an Geschenken besorgen wollte, hätte er auch in Lüneburg bekommen. Aber er musste unbedingt mal raus. Auf andere Gedanken kommen. Da tat ihm das Getöse und die Hektik der Großstadt mit Sicherheit gut. In Lüneburg hätte er allerlei bekannte Gesichter getroffen, was seine Vergangenheit und seine Tätigkeit als Barchef zwangsläufig mit sich brachten, und vorbei wäre es mit der Ablenkung gewesen. Diverse Leute hätten ihn beiläufig nach Ben gefragt, und dieser Situation wollte er auf jeden Fall aus dem Weg gehen.

Nervös trommelte Bene auf das Lenkrad. Wenn er doch bloß irgendetwas tun könnte. Das Haus seines Bruders sah verlassen aus. Oder kam ihm das nur so vor, weil er wusste, dass Ben seit Tagen nicht da war? »Ben, Ben, Ben – verdammt, wo bist du nur?«, murmelte Bene leise vor sich hin. Trotz des Gesprächs mit Katharina vorgestern Abend, an dem die Kommissarin versucht hatte ihn und Julie zu beruhigen, machte er sich große Sorgen um seinen Bruder. Irgendwie war seine Sorge seitdem sogar noch viel größer, da Katharina mehr oder minder hatte zugeben müssen, dass es bisher keine wirklich konkrete Spur gab. Gut – sie hegte einen gewissen und wenig begründeten Verdacht gegen Simone, aber das war es dann auch. Bene konnte sich nicht vorstellen, dass Simone irgendetwas mit Bens Verschwinden zu tun hatte, auch wenn er sie seit vielen Jahren nicht mehr gesehen hatte. Allerdings musste er zugeben, dass er über die Trennung der beiden nie irgendetwas Konkretes erfahren hatte. Er selbst hatte nicht gefragt, und Ben hatte nichts erzählt. Es war bei der knappen Info geblieben, dass die beiden sich während Benes 8-jähriger Abwesenheit von Lüneburg getrennt hatten und die Scheidung vollzogen worden war. Punkt. Vielleicht war die Trennung damals tatsächlich nicht so glimpflich abgelaufen, wie er angenommen hatte? Bene machte sich Vorwürfe. Wieder eine Situation, in der sein Zwillingsbruder seine Unterstützung gebraucht hätte. Er hatte nicht nur Julie mit dem Kind, sondern auch seinen Bruder im Stich gelassen, weil er seinen eigenen Kopf hatte retten und durchsetzen wollen.

Laut sagte er ins Auto hinein: »Tut mir leid, Bruderherz«, und fügte dann leiser hinzu: »Ich hab es aber wohl wieder einmal verbockt. Wenn du jetzt zu Hause wärst, würde ich dich fragen, ob du dich mit mir betrinkst. Und dann würden wir die ganzen alten Geschichten noch ein letztes Mal durchkauen, um sie danach für immer zu begraben. Und wenn es die ganze Nacht dauern würde …«

Bene legte die Stirn auf seine Hände, die das Lenkrad umfassten. Er schloss die Augen und sofort erschien vor ihm das Bild von Katharina. Damit hatte er nicht gerechnet und ihr lächelndes Gesicht traf ihn direkt ins Herz. Er wusste einfach nicht, woran er bei ihr war, und allmählich machte ihn das verrückt. Vorgestern war er noch bei ihr geblieben, nachdem Julie gegangen war, und sie hatten wie schon so oft eine wunderbare Nacht miteinander verbracht. Natürlich hatten sie miteinander geschlafen, doch er meinte, gespürt zu haben, dass da noch mehr zwischen ihnen gewesen war als nur purer Sex. Ein Gefühl der Geborgenheit und des gegenseitigen Vertrauens. So war es zuvor schon lange nicht mehr gewesen. Als er am Morgen gemeinsam mit Katharina das Haus verlassen hatte, hatte sie ihn sogar vor ihrer Haustür auf der Straße geküsst, was sie extrem selten tat. Vor allem dieser Kuss war es gewesen, der ihn ermutigt hatte, noch am gleichen Tag bei ihr anzurufen und zu fragen, ob sie am Abend wieder Zeit hätte. Er hatte ihr geglaubt, als sie sagte, dass sie noch nicht wüsste, wie lange sie arbeiten müsste und sich noch einmal melden würde. Letztlich hatte dies dann auch den Ausschlag für seinen Anruf bei Vivien gegeben. Er hatte es nur fair gefunden, ihr mitzuteilen, dass es eine Frau in seinem Leben gab und er deswegen keinen Kontakt mehr zu ihr wolle. Bereits wenige Stunden später hatte er sich über seine Spontanreaktion geärgert, obwohl sie natürlich der Wahrheit entsprach. Allerdings war im Laufe des Abends die Vermutung in ihm gewachsen, dass Katharina ihn mit ihren Worten nur freundlich hatte abwimmeln wollen, denn sie hatte sich nicht mehr gemeldet, und das tat weh. Zumal sie sich doch sicher denken konnte, dass er auch darauf brannte, zu erfahren, was die Suche nach Ben machte. Dafür hatte Vivien sich am späten Abend noch einmal bei ihm gemeldet. Sie hatte ihm per SMS eine Nachricht geschickt, dass sie im ›Schallander‹ sei und Redebedarf hätte. Ohne lange zu überlegen, war er trotz seiner Aussage ihr gegenüber losgezogen und keine 15 Minuten später in der Kneipe am Stint angekommen. Es hatte ihm gut getan, einfach mal wieder zu genießen, dass eine Frau sich deutlich für ihn interessierte. Jetzt und hier wusste er jedoch, dass es ein Fehler gewesen war.

Bene öffnete die Augen, setzte sich aufrecht hin und schlug wütend einmal mit der flachen linken Hand aufs Lenkrad. Dann legte er den Gang ein und fuhr los, ohne dem Haus seines Bruders noch einen weiteren Blick zu schenken. Hätte er es getan, hätte er gesehen, dass sich die Küchengardine bewegte. So, als hätte jemand sie nur für einen winzigen Augenblick beiseitegeschoben, um hinauszuspähen.

11:17 Uhr

Mit der ebenso ominösen wie beunruhigenden Nachricht in der Hand betrat Katharina das Vorzimmer von Kriminalrat Stephan Mausner, in dem seine Assistentin sie um etwas Geduld bat, da er noch ein wichtiges Telefonat führe. Sie hatte nicht die Muße, sich auf einen der vier Stühle zu setzen, die dort zu diesem Zweck bereitstanden. Den Sinn hatte Katharina noch nie verstanden, denn in den Jahren, in denen sie inzwischen in Lüneburg arbeitete, hatte sie noch nie mehr als zwei Besucher gleichzeitig bei Mausner gesehen. Sie betrachtete zum x-ten Mal die kurze Nachricht in ihrer Hand. Es war nur eine Kopie, das Original war bereits in der KTU. Nachdem sie Sebastian Wippermann in knappen Worten geschildert hatte, dass sie bereits seit Tagen nach Ben suchten, hatte sie sofort veranlasst, dass der Brief auf mögliche Spuren untersucht wurde. Wippermann hatte schockiert reagiert. Wie viele andere im Kommissariat kannte er Benjamin Rehder seit Jahren und schätzte ihn sehr als Kollegen sowie als Mensch. Nicht zum ersten Mal staunte Katharina, was für einen starken Bezug viele Kollegen zu Ben hatten, obwohl sie ihn immer eher für einen zurückhaltenden Menschen gehalten hatte. Offensichtlich gab es jedoch einige Kollegen, zu denen er auch außerhalb der Dienstzeit ab und an den Kontakt pflegte. Typisch Ben, dachte Katharina, er redet eben einfach nicht darüber. Und ich hab mir Sorgen gemacht, dass er sich von unserem gemeinsamen Abend zu viel versprochen haben könnte. Wahrscheinlich war das genauso ein unverbindliches Treffen gewesen, wie mit diversen anderen Mitarbeitern von Zeit zu Zeit. Während sie noch ihren Gedanken nachhing, wurde plötzlich die Tür von Mausners Büro geöffnet und der Kriminalrat bat Katharina zu sich. In ihren Gedanken versunken, hatte sie nicht mitbekommen, dass die Vorzimmerdame sie bereits bei ihm angemeldet hatte. Katharina betrat das Büro, während Mausner hinter ihr die Tür schloss. »Was gibt es, Frau von Hagemann?«

»Wir haben da eine merkwürdige Nachricht erhalten – es geht um Ben.« Wortlos reichte sie ihm die Kopie des Briefes, die Mausner eilig überflog.

»Verdammt«, fluchte Mausner leise vor sich hin, bevor er sich an Katharina wandte. »Woher kommt der Brief, also ich meine, wie hat er Sie erreicht? Und halten Sie die Nachricht für glaubwürdig?«

»Sie wurde in einer der Weihnachtsmarktbuden gefunden, nachdem der Besitzer einen Einbruch gemeldet hat. Und ja, ich halte die Aussage darin leider für glaubwürdig. Es ist bisher kaum jemand über Bens Verschwinden informiert worden, jedenfalls nicht konkret. Und in der Presse war daher auch nichts. Im Prinzip kann also nur der Täter wissen, dass wir nach Ben suchen.« Sie schluckte. Ausgesprochen klangen die Fakten immer noch beunruhigender.

Mausner schwieg einen Moment und schien nachzudenken. »Das Original ist bereits in der KTU?«, fragte er und Katharina bestätigte die Frage durch ein stummes Nicken.

Dann fügte sie hinzu: »Ehrlich gesagt habe ich aber keine große Hoffnung, dass wir daran etwas finden. Wenn der Täter sich solche Mühe macht, die Nachricht auf ungewöhnlichem Weg zu uns zu bringen, dass er dafür einen Einbruch vortäuscht und dabei riskiert, erwischt zu werden, dann wird er sich auch Gedanken gemacht haben, wie er an dem Brief keinerlei Spuren hinterlässt. Mir kommt es fast so vor, als wolle er mit uns spielen.«

»Da muss ich Ihnen leider recht geben, Frau von Hagemann, es sieht so aus, als wenn das erst der Anfang ist.« Er warf erneut einen Blick auf den Brief, dann griff er zu seinem Telefon. »Mausner hier. Kommen Sie doch bitte in mein Büro, jetzt gleich.« Katharina überlegte, wen Mausner angerufen hatte. Er hatte nur eine dreistellige Nummer gewählt, es musste also ein internes Gespräch gewesen sein, sofern von Gespräch die Rede sein konnte, denn vermutlich hatte der Gesprächspartner bei dieser Ansage nicht einmal mehr eine Antwortmöglichkeit gehabt.

»Sie bekommen Unterstützung, also Sie und Herr Schneider«, erklärte Mausner. »Sie sehen ja selbst, was ich den ganzen Tag zu tun habe. Ich werde natürlich die Sondereinheit offiziell leiten, aber aktiv werde ich Sie kaum unterstützen können. Also …« In diesem Moment klopfte es an der Tür. »Herein, bitte«, rief Mausner. Katharina drehte sich gespannt um und blickte direkt in das Gesicht von Vivien Rimkus, die ähnlich irritiert aussah wie sie selbst.

»Sie wollten mich sprechen, Herr Mausner?«, fragte Vivien, wobei sie Katharina etwas unsicher vorkam.

»Ja, Frau Rimkus. Wir brauchen Sie. Ich werde Sie vorübergehend aus Ihrem jetzigen Dezernat herausziehen, damit Sie Frau von Hagemann und Herrn Schneider in der Sondereinheit Rehder unterstützen können.«

»Bei der Suche nach dem Kollegen?«, platzte es aus Vivien heraus. Die spontane Reaktion schien ihr unangenehm zu sein, und Katharina fragte sich, ob man unter der dicken Schicht Make-up, die die Kollegin wie immer aufgelegt hatte, wohl erkennen könnte, wenn sie errötete. In jedem Fall fand Katharina es erstaunlich, dass Vivien Rimkus, die auf sie bisher immer einen sehr selbstsicheren Eindruck gemacht hatte, ausgerechnet bei Mausner eine derartig auffällige Beklommenheit an den Tag legte. Katharina rang mit sich, ob sie die Wahl des Kriminalrats befürworten sollte. Natürlich war sie froh über jede Unterstützung und hätte nicht erwartet, dass Mausner so dermaßen kurzentschlossen handeln würde, aber dennoch … Nicht, dass er sie um ihre Meinung hätte fragen müssen, doch ausgerechnet eine so junge Kollegin, die darüber hinaus gerade erst ein paar Tage in der Stadt war und Ben überhaupt nicht persönlich kannte? Oder redete sie sich gerade selbst falsche Gründe ein, weil der merkwürdige Kontakt zwischen Bene und Vivien ihr nicht gefiel? Katharina blieb keine Zeit, sich über ihre Motive weitere Gedanken zu machen.

»Frau von Hagemann, Sie nehmen Frau Rimkus bitte ab sofort unter Ihre Fittiche, wie man so schön sagt. Nehmen Sie sie mit, sorgen Sie dafür, dass die Kollegin bei Ihnen einen Arbeitsplatz hat, und bringen Sie sie auf den aktuellen Stand. Und dann will ich spätestens morgen neue Erkenntnisse oder eine konkrete Spur auf dem Tisch haben. Die Sache hat jetzt oberste Priorität – wir haben schon viel zu viel Zeit vertan.«

15:03 Uhr

Ben wusste nicht, wo er war, als er aus einem kurzen Fieberschlaf erwachte. War er nach wie vor im Kellerzimmer oder hatte sie es geschafft, ihn rauszuholen? Vielleicht gab es sie auch gar nicht, und er hatte sich ihr Gesicht, das sich über ihn gebeugt hatte, nur eingebildet? Vorhin hatte er trotz der Hand- und Fußfesseln probiert aufzustehen, doch bereits als er sich aufsetzte, bemerkte er seine eigene Kraftlosigkeit und ließ sich wieder in sein Kissen sinken. Er glaubte zumindest, dass es so gewesen war. Vielleicht hatte er es auch nur geträumt. Er konnte Traum und Wirklichkeit nicht mehr auseinanderhalten.

Ben drehte seinen schweren Kopf zur Seite und versuchte, im flackernden Licht etwas von seiner Umgebung zu erkennen, doch das Sehen fiel ihm ebenfalls schwer. Alles war so verschwommen. Was war nur mit ihm los? Ihm war so heiß und im selben Augenblick wieder eiskalt. Im Raum roch es merkwürdig. Er kannte diesen Geruch, konnte sich jedoch nicht erinnern, woher. Er schloss die Augen, deren Lider brannten. Fühlte man körperlichen Schmerz im Traum? Ben merkte, wie seine Gedanken sachte wieder trüber würden – so wie eben sein Blick – und er langsam erneut in die allumfassende und inzwischen fast beglückende Dunkelheit hineinsackte. Woran erinnerte ihn nur dieser Geruch? Er war nicht unangenehm, sondern ganz im Gegenteil in seiner Intensität irgendwie entspannend. Simone – ja, genau – der Geruch hatte eine Verbindung zu Simone, und Ben wusste plötzlich auch, welche. Er selbst hatte keine Neigung zu irgendeinem Glauben und war schon lange aus der Kirche ausgetreten. Simone jedoch war katholisch gewesen, bevor sie sich dem Buddhismus zugewandt hatte. Und aus Simones katholischer Zeit kannte Ben auch diesen Geruch: Weihrauch. War er vielleicht in eine Kirche gebracht worden? Ben war zu schwach, um sich darüber Gedanken machen zu können. So lauschte er einfach nur seinem eigenen, unregelmäßigen und röchelnden Atem. Mit einem Mal mischte sich ein weiteres Geräusch darunter. Eines, das inzwischen zu seinem Dahinvegetieren dazugehörte und von dem er meinte, es schon zu spüren, bevor er es hörte. Die Scharniere der Tür quietschten auf ihre unnachahmliche Weise. Es war also nach wie vor das Kellerzimmer, in dem er sich befand. Er war müde und ein wohliges Gefühl der Gleichgültigkeit legte sich über ihn. Dann nickte er wieder weg und merkte nicht mehr, wie die Schweißperlen von seiner Stirn geküsst wurden.

16:23 Uhr

Sie war jetzt schon über eine Stunde hier bei ihm, doch er war nicht wach geworden. Seine geschlossenen Lider flackerten ab und an über den Augäpfeln, und ein paar Mal hatte er auch leise und gequält aufgestöhnt, aber mehr auch nicht. Er kämpfte noch immer gegen den Hexenzauber an. Bald würde das jedoch mit ihrer Hilfe vorbei sein. Sie würde ihn retten.

Zum wiederholten Mal wrang sie den Waschlappen über der Schüssel mit lauwarmem Wasser aus und legte ihn dann wieder sanft auf seinen Körper, um ihn zu reinigen. Er hatte gar nicht bemerkt, dass sie ihm die Decke abgenommen hatte. Sie würde sie später neu beziehen, denn auch die Decke war, wie er selbst, vollkommen nass geschwitzt.

Er war so schön. Zärtlich fuhr sie mit dem Waschlappen in ihrer Hand seinen Bauch entlang. Sein Bauch war flach und man konnte die Muskeln sehen. Er hatte abgenommen, seit er bei ihr war – sie tat ihm eben gut. Es war kein Waschbrettbauch, aber auf den legte sie auch keinen Wert. Sowieso kam es ihr nicht auf das Äußere an – wobei sie Ben von der ersten Begegnung an ungemein attraktiv gefunden hatte –, sondern auf das Herz. Und das saß bei Benjamin Rehder am rechten Fleck. Das allein machte alle unterschiedlichen Ansichten oder gar Charaktereigenschaften wieder wett. Auch er würde das so sehen, wenn sie den Hexenzauber in ihm erst besiegt hatte. Liebevoll malte sie mit ihrem Finger sein Herz auf der linken Brustseite nach. Dann streifte sie ihren Kaftan ab. Seit sie die Kerze im Raum aufgestellt hatte und sich Benjamin gestern bewusst gezeigt hatte, benutzte sie weder die Infrarotbrille noch den Stimmenverzerrer. Zu Beginn hatte sie diese Geräte genutzt, damit Ben sich zunächst an seine neue Umgebung gewöhnte. Natürlich war der Kellerraum nur eine vorübergehende Lösung, genauso wie die Mittel, die sie ihm gab. Nicht umsonst wurden sie allgemein »bewusstseinserweiternde« Mittel genannt. Genau das wollte sie bezwecken. Benjamins Bewusstsein erweitern. An dem Tag, an dem sie sich ihm gezeigt hatte, hatte sie gedacht, es sei so weit. Benjamin sei so weit. Doch da hatte sie auch noch nicht gewusst, dass er unter dem Zauber der rothaarigen Hexe stand. Glücklicherweise kämpfte sein Körper nun mit ihrer Unterstützung gegen den Zauber an, und bald schon würde sie mit Benjamin in reinster Liebe vereint sein können. Doch dafür musste sie die Hexe mit List und Schläue ein für allemal besiegen und sein Körper den Kampf gegen den Zauber gewinnen. Und darin würde sie ihn mit aller Kraft unterstützen.

Unter ihrem Kaftan war sie wie Benjamin nackt. Sie hatte irgendwo einmal aufgeschnappt, dass fiebernde Babys zum Wärme- und Energieausgleich nackt an die ebenfalls nackte Brust des Vaters oder der Mutter gekuschelt werden sollten. Solch ein Vorgehen sollte auf natürliche Weise die Selbstheilungskräfte des Kranken aktivieren. Sie hoffte, dass dies auch bei ausgewachsenen Männern wie Benjamin wirkte, vor allem, da sie jetzt nicht nur ihre nackte Brust sondern ihren gesamten Körper an seinen schmiegte. Keine

Minute später spürte sie, wie ihre Hautpartien, die Benjamin berührten, sich erhitzten. Schnell fühlte es sich wie ein Glühen an. Es war ein schönes, ein prickelndes Glühen, und sie hatte solch ein Gefühl bisher noch nie erlebt. Es machte sie ganz wirr und verleitete sie dazu, sich wie eine Schlange auf Benjamin zu schlängeln, sodass sie das Glühen auch dort spürte, wo sie den geliebten Mann nicht berührte. Dann kroch das Glühen in sie hinein und füllte sie vollkommen aus. Sie begann zu keuchen. Kurz darauf entfachte das Glühen eine helle Flamme, die Sekunden später aus ihrem Körper entwich, bevor sie erschöpft und ohne Regung neben Ben die Augen schloss. Erst einige Minuten später rappelte sie sich hoch, zog eine Spritze auf und spritzte nach einem Moment des Zögerns den Inhalt in Benjamins Blutbahn, was bei ihm ein kurzes Gemurmel hervorrief, ohne dass sie verstehen konnte, was er sagte. Dann bezog sie seine Bettdecke mit einem frischen Bezug, den sie in weiser Voraussicht mitgebracht hatte, und deckte Benjamin wieder zu. Sie zog ihren Kaftan über, setzte sich auf ihren Schemel, hob vom Boden das bereitgelegte Märchenbuch auf und begann, Benjamin aus Aschenputtel vorzulesen. Gleich nach den ersten Zeilen hob sie ihre Augen vom Buch und starrte auf eine kleine Schweißperle, die an Benjamins Hals entlangrann. Ich habe der Hexe heute den Kampf angesagt, morgen wird er beginnen, dachte sie bei sich und fing noch einmal von vorn an zu lesen: »Es war einmal ein Kaufmann, der hatte eine Tochter …«

Der Winter ist ein rechter Mann,
kernfest und auf die Dauer;
sein Fleisch fühlt sich wie Eisen an
und scheut nicht süß noch sauer.

War je ein Mann gesund, ist er's;
er krankt und kränkelt nimmer,
weiß nichts von Nachtschweiß noch Vapeurs
und schläft im kalten Zimmer.

Er zieht sein Hemd im Freien an
und lässt's vorher nicht wärmen
und spottet über Fluß im Zahn
und Kolik in Gedärmen.

Aus Blumen und aus Vogelsang
weiß er sich nichts zu machen,
hasst warmen Drang und warmen Klang
und alle warmen Sachen.
Doch wenn die Füchse bellen sehr,
wenn's Holz im Ofen knittert,
und um den Ofen Knecht und Herr
die Hände reibt und zittert;

Wenn Stein und Bein vor Frost zerbricht
und Teich' und Seen krachen;
das klingt ihm gut,
das hasst er nicht,
dann will er sich tot lachen.

Sein Schloß von Eis liegt ganz hinaus
beim Nordpol an dem Strande;
doch hat er auch ein Sommerhaus
im lieben Schweizerlande.

So ist er denn bald dort, bald hier,
gut Regiment zu führen.
Und wenn er durchzieht, stehen wir
und sehn ihn an und frieren.

(Ein Lied, hinterm Ofen zu singen, Matthias Claudius)

12. KAPITEL:

SAMSTAG, 13. DEZEMBER 2014

06:05 Uhr

Vivien Rimkus lag mit offenen Augen im Bett. Sie hatte schlecht geschlafen und fand, obwohl sie bereits seit über einer Stunde wach war, nicht den Antrieb, aufzustehen. Stattdessen kreisten ihre Gedanken. Sie war gerade mal seit zwei Wochen in Lüneburg, und für diese kurze Zeit war doch einiges geschehen. In dem Dezernat, dem sie zugeteilt war, und in dem sie aus ganz persönlichen Gründen unbedingt arbeiten wollte, hatte sie sich noch gar nicht wirklich eingearbeitet und schon war sie jetzt dort abgezogen worden. Ihr war klar, dass es nur vorübergehend sein würde, doch sie konnte das Vorgehen des Kriminalrats nicht recht einschätzen. Warum hatte er ausgerechnet sie ausgewählt, um die Sondereinheit bei der Suche nach dem Kollegen zu unterstützen? War es wegen Helmut Heinzen? Vivien wusste, dass sie sich bei seiner Festnahme bewährt hatte. Das hatte ihr Malte seitdem mehrfach gesagt, und er hatte auch immer wieder betont, wie froh er war, sie in seinem Team zu haben. Was den Fall Benjamin Rehder anging, waren ihre Voraussetzungen allerdings nicht gerade die besten, da sie weder die Stadt noch

Hauptkommissar Rehder kannte. Und mit Entführungen hatte sie außerdem noch keinerlei Erfahrungen gemacht. Da konnte sie ja eigentlich nur schlecht abschneiden. Das war ihr größtes Problem, denn sie wollte sich profilieren. In dieser Situation würde ihr das schwer gelingen. Auch Katharina schien nicht gerade begeistert, zumindest war es Vivien so vorgekommen. Das würde die ganze Sache nicht erleichtern. Warum hatte sie nicht gestern, als Mausner sie zu sich geholt hatte, gleich entsprechend reagiert? Eigentlich wusste sie genau, warum. Seit jeher war es so gewesen, dass sie mit höheren Vorgesetzten ein Problem hatte. Schon in der Schule hatte sie das nicht abschütteln können. Mit ihren Lehrern kam sie noch einigermaßen zurecht. Wenn sie dem Direktor der Schule aber nur auf dem Flur begegnet war, war sie errötet. Im Arbeitsleben war es dann noch schlimmer geworden, und gegenüber einer Autorität wie einem Kriminalrat – auch dann, wenn er vom Typ gar keine ausgesprochene Dominanz ausstrahlte, was bei Stephan Mausner definitiv der Fall war – konnte sie die Unsicherheit nicht unterdrücken. So maßlos es sie auch ärgerte, bisher hatte sie weder einen konkreten Grund dafür noch eine gescheite Lösung gefunden.

Und dann war da Bene. Irgendwas hatte dieser Mann an sich, das sie ihre sonst so konsequente Vorgehensweise vergessen ließ. Er hatte – sicher ohne es zu ahnen – den Spieß umgedreht, und das ärgerte sie maßlos. Eigentlich war es ihre Masche, die Männer anzumachen, herauszufordern und dann in Bausch und Bogen abzuschießen, sodass sie sich so jämmerlich fühlten, wie sie es in Viviens Augen verdienten. Doch jetzt fühlte sie selbst sich jämmerlich. Als Bene sie gestern angerufen hatte, während sie mit Katharina von Hagemann vor dem Kommissariat gestanden hatte,

hatte er sie abserviert. Okay, das war vielleicht der falsche Ausdruck. Bene hatte ihr sehr freundlich und sachlich erklärt, dass er sie nicht mehr treffen wollte. Er wolle bei ihr keine falschen Hoffnungen wecken und es gäbe da in seinem Leben momentan keinen Platz für sie. War es nur die Schmach, dass jemand ihr eigenes Spiel gegen sie verwendet hatte oder musste sie sich eingestehen, dass von ihrer Seite tatsächlich Gefühle im Spiel waren? Vivien war sich selbst nicht sicher, und eigentlich hatte sie auch keine Lust, darüber zu grübeln, aber Bene schlich sich einfach immer wieder in ihre Gedanken.

Lustlos und wütend auf sich selbst rappelte sie sich hoch und ging ins Bad. Es nützte nichts, sie würde beide Situationen so hinnehmen müssen, wie sie waren. Und sie würde das hinbekommen! Bewusst mied sie an diesem Morgen den klaren Blick in den großen Spiegel. Das würde ihrem Selbstbewusstsein an einem Tag wie diesem womöglich noch den Rest geben. Stattdessen duschte sie eiskalt, um den Kopf klar zu bekommen und die Müdigkeit zu verjagen. Dann vollzog sie das tägliche Schminkritual. Als sie eine halbe Stunde später in den Spiegel sah, war sie wieder die Vivien, die sie sein wollte.

07:38 Uhr

Vivien Rimkus betrat das Kommissariatsgebäude. Katharina hatte gestern, nachdem sie ihr den aktuellen Stand des Falles mitgeteilt und ihr den Kollegen Tobias Schneider vorgestellt hatte, trotz des Samstages verständlicherweise für heute um 8 Uhr eine erste Teambesprechung angesetzt, in der sie das weitere Vorgehen festlegen würden. Sie war zu früh, doch sie vermutete, dass sie nicht die Erste sein würde. Als sie auf das Büro der Kollegen zutrat, bestätigten frischer Kaffeeduft und die brennende Lampe an Katharinas Schreibtisch ihre Vermutung.

»Guten Morgen, Katharina.«

Katharina von Hagemann drehte sich überrascht um. »Hallo, Vivien«, sagte sie freundlich, doch das Lächeln in ihrem Gesicht reichte nicht bis zu den Augen. War es die Anspannung wegen der Entführung ihres Chefs oder hatte sie ein persönliches Problem mit ihr? Vivien konnte es nicht einschätzen und merkte, wie die verhasste Unsicherheit erneut in ihr aufstieg. Bevor sie weiter darüber nachdenken konnte, kam Katharina bereits mit zwei Bechern Kaffee in der Hand auf sie zu. »Gut, dass du so früh dran bist. Ich würde gern noch etwas mit dir besprechen, bevor Tobi da ist und wir uns zusammensetzen.« Sie hielt Vivien einen der Becher entgegen. »Wie trinkst du deinen Kaffee?«

»Schwarz«, antwortete Vivien knapp.

»Wunderbar – bitte schön.« Katharina zeigte auf das leere angrenzende Büro mit dem großen Besprechungstisch hinter der Glastür. »Dann lass uns am besten in Bens Büro gehen.«

Katharina hatte am Vorabend noch lange gegrübelt, wie sie mit Vivien umgehen sollte. Da sie erst am 1. Dezember hier im Lüneburger Kommissariat angefangen hatte, kannte sie Benjamin Rehder aller Wahrscheinlichkeit nicht. Das hieß auch, dass sie ihn noch nie gesehen hatte. Somit konnte sie auch nicht wissen, dass Bene sein Zwillingsbruder war, außer er hatte es ihr gesagt, wovon Katharina aber nicht ausging. Katharina vermutete überdies, dass Bene Vivien nicht von der besonderen Beziehung zu ihr erzählt hatte. Wieso, wusste sie nicht, es war nur so ein Gefühl und sie kannte Bene inzwischen lange genug … In jedem Fall machte Viviens Verhältnis zu Bene – welcher Art es auch immer war – die aktuelle Situation nicht gerade leichter. Nicht für sie und nicht für Katharina. Darüber hinaus konnten sie absolut keine Zwistigkeiten im Team gebrauchen. Sie mussten sich alle aufeinander verlassen können und vor allem den Kopf frei von privaten Dingen haben. So hatte Katharina am Ende des Abends beschlossen, gleich am Morgen mit Vivien Klartext zu sprechen, auch wenn ihr das nicht gerade angenehm war. Als sie Vivien nun in Bens Büro bat, versuchte sie, den passenden Einstieg zu finden.

»Also Vivien, ich glaube, ich muss da noch etwas klarstellen, bevor wir ab jetzt zusammenarbeiten«, sagte sie, während sie sich beide an den Besprechungstisch setzten. Vivien Rimkus sah sie aufmerksam an, doch Katharina konnte hinter der Fassade eine energisch unterdrückte Unsicherheit erkennen. »Du kennst Bene, den Barchef vom Hotel ›Heideglanz‹, richtig?«, begann Katharina das Gespräch. Nun versuchte Vivien erst gar nicht, ihre Überraschung zu verbergen. Klar, wenn es so war, wie Katharina vermutete, hatte die junge Kollegin wahrscheinlich mit allem gerechnet, aber nicht mit einer Frage nach ihrem Privatleben.

»Ähm, ja, flüchtig«, antwortete Vivien irritiert, »aber ich verstehe nicht …«

»Bene ist der Zwillingsbruder von Benjamin Rehder«, fiel Katharina ihr ins Wort. Sie wollte nicht lange drum herumreden. »Sein eineiiger Zwilling: Die beiden ähneln sich extrem. Spätestens, wenn du gleich in der Besprechung nach einem Foto von Ben gefragt hättest, da du ihn nicht kennst, wäre es dir aufgefallen, und diese Situation wollte ich dir und ehrlich gesagt uns allen gern ersparen.« Vivien wusste augenscheinlich nicht, was sie sagen sollte, darum sprach Katharina direkt weiter. »Ich weiß nicht, wie eng dein Verhältnis zu Bene ist. Aber du solltest wissen, dass er über das Verschwinden seines Bruders natürlich informiert ist. Wir mussten ihn und andere Leute aus Bens engerem Umfeld ja bereits fragen, ob sie eine Ahnung haben, wo er stecken könnte. Na ja, und in der Akte wirst du lesen können, dass Benedict, also Bene es war, der seinen Bruder als vermisst gemeldet hat.«

»Aber … aber woher weißt du, dass ich und Bene … also ich meine, dass ich ihn kenne?«, fand Vivien ihre Sprache wieder.

»Ich habe euch zusammen gesehen«, antwortete Katharina knapp und vermied es, Vivien dabei direkt anzusehen. »Und gestern hab ich mitbekommen, dass er dich angerufen hat. Der Name ›Bene‹ ist ja nicht gerade häufig.« Sie machte eine kurze Pause. »Außerdem … außerdem kenne ich Bene ziemlich gut.«

Katharina registrierte, dass nun Vivien ihrerseits sie musterte. Die junge Kollegin war nicht dumm, das hatte sie längst bemerkt. Und obendrein war sie eine Frau. Katharina war sich sicher, dass Vivien sich gerade ihre ganz eigenen Gedanken machte, und hoffte, dass sie sie zumindest für sich behalten würde. Um das zu forcieren, setzte sie die Unterhaltung fort. »Also, Vivien – wie gesagt, Bene ist informiert, und natürlich halten wir ihn über die Fortschritte unserer Ermittlungen auf dem Laufenden. Dir ist aber sicher klar, dass gewisse interne Informationen trotzdem nicht an ihn weitergegeben werden dürfen.«

»Da musst du dir keine Sorgen machen«, antwortete Vivien spontan. Sie schien ihre Selbstsicherheit wiedergefunden zu haben. »Ich werde Bene nicht mehr sehen, höchstens vielleicht zufällig, was sich in einer Stadt wie Lüneburg vermutlich nicht vermeiden lässt.« Nun war es an Katharina, überrascht zu sein. Allerdings war ihr klar, dass Neugier hier fehl am Platze war, auch wenn ihr die Frage nach dem Warum unter den Nägeln brannte.

»Okay, umso besser«, antwortete sie sachlich, »dann war es das eigentlich schon. Alles Weitere klären wir dann gleich, wenn Tobi da ist.«

»Bin schon da!«, ertönte es durch die Tür und Katharina erkannte sofort Tobis fröhliche Stimme. Sie hoffte inständig, dass er gerade erst eingetroffen war und von dem vorherigen Gesprächsverlauf nichts mitbekommen hatte. Als sie sich umdrehte, betrat er bereits das Büro von Ben.

»Ihr wolltet ja wohl nicht ohne mich starten«, frotzelte er und packte zwei Tüten mit Brötchen auf den Besprechungstisch. »Ich hab mich extra beeilt und war für die Damen schon Frühstück holen. Außerdem bin ich bereits in der KTU gewesen.« Nun wurde auch Tobi wieder ernst. »Wie wir längst befürchtet haben: Die Kollegen haben weder in der Weihnachtsmarktbude noch auf dem Brief oder dem Umschlag irgendwelche verwertbaren Spuren gefunden.«

Katharina stand auf, nahm die beiden leeren Kaffeebecher von sich und Vivien vom Tisch und sah Tobi an: »Das war wohl zu befürchten. Wäre ja auch zu schön gewesen. Kaffee?«

»Logo«, antwortete Tobias und sah Vivien an. »Na dann, Kollegin – nochmals, willkommen im Team, zumindest vorübergehend. Wir sind froh, dass wir Unterstützung haben. Spätestens seit wir wissen, dass Ben tatsächlich entführt wurde, ist die ganze Sache nämlich wirklich übel, wie du dir sicher vorstellen kannst.«

Vivien nickte und sah Tobi an. »Dafür hast du aber irgendwie merkwürdig gute Laune.«

Katharina hörte die Bemerkung, während sie auf dem Weg war, Kaffee zu holen, und konnte es Vivien nicht verdenken. Tobis ganz eigener Humor war schon generell nicht jedermanns Sache, und wenn man ihn nicht kannte, musste es einem in der Tat merkwürdig erscheinen. Katharina selbst war es am Anfang nicht anders ergangen, doch sie hatte seine spezielle Art sehr schnell zu schätzen gelernt.

»Das täuscht«, hörte sie Tobi in deutlich ernsterem Ton antworten. »Das ist einfach meine Art, mit solchen Situationen umzugehen. Mir fällt es dann leichter, als wenn ich hier die ganze Zeit mit einer Trauermiene umherlaufen würde, was auch niemandem hilft. Aber du darfst mir gern glauben, dass ich mir echt Sorgen um Ben mache. Und zwar nicht nur, weil er der beste Chef ist, den ich mir vorstellen kann.«

Nachdem Katharina mit dem Kaffee zurück an den Besprechungstisch kam, besprachen sie das weitere Vorgehen und stellten nach vielem Reden fest, dass sie kaum einen Hebel zum Ansetzen hatten und wohl oder übel auf ein nächstes Zeichen von Bens Entführer warten mussten. Als sie ihre Besprechung gerade auflösen wollten, betrat ein uniformierter Kollege vom Streifendienst das Büro.

»Ich suche Oberkommissarin Katharina von Hagemann«, rief der junge Mann in den Raum.

Katharina trat ihm entgegen. »Das bin ich – was gibt es?«

»Ich hab hier was für Sie.« Der Kollege hielt ihr einen Briefumschlag entgegen, der in einer durchsichtigen Plastiktüte steckte. »Dieser Brief wurde gerade auf dem Weihnachtsmarkt entdeckt. In einer der Märchenbuden … ›Aschenputtel‹, glaube ich.«

»Scheiße …«, rutschte es Katharina heraus, während sie hektisch ein Paar Gummihandschuhe aus ihrer Schreibtischschublade kramte. Nachdem sie sie übergestreift hatte, nahm sie dem Kollegen die Tüte ab, holte den Umschlag heraus und öffnete ihn:

So, Katharina, das Spiel beginnt. Du erhältst ab sofort täglich eine Frage von mir, die das Leben deines Kollegen Benjamin Rehder betrifft. Ich werde dir jeweils mitteilen, wohin du mir deine Antwort zu schicken hast. Für jede falsche Antwort werde ich Benjamin bestrafen. Wie, das überlasse ich deiner Fantasie. Es sind noch zwölf Tage bis zum Heiligen Abend. Schaffst du es, eine ausreichende Anzahl an Fragen zu beantworten, sind die Karten neu gemischt. Schaffst du es nicht, dann wird er für immer mir allein gehören und dein Zauber erlischt. Es liegt allein in deiner Hand. Für den Anfang mache ich es dir auch ganz leicht, mein Täubchen:

Rucke die guh, Rucke die guh, Blut ist im Schuh, der Schuh ist zu klein, die rechte Braut sitzt noch daheim.

Rucke die guh, Rucke die guh, kein Blut ist im Schuh, die rechte Braut, die führt ihn heim!

Drum sag mir: Welche Größe hat der Schuh von Ben?

Denk an die Strafe für unseren Prinzen und gib mir bald deine Antwort bekannt. Hänge bis heute um Mitternacht einen Zettel an das Fenster von Bens Büro, mit der

richtigen Zahl, sodass sie von außen erkennbar ist. Liegst du richtig, wird er – vorerst – nichts zu befürchten haben.
Es grüßt: Rumpelstilzchen

Schockiert blickte Katharina ihre Kollegen an. »Ich fürchte, es ist noch viel schlimmer, als wir dachten …«

10:09 Uhr

Es war kein Polizeisiegel an der Tür angebracht, dennoch spürte Bene ein nervöses Grummeln in der Magengegend, als er jetzt zum zweiten Mal innerhalb weniger Tage die Haustür seines Bruders aufschloss, aber die Sorge um seinen Zwilling hatte ihn hierhergetrieben. Er wusste, dass Katharina seinen Alleingang sicher nicht gut finden würde, aber er musste ihr ja auch nicht unbedingt davon erzählen.

Im Haus roch es ungelüftet und der kalte Rauch aus dem Wohnzimmer hatte sich zudem ausgebreitet. Er ging Raum für Raum ab, so wie er es vor gut einer Woche schon einmal gemeinsam mit Katharina getan hatte. Bene hatte überhaupt keine Ahnung, was er zu finden hoffte. Vielleicht wollte er auch einfach nur seinem Bruder nahe sein. Ja, das war es. Er wollte ihn spüren, so wie neulich, aber bis auf das ungute Gefühl, hier etwas Verbotenes zu tun, war da nichts. Plötzlich hörte Bene ein leises Knacken. Es war aus dem Schlafzimmer gekommen. War er nicht allein im Haus? Konnte es sein, dass sein Bruder zurück war? Oder war die Polizei noch einmal hier? Von Katharina wusste Bene, dass die Spurensicherung noch ein zweites Mal im Haus gewesen war, warum also kein drittes Mal? Oder war es jemand ganz anderes? Vielleicht jemand, der mit Bens Verschwinden zu tun hatte? Es war eine Mischung aus Neugier, Risikobereitschaft und nicht zuletzt Hoffnung, endlich seinen Bruder zu finden, die Bene leise die Treppe in den ersten Stock hinaufsteigen und den Flur entlangschleichen ließ, um ins Schlafzimmer zu spähen. Was er sah, verschlug ihm fast den Atem und er musste um Fassung ringen. Hatte Katharina tatsächlich rechtgehabt?

»Simone?«, sprach er die Frau an, die auf dem Boden vor irgendwelchen Papieren hockte und ihn noch nicht bemerkt hatte.

Die Frau zuckte sichtlich erschrocken zusammen und blickte dann entgeistert zu Bene auf. »Ben? Wie kommst du hier … Ich dachte … aber du bist doch …«

»Wo bin ich«, fragte Bene drohend und ging auf Simone zu, die sich zu seiner Überraschung sichtlich entspannte und sagte: »Ach, du bist es, Bene. Wusste gar nicht, dass du wieder in Lüneburg bist.«

»Wie kommst du darauf, dass ich Bene bin?«, fragte Bene in dem Versuch, Simone aus der Reserve zu locken. Wenn sie es war, die Ben entführt hatte, jetzt aber annahm, dass er Ben war, würde sie sich eventuell verraten.

»Netter Versuch«, sagte Simone Rehder dann auch. »Falls du dich erinnerst: Ich war mit Ben verheiratet. Außerdem habe ich euch noch nie verwechselt. Du hast einfach einen anderen Blick als Ben … Was willst du hier?«

»Das sollte ich wohl lieber dich fragen! Wie du eben richtig sagtest: Ihr wart mal verheiratet. Also, was hast du hier zu suchen?«, entgegnete Bene und trat einen weiteren Schritt auf Simone zu.

»Ich, ähm ja, also«, suchte Simone Rehder, die auf dem Boden sitzen blieb, nach Worten. »Na ja, Ben ist doch verschwunden, das weiß ich von seiner rothaarigen Kollegin. Kennst du die? Haben die was miteinander? Die war irgendwie so verbissen, als sie bei mir aufgetaucht ist.«

»Das geht dich gar nichts an«, gab Bene barsch zurück, fühlte dabei jedoch einen kleinen Stich im Herzen. Umso wütender forderte er abermals: »Sag mir jetzt endlich, was du im Haus meines Bruders machst!«

Simone schien sich gesammelt zu haben, denn jetzt erklärte sie für Benes Geschmack etwas zu eilig: »Ich brauche dringend ein paar alte Unterlagen. Ich hatte immer eine Mappe, da waren meine beruflichen Zeugnisse, Zertifikate von Kursen, die ich mal belegt hab, und lauter so ein Kram drin. Diese Mappe kann ich bei mir nirgendwo finden und da fiel mir ein, dass sie noch hier im Haus sein muss. Ich hab sie hiergelassen, als ich damals nach Indien bin, und Ben gebeten, sie für mich aufzubewahren. Unter diesem Zeug in seinem obercleveren Geheimversteck scheint sie aber nicht zu sein. Weißt du, wo …«

»Nein, weiß ich nicht«, fiel Bene der Exfrau seines Bruders ins Wort. Das war einer der Gründe, warum er sie schon früher nicht gemocht hatte: Sie dachte immer zuerst an sich selbst. »Sag mal, wenn das wirklich stimmt, was du mir hier erzählst, machst du dir kein bisschen Sorgen um Ben?«

»Äh, doch. Natürlich. Aber … aber ich weiß ja, dass seine Kollegen nach ihm suchen und …«

»Gib dir bloß keine Mühe«, unterbrach Bene Simones kleinlautes Gestammel ein weiteres Mal, bevor er mit einem bissigen Unterton fragte: »Im Übrigen kannst du doch hier nicht einfach wie selbstverständlich rein marschieren.

Was, wenn Ben hier längst mit einer anderen Frau zusammen wohnt? Wie bist du eigentlich hier reingekommen?«

»Na, durch die Tür natürlich«, erwiderte Simone. Den Hinweis auf eine mögliche neue Frau in Bens Leben überging sie.

»Und warum hast du dann von innen abgeschlossen? Wolltest du nicht gestört werden, während du hier das Haus auf den Kopf stellst, oder was?«, fragte Bene und hörte selbst, wie aggressiv er klang.

»Gewohnheit«, erwiderte Simone Rehder lapidar, klaubte die Papiere zusammen und legte sie in einen Karton zurück, der von außen aussah wie ein Buch. Als sie einen Briefumschlag hochhob, las sie den Adressaten, runzelte die Stirn und musterte Bene abfällig. Sie schwenkte den Umschlag in ihrer Hand: »Oh, schau mal, da schreibt dein lieber Bruder an seine rothaarige Kollegin und traut sich dann nicht, ihr den Brief zu geben, sondern bewahrt ihn lieber hier auf! Weiß die Dame vielleicht noch gar nichts von ihrem Glück? Erzähl es ihr doch mal, Bene, vielleicht strengt sie sich dann mehr an, Benjamin zu finden!«

»Sag mal, hast du keine anderen Sorgen?«, entfuhr es Bene laut. »Weißt du was, Simone, ich denke, ich begleite dich jetzt mal zur Tür«, fuhr er etwas beherrschter fort. Diese Frau war wirklich das Allerletzte. Simone guckte ihn an und machte ein schnippisches Gesicht. Dann raffte sie ihren langen violetten Rock, der farblich perfekt auf zwei violette Strähnen in ihrem Haar abgestimmt war, und stand vom Boden auf. Sie knallte Bene, der schnell danach griff, den Brief gegen die Brust. Dann drängte sie sich an ihm vorbei, stolzierte über den Flur die Treppe hinunter, griff sich in der Garderobe ihren Mantel aus unechtem Kaninchenfell, der Bene vorhin gar nicht aufgefallen war, und drückte die Klinke der Haustür herunter. Bene schleuderte sie zum Abschied zickig entgegen: »Ach ja – solltest du meine Dokumentenmappe finden, dann informier mich – sofort! Bis dann!«

Der herrische Ton ihrer Worte veranlasste Bene zu sagen: »Du kannst mich mal! Und jetzt rück den Schlüssel raus!«

Bens Exfrau sagte nichts mehr. Dafür drückte sie Bene nach kurzem aber deutlichem Zögern den geforderten Haustürschlüssel in die Hand, drehte sich um und schritt hocherhobenen Hauptes auf einen roten Kleinwagen zu, der auch schon bessere Tage gesehen hatte.

10:49 Uhr

»Also für mich ist Rumpelstilzchen eindeutig ein Mann, damit können wir Simone Rehder als Verdächtige ad acta legen, wenn ihr mich fragt«, sagte Tobi vom Rücksitz aus nach vorn.

»Ich finde nicht, dass Rumpelstilzchen unbedingt einen Mann verkörpert«, widersprach Vivien vom Beifahrersitz aus. Sie warf Katharina, die am Steuer saß, einen fragenden Seitenblick zu. Sie kannte das Team noch nicht und war hier die Rangniedrigste oder zumindest die Neue. Natürlich wusste sie, wie wichtig persönliche Meinungen bei Ermittlungen sein konnten, doch wollte sie niemandem auf den Schlips treten. Katharina ahnte, was in der jungen Kollegin vor sich ging und sie nickte ihr aufmunternd zu, bevor sie sagte: »Tobi, ich stimme Vivien zu. Vor der Nachricht hätte ich zwar ebenso wie du gesagt, dass Rumpelstilzchen ein Mann ist, und ich glaub, dass es im Märchen auch so gesagt wird … Ist da nicht irgendwas mit ›Männchen‹ – Vivien, bitte prüf das doch später, wenn wir wieder zurück sind …«

»Das kann ich auch jetzt. Wozu gibt es Smartphones und Internet?«, erklärte Vivien, zückte ihr Handy und tippte darauf herum, während Katharina fortfuhr.

»Wie gesagt, vor der Nachricht hätte ich dir rechtgegeben, Tobi, aber ich finde, die Nachricht trägt irgendwie eine weibliche Handschrift.«

»Aber die ist doch mit dem Computer geschrieben!«, warf Tobias Schneider scherzhaft ein und Katharina reagierte mit einem »Haha, du weißt genau, was ich meine!«

Vivien schaute von ihrem Handy auf. Mutig geworden durch Katharinas Bestätigung, fragte sie jetzt: »Ich möchte ja nicht indiskret sein, aber wieso spricht Rumpelstilzchen eigentlich von ›eurem Prinzen‹ – übrigens für mich durchaus ein weiteres Zeichen dafür, dass wir es mit einer Frau zu tun haben?«

»Soll ja auch Männer geben, die auf Männer stehen«, murmelte Tobias, dem die Frauenpower vorn im Wagen langsam etwas zu viel wurde.

Deswegen freute er sich insgeheim, als Katharina sagte: »Ja, Tobi, das stimmt. Ein guter Hinweis, den wir nicht außer Acht lassen dürfen. Im Übrigen sollten wir uns vielleicht im Moment besser noch auf gar kein bestimmtes Geschlecht einschießen und dadurch riskieren, einseitig zu ermitteln. Ich fürchte, das war nicht die letzte Nachricht von diesem Rumpelstilzchen, und möglicherweise wirkt die nächste schon wieder ganz anders auf uns.« Die Kommissarin hatte bewusst einen anderen Ton angeschlagen. Da Ben fehlte, war sie zurzeit im Team die Ermittlungsleiterin, und sie hatte versucht, ihren verschwundenen Chef zu imitieren. Noch während sie sprach, merkte sie allerdings, dass ihr das misslungen war. Ben hätte nie so lehrerhaft geklungen. Sie würde es einfach nicht noch einmal versuchen und hoffte, dass Tobi es ihr nachsah. Katharina räusperte sich. Sie fühlte sich durch die Frage von Vivien in ihren manchmal doch etwas mehr als kollegialen Gefühlen Benjamin Rehder gegenüber ertappt. Sie hatte schon die ganze Zeit, seit sie den Brief erhalten hatte, auf diese im Grunde logische Frage gewartet. Dennoch traf sie sie jetzt unvorbereitet. Natürlich fragte auch sie sich, wie Rumpelstilzchen darauf kam, und ein Verdacht keimte in ihr auf. Mit Bedacht formulierte sie ihre Antwort an die Kollegen: »Was Ben und mich betrifft, nun ja, es ist kein Geheimnis, dass wir uns ziemlich gut verstehen. Vielleicht hat Rumpelstilzchen einfach seine Fantasie ein wenig zu weit spielen lassen. Kann auch sein, dass Rumpelstilzchen mich gesehen hat, als ich an dem Abend bevor er verschwand bei ihm war. Vielleicht hat Rumpelstilzchen sein Haus beobachtet und gesehen, wie ich es verlassen habe.« Katharina räusperte sich abermals und warf nun ihrerseits einen Seitenblick zu Vivien hinüber. Dann schaute sie in den Rückspiegel zu Tobi, als sie ihre Vermutung preisgab. »Oder, was wohl noch wahrscheinlicher ist, Rumpelstilzchen hat mich mit Bene gesehen und ihn mit Ben verwechselt.«

»Hab ich's doch immer gewusst! Du und Bene! So oft, wie der anruft!«, triumphierte Tobias auch sofort, ruderte aber schnell mit einem »Ist ja aber auch egal« zurück, als sich sein Blick mit Katharinas im Rückspiegel traf.

Die lächelte nur und sagte: »Ist es vielleicht nicht. Auch

wenn es mir nicht gefällt. Bisher zumindest können wir davon ausgehen, dass Rumpelstilzchen Ben nicht entführt hat, um etwas zu erpressen, sondern weil es …«

»Es?«, fragte Vivien ruhig dazwischen, als hätte Katharina Bene grad gar nicht erwähnt.

»Ja, solange wir nicht wissen, ob Rumpelstilzchen ein Mann oder eine Frau ist, heißt es ab jetzt ›Es‹. Es, das Rumpelstilzchen, okay? Dadurch schießen wir uns auch unterbewusst nicht auf Mann oder Frau ein und bleiben unvoreingenommen«, erklärte Katharina.

»Verstehe«, meinte die junge Kollegin und blickte von ihrem Handy auf, in dem sie via Internet das Märchen vom Rumpelstilzchen aufgerufen hatte. »Allerdings ist Rumpelstilzchen im Märchen ein Männchen. Ist ja andererseits aber auch eher eine Fantasiefigur, also vielleicht kann man das gar nicht so genau sagen. Was wolltest du sagen, Katharina? Ich hab dich unterbrochen. Wovon sollen wir jetzt bei Rumpelstilzchen ausgehen? Dass es Benjamin Rehder für sich haben will und aus welchem Grund auch immer meint, dich vorher als Widersacherin besiegen zu müssen? Mit Rätseln? Das ist doch psycho, oder?«

Katharina schluckte. »Ja, das ist es wohl.«

Keiner sagte mehr ein Wort und alle hingen ihren eigenen Gedanken nach, bis Katharina in die Straße einbog, in der Ben wohnte, und kurz vor seinem Haus plötzlich vor Freude aufschrie: »Das kann doch nicht sein! Da ist Ben!«

Sie drückte aufs Gas für die wenigen verbliebenen Meter und hielt mit quietschenden Reifen vor Bens Haus, der davorstand und ihnen überrascht entgegenblickte, als würde er das jeden Tag tun. Dann erhob er seine Hand, in der er sein Mobiltelefon hielt, zum Gruß und lächelte.

Noch vom Auto aus hatte Katharina erkannt, dass nicht Benjamin sondern Benedict Rehder vor der geöffneten Haustür stand. Da war wohl der Wunsch Vater des Gedankens gewesen, dachte Katharina enttäuscht, bevor sie aus dem Dienstwagen stieg und Bene mit einem knappen »Hallo, was machst du denn hier?« begrüßte.

Bene verzog entschuldigend das Gesicht und trat auf sie zu, um ihr ein Küsschen auf die Wange zu geben, stockte dann aber mitten in seiner Bewegung. Die anderen beiden waren inzwischen ebenfalls aus dem Wagen gestiegen, und während Tobias nur die Hand zum Gruß erhob – auch er hatte Bene erkannt, denn sein verschwundener Chef hätte nie eine cognacfarbene Lederjacke voller Label getragen –, wunderte Vivien sich laut: »Na, die Begrüßung eines Verschollenen habe ich mir aber anders vorgestellt! Aber wirklich irre, diese Ähnlichkeit.« Forsch ging sie auf Bene zu, den sie durch Katharinas Ausruf im Wagen für Ben hielt, reichte ihm die Hand und sagte: »Hallo, ich bin Vivien Rimkus, die Neue.«

»Ich, ähm, ich weiß. Wir hatten ja schon das Vergnügen …«, erwiderte Bene und starrte Vivien an, als wäre sie eine Erscheinung. Außerdem war er sich nicht sicher, ob er gerade auf den Arm genommen wurde. Er wandte sich an Katharina und setzte hinzu: »Allerdings wusste ich nicht, dass ihr beide zusammenarbeitet.« Er hatte es leiser gesagt und ein kleines Stück beschämt, aber das merkte nur Katharina, die Bene jedoch noch ein wenig zappeln lassen wollte und einfach nur ihre rechte Augenbraue anhob. Mehr nicht. Bene musste ja nicht sofort merken, dass sie zumindest teilweise wusste, wie die beiden zueinander standen.

»Ach, du bist das, Bene! Mann, woher sollte ich das denn wissen? Im Auto dachten noch alle, du bist dein Bruder!

Stimmt doch, oder?«, rief Vivien belustigt aus und warf Katharina und Tobi einen Blick zu, der um Zustimmung heischte. Sie erntete von beiden jedoch nur einen ernsten Blick, was auch sie merken ließ, dass für scherzhaften Smalltalk einfach nicht der rechte Zeitpunkt war. Katharina ergriff, an Bene gewandt, das Wort: »Ja, das haben wir tatsächlich kurz gedacht, was wohl vor allem daran liegt, dass wir dich hier nicht erwartet haben. Also noch mal: Was machst du hier?«, fragte Katharina schärfer als gewollt, was auch damit zu tun hatte, dass sie genau merkte, wie aufmerksam ihre beiden Kollegen sie beobachteten. Die Konstellation war sowieso schon schwierig, da wollte die Kommissarin sich später keinesfalls Befangenheit vorwerfen lassen.

»Ob du es glaubst oder nicht, ich weiß es nicht«, gab Bene ehrlich zu. »Aber unabhängig davon wollte ich dich grad anrufen.«

»Nicht jetzt«, wiegelte Katharina erschrocken ab. Sie legte absolut keinen Wert auf ein Privatgespräch vor den Kollegen.

Bene begriff, was sie dachte, und erklärte: »Nein, du verstehst nicht. Ich wollte dich beruflich anrufen.«

»Okay«, erwiderte Katharina erleichtert, »dann schieß los. Und du, Vivien, gehst bitte schon mal rein und holst dir einen Schuh von Ben, um seine Größe zu checken.«

Jetzt war es an Bene, erschrocken zu reagieren. »Wieso braucht ihr seine Schuhgröße? Etwa zur Identifizierung? Habt ihr ihn … ich meine … ist er tot?«

»Nein, Bene, mach dir keine Gedanken«, beruhigte Katharina Bene sanft und legte ihm dabei eine Hand auf den Unterarm. Dann erzählte sie ihm in knappen Worten von Rumpelstilzchen und den beiden Nachrichten.

Bene lachte erleichtert auf. »Na, dann fragt doch mich! Ich bin sein eineiiger Zwilling. Ich hab dieselbe Schuhgröße! 45.«

»Dann hätten wir das ja auch geklärt«, grinste Tobias und stupste Vivien in die Seite, die jedoch völlig abwesend Bene betrachtete.

»Gut, aber jetzt möchte ich gern wissen, weswegen du mich beruflich anrufen wolltest«, fragte Katharina, die Viviens Reaktion auf Bene ebenfalls mitbekommen hatte und ihre Hand von seinem Arm nahm. Bene begann von Simone zu erzählen. Als er endete, fiel ihm der Brief in seiner Hand ein. »Ach ja, Ben hatte einen Brief an dich bei sich versteckt. Ich weiß nicht, ob das wichtig ist. Hier – bitte«, sagte er, und Katharina, die ihn gut kannte, hörte den zynischen Unterton aus seinen Worten genau heraus.

Die Tage sind so dunkel,
Die Nächte lang und kalt;
Doch übet Sternenfunkel
Noch über uns Gewalt.

Und sehen wir es scheinen
Aus weiter, weiter Fern',
So denken wir, die Seinen,
Der Zukunft unsres Herrn.

Er war einmal erschienen
In ferner sel'ger Zeit,
Da waren, ihm zu dienen,
Die Weisen gleich bereit.

Der Lenz ist fortgezogen,
Der Sommer ist entflohn:
Doch fließen warme Wogen,
Doch klingt ein Liebeston.

Es rinnt aus Jesu Herzen,
Es spricht aus Jesu Mund,
Ein Quell der Lust und Schmerzen,
Wie damals, noch zur Stund'.

Wir wollen nach dir blicken,
O Licht, das ewig brennt,
Wir wollen uns beschicken
Zum seligen Advent!

(Im Winter, Maximilian von Schenkendorf)

13. KAPITEL:

3. ADVENT, 14. DEZEMBER 2014

08:53 Uhr

Der Blick zum Himmel nahm Katharina die Hoffnung, dass es heute zur Abwechslung mal schön werden würde. Er war grau wie in den Tagen zuvor, auch wenn sie den Eindruck hatte, als versuchte die Sonne sich durch die dicke Wolkenschicht zu schieben. Es war nach wie vor nicht wirklich kalt für diese Jahreszeit, doch es war ungemütlich und feucht. Instinktiv zog Katharina ihren Schal enger und beschleunigte ihren Schritt. Sie genoss es, bei Wind und Wetter zu Fuß von ihrer Wohnung zur Arbeit gehen zu können, denn es gab ihr jeden Morgen die nötige Portion frischer Luft und die Zeit, sich gewisse Dinge durch den Kopf gehen zu lassen. Heute war es der Brief, den Bene ihr gestern in die Hand gedrückt hatte. An der Handschrift hatte sie sofort erkannt, dass er von Maximilian stammte, auch wenn er keinen Absender trug. Wie damals der erste Brief war er an die Kommissariatsadresse geschickt, aber an sie persönlich gerichtet worden.Der Poststempel war noch erkennbar, und so wusste Katharina, dass dieser Brief sie schon vor über einem Jahr hätte erreichen sollen. Genau zu der Zeit, als auch die erste Drohung von Maximilian in ihren Händen gelandet war. Die Erinnerung daran brachte sie wie immer zum Schaudern, und wieder einmal musste sie feststellen, dass der Spruch »Die Zeit heilt alle Wunden« entweder nicht immer zutraf oder aber auf einen deutlich längeren Zeitabstand gemünzt war. Die Wunden, die Maximilian ihr in München zugefügt hatte, waren jedenfalls noch lange nicht verheilt, auch wenn es keine sichtbaren waren. Wieso hatte der Brief bei Ben im Haus gelegen? Dafür gab es nur eine logische Erklärung: Ben hatte ihn vor etwa eineinhalb Jahren im Präsidium in der Post gefunden und ihn Katharina nicht gegeben. Er hatte von dem ersten Brief und der darin enthaltenen Drohung gewusst – sie hatte ihm selbst davon erzählt. Danach hatten sie bis auf dieses eine Mal nie wieder darüber gesprochen. Katharina hatte über ehemalige Kollegen aus München in Erfahrung gebracht, dass Maximilian nach wie vor in Haft war und es auch keinerlei Ansätze für eine vorzeitige Entlassung oder eine Wiederaufnahme des Verfahrens gab. Die Sachlage war damals viel zu eindeutig gewesen, auch wenn Maximilian nie ein klassisches Geständnis abgelegt hatte. Er hatte damals im Prozess jegliche Aussage verweigert, war aber aufgrund der Beweislage zu lebenslanger Haft verurteilt worden. Nichtsdestotrotz schaffte er es, Katharina auch aus dem Gefängnis heraus zu ängstigen. Sie wusste um seine Intelligenz. Sollte er wirklich nach einem Weg suchen, sich an ihr zu rächen, und ihr nicht nur drohen wollen, dann würde er auch einen finden, und wenn er dafür aus dem Gefängnis heraus jemanden beauftragen würde. Der zweite Brief, den Bene ihr gestern gegeben hatte, war noch verschlossen. Ben hatte ihn ihr also unterschlagen, ohne zu wissen, was darin stand. Katharina wusste nicht, ob sie Ben dafür dankbar oder ob sie wütend sein sollte. Nachdem sie damals keine weitere Nachricht erhalten hatte, war sie schnell wieder ruhiger geworden und hatte angenommen, dass es eine einmalige Aktion von Maximilian gewesen war. Jetzt sah die Sache schon wieder anders aus. Möglicherweise war dies ja gar nicht die einzige Nachricht aus München, die Ben für sich behalten hatte, sondern nur die einzige, die jetzt zufällig im Haus aufgetaucht war. Katharina hatte sich gestern Abend nicht mehr getraut, den Brief zu öffnen. Sie musste im Moment einen klaren Kopf behalten, die Suche nach Ben war das einzig Wichtige. Sie konnte nicht riskieren, dass eine Nachricht von Maximilian, die bereits mehr als ein Jahr alt war, sie aus dem Tritt brachte. So hatte sie den Brief in eine Schublade gepackt und sich stattdessen an das Täterprofil im aktuellen Fall gemacht.

Als Katharina am Kommissariat ankam, wanderte ihr Blick gezielt zum Fenster von Bens Büro. Klar erkennbar hing dort ein großer Zettel mit der Zahl »45« darauf. Katharina hoffte inständig, dass sie damit die erste Aufgabe von Rumpelstilzchen richtig gelöst hatte. Die Verantwortung für das Leben oder zumindest das Wohlergehen ihres Chefs lastete schwer auf ihr. Die Situation war schon seit seinem plötzlichen Verschwinden schwierig gewesen. Doch seit Katharina wusste, dass Bens Entführer oder seine Entführerin speziell sie herausforderte, konnte sie den Gedanken nur schwer ertragen. Was für Fragen würden noch auf sie zukommen?

Wenige Minuten später betrat sie das Gemeinschaftsbüro, fast zeitgleich mit Tobi, der für seine Verhältnisse bedrückt wirkte, dafür aber einen Adventskranz dabei hatte, den er auf dem Besprechungstisch platzierte.

»Ist von Helmchen«, erklärte er. »Hat sie selber gemacht. Damit wir es hier gemütlicher haben, wenn wir schon am Wochenende arbeiten müssen. Ich soll dich grüßen. Also eigentlich euch. Ben auch. Ich hab ihr nicht erzählt, dass wir Ben als Fall auf dem Tisch haben. Sie würde sich Sorgen machen und in ihrem Zustand …« Katharina nickte nur und vertiefte das Thema nicht. Nachdem auch Vivien Rimkus wenig später eintraf, setzten die drei Kommissare sich zusammen. Der große Zettel mit der Zahl prangte neben ihnen am Fenster wie eine stumme Botschaft. Keiner der drei hatte auch nur ansatzweise infrage gestellt, dass sie am Sonntag arbeiten würden, auch Vivien nicht. Nur Kriminalrat Mausner hatte sich entschuldigen lassen. Er sei natürlich in akuten Notfällen erreichbar, ansonsten aber leider nicht abkömmlich. Niemand störte sich an seiner Abwesenheit, doch die Tatsache, dass die Suche nach Ben ihm offensichtlich nicht wichtig genug war, um dafür am Wochenende auf sein Privatleben zu verzichten, empörte zumindest Katharina und Tobias aufs Äußerste. Gleichzeitig hatte Mausner an Katharina die eindringliche Anweisung durchgegeben, keinerlei Informationen an die Presse rauszugeben. Sollte jemand direkt nach Benjamin Rehder fragen, gelte die Aussage »Herr Rehder befindet sich zurzeit auf einem Fortbildungslehrgang«, was Katharina nun auch so an Tobi und Vivien weitergab sowie zuvor bereits per interner Mail an die Kollegen der übrigen Dezernate, die bereits von Bens Entführung wussten.

Tobias ergriff zuerst das Wort: »Das ist mal wieder typisch, also ehrlich! Als wenn wir nichts Besseres zu tun hätten, als direkt beim ›Lüneblick‹ anzurufen!« Er schüttelte den Kopf. »Egal … Also: Ich hab den Bericht der KTU mitgebracht. Sie konnten feststellen, dass der Brief durch einen offenen Spalt in der Rückwand der Märchenbude hineingeschoben worden sein muss. Ob dieser Spalt schon drin war, oder der Täter ihn erst dafür fabriziert hat, lässt sich nicht mit Bestimmtheit sagen. Fakt ist allerdings, dass der Täter auch diesmal keinerlei Fingerabdrücke oder sonstige verwertbare Spuren hinterlassen hat. Die Fingerabdrücke an der Scheibe der Märchenbude … dazu muss ich wohl nichts sagen.«

Katharina nickte zustimmend. An jeder der Buden, in der je eine Szene eines Märchens nachgestellt war und an der man sich auf Knopfdruck auch das Märchen erzählen lassen konnte – seit diesem Jahr sogar zusätzlich auf Plattdeutsch – mussten sich Hunderte von Fingerabdrücken befinden, allein von den Kindern, die mit großen Augen an den Glaswänden standen und die sich bewegenden Märchenfiguren bestaunten.

»Außerdem hab ich gestern versucht, Simone Rehder zu erreichen, um sie zu einer offiziellen Befragung vorzuladen. Unter der Nummer ihres Ladens geht niemand ran, und wir haben weder eine Mobilnummer von ihr noch eine andere Anschrift als die ihres Geschäfts. Ich werde es heute weiter versuchen, aber da der Laden am Sonntag natürlich geschlossen ist, mache ich mir da keine allzu großen Hoffnungen. Sollte ich sie bis morgen früh nicht erreichen, werde ich direkt nach Hitzacker fahren und sie persönlich vorladen.«

»Okay, Tobi – danke!«, nickte Katharina, bemüht, zwar ihre Rolle als Teamleiterin wahrzunehmen, aber nicht erneut so lehrermäßig zu wirken wie am Vortag. Sie fühlte sich nicht wohl, den Platz von Ben einnehmen zu müssen. Ein bisschen kam es ihr wie Verrat vor, auch wenn sie wusste, dass das nicht stimmte.

»Vivien – hast du was für uns?«, wandte sie sich an die junge Kollegin, die bisher nur stumm zugehört hatte.

Vivien räusperte sich: »Na ja, eigentlich nicht. Wir haben ja eine Kamera hier oben angebracht, um die Fußgänger auf der Straße beobachten zu können, nachdem wir das Schild ins Fenster gehängt haben. Die Kollegen von der Nachtschicht haben den größten Teil der Aufnahmen schon angesehen.«

»Und?«, fragte Katharina gespannt, aber ohne große Hoffnung.

»Wie wir es erwartet haben«, ergänzte Vivien. »Am Nachmittag und Abend haben natürlich total viele Leute hochgeguckt, aber es war keiner dabei, der irgendwie auffällig war. Und in der Nacht ist niemand stehen geblieben.«

Katharina schüttelte den Kopf. »Verdammt«, fluchte sie vor sich hin. »Aber den Versuch war es wert. Rumpelstilzchen ist leider nicht blöd. Die Nummer mit der Antwort im Fenster war schlau, denn hier mitten in der Lüneburger Innenstadt und im Weihnachtsgetümmel jemanden auszumachen, der sich außergewöhnlich intensiv für das Fenster interessiert, ist einfach nicht möglich. Und wenn doch, dann hätten wir auf dem Film sowieso niemanden genau erkannt, weil bei dem Wetter alle dick angezogen sind.« Sie zog eine Klarsichthülle mit einigen Blättern Papier hervor. »Damit komme ich auch schon zu meinem Punkt. Ich hab mich gestern noch an das Täterprofil gemacht. Viel haben wir zwar noch nicht, aber zumindest erste Ansätze. Ich erzähl euch jetzt mal meine Einschätzung von unserem Rumpelstilzchen …«

12:07 Uhr

Als sie eben bei Benjamin gewesen war, hatte sie seine Temperatur gemessen. Sie lag jetzt bei 39,8 Grad Celsius. Dann hatte sie ihn wieder gereinigt. Erst von außen – dabei hatte er wieder nach Katharina gerufen – dann von innen mit ihren selbst zusammengestellten Mitteln. Als sie ihm dafür die Spritze gesetzt hatte, hatte er etwas gemurmelt, aber sie hatte nicht verstanden, was. Sie meinte, es könnte ihr Name gewesen sein, war sich aber nicht sicher. Möglich war es dennoch. Je länger sie darüber nachdachte, desto weniger zweifelte sie daran, dass Ben ihren Namen gesagt hatte. Sie und die Rothaarige kämpften um ihn, da war dieses Verhalten von ihm in seinem Fieber eigentlich nur logisch. Trotzdem freute sie sich wie ein junges Mädchen, das zum ersten Mal Schmetterlinge im Bauch hat. Der geliebte Mann hatte im Fieberwahn ihren Namen gerufen! Gern hätte sie Ben und vor allem sich selbst diesen Kampf erspart, aber sie wusste, dass das nicht ging. Sie musste erst die Hexe besiegen – vorher würde Benjamin nicht vollkommen zu ihr gehören. Doch dann würde er nur noch ihren Namen rufen, Fieber hin oder her! Sie blickte auf das geschlossene Märchenbuch, das neben ihr auf dem Schreibtisch lag, und lächelte triumphierend. Es war richtig gewesen, dass sie die Hexe mithilfe des Buches herausgefordert hatte. Schon gleich mit der ersten Rätselaufgabe war ein Stück des Hexenzaubers aus Ben entwichen, denn zum ersten Mal, seit sie sich um ihn kümmerte, hatte er ihren Namen ausgesprochen. Und das, obwohl die Rothaarige die Lösung gewusst hatte.

Sie war froh, nicht aus der Vielzahl der allesamt wunderschönen Märchen für ihre Rätsel wählen zu müssen, denn die Entscheidung wäre ihr schwergefallen. Der Zufall hatte ihr die Qual der Wahl erleichtert, als sie gestern durch die weihnachtlich geschmückte Stadt gegangen war: Sie hatte sich einfach für die Märchen der in der ganzen Lüneburger Innenstadt verteilten Märchenbuden entschieden. Es waren insgesamt zwölf Buden, was theoretisch bis zum 24. Dezember, dem von ihr bereits angekündigten Rätselende, genügen würde. Dummerweise stellte aber eine der Buden kein Grimm'sches Märchen aus, sondern Max und Moritz von Wilhelm Busch. Was hatten sich die Initiatoren der Buden dabei wohl gedacht? Sie hatte kurz überlegt, deswegen einen Beschwerdebrief an die Stadt zu schreiben, es dann aber doch gelassen. Scheinbar störte sich ja sonst niemand daran. Oder sie waren einfach alle unwissend. Wobei, wenn sie es recht überlegte, würde ein Max und Moritz-Rätsel die Hexe möglicherweise verwirren. Vielleicht würde sie es doch einsetzen. Aber nicht heute. Heute war ein anderes Rätsel dran. Sie schaute auf die Uhr. Allmählich musste sie sich sputen, damit es noch rechtzeitig ankam. Dass die Hexe auch am 3. Advent in ihrem Büro war, davon ging sie aus, doch sicherheitshalber würde sie es zuvor überprüfen. Wozu hatte sie schließlich ihre Visitenkarte mit der Bürodurchwahl und ein Prepaid-Handy, das sich nicht zurückverfolgen ließ?

16:07 Uhr

Katharina und Vivien traten vor die Tür des Kommissariats. Nachdem Katharina ihre ersten Ergebnisse zu dem Profil von Rumpelstilzchen vorgestellt hatte, hatten sie sich auf eine kurze Pause geeinigt. Während Katharina und Vivien kurz an die frische Luft wollten, hatte Tobias beschlossen, noch einmal zu versuchen, Simone Rehder zu erreichen.

Bisher hatte Rumpelstilzchen noch keine weitere Nachricht an Katharina gerichtet. Das machte die Kommissarin fast verrückt.

»Vivien, ich denke, wir beide sollten gleich mal die Märchenbuden in der Stadt abgehen. Wer weiß, vielleicht steckt dort wieder irgendwo eine Nachricht und sie ist bisher nur noch nicht entdeckt worden.«

Die Kollegin nickte. »Klar, können wir machen. Aber glaubst du wirklich, dass dieses verrückte Rumpelstilzchen die Nachrichten alle auf diesem Weg überbringen wird?«

»Keine Ahnung«, musste Katharina zugeben. »Ich weiß es nicht. Prinzipiell gebe ich dir recht, dass das eher unwahrscheinlich ist. Es muss befürchten, dass wir die Boxen überwachen. Würden wir ja auch, wenn wir genug Leute dafür hätten. Haben wir aber nicht, da hat Mausi, also ich meine Kriminalrat Mausner, sich äußerst klar ausgedrückt.« Katharina verzog unzufrieden das Gesicht. »Dass das personell oder technisch gar nicht machbar ist, wird Rumpelstilzchen aber nicht unbedingt wissen.«

»Du kannst ihn ruhig Mausi nennen. Den Spitznamen hab ich gleich am ersten Tag kennengelernt«, erklärte Vivien grinsend. Dann hingen beide Frauen für einen Moment ihren eigenen Gedanken nach. Plötzlich fragte Vivien: »Sag mal, das mit der Täteranalyse, das finde ich total spannend. Machst du das schon lange?«

»Schon eine Weile. Ich hab in … also an meiner vorherigen Dienststelle damit begonnen, und als ich hier vor dreieinhalb Jahren angefangen habe, hab ich von Mausi die

Erlaubnis bekommen, das weiterzuführen. Es gab hier bis dahin niemanden, der sich darum gekümmert hat, es musste dann immer jemand aus Hannover dazugeholt werden, vom LKA. So ist es natürlich für alle einfacher.«

»Schon cool«, sagte Vivien. Katharina hatte den Eindruck, als wenn sie aus dem Ton ihrer Kollegin ehrliche Bewunderung heraushörte.

»Lass uns kurz hochgehen und Tobi Bescheid sagen, dass wir den Weihnachtsmarkt abgehen, um die Märchenbuden zu prüfen«, schlug Katharina vor und wandte sich dabei bereits zur Tür.

Kurz darauf betraten die beiden Frauen das Gemeinschaftsbüro und trafen direkt auf Tobias, der gerade im Begriff war, seine Jacke anzuziehen.

»Was ist los, Tobi – hast du Simone Rehder erreicht?«, fragte Katharina gespannt.

»Nein, sorry, ich muss los«, sagte Tobias knapp und offensichtlich nervös. »Helmchen – es geht ihr nicht gut. Es tut mir echt leid, aber …«

»Keine Erklärung nötig, Tobi. Hau ab und sieh zu, dass du nach Hause kommst. Aber gib mir bitte kurz Bescheid, wenn du Näheres weißt, okay?«

Dankbar sah Tobi sie an und verschwand ohne ein weiteres Wort aus der Tür. Vivien blickte ihm fragend hinterher und sah dann Katharina an. »Helmchen?«

»Das ist der Spitzname von Tobias' Freundin. Sie ist schwanger.«

»Oh«, sagte Vivien nur, und bevor sie dazu kam, genauer nachzufragen, klingelte das Telefon auf Katharinas Schreibtisch. Die Kommissarin sah auf das Display, doch die Nummer des Anrufers wurde nicht angezeigt.

»Kriminalpolizei Lüneburg, Katharina von Hagemann«,

meldete sie sich. Doch am anderen Ende der Leitung konnte sie niemanden hören. »Hallo? Sie sprechen mit Katharina von Hagemann?« Ein kurzes Knacken in der Leitung verriet ihr, dass der Anrufer aufgelegt hatte. »Na toll, kann man, wenn man sich verwählt hat, nicht einfach kurz sagen: ›Entschuldigung, verwählt‹ oder so, anstatt einfach einzuhängen?« Genervt legte sie den Hörer wieder auf und sah Vivien an.

»Da Tobi weg ist, würde ich vorschlagen, dass wir jetzt vielleicht lieber nicht zu zweit losziehen sollten«, überlegte Katharina. »Mir wäre wohler, wenn eine von uns beiden hier im Kommissariat bleibt. Wer weiß, auf welchem Weg Rumpelstilzchen uns die nächste Nachricht zukommen lässt. Ist das okay für dich?«

»Klar«, antwortete Vivien. »Wer von uns geht und wer bleibt hier?«

»Wie gut kennst du dich in Lüneburg schon aus?«, fragte Katharina nach kurzer Überlegung ganz direkt.

»Na ja, so gut es eben geht nach zwei Wochen«, gab Vivien unumwunden zu.

»Okay, dann gehe ich und du hältst hier die Stellung«, entschied Katharina. »Versuch am besten auch noch mal ab und zu, Simone Rehder zu erreichen.« Während sie sich ihren Schal um den Hals schlang und die Jacke anzog, warf sie einen Blick auf Tobis Schreibtisch. »Hier bei Tobi liegt ein Zettel mit der Telefonnummer. Vielleicht hast du ja mehr Glück. Ich beeile mich.«

Wenige Augenblicke später verließ Katharina das Kommissariat und blieb kurz stehen, um ihre Zigarettenschachtel aus der Jackentasche zu fischen.

»'Tschuldigung?« Ein Junge, vielleicht 15 oder 16 Jahre alt, trat mit frechem Blick auf Katharina zu und tippte ihr von hinten forsch an die Schulter. Erschrocken drehte die Kommissarin sich um und betrachtete ihn missbilligend.

»Ja?«, erwiderte sie und sah ihn fragend an. »Falls du eine Zigarette schnorren willst, vergiss es. Du bist zu jung zum Rauchen.«

Jetzt war es der Junge, der irritiert zuerst die Zigarettenschachtel und dann wieder Katharina ansah. »Wie? Nee, ich will keine Zigarette. Ich soll hier was abgeben. Bei der Polizei.«

»Eine Fundsache oder was?« Katharina war gereizt. Sie wollte los und die Märchenbuden überprüfen, anstatt sich hier mit einem wortkargen Teenager auseinanderzusetzen.

»Nee – das hier!« Der Junge zog einen kleinen Umschlag aus der Gesäßtasche seiner Jeans. »Ich soll das bei einer Katharina von Hagemann abgeben. Die arbeitet wohl hier bei den Bul…, also bei der Polizei.«

Katharina hatte schlagartig verstanden und zog intuitiv eine kleine Plastiktüte aus der Jackentasche. Mit einer Hand in der Tüte ergriff sie den Umschlag und zog die Tüte drumherum, während der Junge sie staunend gewähren ließ. Sie drehte die Tüte in ihrer Hand und las ihren Namen auf dem Umschlag: »Für Oberkommissarin Katharina von Hagemann«.

Katharina wusste, dass sie jetzt vorsichtig sein musste, damit der Junge ihr nicht entwischte. »Woher hast du den Brief?«, fragte sie und versuchte jegliche Dringlichkeit in ihrer Stimme zu vermeiden.

Der Junge konterte jedoch ohne jede Scheu. »Na, Sie sind lustig. Ich wollte von Ihnen nur wissen, wo ich diese Katharina finde, und Sie nehmen mir den Umschlag einfach weg.«

»Ich bin Oberkommissarin Katharina von Hagemann«, erklärte sie und musste sich zunehmend beherrschen, nicht laut zu werden. »Und darum möchte ich von dir wissen, wer dir diesen Umschlag gegeben hat.«

»Der Weihnachtsmann«, erwiderte der Junge keck. »Kein Joke – ich schwöre!«

»Sag mal … – wie heißt du eigentlich?« versuchte Katharina einen neuen Vorstoß. »Können wir vielleicht reingehen? Mir wird's hier draußen echt zu ungemütlich. Ich spendiere dir auch 'nen Kaffee oder lieber heißen Kakao?«

Etwas zu cool antwortete der Junge: »Also einen Glühwein würde ich vielleicht nicht ablehnen …«

»Ich schau mal, ob wir welchen haben. Aber komm einfach erst mal mit nach drinnen, nur unten in den Flur, wo es wärmer ist.«

Tatsächlich machte der Teenager Anstalten, ihr zu folgen, und wenige Sekunden später fand sie sich zusammen mit ihm im unteren Flur des Kommissariats wieder.

»So, und jetzt noch mal zum Weihnachtsmann … – kannst du mir das vielleicht etwas genauer erklären?«

»Klar. Als ich auf dem Weihnachtsmarkt vorm Rathaus war und mir gerade 'ne Wurst kaufen wollte, stand plötzlich der Weihnachtsmann neben mir«, grinste der Junge. »Also, halt jemand in einem Kostüm. Und der hat mich gefragt, ob ich mir ganz schnell 50 Euro verdienen will. Da hab ich natürlich nicht Nein gesagt!«

»Bist du sicher, dass es ein Mann war?«, hakte Katharina nach.

Überrascht blickte der Junge sie an. »Na ja, Weihnachtsmänner sind in der Regel Männer, oder?«, feixte er.

»Aber du hast doch die Stimme gehört«, versuchte Katharina es erneut. »War die eindeutig männlich?«

»Na ja, was heißt eindeutig …« Der Junge schien ernsthaft zu überlegen. »Der hat seine Stimme halt verstellt, wie man das als Weihnachtsmann so macht. ›Hohohooo‹ und so, Sie wissen schon. 'N bisschen klang sie auch wie so eine automatische Stimme, so robotermäßig.« Dann grinste er die Kommissarin unverblümt an: »Ist das Ihr Lover, oder was?«

Katharina ersparte es sich, die Frage zu beantworten. Stattdessen erklärte sie: »Pass mal auf. Das, was du mir da gerade gebracht hast, ist wahrscheinlich ein bedeutendes Beweisstück. Und du bist ein wertvoller Zeuge. Darum wäre es total wichtig, dass du jetzt mit in mein Büro kommst, damit wir deine Aussage zu Protokoll und außerdem deine Fingerabdrücke nehmen können.«

Erschrocken sah der Junge sie an: »Wie – meine Fingerabdrücke? Ich hab mit dem Wisch doch gar nichts zu tun. Ich hab nur den Boten gespielt.«

»Ich weiß«, erwiderte Katharina behutsam. »Aber du hast deine Fingerabdrücke auf dem Umschlag hinterlassen. Und damit wir die sozusagen von den anderen aussortieren können, brauchen wir deine Abdrücke. Verstehst du?«

»Dürfen Sie das überhaupt?«, fragte er forsch, doch die Unsicherheit stand ihm ins Gesicht geschrieben.

Katharinas Blick hing an dem großen Getränkeautomaten, der im Eingangsbereich des Kommissariats an der Wand stand. Nach wie vor befürchtete sie, der Junge könnte einfach türmen. Praktischer wäre es, wenn er es nicht täte, aber wenn doch … Kurzentschlossen kramte sie mit der freien Hand in ihrer Hosentasche und zog eine Zwei-Euro-Münze hervor, die sie in den Schlitz des Automaten gleiten ließ. Sie drückte auf die Cola-Taste, griff nach der Plastik-Flasche, die in den Schacht fiel, und hielt sie dem Jungen hin, während sie seine Frage beantwortete.

»Hör zu«, versuchte Katharina es erneut: »Du hast nichts zu befürchten. Aber du ersparst uns eine Menge Arbeit, und außerdem kannst du uns so bei einer wirklich wichtigen Ermittlung helfen.«

Der Teenager nahm die Flasche und schien zu überlegen. Dann sagte er ruhig: »Okay, dann mach ich das.«

»Super, vielen Dank! Dann komm mal mit.« Katharina setzte sich langsam in Richtung Treppe in Bewegung und hatte den Jungen an ihrer Seite. Als sie vor ihrem Büro ankamen und der Junge auf dem Schild das Wort »Morddezernat« erblickte, war es mit seiner Coolness endgültig vorbei. »Moment mal, wieso Mord? Wollen Sie mir hier irgendwas in die Schuhe schieben?«

Bevor Katharina eine Chance hatte zu antworten, drehte der Junge sich um und rannte den Flur entlang davon. Katharina konnte ihm gerade eben noch die glücklicherweise geschlossene Cola-Flasche entreißen. »Wusst ich's doch«, murmelte sie.

Ihm hinterherzurennen, würde kaum etwas bringen. Spätestens unten auf der Straße würde sie ihn im Getümmel der vorweihnachtlich gut besuchten Innenstadt verlieren. Missmutig sah ihm die Kommissarin hinterher. Wenigstens hatte sie die Flasche. Sie öffnete die Tür und rief Vivien entgegen, die von ihrem Platz aufschaute: »Bringst du mir bitte mal eine Plastiktüte? Obere Schublade an meinem Schreibtisch.«

Die Kollegin fragte nicht nach, sondern stand kommentarlos auf, zog die Tüte hervor und brachte sie Katharina. Dann hielt sie sie auf und Katharina ließ die Plastikflasche hineingleiten. Wenn sie auch nicht erfahren hatte, wie der Junge hieß – seine Fingerabdrücke hatte sie zumindest.

Nachdem Katharina die Tüte mit dem Brief auf ihrem Schreibtisch abgelegt hatte und die mit der Flasche daneben, erklärte sie Vivien in kurzen, knappen Worten, was passiert war. Dann holte sie ein paar Handschuhe aus ihrer Schreibtischschublade und zog die neue Nachricht aus der Plastiktüte. Ungeduldig, aber trotzdem vorsichtig schlitzte sie den verklebten Umschlag auf und beförderte einen Zettel daraus hervor. Sie faltete das Blatt auseinander und blickte wie erwartet auf die nächste Nachricht von Rumpelstilzchen:

Hallo Katharina,

es ist wieder so weit. Kennst du das Märchen vom Wolf und den sieben Geißlein? Eines der Geißlein war sehr schlau und hat sich gut versteckt, sodass der Wolf es nicht finden konnte. Gute Verstecke können lebenswichtig sein …

Auch Ben war immer schon schlau, aber das weißt du ja sicher. Er kennt ebenfalls ein besonderes Versteck – kennst du es auch? Dann verrate es mir, und zwar in einer SMS an die unten vermerkte Nummer.

Es grüßt gespannt,
Rumpelstilzchen

Die beiden Kommissarinnen sahen sich stumm an.

»Hast du irgendeine Idee?«, fragte Vivien. »Was diese Fragen angeht, komme ich mir hier so absolut überflüssig vor. Wie soll ich irgendwas davon beantworten können, wenn ich Ben noch nie gesehen habe?« Innerlich ärgerte sie sich über ihre Worte, noch bevor sie den Satz beendet hatte. Wenn sie selbst das Gefühl hatte, in dieser Sondereinheit nicht gerade hilfreich zu sein, war das für ihr Ego schlimm genug. Jetzt aber auch noch die vorgesetzte Kollegin direkt draufzustoßen, war mehr als dämlich. Zu ihrem Erstaunen reagierte Katharina darauf jedoch sehr gelassen.

»Darüber mach dir mal keine Sorgen. Ehrlich gesagt, am Anfang hab ich das auch kurz gedacht. Inzwischen glaube ich aber, dass es durchaus sinnvoll ist, mit dir eine ganz und gar neutrale Person im Team zu haben. Du hast zu der ganzen Geschichte viel mehr Abstand als Tobi und ich, und dadurch einen anderen Blickwinkel. Möglicherweise siehst du Dinge, die uns beiden nicht auffallen würden.« Katharina lächelte kurz, als sie Viviens erleichterten Blick wahrnahm. »Womöglich hat sich unser Kriminalrat genau das dabei gedacht und ich hab ihn einfach unterschätzt. Keiner erwartet von dir, dass du die Antworten auf Rumpelstilzchens merkwürdige Rätsel kennst. Konzentriere du dich einfach auf … tja, wie soll ich es sagen … auf das große Ganze – okay?«

»Okay«, sagte Vivien und war der erfahrenen Kollegin dankbar.

»Aber um deine Frage zu beantworten«, sagte Katharina einen Augenblick später, »mir fällt dazu tatsächlich etwas ein. Das ist dann entweder ein extrem glücklicher Zufall oder ein Hinweis …«

»Was meinst du?«, fragte Vivien und sah ihre Kollegin gespannt an.

»Als wir Bene bei Bens Haus angetroffen haben, da hat er doch erzählt, dass er die Exfrau von Ben dabei erwischt hat, wie sie im Haus in wichtigen Unterlagen gewühlt hat. Die waren in einer Kiste, die aussieht wie ein dickes Buch.«

»Du meinst so was wie diese kleinen Tresore, die man manchmal sieht? Wo der Innenraum des Buches hohl ist und als Versteck für Schmuck oder Bargeld gedacht ist?«, fragte Vivien.

»Ja, genau. So ein Ding hat Ben in seinem Haus und versteckt darin offenbar für ihn wichtige Papiere.«

Unwillkürlich musste Katharina an den Brief von Maximilian denken, den Ben auch in dieser Buchkassette aufbewahrt hatte. Dann wischte sie die Gedanken jedoch mit einer Handbewegung über ihre Stirn fort. Ob sie Ben je wiedersehen würde? Heute war schon das zweite Rätsel angekommen, doch außer es zu beantworten, hatte Katharina nicht das Gefühl zu ermitteln. Sie wollte nicht nur auf Rumpelstilzchens Briefe reagieren. Sie wollte aktiv werden, Rumpelstilzchen finden und damit hoffentlich auch Ben. Nur wie? Wo sollten sie bloß mit ihrer Suche ansetzen? War es Zufall, dass Simone Rehder gerade gestern noch an Bens Buchkassette zu Gange gewesen war?

»Katharina?«, drang Viviens Stimme zu ihr durch. »Katharina? Was meinst du dazu?«

»Ja, ähm, wie? Entschuldige. Was hast du gesagt?«

»Ich hab dich gefragt, ob du meinst, dass das die Antwort ist oder ob ich Bene anrufen soll«, wiederholte Vivien ihre Frage.

»Ja, ruf ihn sicherheitshalber an und frag ihn«, gab Katharina der jungen Kommissarin recht und wollte Vivien gerade die Telefonnummer nennen, als ihr einfiel, dass das überflüssig war. Genau aus diesem Grunde entfernte sich Katharina von der bereits telefonierenden Vivien und ging in Bens Büro, in der Hoffnung, dort eine Eingebung zu bekommen, wie sie weiter vorgehen sollten. Sie mussten einfach systematischer handeln. Einen Schritt nach dem anderen machen und nicht alle gleichzeitig. Da konnte man nur straucheln. Das bedeutete allerdings, alles zurück auf

Anfang: Sie mussten erst einmal die geheimnisvolle Frau finden, mit der Ben, wenn er es denn überhaupt gewesen war, weggefahren war. Sie rief die Techniker an und veranlasste eine Ortung des Handys mit der Nummer, die Rumpelstilzchen geschrieben hatte. Sie ging davon aus, dass es ein Prepaid-Handy war, aber wenigstens würden sie so vielleicht herausfinden, wo Rumpelstilzchen sich mit dem Handy aufhielt.

»Bene meint auch, dass das diese Buchkassette sein muss.« Vivien betrat den Raum.

»Okay, dann wollen wir mal«, entschied Katharina und zückte ihr Handy. In die aufgerufene SMS schrieb sie das Wort »Buchkassette« und gab die Telefonnummer in das Empfängerfeld ein, die Vivien ihr diktierte. Für einen Moment ließ sie ihren Daumen über der »Senden«-Taste unschlüssig schweben, dann tippte sie sie an und verschickte die Nachricht. Nahezu im selben Augenblick klingelte das Handy in ihrer Hand, und sie ließ es vor Schreck fallen. Vivien machte ebenso entsetzte Augen, hatte sich allerdings schneller wieder im Griff. Sie hob das glücklicherweise unversehrte Handy auf und reichte es Katharina. Ein Blick auf das Display sagte ihr, dass es nicht die Nummer war, an die sie gerade die Nachricht geschickt hatte, sondern die Nummer von Alexander Thiele. Erleichtert nahm sie das Gespräch an.

Alles still! Es tanzt den Reigen
Mondenstrahl in Wald und Flur,
Und darüber thront das Schweigen
Und der Winterhimmel nur.

Alles still! Vergeblich lauschet
Man der Krähe heisrem Schrei.
Keiner Fichte Wipfel rauschet,
Und kein Bächlein summt vorbei.

Alles still! Die Dorfeshütten
Sind wie Gräber anzusehn,
Die, von Schnee bedeckt, inmitten
Eines weiten Friedhofs stehn.

Alles still! Nichts hör ich klopfen
Als mein Herze durch die Nacht –
Heiße Tränen niedertropfen
Auf die kalte Winterpracht.

(Theodor Fontane)

14. KAPITEL:

MONTAG, 15. DEZEMBER 2014

10:23 Uhr

Bene erwachte aus einem traumlosen Schlaf. Er fühlte sich erholt und wusste, noch bevor er auf die Uhr gesehen hatte, dass er seit Tagen endlich mal wieder ausgeschlafen hatte. Von draußen hörte er das unablässige Prasseln des Regens, was ihn einmal genervt ausatmen ließ. Als er ein Kind war, hatte es in der Weihnachtszeit immer geschneit, zumindest hatte er das so in Erinnerung. Damals war die Weihnachtszeit gleichbedeutend gewesen mit Schlittenfahren, Schneeballschlachten, Keksgeruch, dass einem das Wasser im Mund zusammenlief, Wunschlisten schreiben, Tage zählen, Geschenke bekommen und machen und nicht zuletzt mit einer glücklichen Familie. Heute hatte er von alledem nichts. Der Klimawandel hatte den Herbst in den Dezember verlegt, die Tage rannten nur so dahin, die Wünsche, die er hatte, gab es nicht zu kaufen und die glückliche Familie hatte er selbst verpatzt. Aber Kekse – auch wenn sie nicht von seiner Mutter gebacken waren – würde er sich nachher kaufen. Und eine Tüte Schmalzgebäck vom Weihnachtsmarkt. Wenigstens diese weihnachtliche Institution war von Bestand. Vielleicht würde er Katharina ein Lebkuchenherz mit einem lustigen Spruch holen. Bene konnte sich förmlich vorstellen, wie kitschig sie das finden würde, schon allein aus Prinzip, und gerade das würde ihm einen Heidenspaß bereiten. Katharina! Als er jetzt an sie dachte kam auf einen Schlag die Erinnerung an den gestrigen Abend zurück. Er schnellte im Bett hoch und blickte neben sich. Erleichtert stieß er die angehaltene Luft aus: Da lag niemand mehr. Zufrieden stand er auf und ging in die Küche, um sich einen Kaffee zu machen. Der Zettel, von dem er gehofft hatte, er würde nicht da sein, lag mitten auf dem kleinen, runden Caféhaustischchen.

Guten Morgen!

Ich wollte dich nicht wecken. Vielen Dank für gestern Nacht. Wiederholung erwünscht. ☺

Meld dich, V.

Bene musste sich erst einmal setzen. Da hatte er ja was Schönes angerichtet. Anstatt seinen Worten Taten folgen zu lassen und sie nicht mehr zu treffen, schleppte er Vivien sogar zu sich nach Hause und ließ sie bei sich übernachten. Und das, obwohl er wusste, dass sie auf ihn stand und sich jetzt erst recht Hoffnung machen würde. Was nicht zuletzt das kleine Briefchen hier auf seinem Küchentisch bewies. Und obendrein nachdem er inzwischen wusste, dass Vivien und Katharina Kolleginnen waren. Wie dämlich bist du eigentlich?, fragte sich Bene und betete innerlich, dass Vivien Katharina von der gemeinsamen Nacht nichts erzählen würde. Er konnte sie nicht einschätzen. Mal war Vivien schnippisch und überheblich und dann wieder klettig und liebesbedürftig, so wie gestern Abend an seiner Theke. Sie hatte dagesessen, ihn mit den Augen auf Schritt und Tritt verfolgt und sich über jedes nette Wort von ihm wie ein Kind gefreut. Nach seiner Schicht hatte sie ihn ungebeten zu Fuß bis vor seine Haustür in der Grapengießerstraße begleitet und dort überredet, noch auf einen Absacker mit reinkommen zu dürfen.

Eigentlich hatte er es nicht gewollt, doch er war nicht standhaft geblieben. Wenn er ehrlich war, hatte er gehofft, auf diese Weise etwas mehr über die Ermittlungen zu seinem Bruder zu erfahren, da er das Gefühl hatte, Katharina würde ihm etwas verschweigen. Zu seinem Bedauern hatte Vivien ihm dazu jedoch keine Neuigkeiten enthüllt. Auch nicht nach einer Flasche Wein, die sie mehr oder minder ganz allein getrunken hatte, während sie Musik hörten: Vivien hatte sich – nachdem sie seine Wohnung betreten hatte und für eine Weile im Bad verschwunden war – auf sein Sofa gefläzt und ihn gebeten, seine Lieblingsmusik anzumachen, damit sie ihn besser kennenlernen konnte. Er hatte als Letztes John Coltrane gehört und machte einfach den CD-Player an, was Vivien aus der Fassung zu bringen schien, denn sie fragte einige Male, ob er denn keine Musik über sein Smartphone höre. Sie selbst hätte gar keinen CD-Player, erklärte die um mindestens 15 Jahre jüngere Frau, und es war ihm vorgekommen, als würde sie sein in ihren Augen fast schon altertümliches Verhalten etwas belächeln. Er konterte daraufhin, sie könne froh sein, dass er den Plattenspieler aus seinem Jugendzimmer nicht anschmeißen würde. Während Bene dann vergeblich versucht hatte, ihr etwas über die laufenden Ermittlungen zu entlocken, hatte Vivien die Flasche Wein geleert und war schließlich eingeschlafen. Er hatte noch überlegt, ob er sie wecken und ihr ein Taxi rufen sollte, das sie nach

Hause bringen würde, es dann aber aus Bequemlichkeit bleiben lassen, worüber er sich jetzt maßlos ärgerte. Nachdem er, in der Hoffnung, sie würde vielleicht wieder aufwachen, noch ein wenig Musik gehört hatte, war er in sein Schlafzimmer gegangen, hatte sich ins Bett gelegt und war bald darauf ebenso eingeschlafen. Irgendwann hatte er im Halbschlaf bemerkt, dass jemand unter seine Bettdecke schlüpfte und sich behutsam an ihn kuschelte, aber nichts dagegen unternommen. Er war einfach zu müde gewesen. Außerdem war er tief in seinem Innersten sauer auf Katharina. Er hatte sie in den vergangenen Jahren schon öfter in nervenaufreibenden Ermittlungen erlebt, und verständlicherweise belastete das Verschwinden von Ben sie ganz besonders. Aber trotzdem. Irgendwie hatte sich der Gedanke in ihm festgesetzt, dass Katharina mehr für seinen Bruder empfand als nur kollegiale Freundschaft. Simone hatte mit dem Brief und ihrem Spruch noch Salz in die Wunde gestreut. Und dann der gemeinsame Abend in Bens Haus vor dem Kamin … Vivien hatte sich gestern ebenfalls darüber gewundert, und sie hatte ihn gefragt, wieso dieses verfluchte Rumpelstilzchen meinte, Ben sei Katharinas Prinz. Das war das Einzige, was sie zu Bens Verschwinden gesagt hatte. Für Bene war diese Information neu und sie hatte seine Vermutung noch bestärkt. Trotzdem wollte er nicht, dass Katharina von seinem gestrigen Übernachtungsgast erfuhr. Sie könnte es absolut falsch verstehen und dann völlig dichtmachen. Und das wollte Bene auf jeden Fall vermeiden.

11:17 Uhr

Unkonzentriert schob Katharina ihre Unterlagen hin und her. Ihr Handy, das auf dem Schreibtisch lag, hatte sie dabei ständig im Blick. Nachdem sie gestern die Antwort auf das Rätsel von Rumpelstilzchen per Handy hatte schicken müssen, ließ sie es nicht mehr aus den Augen, denn spätestens durch ihre Antwort hatte der Entführer von Ben ihre Nummer und würde sie vielleicht darüber kontaktieren. Gleich nachdem sie heute Morgen im Kommissariat angekommen war, hatte sie die KTU aufgesucht und die Handy-Nummer checken lassen, an die sie die Antwort geschickt hatte. Wie befürchtet handelte es sich aber um ein Prepaid-Handy, sodass sie darüber keinerlei Rückschlüsse ziehen konnte, außer, in welchem Mast das Prepaid-Telefon eingeloggt gewesen war. Doch das half ihnen auch nicht weiter, da sie schlecht die umliegenden Häuser nach Ben durchsuchen konnten. So klug, wie Rumpelstilzchen sich bisher verhalten hatte, hatte die Kommissarin auch hier nicht mit einem Fehler gerechnet, doch es war zumindest für eine Weile ein dünner Strohhalm gewesen.

Vivien war heute Morgen mit auffallend guter Laune im Büro erschienen. Nicht, dass sie etwas erzählt oder gelacht hätte, doch sie strahlte etwas Positives aus und wirkte auffallend entspannt. Gleichzeitig war sie Katharina gegenüber eher kurz angebunden gewesen und hatte sich direkt an ihren Arbeitsplatz gesetzt, den sie vorübergehend im Büro für sie eingerichtet hatten. Um ihr etwas zu tun zu geben, hatte Katharina Vivien gebeten, den Kriminalrat aufzusuchen, um ihm zu berichten, was am Wochenende vorgefallen war. Katharina konnte auf dieses Gespräch gut und gern verzichten, denn aufgrund der mangelnden Ergebnisse würde Mausner sicher nicht gerade positiv reagieren. Und Vivien musste auch solche Situationen lernen, daher hatte sie der jungen Kollegin gegenüber nicht mal ein schlechtes Gewissen. Tobi war bisher nicht erschienen. Katharina hatte noch gestern Abend eine kurze Nachricht von ihm erhalten, dass es Helmchen etwas besser ging, er aber am Montagmorgen mit ihr sicherheitshalber zum Arzt fahren und darum später kommen würde. Da sie ohnehin noch immer keinen konkreten Ansatz hatten, wie sie aktiv werden konnten, hatte Katharina das so hingenommen. Sie wusste, dass Tobi – wenn sie ihn aufgrund neuer Erkenntnisse im Büro bräuchte – sofort kommen würde. Seine Nachricht hatte sie erreicht, während sie sich mit Alexander Thiele getroffen hatte. Er hatte sie angerufen, um zu erfahren, was es Neues gab, und sie hatte einem erneuten Treffen gern zugestimmt. Auf dem Weg zu dem Treffen hatte sie bei Julie an der Tür geklingelt, um auch sie über den Stand der Dinge zu informieren, doch sie hatte dort niemanden angetroffen. Wenn sie heute nach Hause kam, würde sie es erneut versuchen. Auch wenn sie Alex nicht allzu viel und schon gar nichts Erfreuliches hatte mitteilen können, es war auch für sie eine angenehme Ablenkung gewesen. Sie hatten auch noch einmal über das Dating-Portal gesprochen, obwohl Alexander ihr schon vor ein paar Tagen am Telefon gesagt hatte, dass er darüber nichts wusste. Dennoch hatte er es gestern wieder auf den Tisch gebracht, da er nicht gedacht hatte, dass Ben überhaupt nach einer Partnerin suchte. »Gerade in letzter Zeit erschien er mir weder einsam noch unzufrieden mit seinem Leben zu sein«, hatte Alex zu Katharina gesagt, die das nur bestätigen konnte.

Missmutig warf Katharina erneut einen Blick auf ihr Handy, doch der Bildschirm blieb schwarz. Da Vivien von dem Gespräch mit Mausner noch nicht zurück war, beschloss sie, ihr Vorhaben umzusetzen, noch einmal ganz vorn anzufangen. Dazu fischte sie aus den diversen Zetteln auf ihrem Schreibtisch das begonnene Profil hervor. Bisher waren es nur Stichworte, die sie zu Papier gebracht hatte. Beim Vortragen ihres Ansatzes vor Vivien und Tobi hatte sie die einzelnen Punkte konkreter ausgeführt, doch jetzt – schwarz auf weiß – erschreckte es Katharina, wie mager die Ausbeute an Erkenntnissen bisher war:

Täter: Rumpelstilzchen (nennt sich selbst so)
Nennt ihn vertraulich Ben und nicht Benjamin, was darauf hindeutet, dass sie sich kennen
Scheint Ben in irgendeiner Form zu mögen, auch wenn es angesichts der Tat unlogisch erscheint
Hat ein Problem mit mir, ohne es zu konkretisieren
Hat offensichtlich einen speziellen Bezug zu Märchen
Frau oder Mann?

Ein paar weitere Dinge standen noch auf dem Papier und ganz unten eine Notiz, die auf den ersten Blick nichts mit dem Profil zu tun hatte: die noch offene Frage, mit welchen Gefängniskollegen Heinzen über seine Rachegelüste gegen Benjamin Rehder gesprochen haben könnte und wer davon ebenfalls wieder auf freiem Fuß war. Doch bevor sie die sowieso kurze Liste zu Ende gelesen hatte, geschah plötzlich das, worauf Katharina die ganze Zeit gewartet hatte: Ihr Handy gab den Klingelton für eine eingehende Nachricht von sich. Sofort griff die Kommissarin danach und sah auf das erleuchtete Display. *Nachricht von Rumpel-*

stilzchen, stand da. Nachdem sie ihre Antwort verschickt hatte, hatte sie die Mobilfunknummer in ihrem Handy entsprechend abgespeichert. Mit zitternden Fingern öffnete sie die Textnachricht und las:

Katharina, Katharina … ist dir Ben denn wirklich so wenig wert? Deine gestrige Antwort war falsch. Darunter wird Ben nun leiden müssen … Ich habe mir schon eine recht hübsche Strafe für ihn ausgedacht und bin dabei prompt auf das Märchen für dein heutiges Rätsel gestoßen. Meine Frage für dich:

Komm, Rotkäppchen, da hast du ein Stück Kuchen und eine Flasche Wein, bring das deinem Prinzen hinaus; er ist krank und schwach und wird sich daran laben. Mach dich auf, bevor es heiß wird, und wenn du hinauskommst, so geh hübsch sittsam und lauf nicht vom Wege ab, sonst fällst du und zerbrichst das Glas, und der Prinz hat nichts.

Was für ein lustiger Zufall eigentlich, dass du selbst ein Rotkäppchen bist, findest du nicht? Da konnte ich gar nicht anders, als die langweilige Großmutter durch unseren Prinzen zu ersetzen.

Nun sag mir, Rotkäppchen Katharina: Mit welchem Wein würde unser Prinz einen besonderen Anlass begießen? Wirst du die richtige Flasche ins Körbchen legen? Der Ort für deine heutige Antwort ist die Märchenbude von … genau: Rotkäppchen natürlich! Lege dort eine Flasche von Benjamins Lieblingswein in Rotkäppchens Korb und sorge so dafür, dass er sich von seiner heutigen Bestrafung erholen kann und nicht gleich noch eine erleben darf. Es liegt allein in deiner Hand …

Es grüßt dich
Das Rumpelstilzchen

Schockiert überflog Katharina die Nachricht gerade ein zweites Mal, als Tobi das Büro betrat und seiner Kollegin sofort ansah, dass etwas nicht stimmte.

»Was ist los, Katharina?«, fragte er besorgt und trat, ohne die Tür hinter sich zu schließen oder die übliche Begrüßungsfloskel, an ihren Schreibtisch.

»Eine neue Nachricht von Rumpelstilzchen«, presste Katharina hervor. Zu mehr war sie nicht in der Lage. Stumm hielt sie ihrem Kollegen das Handy entgegen. Während Tobi die Nachricht las, jagten Katharina die unterschiedlichsten Gedanken durch den Kopf. Warum war ihre Antwort falsch gewesen? Was würde Rumpelstilzchen Ben antun? Würde sie die neue Frage richtig beantworten können?

Tobias legte das Handy zurück auf Katharinas Schreibtisch und sah sie mit sorgenvoller Miene an.

»Katharina, du weißt, dass du dir nicht die Schuld geben darfst, oder?« Er legte ihr sanft eine Hand auf die Schulter. »Auch wenn ich die Frage von gestern nicht kenne – ich weiß, du wirst nach bestem Wissen und Gewissen geantwortet haben. Mach dich nicht kaputt, das ist genau das, was dieser oder diese Irre will, glaub es mir. Und du brauchst deine Kraft und deine Konzentration um Ben zu finden.«

Katharina standen die Tränen in den Augen. Sie wusste, dass ihr Kollege recht hatte, doch das nahm ihr nicht das schwer lastende Schuldgefühl und das irrwitzige Kopfkino darüber, was möglicherweise in diesen Minuten mit Ben geschah. Sie schüttelte Tobis Hand von ihrer Schulter, stand energisch auf und trat ans Fenster. Es stimmte, sie durfte jetzt nicht schwach werden und schon gar nicht aufgeben, aber wer sagte ihr eigentlich, dass Ben überhaupt noch lebte? Vielleicht war er längst tot und Rumpelstilzchen trieb einfach nur ein abartiges Spiel mit ihr. Reiß dich zusammen, ermahnte Katharina sich. So darfst du auf keinen Fall denken. Benjamin Rehder lebt, und du wirst ihn da rausholen. Wo auch immer er gerade ist. Lebend! Sie straffte die Schultern, öffnete das Fenster, durch das sofort eine Brise Sprühregen vom Wind hineingetragen wurde, und steckte sich eine Zigarette an. Tobi sagte nichts dazu, sie hörte nur, wie er zur Bürotür ging und sie ins Schloss zog. Als sie sich wieder einigermaßen gefangen hatte, drückte sie die Zigarette an der Außenwand aus, steckte die Kippe in ihre Zigarettenschachtel, schloss das Fenster und drehte sich zu ihrem Kollegen um.

»Wie geht es Helmchen?«, fragte sie, bemüht um ein neutrales Gesicht.

»Alles so weit in Ordnung«, antwortete Tobias. »Sie muss sich schonen, dann wird alles gut. Ich stehe ab sofort wieder voll und ganz zur Verfügung.« Etwas beschämt sah er Katharina an. »Sorry, dass ich dich hängen lassen hab, das kommt nicht wieder vor!«

Nun war es Katharina, die ihrem Kollegen die Hand auf den Arm legte und ihn beruhigte: »Hey, du hast mich nicht hängen lassen. Du hättest uns gestern oder heute Morgen auch nicht groß helfen können. Wir haben ja nach wie vor gar keinen konkreten Ansatz, sondern nur diese furchtbaren Rätsel. Und euer Baby war da in jedem Fall wichtiger! Hörst du?«

Die beiden verloren darüber kein weiteres Wort, und Katharina spürte nicht zum ersten Mal, wie dankbar sie war, ein so tolles Team um sich zu haben. Tobi war ihr genauso wie Ben über die wenigen Jahre, seit sie in Lüneburg war, absolut ans Herz gewachsen. Gerade weil er sich jetzt Vorwürfe zu machen schien, wusste sie, wie verlässlich er war und dass sie ihm blind vertrauen konnte. So etwas war nicht immer selbstverständlich.

»Was machen wir jetzt?«, fragte Tobias, um das eintretende Schweigen zu unterbrechen.

Katharina überlegte kurz. Dann sagte sie: »Ich glaub, ich hab eine Idee, was die neue Frage angeht. Aber dazu muss ich schnell nach Hause. Das erkläre ich dir später. Bleib du hier. Vivien ist bei Mausner, müsste aber jeden Moment zurück sein. Sie soll dir erklären, was gestern noch vorgefallen ist. Versuch du bitte weiterhin, Simone Rehder zu erreichen und sie hierherzuschaffen. Vorher setz dich aber bitte mit der Stadt in Verbindung und finde heraus, wer uns Zutritt zu der Märchenbude verschaffen kann. Jemand muss verfügbar sein, um uns die Bude aufzuschließen, sobald wir die richtige Flasche haben. Sag ihnen nur, dass es sein muss, zur Not wird es polizeilich angeordnet, aber gib keine näheren Informationen raus. Und wenn Vivien wieder da ist, soll sie sich die Märchen greifen, aus denen die bisherigen Rätsel stammen. Vor allem Rotkäppchen. Möglicherweise steckt darin ein Hinweis auf den Ort, an dem Ben versteckt ist. Oder darauf, was Rumpelstilzchen mit ihm vorhat. Sie soll da einfach mal ganz frei rangehen, und wenn du dann Zeit hast, unterstütze sie. Alles Weitere dann, wenn ich wieder hier bin. Okay?«

»Okay – du bist der Boss«, erwiderte Tobi ohne die geringste Spur von Ironie, sondern – sofern das in der jetzigen Situation möglich war – in der vollen Absicht, Katharina ein positives Gefühl zu geben.

11:43 Uhr

Beim bloßen Gedanken daran zerriss es ihr fast das Herz, aber es nützte nichts. Wat mut, dat mut, dachte sie, obwohl sie sonst kein Plattdeutsch sprach. Ihre Eltern hatten es noch gekonnt, und besonders ihr Vater hatte es geliebt, sich auf Platt zu unterhalten. Ihren Vater hatte Ben seinerzeit noch kennengelernt. Ihre Mutter war jedoch von ihnen gegangen, als sie noch ein junges Mädchen gewesen war. Sie merkte, wie sie sich gedanklich von dem, was sie gleich tun musste, abzulenken versuchte. Ein kleiner Seufzer entfloh ihrer Brust. Sie öffnete die Schranktür, knipste die dahinter bereitliegende Taschenlampe an, schob an der Stange Jacken und Mäntel beiseite und auf dem Schrankboden die zwei Kartons, dann trat sie selbst in den Schrank und zog die Tür hinter sich zu. Die Rückwand des Schrankes hatte sie zum Teil – gerade so weit, dass er nicht instabil geworden war – bereits vor längerer Zeit entfernt, als ihr klar geworden war, dass sie ihrem Glück ein wenig auf die Sprünge helfen musste. Entstanden war ein mannshohes Loch, durch das sie knapp durchpasste. Bevor sie durch das Loch griff, legte sie die lichtspendende Taschenlampe und die mitgebrachten Utensilien auf den Boden, zog sich unter ein wenig Anstrengung komplett aus und ihren Kaftan über. Sie steckte den Schlüssel, den sie aus einer der Kaftantaschen fischte, ins Schloss, und während sie ihn zweimal umdrehte, dachte sie daran, wie zeitraubend dieses ganze Prozedere war. Aber es musste sein. Ben musste eben erst wieder lernen, zu wem er gehörte. Junge Katzen behielt man auch zu Beginn eingesperrt im Haus bei sich, damit sie sich gewöhnten. Und wenn man sie dann endlich raus ließ, dann verliefen sie sich nicht und kamen wieder zu einem zurück. Sie wusste selber, dass dieser Vergleich einen kleinen Haken hatte, da sie Ben natürlich nicht an sein Haus binden wollte, sondern an sich, aber manchmal durfte man einfach die Dinge nicht zu eng sehen. Sie drückte die schwere Stahltür auf und trat ein in Bens vorübergehendes Reich, um ihn seiner Strafe zu unterziehen.

12:03 Uhr

Katharina war direkt losgelaufen, nachdem sie das Kommissariat verlassen hatte. Erst jetzt, einige Hundert Meter weiter, verlangsamte sie ihr Tempo und verfiel in einen schnellen Schritt. Der Druck und der Schlafmangel der vergangenen Tage zeigten ihre Wirkung, denn normalerweise war sie deutlich fitter. Auf ein paar Minuten kam es in diesem Moment nicht an, doch sie wollte so schnell wie möglich nach Hause. Als sie das neue Rätsel von Rumpelstilzchen gelesen hatte, war Katharina sofort der Rotwein eingefallen, den sie wenige Tage zuvor getrunken und den Ben ihr geschenkt hatte. Er hatte damals ausdrücklich darauf hingewiesen, dass dies ein besonders edler Tropfen für besondere Anlässe sei. Wer auch immer sich hinter Rumpelstilzchen verbarg, konnte von diesem Geschenk nichts wissen. Ben und sie waren allein gewesen, als sie die Flasche bekommen hatte. Anders als an dem Abend, den Katharina bei Ben verbracht hatte. Hier war Katharina inzwischen sicher, dass sie beobachtet worden waren, und zwar von niemand anderem als Rumpelstilzchen. Die Rätselnachrichten waren einfach viel zu persönlich und es schien, als würde Rumpelstilzchen spielen – nicht mit der Polizei, sondern mit ihr. Und Ben war der Einsatz in diesem perfiden Spiel …

Katharina steckte sich im Gehen eine Zigarette an. Sie spürte beim ersten Zug, dass es ihrer vom Laufen angestrengten Lunge alles andere als gut tat, doch sie brauchte das im Moment mehr denn je, um ihre Nerven im Griff zu behalten. Fieberhaft überlegte sie, während sie sich ihrer Wohnung in der Münzstraße näherte, wo die leere Weinflasche abgeblieben war. Hatte sie sie in die kleine Kammer gestellt, wo sie Papiermüll und Altglas sammelte, oder hatte sie sie bereits entsorgt? Sie wusste es einfach nicht, sosehr sie sich auch zu erinnern versuchte. Am Haus angekommen, steckte sie hastig den Schlüssel ins Schloss der schweren Tür und eilte direkt zu ihrer Wohnung. Als sie erneut ihr Schlüsselbund griff, um die Wohnungstür zu öffnen, fiel es ihr vor lauter Eile und Nervosität klirrend vor die Füße. Leise fluchend bückte Katharina sich und hörte dabei, wie die Nachbartür geöffnet wurde.

»Katharina?«, hörte sie Julie irritiert fragen. »Was machst du um diese Zeit hier? Ist irgendwas passiert – etwas mit Ben?«

Die Kommissarin drehte sich um und versuchte erst gar nicht, ein Lächeln vorzutäuschen.

»Oh, Julie, tut mir leid – ich muss ganz schnell in die Wohnung und etwas suchen. Wenn ich es gefunden habe, komme ich gleich noch kurz bei dir vorbei – okay?«

»Okay«, gab Julie zurück, blieb jedoch in ihrer offenen Wohnungstür stehen, während Katharina erneut den richtigen Schlüssel am Bund suchte und diesmal erfolgreich ins

Schloss steckte. Die Kommissarin drückte die Tür auf und wandte sich dabei noch einmal zu ihrer Freundin um. »Du kannst natürlich auch mit reinkommen, dann erzähle ich es dir, während ich suche.«

Als hätte Julie darauf gewartet, griff sie den Schlüssel ihrer Wohnung, zog die Tür hinter sich zu und folgte Katharina in ihren Wohnungsflur.

»Was genau suchst du denn?«, fragte sie, während Katharina bereits gezielt zu der kleinen Abstellkammer eilte.

»Die hier!«, rief Katharina und trat kurz darauf sichtlich erleichtert mit einer leeren Weinflasche in der erhobenen Hand wieder zu Julie.

»Das verstehe ich jetzt zwar nicht, aber es scheint dich ja irgendwie glücklich zu machen«, sagte Julie. »Bekomme ich auch eine Erklärung dazu?«

Katharina atmete tief durch. »Ehrlich gesagt … ich hab dafür jetzt doch nicht die Zeit. Bist du heute Abend da? Dann bekommst du eine ausführliche Erklärung, versprochen. Außerdem mag ich heute nicht unbedingt alleine sein … Aber bis dahin … ach, mach dir einfach erst mal keine Sorgen, ja?«

Julie sah ihre Freundin besorgt an. »Ja klar, ich versuch's. Leonie ist heute mal wieder bei Laura und schläft dort. Es passt also prima. Komm einfach vorbei, ich werde da sein.«

»Danke«, sagte Katharina und hielt Julie die Flasche entgegen. »Für den Moment hab ich nur eine Frage: Kannst du mir sagen, ob das hier für Ben ein besonderer Wein ist?«

»Puh«, stöhnte Julie. »Da kenne ich mich nicht aus. Ich weiß wohl, dass Ben gern Rotwein trinkt, aber welchen im Besonderen … Keine Ahnung. Da solltest du vielleicht lieber Bene fragen, oder Alex.«

»Okay, trotzdem danke, Julie!«, sagte Katharina und zog bereits ihr Handy aus der Jackentasche. »Dann sehen wir uns heute Abend!« Doch dann fiel ihr noch etwas ein und sie fragte: »Sag mal, wenn dich jemand nach Bens Versteck fragen würde, wüsstest du das?«

»Na, du stellst Fragen! Aber ich weiß ja, laufende Ermittlungen und so, ich soll einfach nur antworten. In diesem Fall kann ich das sogar, denn er hat es Leonie mal gezeigt, und die kleine Plaudertasche hat es mir verraten«, schmunzelte Julie.

»Er hat es Leonie gezeigt?«, hakte Katharina verwundert nach.

»Ja klar, sie ist seine Patentochter. Du hättest Bene mal erleben sollen, als er rausbekommen hat, dass sein Bruder das Versteck verraten hat. ›Wenn, dann hätte ich das meiner Tochter zeigen müssen‹ hat er damals ziemlich beleidigt von sich gegeben, dann sind sie aber alle drei zusammen noch mal hin und kamen erst am Abend wieder zurück. Heute gehört das Versteck Leonie und Laura.«

»Ich versteh nur Bahnhof«, gab Katharina zu.

»Na, du hast mich doch eben nach Bens Versteck gefragt. Nach dieser kleinen Hütte unter einem Busch an der Ilmenau, gleich in der Nähe von ›Schröder's Garten‹, oder? Das Plätzchen haben die Zwillinge als kleine Jungen entdeckt und dann dort alle möglichen Dummheiten veranstaltet oder zumindest zum ersten Mal gemacht. Du kannst mir glauben, da war das heimliche Rauchen noch das Harmloseste. Ich hätte gedacht, dass Bene dir längst davon erzählt hat«, wunderte sich Julie.

»Nein, hat er nicht, das ist jetzt aber auch nicht so wichtig. Ich danke dir, bis heute Abend, ich freu mich«, erwiderte Katharina. Während es in ihrem Kopf ratterte, schob sie ihre Freundin mit sanftem Druck aus der Wohnung, schloss die Tür ab, winkte ihr noch einmal zu und ging langsam das Treppenhaus nach unten. Vermutlich wäre also Bens und Benes Versteck aus Kindertagen des Rätsels Lösung gewesen. Wahrscheinlich wäre Bene sogar darauf gekommen, hätten sie ihn nicht direkt nach der Buchkassette gefragt und ihm somit die Antwort in den Mund gelegt. Verdammt aber auch. Sie hatte einen Fehler gemacht. Einen Fehler, für den Ben nun noch mehr leiden musste. Erneut überwältigten Katharina die Schuldgefühle. Gerade sie als Kommissarin wusste doch genau, wie wichtig die richtige Fragestellung war, um jegliche Beeinflussung außen vor zu lassen!

Zurück auf der Straße, die leere Weinflasche in der einen und das Handy in der anderen Hand, überlegte die Kommissarin einen Moment. Sollte sie jetzt gleich bei Bene und Alex nachfragen – und diesmal richtig – oder sollte sie es vom Kommissariat aus machen? Sie entschied sich für Letzteres. Wenn es ihr um die korrekte Fragestellung ging, konnte sie es nur von dort, denn die Nachricht hatte sie auf dem Kommissariat liegen. Möglicherweise wusste ja auch der Kriminalrat etwas dazu zu sagen. Sie hielt das zwar für eher unwahrscheinlich, doch sie würde keine Chance unversucht lassen, um nicht erneut eine falsche Antwort zu geben und eine weitere Bestrafung von Ben zu verschulden. Was Rumpelstilzchen wohl mit Ben gemacht hatte? Sie mochte gar nicht daran denken. Sie schob das Handy in die Gesäßtasche ihrer Jeans und machte sich im Dauerlauf auf den Rückweg zum Kommissariat.

Dort angekommen, traf sie sowohl Vivien als auch Tobi im Büro an, die ihr beide gespannt entgegenblickten.

»Und?«, fragte Tobi und zeigte auf die leere Flasche in Katharinas Hand.

Kurz erklärte Katharina den beiden, um was für eine Flasche es sich handelte. »Ich werde jetzt Alexander Thiele anrufen und fragen, ob er mir dazu etwas sagen kann. Vivien, kannst du das gleiche bei Bene machen, bitte?« Sie sah auf ihre Armbanduhr. »Seine Schicht im Hotel hat noch nicht angefangen, ich denke du wirst ihn per Handy gut erreichen.« Sie registrierte Viviens etwas verunsicherten Blick, ging aber nicht weiter darauf ein. »Und Tobi, kannst du vielleicht gucken, ob du Mausner erreichst? Am besten persönlich. Keine Ahnung, ob das was bringt, aber vielleicht hat er sich mit Ben ja mal über Wein unterhalten, weil … ach egal, warum auch immer. Frag ihn bitte einfach.«

Vivien und Katharina griffen beide zu ihren Telefonen, während Tobi aufstand, um den Kriminalrat in seinem Büro aufzusuchen. Zuvor machte er mit seinem Handy ein Foto von der Weinflasche und dem Etikett. »Merken kann ich mir diese Namen nicht, sorry«, sagte er entschuldigend, doch Katharina hatte Alexander Thiele offenbar bereits erreicht und war in ihr Gespräch vertieft.

Eine halbe Stunde später saßen die drei Kommissare erneut im Büro zusammen. Sowohl Alexander als auch Bene hatten den Wein als einen von Bens Lieblingsweinen wiedererkannt, da Ben auch mit ihnen in bestimmten Situationen davon getrunken hatte oder sie selbst mal eine Flasche davon geschenkt bekommen hatten. Alexander hatte zugegeben, dass er den Namen von allein nicht erinnert hätte, doch er hatte das Etikett eindeutig erkannt, als Katharina ihm per Handy ein Foto davon geschickt hatte. Bene war als Barchef sowieso gut bewandert, was solche Dinge anging. Der Kriminalrat hatte sich dazu nicht geäußert. Tobi war sich ziemlich sicher, dass er sich vor allem vor der Verantwortung drückte, hierzu eine verbindliche Aussage zu machen, die am Ende möglicherweise fatale Folgen haben konnte.

»Und nun?«, fragte Vivien, nachdem die drei beschlossen hatten, dass sie Katharinas Bauchgefühl und der Bestätigung durch Alexander und Bene vertrauen würden.

»Nun müssen wir versuchen, irgendwo in direkter Umgebung eine Flasche von diesem Wein zu bekommen. Mit meiner leeren Flasche wird Rumpelstilzchen sich kaum zufriedengeben. Zumindest möchte ich das Risiko nicht eingehen.« In Katharina stieg Besorgnis auf. Was, wenn sie doch falschlag? Und was, wenn sie diesen Wein nirgendwo bekommen würden? Sie wandte sich an die junge Kollegin. »Vivien, ruf bitte alle Weinhandlungen in Lüneburg an und frag nach, ob sie eine Flasche vorrätig haben. Fang mit dem kleinen Weinladen in der Altstadt an, dort kauft Ben oft, das weiß ich. Aber bitte: Keinen Hinweis auf Ben, auch dann nicht, falls sein Weinhändler nach ihm fragt, okay? Am besten gibst du dich als Privatperson aus, dann vermeiden wir komische Rückfragen.«

Während Vivien sich am Bildschirm die Adressen und Telefonnummern aller Weinhandlungen in Lüneburg anzeigen ließ und zum Telefon griff, fragte Katharina Tobias, was es zu Simone Rehder Neues gab.

»Nichts, so leid es mir tut«, gab Tobi resigniert zu. »Telefonisch hab ich sie schon wieder kein einziges Mal erreicht, obwohl der Laden heute geöffnet sein müsste. Falls du mich hier nachher nicht brauchst, würde ich am liebsten direkt nach Hitzacker fahren, um zu sehen, ob sie im Laden ist und ich sie persönlich antreffe. Irgendwo muss sie ja stecken.«

»Ja, so machen wir das«, bestätigte Katharina. »Ich will die Frau hierhaben. Ich kann mir nicht helfen – ich hab einfach ein komisches Gefühl bei der. Auch oder gerade weil sie Bens Exfrau ist. Und einige Indizien würden auf sie passen. Die Tatsache, dass sie im Haus war, dass sie in ihrer Mail nicht gerade gut auf Ben zu sprechen war oder auch dass sie die Dinge, nach denen Rumpelstilzchen mich fragt, wissen muss.«

»Komisch ist sie auf jeden Fall und die Tatsache, dass sie spurlos verschwunden ist, sowieso«, stimmte Tobi zu und erschrak plötzlich. »Oder meinst du, sie ist wie Ben entführt worden? Das wäre zumindest eine Erklärung …«

»Ich hab eine!«, schrie Vivien mitten in die Unterhaltung der beiden und sprang von ihrem Stuhl auf. »Ein kleiner Laden, etwas außerhalb, hat noch drei Flaschen davon vorrätig. Soll ich direkt losfahren und eine holen?«, fragte sie an Katharina gewandt.

»Ja, bitte«, antwortete Katharina. »Aber kauf alle drei Flaschen. Sicher ist sicher. Stellt euch nur mal vor, es geht was schief, wenn ich die Flasche deponieren will.«

»Gut, dann bin ich mal eben weg«, rief Vivien, griff sich ihren Parka vom Stuhl und zog ihn an.

»Okay«, sagte Katharina und sah Tobi ängstlich an. »Dann haben wir den ersten Teil schon mal gelöst. Jetzt müssen wir sie nur noch in der Märchenbude platzieren, ohne dass es großartig auffällt. Danke übrigens, dass du das mit der Stadt geklärt hat. Dass du die Zuständigen überreden konntest, uns sogar den Schlüssel für die Bude zur Verfügung zu stellen, erleichtert uns die Sache gewaltig. Ach ja, und was Simone Rehder angeht: Nein, ich glaub nicht, dass sie auch in Rumpelstilzchens Gewalt ist. Ich bin mir sogar ziemlich sicher, dass sie es nicht ist. Denn auch das zeigt das erstellte Profil deutlich: Rumpelstilzchen ist redselig und auf eine gewisse Weise überheblich. Vielleicht kann man auch schon von narzisstisch reden. Wenn Simone Rehder also auch von Rumpelstilzchen entführt worden wäre, dann hätten wir das durch eine dieser verfluchten Nachrichten erfahren.«

Christkind kam in den Winterwald,
der Schnee war weiß, der Schnee war kalt.
Doch als das heil'ge Kind erschien,
fing's an, im Winterwald zu blühn.

Christkindlein trat zum Apfelbaum,
erweckt ihn aus dem Wintertraum.
»Schenk Äpfel süß, schenk Äpfel zart,
schenk Äpfel mir von aller Art!«

Der Apfelbaum, er rüttelt sich,
der Apfelbaum, er schüttelt sich.
Da regnet's Äpfel ringsumher;
Christkindlein's Taschen wurden schwer.

Die süßen Früchte alle nahm's,
und so zu den Menschen kam's.
Nun, holde Mäulchen, kommt, verzehrt,
was euch Christkindlein hat beschert!

(Christkind im Walde, Ernst von Wildenbruch)

15. KAPITEL:

DIENSTAG, 16. DEZEMBER 2014

06:45 Uhr

Das penetrante Klingeln des Weckers riss Katharina aus einem tiefen Traum. Als sie die Augen aufschlug und sich aufrichtete, um den Wecker auszuschalten, wäre sie am liebsten sofort in den Traum zurückgeflüchtet, auch wenn sie kaum noch eine Ahnung hatte, worum es darin ging. Angenehm war er gewesen, dass wusste sie noch, und das war es, was zählte. Ihr Schädel brummte entsetzlich und schneller als ihr lieb war, hatte die Realität sie eingefangen.

Wie verabredet hatte sie am Vorabend nach Dienstschluss bei Julie geklingelt, und die beiden hatten spontan beschlossen, als Erstes einen kurzen Zug über den Weihnachtsmarkt zu machen. Es hatte endlich einmal aufgehört zu regnen und beiden stand der Sinn nach etwas frischer Luft und einem heißen Getränk. Katharina hatte sich von Julie zu zwei Bechern Glühkirsch überreden lassen, und die Erinnerung an die mit Rum vollgesogenen Kirschen im Becher verstärkte nun sofort ihre Kopfschmerzen. Der heiße Alkohol hatte Katharinas Zunge gelöst und sie redselig gemacht. Noch bevor sie sich auf den Rückweg gemacht hatten, hatte sie ihrer Freundin die Geschehnisse der letzten Tage geschildert, gerade so weit, wie sie es vertreten konnte, und das war etwas mehr als üblich, da Julie für Katharina zu Bens Familie gehörte und ihrer Meinung nach ein Recht darauf hatte, über ihre Ermittlungen Bescheid zu wissen. Dann hatten sie es sich bei Julie auf dem Sofa bequem gemacht, fatalerweise noch eine Flasche Rotwein geöffnet, und Katharina hatte ihre sorgfältig aufgebaute Fassade nicht mehr aufrechthalten können. Die Tränen waren von ganz allein geflossen und sie hatte endlich mit jemandem darüber gesprochen, wie sehr die Verantwortung für Bens Leben sie belastete. Julie hatte stumm zugehört und sie in den Arm genommen, als sie zugab, panische Angst zu haben, dem Druck nicht standzuhalten und Ben dadurch zu gefährden. Sie war auf einen Schlag alle belastenden Gefühle losgeworden, die sich in den letzten Tagen aufgestaut hatten, und es hatte unendlich gut getan. Nachdem der Wein geleert gewesen war und Katharina sich ein wenig beruhigt hatte, war sie über den Flur in ihre Wohnung geschlichen, wo sie sich nur noch kurz ausgezogen hatte, bevor sie ins Bett gefallen und sofort eingeschlafen war.

Katharina schüttelte sich. Trotz des Brummschädels fühlte sie sich insgesamt besser und der Situation wieder gewachsen. Wie froh sie war, in Julie so eine wunderbare Freundin gefunden zu haben. Sie schlug die warme Bettdecke zurück, ging ins Bad und brachte durch eine lange abwechselnd heiße und kalte Dusche und einem nach Grapefruit duftenden Duschgel, mit dem sie sich von Kopf bis Fuß einschäumte, wieder Leben in ihren Körper.

Als Katharina 20 Minuten später ihre Wohnung verließ, hatte sie einen kleinen Zettel in der Hand, auf dem nicht mehr als *DANKE!* stand. Lächelnd schob sie ihn in den Briefkasten mit der Aufschrift »Juliane und Leonie Lippert«. Gleichzeitig fiel ihr auf, dass sie am Vortag ihren eigenen Briefkasten gar nicht geleert hatte, und so suchte sie am Schlüsselbund nach dem kleinen Schlüssel und öffnete den metallenen Kasten in der Hauswand. Sie wollte nur kurz durchgucken, ob irgendetwas Wichtiges dazwischen war. Neben zwei Rechnungen, einer Lokalzeitung und einigen unliebsamen Werbesendungen fiel ihr ein Umschlag in die Hände, der weder eine Briefmarke noch einen Absender trug. Es stand lediglich *Für Katharina von Hagemann* auf der Vorderseite – in der gleichen Computerschrift, die schon die vorigen Umschläge, die Rumpelstilzchen ihr zugespielt hatte, getragen hatten. Nervös griff Katharina in ihre Jackentasche, um eine der kleinen Plastiktüten hervorzuziehen, doch schnell stellte sie fest, dass keine mehr da war. Verärgert ließ sie den Brief vorsichtig zwischen die restlichen Sendungen rutschen und ging mit dem Stapel in der Hand zurück in ihre Wohnung. Aus der Küche holte sie sich einen Gefrierbeutel, griff damit den Umschlag heraus und schlitzte ihn mit einem Küchenmesser vorsichtig auf. Sie war zu ungeduldig, auch noch ein paar Handschuhe zu suchen, und so zog sie den Brief mit einem zweiten Plastikbeutel hervor, um ihn zu entfalten:

Nun, Katharina, tatsächlich hast du das gestrige Rätsel lösen können. Heute hat Ben also keine Strafe zu erwarten. Trotzdem dachte ich mir, es kann nicht schaden, wenn ich dich daran erinnere, was du ihm gestern angetan hast:

An dieser Stelle des Briefes klebte etwas, das Katharina für einen Moment die Luft zum Atmen nahm. Fassungslos starrte sie auf eine blonde Locke, die in einem winzigen Tütchen steckte, das wiederum auf den Zettel geklebt war. Sofort erkannte die Kommissarin, dass etwas Blut daran klebte. Sie versuchte, sich selbst zu beruhigen, indem sie sich einredete, dass es kein echtes Blut sein musste, und schon gar nicht das von Ben. Bestimmt wollte Rumpelstilzchen sie damit nur in Panik versetzen. Sie würde umgehend damit zu Frauke Bostel gehen und die Haare untersuchen lassen, bis dahin würde sie sich darüber nicht das Hirn zermartern. Mit immer noch stockendem Atem las Katharina weiter:

Aber ein Tag Erholung tut ihm sicher auch gut. Ich hoffe, du bist bereit für deine nächste Aufgabe …

Spieglein, Spieglein an der Wand,
wer ist die Schönste im ganzen Land?

Dieses Märchen kennst du, oder? Dann weißt du auch, womit Schneewittchen schließlich vergiftet wird?

Kommen wir jetzt zur Frage: Was würde mit Ben passieren, wenn er davon essen würde, selbst wenn kein Gift darin steckte?

Schreibe deine Antwort gut lesbar auf einen Zettel und bringe diesen am großen Glühweinstand auf dem Rathausmarkt an. Du weißt schon, ich meine den, an dem es immer so voll ist … Formuliere es so, dass die anderen Leute es für eine allgemeine Allergiewarnung halten werden, die eigentliche Botschaft muss ja nur ich verstehen. Dafür hast du heute aber nicht bis Mitternacht Zeit, beeile dich, denn ich werde den Stand nicht erst kurz vor Toresschluss besuchen. Und sehe ich deine Antwort dort nicht, hat es dieselben Konsequenzen wie eine falsche Antwort: Dann muss ich es eben einfach ausprobieren und Ben einen Apfel bringen – vielleicht sogar einen Liebesapfel vom Weihnachtsmarkt …

Es grüßt dich Rumpelstilzchen

Eine Viertelstunde später betrat Katharina ihr Büro, wo Vivien und Tobi sie bereits erwarteten. Wortlos legte sie die beiden Plastiktüten auf ihren Schreibtisch und die Kollegen traten sofort unaufgefordert dazu.

»Scheiße«, entfuhr es Tobi. »Wo war der Brief?«

»In meinem Briefkasten. Bei mir zu Hause«, sagte Katharina tonlos.

»Das heißt, Rumpelstilzchen weiß, wo du wohnst?«, konnte Vivien sich nicht zurückhalten.

»Nicht nur das«, antwortet Katharina. »Rumpelstilzchen weiß offensichtlich auch, dass Ben gegen Äpfel allergisch ist.«

»Stimmt«, sagte Tobi, »das hat er ja mal erzählt. Aber hast du eine Ahnung, wie er reagieren würde, wenn er einen isst oder mal abbeißt?«

Katharina schüttelte den Kopf. »Nein. Da er das ja tunlichst vermeidet, bekommt man es natürlich nie mit. Und auf den Gedanken, ihn danach zu fragen, bin ich nie gekommen …«

Viviens Blick fiel auf die kleine Tüte mit den blonden Haaren. »Ist es das, was ich vermute?«

Katharina nickte und straffte die Schultern. Sie rang sichtlich um ihre Fassung und würde noch mehr solcher Fragen der Kollegin nicht verkraften. Entschlossen griff sie die beiden Tüten: »Vivien, bitte – mach eine Kopie von dem Brief und bring das Original dann direkt zu Frauke Bostel ins Labor. Und zwar nur zu ihr! Und sag ihr, ich rufe sie dazu gleich an.«

Vivien nickte kommentarlos, nahm die beiden Plastikbeutel an sich und verschwand im Nebenraum, in dem der Kopierer stand. Eine Minute später reichte sie Katharina zwei Kopien und marschierte ohne ein weiteres Wort aus dem Büro.

»Oh Mann, Katharina – das Ding wird jetzt langsam echt persönlich!«, fluchte Tobias.

»Ich weiß, Tobi. Und genau deswegen glaube ich immer mehr, dass Simone Rehder irgendwie dahintersteckt. Denn selbst wenn es eine neue Frau in Bens Leben gäbe, von der niemand etwas weiß – über dieses Dating-Portal zum Beispiel – wüsste die nicht schon unbedingt von der Allergie. Das ist ja nichts, was am Anfang einer Beziehung gerade von Interesse ist. Gibt es inzwischen irgendeine Spur von Simone Rehder?« Hoffnungsvoll sah Katharina Tobias an.

»Nein, immer noch nicht. Es ist wie verhext. Keine Spur von ihr. Ich bin gestern Abend noch nach Hitzacker gefahren, aber der Laden war zu, und es hing auch keiner der üblichen Zettel an der Tür, der über eine Schließung wegen Urlaubs oder so informiert. Und auch die Überwachung der Märchenbude hat wie befürchtet nichts gebracht. Den beiden Kollegen, die dort waren, ist niemand aufgefallen. Natürlich waren da unzählige Passanten, die vor der Bude stehen geblieben sind und hineingeguckt haben, aber keiner, der sich irgendwie auffällig verhalten hätte.«

»Das war zu erwarten«, antwortete Katharina. »Rumpelstilzchen ist gerissen, das haben wir schon vorher festgestellt. Das war wieder ein Ort, an dem so viele Menschen längsgehen, gerade jetzt im Weihnachtsmarktgetümmel. Ein Blick hat ja genügt, um festzustellen, ob es der richtige Wein ist.«

Katharina schüttelte resigniert den Kopf. »Okay, auf diese Weise werden wir Rumpelstilzchen nicht kriegen, zumindest sollten wir uns nicht darauf verlassen. Wir müssen Simone Rehder finden. Es macht mich langsam wahnsinnig, dass wir nichts tun können und kein Stück vorankommen. Am liebsten würde ich sie zur Fahndung ausschreiben lassen, aber leider reichen dafür meine Vermutungen nicht aus.«

Tobias öffnete das Fenster. Als er Katharinas irritierten Blick sah, sagte er: »Mir ist gerade nach einer Zigarette. Eigentlich hab ich das zwar längst hinter mir, aber heute geht es nicht anders.«

Katharina gab Tobi eine Marlboro und zündete sich selbst eine an. Tobi sah Katharina eindringlich an. »Ich kann mir nicht helfen, aber ich hab das Gefühl, dass du dich bei Simone Rehder vielleicht verrennst. Ich geb ja zu, dass einiges gegen sie spricht, aber ich seh das Motiv bei ihr einfach nicht. Und schon gar nicht dieses persönliche Ding mit dir, Katharina. Simone Rehder kennt dich doch überhaupt nicht. Sie war jahrelang im Ausland und hatte sowohl Ben als auch ihr Leben hier offensichtlich komplett hinter sich gelassen.«

»Ich weiß, darüber denke ich auch die ganze Zeit nach«, gab Katharina zu. »Aber genau deswegen will ich ja unbedingt noch mal mit ihr sprechen. Wenn sie ein Alibi für die letzten Tage hat oder eine plausible Erklärung für ihr Verschwinden, gut. Dann wissen wir wenigstens sicher, dass wir an anderer Stelle suchen müssen. Aber wir haben ja nicht mal einen Ansatz, bis auf eine ominöse Frau, die mit Ben weggefahren sein könnte.«

»Ich hab da ehrlich gesagt eine ganz andere Idee im Kopf«, druckste Tobi herum.

Erstaunt sah Katharina ihn an: »Und die wäre?«

Tobi sah zur Tür, um sicherzugehen, dass sie noch immer allein im Raum waren. »Na ja, eben weil es immer persönlicher wird und immer nur an dich gerichtet ist: Hast du dich schon mal gefragt, ob Maximilian vielleicht hinter der ganzen Sache steckt? Ich weiß, er sitzt in München im Knast, aber vielleicht zieht er die Fäden von dort aus?«

08:34 Uhr

Er war davon aufgewacht, dass sein Kopf juckte, doch kaum hatte er die Augen aufgeschlagen, hatte er keine Luft mehr bekommen. Dann kam fast im gleichen Moment der Husten, der den zähen Schleim aus seiner Luftröhre heraus in seine Mundhöhle beförderte und nicht aufhören wollte. Ben fürchtete, gleich an seinem Husten ersticken zu müssen, obwohl er irgendwo in seinem benommenen juckenden Kopf wusste, dass das gar nicht möglich war. Allerdings hätte er es auch nie für möglich gehalten, dass er einmal ein Gefangener in seinem eigenen Haus sein würde, dachte er müde in einer Hustenpause. Er, der Hauptkommissar … Vor allem war er ein Mann und sie eine Frau … Dass er jemals so denken würde … Aber hier unten in seinem Keller auf seinem Schlafsofa schämte er sich vor sich selbst – in erster Linie, weil er keine Möglichkeit sah, ihr zu entkommen. Zuerst hatte sie ihn mit ihren Drogen lahmgelegt, und jetzt war er obendrein so krank wie noch nie zuvor in seinem Leben. Doch was löste auf einmal nun auch noch dieses schreckliche Jucken aus – Läuse? Zu gern hätte er seinen Kopf gekratzt, doch er ließ es bleiben, als könnte er die Parasiten allein kraft seines Willens vernichten. Als er das letzte Mal wach gewesen war und einigermaßen klar hatte denken können, hatte er sich vorgenommen, mit ihr zu reden. Sie zu überzeugen, dass es falsch war, was sie hier mit ihm tat. Und er wollte ihr sagen, dass sie nichts zu befürchten hätte, wenn sie ihn aus seinem Gefängnis lassen würde. Dann war er aber wieder eingeschlafen. Wie lange hatte er wohl geschlafen? Ob sie schon hier gewesen war? Kam sie überhaupt noch regelmäßig oder ließ sie ihn hier vor sich hin vegetieren?

Ein weiterer Hustenanfall schüttelte ihn, und er meinte die Vibration seiner Stimmbänder zu spüren, so wund waren sie. Genauso wie sein Rachen, der dazu noch staubtrocken war, wie er nach dem Anfall feststellte. Automatisch griff er sich mit seinen aneinander gefesselten Händen an den Hals, zog sie jedoch schnell wieder zurück, als hätte er sich verbrannt. Sein Kehlkopf schmerzte bei der Berührung, als stünde er in Flammen. Wenigstens lenkte das von seinem Kopf ab, auf dem scheinbar gerade überall Nester gebaut wurden. Er musste unbedingt etwas trinken. Ben meinte, sonst zu verdursten. Er setzte sich mühsam auf seinem Schlafsofa auf. Der Schweiß rann ihm das Gesicht herunter, so sehr strengte es ihn an. Als er sich endlich einigermaßen aufgerichtet hatte, schwenkte er beide Arme nach links und griff nach der Mineralwasserflasche, die auf dem kleinen Beistelltisch stand. Ben griff ins Leere. Langsam drehte er seinen Oberkörper in die Richtung, um nachzuschauen. Auf dem Tischchen stand tatsächlich keine Flasche wie sonst. Die alte war auch nicht einfach nur leer. Sie war weggeräumt, ebenso wie die sonst in der Ecke stehende Mineralwasserkiste, wie Ben mit einem entsetzten Blick feststellte. Er begann zu röcheln, merkte jedoch schnell, dass es seiner Verzweiflung entsprungen war und nicht einem tatsächlichen Verdursten. Er atmete tief durch und sagte sich einige Male hintereinander: »Beruhige dich, beruhige dich, beruhige dich. Sie kommt wieder. Beruhige dich.« Vielleicht war die Plastikflasche auch nur hinuntergefallen, tröstete Ben sich mit erzwungener Zuversicht. Er wartete einen weiteren üblen Hustenanfall ab, dann beugte er sich angestrengt seitlich vornüber, sodass ihm der Schweiß aus allen Poren trat, und schaute ächzend unter sein Schlafsofa. Bevor ihm schwindelig wurde, sah er, wie ein roter Tropfen auf den hellen Flokati fiel. Dann noch einer und noch einer. Die Erkenntnis traf ihn wie ein Schlag. Es war kein Schweiß, der von seinem Kopf rann. Es war Blut. Ben wurde schwarz vor Augen und mit einem dumpfen Aufschlag landete sein nackter Körper schwer auf dem Teppich.

09:42 Uhr

Nach der Unterhaltung mit Tobias musste Katharina für sich sein. Sie wollte ohnehin noch einmal raus zu Bens Haus, um erneut mit Bens direkter Nachbarin zu sprechen, und hatte dies nun zum Anlass genommen. Allein der Gedanke, Maximilian könnte etwas mit Bens Verschwinden zu tun haben, verursachte Katharina Gänsehaut. Bevor sie aus dem Kommissariat gegangen war, hatte sie Tobi gebeten, schon einmal die Übergabe der heutigen Rätsellösung vorzubereiten. Wenn Vivien wieder zurück war, sollte sie Bens Arzt nach seiner Apfelallergie befragen. Und natürlich Bene, weil anzunehmen war, dass er ebenfalls allergisch auf Äpfel reagierte und der Arzt sich eventuell auf seine Schweigepflicht berufen würde, was Katharina jedoch nicht hoffte. Allerdings konnten sie nicht absolut sicher sein, ob die Brüder mit den gleichen Symptomen reagierten. Katharina überlegte nicht lange. Da sie eben auch einen kleinen Fußmarsch gebraucht hatte, saß sie nicht in einem Dienstwagen, sondern hatte sich ihren eigenen Wagen von zu Hause geholt. Über die Freisprechanlage wählte sie jetzt die Büronummer von Tobi. Nach nur einem Klingeln hob er ab und Katharina setzte ihm ihre Überlegungen auseinander. Er gab ihr recht und wollte Vivien für ihr Gespräch mit Bene entsprechend instruieren.

»Und falls sowohl der Arzt als auch Bene uns nicht weiterhelfen können, soll Vivien Bene bitten, seine Eltern auf Bali zu kontaktieren, denn die werden es am Ende wissen müssen!«, meinte Katharina und wollte sich schon verabschieden, als Tobi fragte: »Wissen die denn eigentlich schon Bescheid?«

»Nicht von uns«, antwortete Katharina nachdenklich, »aber vielleicht wäre es mal an der Zeit, sie darüber zu informieren. Immerhin ist ihr Sohn verschwunden. Ehrlich gesagt habe ich das total vergessen. Ich nehm das auf meine Kappe. Aber wenn ich es mir recht überlege, es wäre auch gar nicht schlecht, wenn sie zurückkämen oder wir sie zumindest jederzeit erreichen könnten. Das wird nicht die letzte Frage sein, bei der wir sie um Antwort bitten müssen.«

»Außer wir finden Ben ganz schnell«, versuchte Tobias fröhlich zu klingen.

»Ja, außer wir finden ihn schnell«, wiederholte Katharina leise seine Worte. Dann sagte sie laut: »Vivien soll Bene fragen, ob er seine Eltern informieren möchte, wenn er es noch nicht getan hat, oder ob wir das tun sollen«, verabschiedete sie sich und legte auf.

Beim Gedanken an Bene beschlich Katharina ein schlechtes Gewissen. Ständig beauftragte sie Vivien, ihn zu kontaktieren, obwohl sie es genauso gut selbst machen könnte. Zumindest das Ding mit seinen Eltern wäre etwas, das sie persönlich mit ihm besprechen sollte. Sie wusste, dass sie ihm momentan aus dem Weg ging. Er erinnerte sie zu sehr an Ben, und darüber hinaus würde sie mit Bene momentan nicht sachlich umgehen können. Er war nicht einfach nur ein betroffener Familienangehöriger in irgendeinem Fall. Er war der einzige Mann, der es in den letzten Jahren geschafft hatte, ihr Herz wieder zu öffnen, und Gefühle in ihr geweckt hatte, die sie für verloren gehalten hatte. Sie konnte und wollte ihn nicht leiden sehen. Und dass er das tat, war ihr klar. Sie kam ja selbst fast um vor Sorge um Benjamin. Natürlich war das egoistisch von ihr, aber im Moment hatte sie einfach nicht die Kraft für zwei. Die brauchte sie komplett für sich selbst und für ihre Ermittlungen. Fast wären Katharina die Tränen in die Augen geschossen, doch sie schluckte sie schnell herunter. Sie hatte schon einmal eine Teampartnerin und Freundin verloren, ein weiteres Mal wollte sie das nicht erleben. Sie würde alles geben, um Ben heil aus dieser Sache herauszubekommen. Siedend heiß fiel ihr plötzlich ein, dass sie Frauke Bostel hatte anrufen wollen, was sie direkt in die Tat umsetzte.

»Frauke, hier ist Katharina. Vivien Rimkus hat dir vorhin etwas vorbeigebracht, und ich wollte dir jetzt …« begann

Katharina das Gespräch, wurde aber von der quirligen Gerichtsmedizinern abrupt unterbrochen.

»Hi, Katharina, ist schon gut. Du musst nichts erklären. Ich hab schon alles erledigt.«

»Wie, aber du weißt doch gar nicht …«, wunderte sich Katharina.

»Du meinst, ich weiß nicht, dass die Haare von Benjamin Rehder stammen und dass ich auch mal das Blut genauer unter die Lupe nehmen soll?«, fragte Frauke Bostel ernst in den Hörer. »Also okay, am Anfang wusste ich nicht, zu wem die Haare gehören, aber als die Neue – wie heißt sie noch?«

»Vivien. Vivien Rimkus.«

»Ja, genau. Also, als Vivien mir sagte, du würdest mich deswegen anrufen und ich die Farbe der Haare gesehen habe, habe ich eins und eins zusammengezählt, dass die von Ben stammen könnten. Denn ob du es glaubst oder nicht: Es ist sogar bis zu mir in meine gerichtsmedizinischen Hallen vorgedrungen, dass dein Chef spurlos verschwunden ist«, erklärte Frauke mitfühlend.

»Aha«, sagte Katharina nur und dachte bei sich, dass es nur noch eine Frage der Zeit war, dass auch die Presse von Bens Entführung Wind bekommen würde.

»Und darum«, fuhr Frauke Bostel unbeirrt fort, »hab ich gar nicht erst auf deinen Anruf gewartet, sondern gleich Haare beziehungsweise das Blut daran mit einer Blutprobe von seinem Zwillingsbruder abgeglichen …«

»Von Bene? Woher hast du denn eine Blutprobe von ihm?«, fragte Katharina überrascht.

»Also ich hatte keine vorrätig, wenn du das meinst. Ich habe ihn angerufen und gefragt, ob ich ihm ein bisschen Blut abzapfen darf«, erklärte die Gerichtsmedizinerin.

»Ich wusste gar nicht, dass du ihn kennst«, wunderte sich Katharina und war bei der Antwort noch verblüffter.

»Tu ich auch nicht«, meinte Frauke Bostel, »aber ich wusste, dass Benjamin einen Zwillingsbruder hat, der auch in Lüneburg lebt. Und da hab ich mir die Nummer bei deinem Kollegen Tobias Schneider besorgt und ihn angerufen. Er ist gleich gekommen, und bevor du fragst: Nein, ich hab ihm nichts von dem Blut an den Haaren erzählt, das überlasse ich gerne euch. Wie du weißt, kommuniziere ich am liebsten mit meinen Toten. Mir sind schon die Besuche der Angehörigen immer ein Gräuel, wenn sie kommen, um jemanden zu identifizieren. Damit kann ich nicht umgehen. Ich hab Benedict Rehder lediglich gesagt, dass wir sein Blut vorsorglich brauchen, um gegebenenfalls eine Vergleichsprobe parat zu haben. Glaub mir, seine Reaktion darauf war auch nicht gerade fröhlich, aber er war ziemlich taff und hat nicht weiter nachgefragt.«

»Und?«, fragte Katharina ungeduldig.

»Ich hab zwar erst mal nur einen Schnelltest durchführen können, aber der hat prompt eine Übereinstimmung ergeben. Wenn die Haare und das Blut also nicht von Benjamins Zwilling sind, sind sie von ihm«, erklärte Frauke Bostel.

»Wir können davon ausgehen, dass sie nicht von Benedict Rehder stammen, sondern von Ben«, bestätigte Katharina.

»Übrigens hab ich auch Spuren von Rasierschaum gefunden. Ich vermute also, da hat jemand Benjamin die Haare abrasiert und ist dabei nicht grad zimperlich gewesen, um es mal so auszudrücken. Ach ja, und das Blut war relativ frisch«, berichtete Frauke Bostel weiter.

Wenigstens hat er also gestern noch gelebt, dann wird er es auch heute noch tun, versuchte Katharina sich selbst zu beruhigen, auch wenn sie wusste, dass es dafür keine Sicherheit gab. Von dem unerwartet kompletten Bericht der Gerichtsmedizinerin war die Kommissarin etwas überrumpelt. Sie hatte Fraukes Eigenständigkeit schon immer geschätzt, jetzt aber war sie überaus dankbar dafür, was sie der Kollegin auch sagte. Frauke wiegelte ab, dass das schließlich ihr Job sei und außerdem sei Benjamin auch ihr Kollege. Katharina nahm sich dennoch vor, ihr bei nächster Gelegenheit eine kleine Aufmerksamkeit mitzubringen. Pralinen oder so.

Kaum hatte sie das Gespräch beendet, schaltete Katharina das Radio ein. Sie wollte einfach mal ein paar Minuten etwas anderes hören. Sie hatte Glück. George Michael und Andrew Ridgeley trällerten ihren Weihnachtshit »Last Christmas«, der sie sonst sicher genervt hätte, jetzt aber die willkommene Ablenkung bot. Sie stellte die Musik lauter, sang ein wenig mit, obwohl sie alles andere als in weihnachtlicher Stimmung war, und bog in Bens Straße ein, parkte aber ein Haus vor seinem.

23:12 Uhr

Vivien ließ sich erschöpft auf ihr Bett fallen. Nichts und niemand würde sie heute noch vor die Tür bringen, selbst wenn es irgendwann aufhören sollte, wie aus Eimern zu regnen. Sie war den ganzen Tag auf den Beinen gewesen. Gleich morgens in der Gerichtsmedizin, danach in der JVA, um etwas über die Kontakte von Heinzen während seiner

Haft in Erfahrung zu bringen, was jedoch wenig erfolgversprechend war, und dann wegen dieses makabren Rätsels von Rumpelstilzchen. Glücklicherweise war dabei bisher alles gut gegangen. Sie hatten diese Apfelgeschichte dank eines Anrufs von Bene bei seinen Eltern hoffentlich richtig gelöst und die Antwort am Glühweinstand aufgehängt. Der Wirt des Standes war erwartungsgemäß wenig begeistert gewesen, doch als Tobias mit Nachdruck darauf hingewiesen hatte, dass es sich um eine polizeiliche Anordnung handelte, die er nicht weiter erklären könne, er den Hinweis aber bereits am nächsten Tag wieder entfernen würde, hatte er sich murrend einverstanden erklärt. Zwei Kollegen in Zivil sollten den Stand im Auge behalten. Den Kommissaren war klar, dass sie an diesem dauerhaft von Kunden belagerten Stand vermutlich keine Person würden ausmachen können, die sich auffällig verhielt. Es ging vordergründig darum, darauf zu achten, dass der Zettel bis zum Schluss des Tages dort hängen blieb. Inzwischen hatten die Stände bereits dichtgemacht und Vivien war sich sicher, dass Rumpelstilzchen auch dieses Mal die Antwort gelesen hatte, ohne dass sie auch nur die geringste Chance hatten, ihn oder sie zu stellen.

Während Vivien unter ihre dicke Daunendecke kroch, wanderten ihre Gedanken zurück zu Bene und zu letztem Sonntag. Sie hatte sich den Adventsabend versüßen wollen und sich darum an die Bar von Bene gesetzt. Ihre Beine hatten sie vom Kommissariat aus nahezu von ganz allein dort hingebracht. Zumindest redete sie sich das seit Tagen immer wieder ein. Genauso, wie sie sich einredete, dass es der Alkohol gewesen war, der sie auf Benes Sofa hatte einschlafen und dann noch mitten in der Nacht in sein Bett kriechen lassen, um sich an ihn zu kuscheln. Das war nun schon wieder zwei Tage her, aber noch immer, wenn sie daran dachte, verstand sie die Welt nicht mehr. War sie das tatsächlich gewesen? Sie, Vivien Rimkus? Und warum landete sie, seit sie in Lüneburg war, immer wieder bei Bene? Gut, zu Beginn schien er in ihr Beuteschema zu passen und der richtige Kandidat zu sein. Er sah gut aus, wusste das und suchte trotzdem die Bestätigung dafür. Er flirtete gern und wirkte eher wie ein Macho als wie ein Frauenversteher und zudem ein wenig oberflächlich. Er brachte also die perfekten Voraussetzungen mit, um auf ihr Spielchen hereinzufallen. Das Spielchen, das sie wiederum brauchte, um sich gut und überlegen zu fühlen, wenn sie sich in ihrem großen neuen Spiegel betrachtete, und um ihr Leben wieder vollends in den Griff zu bekommen. Nur sie allein wusste, dass es ein Spiel war, und nur sie kannte die Spielregeln, zu denen es absolut nicht gehörte, sich zu verlieben. Als sie die Regeln aufgestellt hatte, hatte sie allerdings auch nicht gewusst, dass sie dazu überhaupt noch in der Lage war. Aufreißen – Scharfmachen – Abservieren. Das war ihr Motto, seit sie 18 war, und damit war sie stets gut gefahren. Bis auf wenige Knutschereien, die eher dazu gedient hatten, mal wieder auszuprobieren, ob sie doch irgendwas fühlen würde, hatte sie den Männern und dem Sex abgeschworen. Die wenigen Freunde, die sie hatte, wussten und akzeptierten das. Bekannte hatten hin und wieder versucht, sie zu verkuppeln, waren aber gnadenlos gescheitert. Einige – in der Regel Männer – meinten, sie würde auf Frauen stehen. Vivien wusste es besser. Sie sah nahezu täglich den ungeschminkten Tatsachen ins Gesicht.

Sie war 16 Jahre alt gewesen, als es passiert war. Sie war von ihrer Freundin auf eine Party mitgeschleppt worden, auf der sie selbst sonst niemanden kannte. Das hatte sich schnell geändert, und als ihre Freundin im Verlauf des Abends gegangen war, war Vivien noch geblieben. Sie war gut drauf gewesen, hatte einiges an Alkohol intus gehabt und einfach noch weiter tanzen wollen. Irgendwann am frühen nächsten Morgen war sie am Baggersee ihres Wohnortes von einer Frau, die ihren Hund Gassi geführt hatte, hinter einem Busch gefunden worden. Was dazwischen geschehen war, wusste sie nicht. Sie hatte einen Filmriss – hervorgerufen durch K.-o.-Tropfen. Das hatte der Rechtsmediziner wenig später festgestellt. Sie war misshandelt und mehrfach vergewaltigt worden. Der Filmriss war bis heute Fluch und Segen zugleich. Ihre eine Gesichtshälfte war aller Wahrscheinlichkeit nach mit einer kaputten Bierflasche bearbeitet worden. Die Narben konnte man noch heute sehen, wenn sie sie nicht unter einer ordentlichen Schicht Make-up verbarg. Die Täter – die Polizei hatte vermutet, dass es sich um mindestens vier gehandelt hatte – hatte man nie gefunden. Viviens Eltern waren mit ihr weggezogen, und sie hatte eine Therapie gemacht, die ihr maßgeblich geholfen hatte, sich wieder einigermaßen zu berappeln. Geblieben waren die sichtbaren Narben in ihrem Gesicht und die nicht sichtbaren auf ihrer Seele und ihrer Gebärmutter – Vivien würde niemals ein Kind austragen können.

Sie musste an ihren neuen Kollegen Tobias Schneider denken, der bald Vater werden würde. Sie mochte Tobias. Er war geradeheraus und schien als Kollege sehr zuverlässig zu sein. Ein typischer, unkomplizierter Kumpeltyp. Auch Katharina mochte sie gern. Sie konnte sich sogar vorstellen, mit der etwas älteren Kollegin über den Beruf hinaus befreundet zu sein. Allerdings war sie sich im Klaren darüber, dass sie dafür nicht gerade die besten Voraussetzungen geschaffen hatte, und ärgerte sich über sich selbst. Spätestens seit dem Kommentar von Tobi im Auto wusste sie, dass zwischen Katharina und Bene etwas lief. Was genau, das wusste sie bisher nicht. Doch obwohl Katharina ihm gegenüber sehr sachlich gewesen war, hatte Vivien die Vertrautheit der beiden deutlich gespürt, als sie vor Bens Haus aufeinandergetroffen waren. Als Bene ihr vor gut einer Woche eine sehr freundliche aber auch klare Abfuhr erteilt hatte, hatte sie noch nicht gewusst, dass Katharina höchstwahrscheinlich der Grund dafür war. So waren Benes Worte Vivien egal gewesen, und sie hatte weiter ihr Spielchen mit ihm getrieben. Aber jetzt wusste sie von Katharina und ihm und hörte dennoch nicht damit auf. Im Gegenteil, sie forcierte sogar eine Übernachtung bei ihm. Warum tat sie das? Sie kannte sich kaum selbst wieder. Auch dieses Herzklopfen, das sie jedes Mal verspürte, wenn sie Bene sah oder seine Stimme am Telefon hörte, war Vivien fremd. Sollte sie sich tatsächlich in einen Mann verliebt haben? Waren das die berühmten Schmetterlinge im Bauch? Und wenn schon, dachte Vivien, ich weiß jetzt, dass ich romantische Gefühle für einen Mann haben kann, und das muss reichen. Mein oberstes Ziel war es, hier beruflich Fuß zu fassen. Das werde ich mir nicht selbst kaputtmachen, indem ich in die Beziehung einer Kollegin grätsche. Wie fest oder locker das zwischen den beiden auch sein mag. Noch komme ich aus der Nummer wieder raus, ohne dass es wehtut. Vivien nahm sich vor, dieses kurze Kapitel abzuschließen, bevor sie es richtig aufgeschlagen hatte, so schade das auch war. Sie war in ihrem bisherigen Leben immer gut darin gewesen, Prioritäten zu setzen, und das würde sie auch jetzt wieder sein.

Vivien knipste ihre Nachttischlampe aus, drehte sich auf den Bauch und schmiegte sich in ihr Kissen, so wie sie sich Sonntagnacht noch an Bene gekuschelt hatte.

Scheidewind weht auf der Heide,
Meidewind weht auf dem Moor;
Ich suche und suche die Stelle,
wo ich mein Herz verlor.

Hier war es, wo ich es verloren,
es muß doch hier irgendwo sein;
es liegt hier im Laube und Moose
so mutterseelenallein.

Ich suche und suche und suche,
und suche wohl hin und wohl her;
ich höre und höre es klopfen,
und finde es nimmermehr.

Scheidewind flüstert im Laube,
Meidewind flüstert im Gras:
Irrkraut wächst auf der Stelle,
wo ich mein Herz vergaß.

(Irrkraut, Hermann Löns)

16. KAPITEL:

MITTWOCH, 17. DEZEMBER 2014

06:26 Uhr

Obwohl sie wusste, dass er nichts dafür konnte, war sie wütend. Seinetwegen hatte sie in der Nacht kaum ein Auge zugetan. Sie hatte sogar überlegt, ihm Apfelmus zu geben, obwohl die Rothaarige das Rätsel gelöst hatte. Die nächsten Rätsel würden schwieriger sein. Bens Worte hatten ihr so wehgetan! Hektisch zog sie an ihrer Mentholzigarette. Normalerweise rauchte sie nicht im Haus, aber sie war so durcheinander, dass ihr das gerade vollkommen egal war. Aus einer Schublade holte sie die blonde Locke, um die eine schmale rote Schleife gebunden war. Zwischen den blonden Haaren fanden sich auch vereinzelt graue, doch das entdeckte man nur, wenn man wie sie ganz genau hinsah. Liebevoll hielt sie die Locke in der linken Handfläche, um sie mit den Fingern der rechten Hand zu streicheln. Sie hatte schlucken müssen, als sie Ben den Kopf rasiert hatte. Sie vergötterte seine blonde Haarpracht, und immer wenn sie ihn angesehen hatte, hatte sie sie wie bei einem kleinen Jungen durchwuscheln mögen. Während sie ihm seine schönen Haare nass mit einem alten Rasiermesser ihres Vaters abrasiert hatte, hatte sie sich gefragt, ob die Strafe für ihn oder für sie schlimmer sei, dann aber entschieden, dass es hier nicht vorrangig um sie gehen würde, sondern darum, den Hexenzauber aus Ben auszutreiben.

Je länger sie Bens Locke befühlte, desto mehr verrauchte ihre Wut, und ihr Herz wurde ganz langsam wieder warm und entkrampfte sich. Außerdem war ihr natürlich klar, dass Ben nach wie vor nicht Herr seiner Sinne war und ein Teil von ihm noch immer von dieser rothaarigen Hexe betört war. Und sie wusste auch, dass dieser Teil sich in seine Worte geschlichen und ihn böse Dinge hatte sagen lassen, wie bei einem Tourettesyndrom-Patienten. Kopfrasur hin oder her: Komplette Reinheit erlangte man bei Besessenheit durch einen bösen Zauber so schnell eben nicht wieder. Es gab also gar keinen Grund für sie, so empfindlich zu reagieren. Das hatte sie sich auch heute Nacht immer und immer wieder gesagt, aber es hatte nichts genützt. Sie hatte vor schmerzender Wut geweint, und das hatte sie nicht mehr getan, seit sie die Asche ihres seligen Vaters in der Lüneburger Heide verstreut hatte.

Fahrig drückte sie die Zigarette in einer Teetasse aus. Trotz der Locke in ihrer Hand atmete sie dreimal konzentriert tief ein und aus, um sich endgültig wieder zu beruhigen. So, wie sie es gelernt hatte, und so, wie sie es tagtäglich tat, bevor sie unter Menschen ging. Ihr Vater hatte es ihr beigebracht, nachdem sie als Kind in der Schule aufgefallen war.

»Das Atmen bringt dich wieder zu dir und baut in deinem Inneren ein Schutzschild auf, das nichts an dich heranlässt. Und wenn dich doch einmal etwas trifft, atmest du es auf diese Weise einfach wieder von dir«, hatte er ihr erklärt und sie auf seinen Schoß gezogen, um ihr zu zeigen, dass sie sein Mädchen war.

Gestern, als sie zu Ben gekommen war, hatte sie ein paar Mal ihre Atemtechnik anwenden müssen oder es zumindest versucht. Zum ersten Mal hatte sie nicht gewirkt und sie wie sonst in die so liebgewonnene eigentümliche Abwesenheit versetzt, die sie das Drumherum um sich zwar mitbekommen ließ, aber eher als Zuschauer. In dieser sie schützenden Abwesenheit – ihr Vater hatte ihr gesagt, es sei eine Art selbst herbeigeführter Trancezustand – konnte sie reagieren, wenn sie musste. Wenn sie sich später daran erinnerte, war es, als würde sie sich selbst in einem Film sehen. Ben hatte verkrümmt auf dem Boden neben seinem Bett gelegen. Im Kerzenlicht wirkte seine blasse Haut wächsern wie die eines Toten und seinen Mund umrahmten spröde Lippen, aus denen jegliches Blut verschwunden schien. Dafür waren sein kahler Kopf und sein Gesicht mit hellroten, längst getrockneten Blutstriemen verschmiert gewesen. Die Wunden, aus denen das Blut getreten war, hatte sie ihm gestern selbst zugefügt, darum wusste sie, dass die sicher nicht seinen Tod verursacht hatten. Dennoch sah es übel aus. Das Blut hatte sich mit seinem Schweiß verbunden und war dann über sein Gesicht gelaufen, was die Striemen erklärte. Doch warum lag er nicht auf seinem Bett? Er darf nicht tot sein, hatte sie mit einem riesigen Schreck gedacht. Ihr Herz hatte wie wild angefangen zu hämmern, aber sie war wie erstarrt gewesen. Normalerweise war sie in Situationen wie dieser routiniert, aber herrje, es war um Ben gegangen! Benjamin, der Mann, dem ihr Herz gehörte! Dann hatte sich auch noch das Bild ihres toten Vaters vor Bens leibhaftiges geschoben. Sofort hatte sie dreimal konzentriert tief ein- und ausgeatmet, aber es hatte nichts genützt. Ihr Vater war zwar wieder verschwunden, aber Ben lag nach wie vor tot auf dem hellen Flokati und sie hatte einfach nicht gewusst, was sie machen sollte. Das war die Hexe. Sie muss sich hier irgendwie eingeschlichen und Ben getötet haben. Damit keine von uns ihn bekommt, war es ihr als Erstes in den Sinn gekommen. Doch noch während sie sich fragte, wie die Hexe Benjamins Unterschlupf hatte finden können, hörte sie ein leises Stöhnen. Da endlich war Bewegung in sie gekommen. Sie hatte ihren Kaftan gerafft und war neben Ben auf die Knie gegangen. Sie hatte sein vom Fieber nach wie vor heißes Gesicht mit Küssen benetzt, wie der Prinz sein Schneewittchen, und auf diese Weise den Zauber der Rothaarigen bekämpft – sie hatte ihm wieder ein Stück ihres Lebens eingehaucht. Dass sie nicht gleich darauf gekommen war … Ben hatte sich tatsächlich unter ihr geregt und seine schönen Augen aufgeschlagen, in deren tiefgründigen Blick sie sich bereits vor so vielen Jahren beim allerersten Mal, als er sie angesehen hatte, verfangen hatte. Bevor sie sich ganz in seinem Blick verlor, hatte sie noch einen anderen Funken darin bemerkt, den sie von ihrem eigenen Spiegelbild kannte: Angst.

»Liebster, hab keine Angst. Ich bin es. Ich helfe dir«, hatte sie ihn sogleich getröstet, und er hatte genickt. Sie hatte seinen Kopf auf ihren Schoß gezogen, ihm das Blut notdürftig weggerieben und ihm zugehört. Unter großer Kraftanstrengung hatte er ihr gebeichtet, wie sehr er sie immer geschätzt hatte und dass er ihr vertraute. Er hatte von ihrer Freundschaft gesprochen und von dem, was zwischen ihnen werden könnte. Sie hatte ihm zugehört, ohne ihn zu unterbrechen. Sie hätte auch gar keinen Ton herausgebracht, so glücklich war sie in diesem Moment gewesen. Sie hatte seine Hand genommen und an ihre Brust geführt. An die, über ihrem Herzen.

»Fühlst du das?«, hatte sie gefragt, und er hatte die Augen geschlossen. Für sie das Zeichen, dass er sehr wohl verstand. Sie war so dumm gewesen, in diesem Moment zu glauben, dass die Kopfrasur und sein Fieber ihm die Rothaarige vollends ausgetrieben hatten und ihm gesagt, dass sie glaube, dass er nun so weit war, mit ihr zu kommen.

Er hatte die Augen wieder geöffnet und sie hatte gemeint, nur noch wahre Liebe darin zu erkennen. Auf jeden Fall keine Angst mehr. Sie hatte seine Hand wieder von ihrer Brust genommen – die Berührung konnte sie auch jetzt noch fühlen und ein wohliger Schauer überlief sie –, seinen Kopf von ihrem Schoß und war aufgestanden. Dann hatte sie ihm aufgeholfen. Glücklicherweise war er nicht mehr so schwer gewesen wie an dem Tag, an dem sie ihn hier heruntergebracht hatte, denn da er sich kaum auf den Beinen halten konnte, lastete sein ganzes Gewicht auf ihren Schultern. Er kam wegen der Fußfesseln nur in Mäuseschritten voran, aber sie hatte die Schlüssel nicht dabei, um sie zu lösen. Als sie endlich an der Tür angelangt waren, passten sie nicht beide zusammen durch. Als sie ihn deswegen angesehen hatte, verstand er, und dann waren die verhassten Worte gekommen.

»Ruf meine Kollegin Katharina an«, hatte er stöhnend und kaum hörbar gesagt. »Sie wird sich um alles kümmern und alles wird gut.«

Sie hatte Rot gesehen. Wie hatte sie sich so täuschen können? Erst gestand er ihr seine Liebe und jetzt sprach er schon wieder von dieser Hexe! Abrupt hatte sie ihn losgelassen und während er auf dem Boden zusammengesackt war, hatte sie den Keller allein verlassen. Im Schrank und in Benjamins Haus hatte sie an sich halten müssen, nicht laut loszuschreien oder aus purer Verzweiflung etwas zu zerstören. Einzig das Telefon hatte sie von der Anrichte im Flur gefegt. Gleich, wenn sie wieder zu Benjamin gehen würde, um nach ihm zu schauen, würde sie es wieder an seinen Platz stellen. Vorher musste sie aber noch ihr nächstes Rätsel an die Rothaarige verfassen. Sie wusste auch schon, aus welchem Märchen sie sich diesmal bedienen würde: Frau Holle. Frau Holle passte nach dem gestrigen Desaster perfekt. Sie selbst war die Goldmarie und die Rothaarige, Oberkommissarin Katharina von Hagemann, die Pechmarie. Die Stiefschwester, die am Ende für ihre Bösartigkeit bestraft werden würde!

Sie stand auf, setzte sich an ihren Computer und begann zu schreiben.

08:10 Uhr

Alle drei – Katharina, Vivien und Tobi – waren, ohne es abzusprechen, bereits früh im Büro gewesen. Keiner von ihnen konnte momentan ruhig schlafen, und gerade weil es sie belastete, dass sie nicht vorankamen, wollten sie zumindest dort sein, wo sie im Zweifel neue Hinweise erhalten würden und aktiv werden konnten.

Während Tobi für alle drei einen Kaffee machte, erzählte Katharina, dass sie gestern noch einmal Bens direkte Nachbarin aufgesucht hatte. »Die Ingwersen scheint so eine zu sein, die immer genau über alle anderen in der gesamten Straße Bescheid weiß. Darum bin ich da nochmal hin. Ich hatte das schon bei unserer ersten Begegnung im Gefühl, wobei sie da noch recht zurückhaltend war. Gestern brauchte sie aber nur einen kleinen Anstoß und schon hat sie wie ein Wasserfall losgeredet. Über jeden weiß ich jetzt, wann er ins Bett geht, wann er aufsteht, wann Familienkrach war, wann die Schwiegermutter vorbeikommt und so weiter. Sie schien ganz glücklich zu sein, ihr Wissen mal weitergeben zu können, hat mich zum Kaffee eingeladen – der leider ähnlich geschmeckt hat wie die Plörre aus dem Automaten draußen – und hat immer wieder gesagt: »Wenn ich der Polizei damit helfen kann ...« Über unseren Chef hatte sie leider kaum etwas zu berichten. Sie hat zwar ordentlich über Simone gelästert und betont, dass die beiden in ihren Augen ja überhaupt nicht zusammengepasst haben, wo Herr Rehder doch so ein charmanter Mann sei«, erinnerte die Kommissarin sich beinahe schmunzelnd, da das ihren Eindruck von Bens Exfrau nur bestätigte. »Aber sonst hat sie mir leider nichts Neues erzählen können. Sie glaubt immer noch, Ben mit einer Frau in seinem Auto gesehen zu haben, aber hundertprozentig sicher ist sie sich nach wie vor nicht. Lasst uns deswegen jetzt mal alle Blitzkameras und Tankstellen im Umkreis überprüfen. Möglicherweise ist auf irgendeiner Aufnahme Bens Auto zu sehen, und mit Glück dann auch die Insassen. Das hätten wir schon viel früher machen sollen. Tobi, kannst du das nachher gleich veranlassen? Fakt ist ja nun mal, dass sein Auto auch verschwunden ist. Gib also bitte auch über Funk Bens Autokennzeichen und eine Beschreibung seines Wagens heraus – alle Kollegen sollen Ausschau halten.«

»Ja klar, mach ich«, nickte Tobi, reichte Katharina ihren Latte Macchiato und fragte: »Und das mit den anderen Nachbarn und Simone Rehder und so, das hat sie dir einfach so erzählt? Solche Leute wollen doch meistens eine Gegeninformation, damit sie wiederum etwas haben, was sie weitertratschen können.«

»Natürlich hat sie auch gefragt, was mit Ben ist, und ich hab mich wie immer auf laufende Ermittlungen berufen, über die ich ihr leider nichts erzählen darf. Aber die Ingwersen ist nicht doof. Wisst ihr, was sie dann gemacht hat? Sie hat gefragt, ob sie die Pflanzen in Bens Haus gießen soll, weil er doch nicht da ist und sie das auch immer macht, wenn er in den Urlaub fährt. Ben wird es mir verzeihen, wenn er endlich wieder hier ist, aber ich habe ihr gesagt, dass das nicht notwendig ist.«

Nachdem alle ihren Kaffee geleert hatten und sie zu Ende berichtet hatte, setzte Katharina sich als Erste an ihren Schreibtisch und fuhr den Computer hoch. Als sie ihr Mailprogramm öffnete, sprang ihr sofort eine Mail entgegen: Sie trug den Titel *Guten Morgen, Pechmarie* und als Absender stand dort eindeutig *rumpelstilzchen2 @ web.de*. Katharina traute ihren Augen kaum – mit einer Botschaft auf diesem Weg hatte sie nicht gerechnet. Aber klar: Auch hier gab es einfachste Mittel, eine Mail-Adresse so anzulegen, dass sie nicht zurückzuverfolgen war. Und so geschickt, wie Rumpelstilzchen sich bisher leider angestellt hatte, war das hier ganz sicher auch der Fall. Trotzdem würde sie die Computerspezialisten bitten, die Rückverfolgung zumindest zu versuchen. Sie öffnete die E-Mail und winkte Vivien und Tobias zu sich: »Kommt mal schnell – ich habe eine Mail von Rumpelstilzchen bekommen.« Während die beiden Kollegen zu ihr an den Bildschirm traten, las Katharina bereits den Inhalt der neuen Nachricht:

Frau Holle, Frau Holle, ich möchte gern nach Hause gehn
und meine Eltern wieder sehn!
Von ganzem Herzen dank ich dir
du warst so gut, so gut zu mir!
Frau Hi-Ha-Holle, du, ich lieb dich immerzu
Als nun die Frau Holle dem Mägdelein die Hände gab
da fiel aus den Wolken, fiel lauter, lauter Gold herab
Und als es kam zu Hause an
rief von dem Dach der Gockelhahn:
Seht hie die Gold-Marie! Ki-ke-ri-ki-ki

Nun Katharina, bestimmt hast du dich inzwischen intensiv mit den alten Märchen vertraut gemacht, oder? Dann weißt du auch, was Frau Holle täglich ausschüttelt. Genau: Die Betten! Und darum geht es heute für dich: Um Ben und das Bett, oder besser gesagt Ben im Bett. Also, Pechmarie, sage mir: Wie schläft unser Märchenprinz am liebsten? Im Schlafanzug? Nackt? Und in welcher Position? Beantworte beides richtig, dann hat er diesmal nichts zu befürchten. Beantwortest du mir auch noch eine gesonderte dritte Frage für heute richtig, dann überlege ich mir vielleicht sogar, dich zu belohnen: Was macht Ben manchmal im Schlaf?

Da es heute ein so umfangreiches Rätsel ist, mache ich es dir mit der Antwort umso leichter: Schicke sie mir einfach an diese E-Mail-Adresse zurück.

Ich freue mich, von dir zu lesen!
Rumpelstilzchen

Um nicht untätig zu sein, bis Vivien und Tobi die Nachricht ganz gelesen hatten, rief Katharina in der Technik an, damit diese zumindest schnell herausfanden, von wo aus die E-Mail abgeschickt worden war. Das würde sicher einfacher sein, als den Account-Besitzer herauszufinden. Als sie den Hörer auflegte waren auch Tobi und Vivien fertig. Wortlos leitete sie die Mail an die Technik weiter, dann begegnete sie Tobis verzweifeltem Blick, bevor er den Kopf schüttelte: »Ich habe keine Ahnung. Woher soll ich die Schlafgewohnheiten unseres Chefs kennen? Wir pflegen nicht unbedingt, die Nächte miteinander zu verbringen. Und es ist auch nicht gerade ein Thema, das man morgens bei einer Tasse Kaffee bequatscht. Nicht mal unter Männern.«

Vivien sah ihn an: »Das ist jetzt wieder deine etwas merkwürdige Art, mit lockeren Sprüchen schwierige Situationen zu meistern, richtig? Ich meine nur, damit ich das richtig verstehe …« Sie wartete seine Reaktion nicht ab, sondern wandte sich direkt an Katharina: »Dass ich dazu erst recht nichts sagen kann, ist wohl eh klar. Aber wenn du willst, klemm ich mich sofort ans Telefon, falls du jemanden kennst, der da helfen kann.«

Katharina schüttelte den Kopf. »Ich wünschte, es wäre so. Diesmal wird uns vermutlich nicht einmal Bene helfen können, denn als Kind hat man doch gerade für die Nacht andere Eigenarten als später als Erwachsener. Und ich glaube auch nicht, dass man bei so etwas von einer Übereinstimmung bei Zwillingen ausgehen kann. Die einzige Person, die wir kennen, die viele Nächte mit ihm verbracht hat, ist wohl seine Exfrau, aber die haben wir ja immer noch nicht gefunden.«

Tobias reagierte darauf als Erster: »Gut, dann fahre ich jetzt noch einmal nach Hitzacker – okay?«

Katharina überlegte kurz. »Nein, lass uns das anders machen. Möglicherweise hat Simone Rehder dich schon gesehen, als du das letzte Mal da warst. Wenn sie sich dort aufhält, sich uns aber nur nicht zeigt, dann könnte es sein, dass sie sehr wachsam ist.« Dann sah sie Vivien an: »Du fährst nach Hitzacker. Wenn du Bens Exfrau schon wieder nicht antriffst, frag diesmal auch bei den Nachbarn an, ob jemand sie gesehen hat oder ob im Laden zwischenzeitlich mal Licht war oder irgendwas, das uns einen Hinweis liefert. Und ruf auf dem Weg dorthin bitte sicherheitshalber bei Bene an. Nenn ihm die Rätselfragen, wer weiß, vielleicht kann er ja doch eine davon beantworten.«

»Okay, mach ich«, sagte Vivien und griff bereits nach ihrer Jacke. »Tobi, kannst du mir den Weg schnell und einfach erklären? Meine Ortskenntnisse hier sind ja noch nicht die besten, und ich trau einer persönlichen Erklärung immer mehr als dem Navi.«

»Noch was, bevor du losfährst«, unterbrach Katharina. »Du hast dich doch mit den ganzen Märchen beschäftigt, vor allem mit denen, die in der Stadt aufgebaut sind. Hast du dazu irgendwas herausgefunden, das uns weiterhelfen könnte?«

Vivien schüttelte den Kopf. »Nein, nicht wirklich. Ich könnte dir über jedes einzelne eine Zusammenfassung samt Interpretation liefern, ich hab mich da echt reingekniet. Aber da ist nichts dabei, was mir auch nur irgendwie hilfreich vorgekommen ist – außer, dass die Märchen, die Rumpelstilzchen bisher benutzt hat, auch als Märchenbude hier im weihnachtlichen Lüneburg stehen.«

»Hab ich mir fast gedacht. Rumpelstilzchen scheint die Inhalte ja auch für seine Zwecke auszulegen und nicht unbedingt so, wie es im Ursprung gedacht war.« Sie sah Vivien an: »Trotzdem danke!«

»Kein Problem«, antwortete Vivien, die einen kleinen Zettel mit einer Wegbeschreibung entgegennahm, die Tobi ihr eilig notiert hatte. »Ich hab diese Märchen jetzt vermutlich ständig im Kopf, und wenn mir doch noch eine Verbindung einfällt, geb ich sofort Bescheid. Aber jetzt bin ich dann erst mal weg. Sobald ich dort bin und was absehen kann, rufe ich an.« Vivien eilte aus dem Büro und Katharina sah ihr hinterher.

»Die Kleine macht einen ziemlich guten Job, finde ich«, sagte Tobi.

»Ja, finde ich auch«, bestätigte Katharina nachdenklich. »Vor allem wenn man bedenkt, dass sie gerade erst hier angefangen hat.«

»Da soll es vor ein paar Jahren schon mal eine Kollegin gegeben haben, die gleich in ihren ersten Tagen hier bei uns einen Serienmörder überführt hat … wie hieß die denn gleich noch«, unkte Tobias und lächelte Katharina an.

»Spinner«, lachte Katharina. Auch wenn ihr nicht zum Lachen zumute war, so ein kurzer Moment tat einfach gut, und es war ein Talent von Tobi, für genau solche Momente zu sorgen.

»Zurück zum Thema«, sagte Tobi. »Was machen wir jetzt?«

»Ich werde versuchen, Julie zu erreichen«, sagte Katharina. »Mit Glück erwische ich sie noch, bevor sie in die Buchhandlung zur Arbeit geht.«

»Meinst du, sie kann uns bei dem neuen Rätsel helfen?«, fragte Tobias und seine Stimme verriet seine Zweifel.

»Keine Ahnung. Aber nachdem ich feststellen musste, dass sie die Frage zum Versteck richtig hätte beantworten können und Ben nur leiden musste, weil ich sie nicht gleich danach gefragt habe, lasse ich mir diese Chance kein zweites Mal entgehen.« Sie merkte selbst, wie ihre Stimme bei diesen Worten zu zittern begann und auch Tobias war das nicht entgangen.

»Katharina, hör auf damit, bitte! Es ist nicht deine Schuld! Und du weißt genauso gut wie ich, dass Ben das genauso sehen würde, wenn er hier wäre.«

Dankbar sah Katharina ihren Kollegen an. »Ja, das weiß ich, Tobi. An meinen Schuldgefühlen ändert das aber leider nichts, die sind nun mal einfach da.« Sie räusperte sich kurz, bevor sie weitersprach. »Auf jeden Fall rufe ich sie gleich an. Und Alexander Thiele werde ich auch noch fragen, zumindest dann, wenn Julie mir nicht weiterhelfen kann.«

»Gut, und was soll ich tun?«

»Du gehst bitte zu Mausner und bringst ihn auf den aktuellen Stand. Traurig genug, dass er nicht jeden Morgen von selbst hier auf der Matte steht. Bring ihm einen Ausdruck der E-Mail von Rumpelstilzchen mit. Er wird uns bei dieser Frage sicher nicht helfen können, aber ich werde ihm die Details nicht ersparen.«

10:13 Uhr

Tobias saß jetzt schon eine geraume Weile im Büro von Kriminalrat Stephan Mausner. Bisher hatte er es gerade mal geschafft, Mausner über den aktuellen Stand zu informieren. Zahlreiche – in Tobis Augen zumeist überflüssige – Rückfragen sowie das ein oder andere Telefonat, das den Kriminalrat erreichte, hatten einiges an Zeit in Anspruch genommen. Dabei hatte Tobias noch ein anderes Anliegen, doch allmählich war er nicht mehr sicher, ob er dazu kommen würde. Nachdem Mausner erneut ein Gespräch geführt und nun den Hörer aufgelegt hatte, wandte er sich wieder Tobias zu, der ihm gegenüber am Schreibtisch saß.

»Nun, Herr Schneider, wenn ich das richtig sehe, haben Sie bisher noch immer nichts Konkretes. Ihnen ist aber schon klar, dass es hier um das Leben eines Kollegen geht, oder?«

In Tobi stieg Wut auf, und es war nicht unbedingt seine Art, so etwas zu verheimlichen. »Entschuldigen Sie bitte, Herr Kriminalrat, aber das kann ich so nicht auf mir und meinen Kollegen sitzen lassen.« Er räusperte sich kurz. »Wir sind uns durchaus im Klaren darüber, um wen es hier geht. Und glauben Sie mir, für meine Kollegin Frau von Hagemann ist das gerade eine ziemliche Hölle. Sie wird von diesem Rumpelstilzchen persönlich für das Leben von Ben verantwortlich gemacht und hat jetzt schon gewaltige Schuldgefühle. Anstatt hier irgendwelche Herrenabende zu planen, sollten Sie ihr also vielleicht lieber mal zur Seite stehen.« Nach dem letzten Satz wusste Tobias, dass er zu weit gegangen war. Er setzte zu einer Entschuldigung an: »Entschuldigen Sie, Herr Kriminalrat, das …«

»Schon in Ordnung, Herr Schneider. Sie haben sich aufgrund der Situation eben etwas im Ton vergriffen, mehr nicht. Ich weiß ja, dass das sonst nicht unbedingt Ihre Art ist.«

Überrascht und erleichtert zugleich, sah Tobias den Kriminalrat an. Dieser stand auf, rieb sich das Kinn und trat zum Fenster, bevor er sagte: »Glauben Sie denn wirklich, dass mir diese ganzen Verpflichtungen Spaß machen? Meinen Sie, ich denke nicht die ganze Zeit an den Kollegen?« Er drehte sich wieder zu Tobias um. »Wenn ich auf einmal für diverse Dinge, um die ich mich sonst kümmere, nicht zur Verfügung stünde, dann würde das auffallen. Dann wäre klar, dass hier bei uns etwas nicht stimmt. Es hat mich einige Mühen gekostet, die Presse bis jetzt überhaupt herauszuhalten.«

Tobias wollte etwas erwidern, hielt sich aber gerade noch zurück. Das Ding mit der Presse hätte jetzt nicht sein müssen. Sollten die tatsächlich Wind von der Angelegenheit bekommen haben, hätten sie sich nicht davon abhalten lassen, etwas darüber zu schreiben. Ansonsten mochte der Kriminalrat sogar in gewisser Weise recht haben. Aber darum ging es Tobi im Moment gar nicht.

»Herr Kriminalrat, ich würde Sie gern etwas anderes fragen, vielleicht können wir meinen verbalen Ausrutscher von eben einfach vergessen. Es geht um Katharina, also ich meine Frau von Hagemann.«

Interessiert sah Mausner Tobi an. »Dann bitte, reden Sie.«

Tobias rutschte auf dem Stuhl hin und her. Auf dem Weg zu Mausners Büro war er sich seiner Idee noch sicher gewesen, inzwischen sah das tatsächlich anders aus. Er fürchtete, dass Katharina ihm übelnehmen würde, was er jetzt tat: »Also, ich hab darüber nachgedacht, ob unser Rumpelstilzchen es gar nicht auf Benjamin Rehder abgesehen hat, sondern vielmehr auf die Kollegin von Hagemann. Alle Nachrichten gehen an sie, in den Texten wird sie – und immer nur sie – direkt angesprochen. Es kommt mir so vor, als wolle man ihr vor Augen führen, dass sie ihren Job nicht gut macht …«

»Und was wollen Sie mir damit jetzt sagen?«, fragte Mausner ebenso interessiert wie ungeduldig.

»Na ja«, druckste Tobi erneut herum. »Könnten Sie sich nicht auch vorstellen, dass Ben hier nur ein Bauernopfer ist und es eigentlich gegen Katharina geht?«

Nachdenklich sah Mausner den Kommissar an. »Und wer sollte einen Grund dafür haben?«

»Dieser Staatsanwalt aus München zum Beispiel, dieser Maximilian …«

»Maximilian Furtner – Munich Jack? Was wissen Sie darüber?«

Tobias zuckte die Achseln. »Nicht viel. Katharina hat vor längerer Zeit einmal mit mir darüber gesprochen, kurz nachdem der Brief damals gekommen ist.«

»Welcher Brief?«, fragte Mausner irritiert dazwischen.

Eine halbe Stunde später war das Thema Maximilian Furtner vorerst vom Tisch. Tobi hatte Mausner von dem Brief erzählt und darüber, wie schlecht es Katharina damals ging. Der Kriminalrat hatte stumm zugehört und nach Tobis kurzem Bericht unversehens den Staatsanwalt Dr. Bent-Ove Friedberg angerufen und ihn gebeten, einige Erkundigungen einzuholen. Als er auflegte, sagte er: »Das wird sicher etwas dauern, bis wir da etwas Konkretes hören. Wäre Furtner aber raus aus der JVA, auf welche Art und Weise auch immer, dann wäre ich garantiert informiert worden.« Der Kriminalrat sah nachdenklich aus. »Mir ist durch Ihren Ansatz allerdings noch eine ganz andere Möglichkeit in den Sinn gekommen«, sagte er.

Erstaunt und erwartungsvoll sah Tobi ihn an.

»Ich hoffe inständig, dass mein Verdacht, wenn ich ihn mal so nennen will, sich als völlig falsch erweist. Doch außer Acht lassen kann ich es nicht, wenn wir nun schon an diesem Punkt sind.« Er kramte in einem Aktenschrank und zog eine Mappe heraus. Dann blickte er Tobias direkt an. »Ich weiß nicht, ob Sie das damals mitbekommen haben. Als wir für Ihr Team vor knapp vier Jahren nach einem weiteren Mitarbeiter Ausschau gehalten haben und uns schließlich für Katharina von Hagemann entschieden haben, da gab es einen anderen Anwärter für die Position, der mit dieser Entscheidung nicht klargekommen ist.«

Tobias machte aus seiner Neugier keinen Hehl: »Nein, davon wusste ich nichts. Ehrlich gesagt wusste ich damals nicht mal, dass konkret gesucht wurde. Wer war das, oder besser gesagt, wie kommen Sie jetzt darauf?«

»Es handelte sich um Norbert Wehmeyer, einen Kollegen hier aus dem Haus.«

Tobias stutzte. »Norbert Wehmeyer? Vom Drogendezernat?«

»Genau«, bestätigte Mausner. »Sie erinnern sich also noch an ihn.«

»Sicher«, sagte Tobi nachdenklich. »Viel hab ich nicht mit ihm zu tun gehabt, er ist ja jetzt schon ein paar Jahre nicht mehr da. Aber jemanden wie den vergisst man nicht unbedingt.«

Mausner sah ihn fragend an.

»Na ja«, ergänzte Tobias, »ein Sympathieträger war der nicht gerade, da werden Sie mir wohl rechtgeben.«

Ein kurzes Schmunzeln schien den Mund des Kriminalrats zu umspielen, doch er unterdrückte es schnell. »Da gebe ich Ihnen grundsätzlich recht, auch wenn der Kollege Wehmeyer damals durchaus beachtliche Erfolge in seinem Bereich erzielt hat. Das war ihm selbst auch durchaus bewusst und darum hat er sich wohl auch erhebliche Chancen ausgerechnet, als er sich für das Morddezernat beworben hat.« Mausner lehnte sich in seinem Stuhl zurück. »Ich wollte damals bewusst jemanden von extern für die Position haben. Und ehrlich gesagt wollte ich auch gerne eine Frau.«

»Und Sie hätten kaum eine bessere finden können«, konnte Tobias sich nicht verkneifen einzuwerfen.

»Ich weiß«, sagte Mausner knapp. »Inzwischen wissen wir wohl alle, was wir an Oberkommissarin von Hagemann haben. Damals war aber selbst Ben nicht gerade begeistert von meiner Wahl.«

Tobi sah überrascht auf, doch Mausner winkte ab. »Das gehört jetzt hier nicht her und spielt auch keine Rolle mehr. Viel wichtiger ist, dass Oberkommissar Wehmeyer diese Entscheidung nicht akzeptieren wollte. Er hat sich – ich erinnere mich noch gut – maßlos darüber echauffiert, dass ich den Posten mit einer Frau besetzen wollte. Er hielt das für – ich zitiere – absolut unzumutbar und fahrlässig. Eine Frau, so meinte er, könne einen solchen Job nicht machen.«

Tobias schüttelte den Kopf: »Wie gesagt, ein echter Unsympath, dieser Typ.«

»Na ja, wie dem auch sei«, fuhr der Kriminalrat in seinen Ausführungen fort, »er kündigte damals an, dass wir schon sehen würden, was wir davon hätten, und dass er vorhersagen würde, dass diese Frau, die ihm seinen Job weggenommen habe, versagen würde, früher oder später. Dann quittierte er den Polizeidienst.«

»Ach, deshalb war er plötzlich weg?«, fragte Tobias erstaunt. »Ich dachte damals, er sei versetzt worden und weggezogen. Und was macht Wehmeyer jetzt?«

»Er hat sich selbstständig gemacht«, erklärte Mausner, »mit einem Sicherheitsdienst. Meines Wissens immer noch hier im Landkreis.«

»Dann sollten wir ihn schleunigst befragen«, bestätigte Tobias.

Mausner nickte dazu, schloss die Akte und reichte sie Tobias. »Nehmen Sie die Akte mit, aber behandeln Sie sie vertraulich. Ich möchte nicht, dass hier im Haus etwas darüber bekannt wird, dass wir möglicherweise einen ehemaligen Kollegen verdächtigen. Wenn sich herausstellen sollte, dass Wehmeyer nichts mit der Sache zu tun hat, hängt der uns sonst noch ein Verfahren wegen Verleumdung an oder so.«

Tobias nahm die Akte entgegen und stand auf. »Klar, versteht sich von selbst. Aber ich werde Katharina informieren, und dann werden wir zusehen, dass wir so schnell wie möglich mit Wehmeyer sprechen können.«

13:23 Uhr

»Wo steckt diese Frau bloß? Sie ist die Einzige, die unser Rätsel vermutlich sicher lösen kann! Alles andere sind nur Vermutungen ohne Garantie! Es kann Tage dauern, bis wir die Frau hier sitzen haben. Und dann ist es im Zweifel zu spät, und wir alle haben Ben auf dem Gewissen!«, sagte Katharina aufgebracht zu Vivien Rimkus, während sie ruhelos auf und ab schritt. Sie beide warteten auf Tobias, um das weitere Vorgehen zu besprechen.

Kurz nachdem Tobi vorhin wieder ins Büro gekommen war, hatte Vivien angerufen, um zu erzählen, dass Bene keine der drei Fragen aus dem Frau Holle-Rätsel beantworten konnte. Sie berichtete weiter, dass sie außerdem Simone Rehder abermals nicht angetroffen hatte. Schon da war Katharina an die Decke gegangen und wollte in dieser Stimmung zu Kriminalrat Mausner eilen, um sich nun endlich von ihm die Fahndung nach Bens Exfrau freigeben zu lassen.

»Und wenn wir zehnmal nichts gegen sie in der Hand haben, vielleicht ist sie ja ebenso verschwunden wie Ben, und dann müssen wir sie auch suchen. Ich glaub es zwar nicht, aber immerhin wäre das ein Grund für Mausner, dass wir hier jetzt endlich offizielle Schritte einleiten könnten!«, hatte Katharina Tobi nahezu ohne Luft zu holen erklärt. Er hatte ihr rechtgegeben und dann zu Katharinas Überraschung angeboten, selbst noch einmal zu Mausner zu gehen. Vorher müsste er ihr aber was Dringendes erzählen. Gerade als er dazu ansetzen wollte, hatte Katharinas Telefon geklingelt. Katharina hatte auf dem Display Julies Nummer erkannt. Die Kommissarin hatte die Freundin zuvor nicht erreicht und ihr nur eine Rückrufbitte auf der Mailbox hinterlassen. Als Katharina abhob, flüsterte sie Tobi zu, er solle schon einmal zu Mausner gehen, während sie telefonieren würde. Bisher war er noch nicht zurück, und Katharina vermutete insgeheim, dass der Kollege nicht nur zu Mausner sondern auch noch schnell zum Bäcker gelaufen war, um seinen in der Regel unstillbaren Appetit einigermaßen zu bedienen.

»Was ist das nur für eine Frau?«, redete Katharina sich jetzt weiter in Rage. »Sie weiß, dass ihr Exmann verschwunden ist, und es kümmert sie einen Scheiß! Immerhin waren die mal verheiratet, die müssen sich doch geliebt haben!«

Vivien meinte, dazu jetzt etwas sagen zu müssen, doch Katharina fuhr bereits wütend fort. »Also entweder sie hat in Indien, oder wo auch immer sie war, jegliche menschlichen Gefühle gelassen oder sie selbst ist Rumpelstilzchen, aber das sag ich ja nicht zum ersten Mal.«

»Was sagst du nicht zum ersten Mal? Dass ich dein Lieblingskollege bin?«, fragte Tobi, der unbemerkt von den beiden Frauen ins Büro getreten war. »Die Fahndung nach Simone Rehder geht morgen raus.«

»Morgen erst?«, fuhr Katharina ihn an, entschuldigte sich aber sofort dafür: »Oh, tut mir leid, ich wollte dich nicht doof anmachen, es ist nur …«

»Ich weiß«, verstand Tobi Katharinas Reaktion. »Wir machen uns alle Sorgen um Ben, Mausner auch, da kannst du dir sicher sein. Trotzdem geht die Fahndung erst morgen raus.«

»Und die Antworten für das Frau Holle-Rätsel haben wir schließlich.«, mischte sich Vivien ein, die ihre Kollegin ebenfalls beruhigen wollte und jetzt das wiederholte, was Katharina ihr vor ihrem Ausbruch erzählt hatte. »Du hast doch gesagt, dass Bens Patentochter erzählt hat, ihr Onkel würde im Schlaf reden. Das ist dann wohl die Antwort zur Extra-Aufgabe. Alexander Thiele meint, Ben würde nur mit einer Schlafanzughose bekleidet schlafen. Und weil Ben des Öfteren bei Julie auf dem Sofa geschlafen hat, weiß sie, dass er auf der Seite schläft, damit hätten wir auch die Position. Also, wir haben alle drei Antworten.«

»Wenn sie denn richtig sind!«, murmelte Katharina so, dass es für jeden verständlich war. Tobi ließ sich jedoch nicht beirren. Zwar teilte er Katharinas Meinung absolut, doch wollte er das in diesem Moment nicht zugeben. Er hatte Katharina selten so aufgebracht und durch den Wind gesehen, und er wusste, dass Zuversicht ihr jetzt guttun würde und hoffentlich auch das, was er jetzt mitzuteilen hatte: »… und außerdem gibt es eine neue Spur. Vielleicht haben wir unser Rumpelstilzchen bald entlarvt.«

Mit einem Schlag war es ruhig im Kommissariat. Dann unterbrach Katharina die Stille mit einem einzigen Wort: »Erzähl.«

Nachdem Tobi das, was er von Kriminalrat Mausner wusste, zusammengefasst hatte, zog er die Akte, die dieser ihm gegeben hatte, hervor. »So, und das ist Wehmeyers Akte, die wir absolut vertraulich behandeln müssen. Überhaupt darf nichts von diesem Gespräch den Raum hier verlassen«, sagte er eindringlich und schaute dabei Vivien an.

»Hey, was guckst du mich so an? Ich bin nicht so eine …«, setzte Vivien prompt an, wurde aber von Katharina unterbrochen, die sich inzwischen wieder deutlich beruhigt hatte.

»Er meint das nicht so, okay?«

»Okay«, nickte Vivien und warf Tobias ein etwas verunsichertes Lächeln zu. »Und wie weiter?«

»Ich denke, wir fahren schleunigst zu Wehmeyer. Seine Anschrift steht hier in der Akte. Er wohnt in Bardowick«, meinte Tobi.

»Einer sollte auf jeden Fall hierbleiben«, warf Katharina ein.

»Ich halte hier die Stellung«, sagte Vivien wie selbstverständlich und schickte sich an, sich hinter ihren provisorischen Schreibtisch zu setzen.

»Gut, Vivien, dann kümmere du dich bitte um die Blitzer und Tankstellen wegen Bens Wagen. Aber davon abgesehen: Ich bleibe auch hier«, sagte Katharina.

»Wieso?«, fragten Tobias und Vivien wie aus einem Munde.

»Fühl du erst mal bei dem vor, Tobi. Wenn er wirklich Rumpelstilzchen ist und es ihm tatsächlich um mich geht, wird er dichtmachen, sobald er mich sieht. Das wird er aber genauso tun, wenn er nicht Rumpelstilzchen ist und mich sieht, weil er einen Teufel tun würde, mir in einem Fall weiterzuhelfen, wenn es stimmt, was Mausner gesagt hat. Glaubt mir, ich würde liebend gern mitkommen, aber ich denke, es ist besser, wenn ich es lasse. Tobi, ruf mich aber sofort an, wenn es was Neues gibt. Ich bereite zwischenzeitlich die Mail mit unseren Frau Holle-Antworten vor. Abschicken werde ich sie aber erst, wenn du mich angerufen hast.«

Weißer Flöckchen Schwebefall,
Stille Klarheit überall,
Glockenklang und Schellenklingen,
Mäulchen, die vom Christkind singen,
Flammen, die von grünen Zweigen
Gläubig, strahlend aufwärts steigen,
Und im tiefsten Herzen drinnen
Ein Erinnern, ein Besinnen …

Neige dich, mein Herz, und bete,
Dass das Christkind zu dir trete,
Auch in deiner Schwachheit Gründen
Eine Flamme zu entzünden,
Die das Ringen Deiner Tage
Gläubig strahlend aufwärts trage.

(Weihnachten, Anna Ritter)

17. KAPITEL:

DONNERSTAG, 18. DEZEMBER 2014

08:48 Uhr

Katharina betrat ihr Büro an diesem Morgen sehr viel optimistischer als in den vergangenen Tagen. Sie hoffte, dass sie heute endlich einen Schritt weiterkommen oder Rumpelstilzchen sogar überführen würden. Grund für diesen neu gewonnenen Optimismus hatte ihr Tobi noch am vorigen Tag mit der Information über Norbert Wehmeyer geliefert. Zwar empfand sie die Nachrichten von Rumpelstilzchen nach wie vor als »weiblich«, doch vielleicht arbeitete Wehmeyer ja auch mit seiner Frau zusammen. Und selbst wenn nicht: Katharina wäre eine schlechte Kommissarin, wenn sie nicht jeder möglichen Spur nachginge.

Tobi hatte Norbert Wehmeyer auf seinem Hof nicht angetroffen, sondern nur dessen Frau. Von ihr hatte der Kommissar erfahren, dass Wehmeyer sich in Hannover aufhielt und erst am nächsten Vormittag wieder nach Hause käme. Tobias hatte spontan etwas getrickst und Sabine Wehmeyer das Gefühl gegeben, es gäbe einen Fall, bei dem man dringend die Hilfe eines so erfahrenen Kriminalisten bräuchte, wie ihr Mann einer gewesen sei, bevor er seinen Dienst – aus unglücklichen Umständen, wie er betonte – quittiert hatte. Stolz und eine gewisse Arroganz hatten sich in der Reaktion der Frau gezeigt und Tobias in seiner Einschätzung bestätigt. Das musste zwar nicht bedeuten, dass sie vom möglichen Treiben ihres Mannes wusste, doch wenn sie schon so darauf reagierte, tat ihr Mann es vielleicht erst recht. So hoffte Tobi darauf, dass – wenn es sich bei Wehmeyer tatsächlich um Rumpelstilzchen handelte – es ihm ein besonderes Vergnügen sein würde, der Polizei auch noch zur Seite stehen zu dürfen. Wehmeyers Frau hatte versprochen, ihrem Mann auszurichten, dass er sich direkt nach seiner Rückkehr bei der Kripo in Lüneburg, namentlich bei Tobias Schneider, melden sollte – persönlich. Tobias hatte sich selbst als Ansprechpartner angegeben, da Wehmeyer ihn vermutlich kaum in Erinnerung hatte und sein Name weniger Argwohn auslösen würde als der von Mausner oder gar Katharina. Darüber hinaus hatte Tobi Katharina und Vivien berichtet, dass Wehmeyer in Bardowick auf einem alten Resthof wohnte, der einige Nebengebäude besaß und abseits der nächsten Nachbarn lag. Eine perfekte Möglichkeit also, dort jemanden für einige Zeit zu verstecken.

Nun sah Katharina mit großen Erwartungen dem Eintreffen von Wehmeyer entgegen, auch wenn sie nicht wussten, ob und wann er tatsächlich im Kommissariat erscheinen würde. Am liebsten hätten Katharina und Tobias den Resthof noch am Vortag sofort durchsuchen lassen, doch ihnen war klar, dass ihnen dafür jegliche Berechtigung fehlte. Sie mussten also abwarten und Wehmeyer in einer ersten Befragung gleich ordentlich in die Zange nehmen.

Einige Minuten nach Katharina trafen auch Tobias und Vivien im Büro ein. Vivien war gestern mit der Auswertung sämtlicher Blitzer und Tankstellenaufnahmen noch nicht fertig geworden und machte sich sofort und unaufgefordert wieder an diese Fleißarbeit. Als das Telefon von Tobias klingelte, starrten alle drei schlagartig auf den Apparat: Konnte es Norbert Wehmeyer sein? Die Wahrscheinlichkeit, dass er zuerst bei Tobias anrufen würde, wenn er die Nachricht seiner Frau erhielt, war hoch, und sie hatten bereits besprochen, wie Tobi sich in dieser Situation am besten verhalten sollte. Tobias nahm das Gespräch entgegen, winkte aber sofort ab, nachdem er hörte, wer ihn angerufen hatte. Enttäuscht wandten die Kolleginnen sich wieder ihren Aufgaben zu.

Als Tobias das Gespräch beendet hatte, erklärte er: »Das war die KTU. Die haben doch versucht, die E-Mail zurückzuverfolgen, die von Rumpelstilzchen gekommen ist.«

Nun sahen sowohl Katharina als auch Vivien erneut gespannt auf: »Und?«, fragte Katharina ungeduldig.

»Keine Chance«, antwortete Tobias. »Sie müssen die Daten vom Provider anfordern. Dazu ist aber, selbst in einem akuten Fall wie diesem, erst mal ein offizieller Wisch der Staatsanwaltschaft nötig. Das wird wie üblich seine Zeit brauchen. Und dann ist immer noch nicht klar, wie schnell der Provider die Daten übermittelt – in der Regel dauert das Wochen. Und selbst dann wissen wir nicht, ob die Anmeldedaten des Users dieser E-Mail-Anschrift richtig sind.«

»Mit korrekten Daten wird Rumpelstilzchen sich kaum angemeldet haben und die IP-Adresse hilft uns hier auch nicht weiter, weil sie zu einem Gerät in einem Internetcafé gehört. Das hatte die Technik ja gestern noch durchgegeben.«, erklärte Vivien.

»Also höchstwahrscheinlich wieder eine Sackgasse«, sagte Katharina und schüttelte resigniert den Kopf. »Wäre ja auch zu schön gewesen …«

Über drei Stunden verstrichen, in denen die Ermittler gemeinsam die Aufnahmen der Tankstellen und Blitzer checkten, um schneller voranzukommen, doch selbst nachdem sie es inzwischen fast geschafft hatten, das gesamte Material durchzusehen, hatte es keinen einzigen Hinweis auf Bens Auto gebracht. Vivien hatte zwischenzeitlich immer wieder die Nummer von Simone Rehders Schmuckladen gewählt, doch auch hier ging nach wie vor nicht einmal ein Anrufbeantworter an. Plötzlich klopfte es und im Türrahmen des Büros stand ein grobschlächtiger, durchtrainierter Mann Ende 40, den Tobias sofort als Norbert Wehmeyer erkannte, auch wenn er sich seit seinem Ausscheiden aus dem Polizeidienst optisch verändert hatte. Die beiden Kolleginnen konnten nur ahnen, wer da vor ihnen stand, und waren entsprechend aufmerksam. Wie vereinbart spielte Tobias seine Rolle vom Vortag vorerst weiter und stand von seinem Platz auf, um Norbert Wehmeyer gespielt freundlich entgegenzugehen.

»Guten Morgen, Herr Wehmeyer! Das ist großartig, dass Sie direkt hergekommen sind, vielen Dank!«

Tobias reichte seinem Gegenüber die Hand, doch der behielt beide Hände in den Seitentaschen seiner Fliegerjacke und sah sich mit überheblicher Miene um. Sein Blick wanderte von Katharina zu Vivien und schließlich zu Tobi. »Sagen Sie bloß nicht, dass inzwischen zwei Weiber hier in der Mordkommission sitzen«, schnaufte er abfällig. »Was ist das denn hier für ein Schlampenladen geworden! Kein Wunder, dass sich in Lüneburg und Umgebung niemand mehr sicher fühlt. Aber gut für mein Geschäft, ich wusste schon, warum ich mich hier nicht länger für kleines Geld abrackern wollte.«

Tobias und Katharina tauschten einen Blick. Sie hatten verschiedene Varianten durchgesprochen, und bei der jetzigen war klar, dass es aussichtslos sein würde, wenn Katharina die geplante Befragung mit Wehmeyer führen würde. Zwar war Katharina von allen diejenige, die unter anderem aufgrund ihrer Erfahrung als Fallanalytikerin die besten Erfolge in Befragungen und Verhören verbuchte, doch in diesem Fall würde sie sich raushalten müssen, wenn sie etwas herausbekommen wollten.

»Herr Wehmeyer, lassen Sie uns doch irgendwohin gehen, wo wir alleine sind«, sagte Tobias und versuchte, dem ehemaligen Kollegen das Gefühl zu geben, dass auch er mit zwei weiblichen Kolleginnen nicht gerade glücklich war. »Ich brauche wirklich Ihre Hilfe, aber das sollten wir unter vier Augen klären.«

Norbert Wehmeyer wirkte zwar auch Tobias gegenüber etwas misstrauisch, doch das schrieb der Kommissar dessen genereller Überheblichkeit zu. Er zeigte in Richtung Flur und bat Wehmeyer nach nebenan in eines der Verhörzimmer, wo sie mehr Ruhe haben würden. Sobald beide Männer außer Hörweite waren, rief Katharina bei Kriminalrat Mausner an.

»Herr Mausner? Katharina von Hagemann. Wir haben Herrn Wehmeyer hier im Kommissariat. Tobias bringt ihn gerade ins Verhörzimmer. Allerdings ist Wehmeyer momentan der Meinung, dass er hier ist, weil wir seine Unterstützung brauchen. Darum bräuchten wir jetzt wiederum Ihre Unterstützung.«

Wie erwartet, wollte der Kriminalrat das genauer erklärt haben, und Katharina informierte ihn mit knappen Worten, wie Tobias in Absprache mit ihr vorgegangen war. Mausner war von der eigenmächtigen Vorgehensweise zwar nicht gerade begeistert, doch auch das hatte Katharina erwartet. Sie konnte Mausner schnell überzeugen, dass es die einzige Möglichkeit gewesen war, den ehemaligen Kollegen ins Kommissariat zu locken, ohne dass dieser erahnen würde, dass man ihn verdächtigte.

»Okay, ich bin in zwei Minuten da«, sagte sie, bevor sie den Hörer auflegte. An Vivien gewandt erklärte sie: »Ich treffe mich mit Mausner im Nebenraum des Verhörzimmers, um das Gespräch mit anzuhören und eventuell eingreifen zu können. Bleibst du hier und guckst die restlichen Aufnahmen durch?«

»Klar«, erwiderte Vivien, doch Katharina sah ihr an, dass die junge Kollegin lieber mitgegangen wäre. »Deine Chance kommt sicher noch«, sagte sie, »aber im Moment brauche ich dich hier. Sollten wir mit dem Verdacht gegen Wehmeyer falsch liegen, könnte es sein, dass Rumpelstilzchen sich meldet oder aber Simone Rehder. In beiden Fällen gibst du mir bitte sofort Bescheid!«

Zwei Minuten später standen Katharina und Stephan Mausner hinter der Glasscheibe, die sich im Verhörzimmer als Spiegel darstellte. Die Lautsprecher waren angeschaltet, sodass sie das Gespräch zwischen Tobias Schneider und Wehmeyer mit anhören konnten. Tobias hatte sich gut vorbereitet und gab sein Bestes, doch nachdem Wehmeyer schnell klar geworden war, warum er wirklich ins Kommissariat bestellt worden war, mauerte er stur. Nach einer halben Stunde entschied Stephan Mausner, sich einzuschalten. Nicht, weil der Kollege Schneider seine Sache nicht gut machte, wie er selbst betonte, sondern in der Hoffnung, dass ein höherer Dienstgrad bei Wehmeyer vielleicht doch noch ein wenig mehr bewirken würde, weil es einen größeren Druck ausübte. Gespannt beobachtete Katharina das Szenario aus dem Nebenraum.

Tatsächlich sah Wehmeyer erstaunt und leicht verunsichert auf, als der Kriminalrat den Raum betrat und sich ohne eine Begrüßung oder ähnliches an die Wand lehnte.

»Der Herr Kriminalrat persönlich«, sagte Wehmeyer mit viel Zynismus in der Stimme. »Müssen Sie jetzt selbst mit ran, nachdem sie lauter Weiber eingestellt haben, die es nicht bringen? Haben Sie Ihre Frauenquote immer noch nicht erfüllt oder warum tun Sie sich das an?«, provozierte er mit breitem Grinsen.

»Das weniger«, antwortete Mausner trocken. Er blieb stehen, sodass er Wehmeyer von oben herab ansprach. Katharina wunderte sich in der Tat, wie professionell der Kriminalrat in dieser Situation wirkte, während er sonst in ihren Augen oft nicht ernst zu nehmen war. Möglicherweise hatte sie ihn unterschätzt.

»Tatsächlich ist es mir aber ein Anliegen, selbst dabei zu sein, wenn ein ehemaliger Kollege unter Verdacht gerät. Solche Fälle haben wir nicht allzu oft … Möglicherweise treffen Sie gleich auf einen weiteren alten Bekannten, Herr Wehmeyer. Staatsanwalt Friedberg macht sich bereits auf den Weg zu uns«, fuhr Mausner fort.

Nun schien Wehmeyer endlich klar zu werden, dass die Situation für ihn ernster war, als er angenommen hatte. Katharina erkannte es sowohl an seinem Gesichtsausdruck als auch an dem auf- und abzitternden rechten Bein des Verdächtigen. Sie wusste, dass die Nummer mit Friedberg ausgedacht war, doch Mausners Schachzug schien seine Wirkung nicht zu verfehlen.

»Was wollen Sie eigentlich von mir?«, schnaubte Wehmeyer wütend.

»Wie der Kollege Schneider bereits erklärt hat, suchen wir nach einer vermissten Person. Und aus unserer Sicht hätten Sie ein Motiv, diese Person auf Ihrem Hof versteckt zu halten. Genug Platz gibt es dort ja.«

»Das muss aber eine hochrangige Person sein, nach der Sie suchen, wenn Sie diesen Aufwand betreiben. Wen soll ich denn Ihrer Meinung nach festhalten und vor allem warum?«

Katharina beobachtete Wehmeyer von ihrem Platz aus sehr genau. Er saß so am Tisch, dass sie ihn frontal ansehen konnte. Sie hatte das ungute Gefühl, dass sie mit ihrem Verdacht falsch lagen. Sosehr sie sich wünschte, dass sie bei Wehmeyer auf der richtigen Spur waren – seine Reaktion schien ihr viel zu selbstsicher und ungekünstelt. Auch hatte er noch nicht seinen Anwalt gefordert, obgleich er garantiert seine Rechte in- und auswendig kannte. Hinzukam, dass jetzt der Punkt erreicht war, an dem Mausner und Tobi vor einem Problem standen. Sie waren übereingekommen, Bens Namen nicht zu erwähnen. Wenn sie – und die Wahrscheinlichkeit war groß – Wehmeyer gehen lassen mussten, würde es mit der bisher so erfolgreich vermiedenen Verbreitung von Bens Entführung vorbei sein.

Mausner tauschte einen Blick mit Tobias und erklärte: »Es handelt sich um einen Kollegen. Sie, Herr Wehmeyer, haben bei Ihrem Ausscheiden aus dem Polizeidienst damals angedroht, dass die neue Kollegin in der Mordkommission …«

Wehmeyer fiel ihm ins Wort: »Was denn, die Schnalle, die sich den Posten gekrallt hat, der mir zugestanden hätte, ist verschwunden?« Er lachte laut und abfällig. »Ich glaub es ja nicht, und da reden Sie von einem Kollegen! Ich hab Ihnen doch gleich gesagt, dass so ein Weibsbild es in diesem Job nicht bringt. Und dann haben Sie sich da gleich noch mehr von der Sorte hingesetzt, wie ich gesehen hab. Wie blöd muss man denn sein? Aber auf mich wollten Sie ja nicht hören.«

Mausner sah Wehmeyer provozierend an. »Die besagte Kollegin, Wehmeyer, macht ihren Job hier besser, als Sie es jemals hinbekommen hätten. Das nur so nebenbei.«

Wehmeyer funkelte den Kriminalrat zornig an und verschränkte die Arme vor der Brust. »Mausner, Sie können mich mal. Ich werde Ihnen jetzt gar nichts mehr sagen!«

Das Verhör zog sich noch eine weitere Stunde hin, da Wehmeyer lange Zeit jegliche Antwort verweigerte. Katharina war sich inzwischen fast sicher, dass sie den Falschen vor sich hatten, doch so oder so traten sie im Moment auf der Stelle. Plötzlich erschien auf Wehmeyers Gesicht jedoch ein unerwartetes Grinsen. »Sagen Sie mal, bevor wir hier alle noch weiter unsere Zeit verschwenden – ich will ja gar nicht so sein. Wie wäre es denn, wenn Sie mir mal sagen, wann genau ich irgendwas getan haben soll? Dann können wir die Sache vermutlich abkürzen.«

Irritiert sahen Tobias und Mausner den Mann an.

»Tja, Männer, ihr habt euren Job auch schon mal besser gemacht«, lachte Wehmeyer auf. »Ich und meine Frau waren bis vor drei Tagen in den USA. Ich hab da zwei Wochen lang Leute angeworben für meinen Sicherheitsdienst und selbst ein Training mitgemacht. Echte Kerle, ihr wisst schon. Also falls euch das weiterhilft: Das nachzuweisen, ist für mich überhaupt kein Problem. Ein Anruf und ihr habt die Bestätigung.«

Katharina schlug die Hände vors Gesicht. Das war's. Wenn diese Aussage wirklich stimmte – und da Wehmeyer die Abläufe als ehemaliger Kollege kannte, würde er es kaum riskieren, hier zu lügen – dann hatten sie in den letzten Stunden nur eines getan: Wertvolle Zeit vergeudet.

15:43 Uhr

Ben hatte immer noch Fieber und sein ganzer Körper schmerzte. Am meisten jedoch sein Brustkorb. Er atmete deutlich schneller als sonst und hatte das Gefühl, dass dies den Hustenreiz verstärkte, doch konnte er nichts dagegen tun. Wenigstens atmet mein Körper noch von allein, die Reflexe scheinen zu stimmen, tröstete der Kommissar sich, denn er fühlte sich selbst zum Trinken zu schlapp. Dabei wusste er, dass Trinken momentan das Allerwichtigste für ihn war. Sie hatte ihm zwar keine neue Kiste, dafür aber wieder eine volle Flasche Mineralwasser hingestellt. Doch erstens war er viel zu kraftlos, um sich aufzurichten und einen Schluck daraus zu nehmen, und zweitens wusste er, dass sie etwas in das Wasser hineinmischte, das ihn noch schläfriger machte. Zumindest war er sich da ziemlich sicher. Und genau das wollte er nicht: wieder einschlafen. Inzwischen hatte er vor dem Einschlafen regelrecht Panik, da sie meist diese Zeit nutzte, um irgendetwas mit ihm anzustellen. Während er schlief, hatte sie ihm den Kopf rasiert, und sie gab ihm dann auch irgendwelche Spritzen. Das sah er an den Einstichen in seinen Armbeugen. Er nahm an, dass es weitere Drogen waren, obwohl die Halluzinationen, die er ab und an zu haben glaubte, auch vom Fieber kommen konnten. Was ihn am meisten entsetzte und anwiderte, war die Tatsache, dass sie sich an ihm verging, während er schlief. Natürlich wusste er es nicht genau. Zu Beginn wollte er es auch nicht wahrhaben und schrieb seine Vermutung seinem körperlichen Zustand zu, doch inzwischen war er sich nahezu sicher. Da waren immer wieder seine merkwürdigen Träume und vor allem auch die unangenehmen Andeutungen von ihr, was für ein toller Liebhaber er doch sei. Und jetzt, jetzt roch er nach ihr … In seiner Nase vermischte sich deutlich der Weihrauchgeruch des Raumes mit ihrem Parfüm und Nikotinausdünstungen. Ben erinnerte sich, dass ihm ihr Parfüm immer schon Kopfschmerzen verursacht hatte und er es noch nie gemocht hatte. Auch nicht, bevor sie ihn hier herunter in den Keller verschleppt hatte, doch hatte ihn das damals nicht weiter berührt. Meine Güte, ich denke schon in »damals«! Wo bin ich hier nur hineingeraten?, fragte Benjamin Rehder sich nicht zum ersten Mal in diesem Keller, doch jedes Mal hallte die Frage verzweifelter in seinem Kopf nach. Natürlich hatte er als Polizist immer schon damit rechnen müssen, einmal in die Gewalt eines Kriminellen zu geraten, und war durch seine Ausbildung sogar darauf vorbereitet, auch wenn ihm das – wie er sich in seiner aktuellen Lage eingestehen musste – nicht gerade viel genützt hatte. Dennoch hatte er in diesem Zusammenhang stets an einen männlichen Täter gedacht. Er hätte sich nie und nimmer vorgestellt, einmal von einer Frau gefangen gehalten zu werden und zudem ein Vergewaltigungsopfer zu sein. Oder ein Liebessklave. Es kam wohl ganz auf die Betrachtungsweise an, lief jedoch auf dasselbe hinaus.

Benjamin Rehder wurde schlecht, und ohne dass er etwas dagegen tun konnte, erbrach er sich spontan über die Bettkante. Ob es der Gedanke daran war, dass sie ihn sexuell berührt hatte, oder ihr Parfüm, das überall auf seiner Haut zu haften schien, er wusste nicht, was der Auslöser für diese kurz aufkeimende Übelkeit gewesen war. Da er kaum etwas im Magen gehabt hatte, hatte er nicht viel von sich gegeben, was ihn nicht unbedingt beruhigte. Vor allem war der Durst nun noch stärker geworden. Mitten in dieses überlebenswichtige Gefühl hinein, etwas trinken zu müssen, stellte Ben überrascht fest, dass er im Gegensatz zu den letzten Tagen oder Wochen – er wusste es nicht, ob Weihnachten schon vorüber war? – einigermaßen klar denken konnte. Gut, er hatte Kopfschmerzen, aber die Gedanken zogen nicht mehr einfach so durch seinen Kopf. Ich werde nicht länger nur Opfer sein!, war nach dieser Erkenntnis das Erste, was er sich sagte. Dann begann er darüber nachzudenken, welche Strategie am besten sei, um vor allem erst einmal aus diesem Keller herauszukommen. Er erinnerte sich vage daran, dass sie versucht hatte, ihn während seines Deliriums hinauszuschaffen, es dann aber aus irgendeinem Grund wieder gelassen hatte. Es hatte etwas mit Katharina zu tun gehabt. Mit einer Äußerung von ihm. Er glaubte nicht daran, dass sie ihn noch einmal aufgrund seines körperlichen Zustandes aus dem Keller holen würde. Er musste sich etwas anderes einfallen lassen, vor allem musste er sich dabei auf seine Intuition verlassen, und die sagte ihm, dass er mit ihr reden musste. Nichts anderes würde ihm hier heraushelfen, als Worte, schon allein, weil er gar keine Kraft hatte, sie zu überwältigen oder sich gegen sie zur Wehr zu setzen. Aber die Worte müssten von Anfang an die richtigen sein, sonst wäre auch diese Chance vertan. Angestrengt dachte Benjamin Rehder nach, bis ihn die Energie dafür verließ und er in einen Schlaf fiel, in dem er von einem See träumte. Doch jedes Mal, wenn er dem See näher kam, um aus ihm zu trinken, wich das Wasser vor ihm zurück.

18:46 Uhr

Katharina von Hagemann knibbelte an ihren Fingernägeln herum. Ein sicheres Zeichen dafür, dass sie über die Maßen nervös war. Plötzlich hielt sie inne, schob ihren Stuhl vom Schreibtisch weg und sprang auf.

»Ich geh jetzt nach Hause. Vielleicht hält mich ja jemand auf dem Weg dorthin an oder ich hab wieder was im Briefkasten«, verkündete sie ihren beiden Teammitgliedern.

»Du warst nach der Vernehmung jetzt schon dreimal zu Hause und bist wieder zurückgekommen. Sollen wir hier auf dich warten? Kommst du noch einmal wieder?«, fragte Vivien die ältere Kollegin.

»Nein. Und ihr geht auch nach Hause. Ehrlich gesagt hab ich das Gefühl, heute kommt keine Nachricht mehr. Rumpelstilzchen hat bisher alle Nachrichten gleich am Morgen oder zumindest während des Tages geschickt. Vielleicht ist inzwischen eine zu Hause bei mir oder es kommt noch eine, aber wie gesagt, ich glaub da nicht dran. Wenn ich falschliege, melde ich mich sofort bei euch«, sagte Katharina frustriert.

»Glaubst du immer noch, dass du heute kein neues Rätsel bekommen hast, weil …« Tobi stockte mitten im Satz. Sie waren das Frau Holle-Rätsel und ihre Antworten heute wieder und wieder durchgegangen. Ein verstecktes Rätsel war es ihrer Meinung nach nicht. Möglicherweise hatten sie aber einfach die verkehrten Antworten abgeliefert, was sicher nichts Gutes für Ben bedeuten würde.

»... weil wir bei den Antworten nur vermutet haben, es aber nicht sicher wussten und Ben jetzt wahrscheinlich gerade wieder bestraft wird ...«, vervollständigte Katharina Tobis Satz.

»Vielleicht ist die Antwort ja auch aus irgendwelchen Gründen nicht bei Rumpelstilzchen angekommen?«, vermutete Vivien leise. »Bei Mails weiß man ja nie.«

Katharina starrte Vivien entgeistert an und wandte sich dann hektisch ihrem Computer zu. »Du hast recht, daran hab ich noch gar nicht gedacht«, meinte sie aufgeregt, während sie ihr Mailprogramm öffnete und in ihren Gesendet-Ordner schaute. »Also rausgegangen ist die Mail gestern. Das kann ich hier sehen. Allerdings hab ich vergessen, eine Lesebestätigung des Empfängers anzufordern. Scheiße, ich Idiotin!« Sie überlegte kurz. »Wisst ihr was, ich sende sie einfach noch einmal.«

»Aber dann weiß Rumpelstilzchen, dass wir nervös sind. Zumindest wenn die Mail gestern bereits angekommen ist«, warf Tobi ein.

»Wenn es nur das ist! Das Risiko gehe ich gerne ein«, entgegnete Katharina entschlossen und versendete die Mail ein zweites Mal an Rumpelstilzchen – diesmal mit Lesebestätigung.

Keine Puppe will ich haben –
Puppen gehn mich gar nichts an.
Was erfreu'n mich kann und laben
Ist ein Honigkuchenmann.
So ein Mann mit Leib und Kleid
durch und durch an Süßigkeit.

Stattlicher als eine Puppe
Sieht ein Honigkerl sich an,
Eine ganze Puppengruppe
Mich nicht so erfreuen kann.
Aber seh ich recht dich an,
Dauerst du mich, lieber Mann.

Denn du bist zum Tod erkoren –
Bin ich dir auch noch so gut,
Ob du hast ein Bein verloren.
Ob das andre weh dir tut:
Armer Honigkuchenmann,
Hilft dir nicht, du musst doch ran.

(Vom Honigkuchenmann, August Heinrich Hoffmann von Fallersleben)

18. KAPITEL:

FREITAG, 19. DEZEMBER 2014

08:12 Uhr

Der Wind pfiff um das Haus und klatschte den Regen an die Fenster, dennoch stellte sie das Schlafzimmerfenster auf Kipp, schaute kurz auf das draußen angebrachte Thermometer, nahm die Regentropfen, die auf ihre Auslegware pütscherten, in Kauf, und verkroch sich wieder in ihr Bett. Bald würde sie sowieso alles renovieren. Sobald Ben hier mit eingezogen war. Zu Ben wollte sie auf keinen Fall ziehen. In dem Haus war zu viel passiert, und sie würde auch in einigen Jahren noch kaum eine gute Erinnerung daran haben. In den Nachrichten hatten sie bereits vor Tagen vor Sturm gewarnt, und auf dem Thermometer hatte sie eben abgelesen, dass die Temperaturen wieder auf 11 Grad angestiegen waren. 11 Grad! Und das im Dezember, ein paar Tage vor Weihnachten! Die ganze Welt schien durcheinandergeraten zu sein. Dennoch würde sie in den nächsten Tagen unbedingt noch eine Nordmanntanne besorgen müssen. Immerhin sollte dieser Heiligabend ein ganz besonderer werden. Sie und Ben vereint unter dem wundervoll geschmückten Baum. Oh, und vorher würde sie auf dem Weihnachtsmarkt noch einen Mistelzweig besorgen. Bevor sie Benjamin dann aus dem Keller holte, würden sie sich darunter küssen und allein dadurch ihr Leben lang zusammenbleiben. Sie kicherte wie ein Teenager in sich hinein und musste über sich selber schmunzeln. Und wenn sie nicht gestorben sind, dann leben sie noch heute, dachte sie und gluckste vor Glückseligkeit noch einmal auf.

Ein wenig wunderte sie sich über sich selbst. Wie konnte sie so glücklich sein und sich dabei gleichzeitig so elend fühlen? Seit gestern lag sie nun schon im Bett und versuchte, das Fieber auszuschwitzen. Es hatte ganz plötzlich angefangen. Sie hatte sich fertig gemacht, um einkaufen zu gehen. Als sie sich noch einen kleinen Spritzer ihres Parfüms – ihr Vater hatte es so geliebt – aufs Dekolleté aufgetragen hatte, hatte sie auf einen Schlag dermaßen starke Kopfschmerzen bekommen, dass sie sich setzen musste. Sie hatte sich jedoch wieder aufgerafft und war trotz des Nieselregens bewusst zu Fuß gegangen, weil sie gehofft hatte, die frische Luft würde ihr guttun. Sie hatte sich geirrt. Zu den Kopfschmerzen waren Gliederschmerzen und starke Halsschmerzen hinzugekommen – genauso wie die Kopfschmerzen hatten sie sich nicht langsam ihres Körpers bemächtigt, sondern von einer Sekunde auf die andere mit voller Wucht. Sozusagen aus dem Hinterhalt. Natürlich hatte sie sofort durchschaut, dass die Rothaarige ihr diese Grippe geschickt hatte. Hatte sie die Macht der Hexe doch unterschätzt? Sie hatte den geplanten Einkauf verworfen, war umgekehrt und hatte sich in ihr Bett gelegt. Das Thermometer hatte ihr gezeigt, dass sie Fieber hatte. Doch sie wusste, dass kein Medikament der Welt den Hexenzauber aus ihr vertreiben konnte. Genauso, wie es bei Ben nicht geklappt hatte. Nur innere Stärke würde den bösen Zauber besiegen können, und davon hatte sie reichlich. Sicherheitshalber hatte sie sich noch etwas von dem Mittel gespritzt, das sie auch Benjamin gab, seit sie sich um ihn kümmerte. Vorher hatte sie sich den Wecker gestellt, der sie drei Stunden später wieder in diese Welt holen sollte, damit sie den geliebten Mann versorgen und der Hexe trotz auferlegter Grippe ihr neues Rätsel zukommen lassen konnte. Vor einigen Minuten war sie jedoch von allein aufgewacht. Ohne sich an die Stirn zu fassen oder gar Fieber zu messen, hatte sie gewusst, dass sie von innen heraus glühte. Gut so, hatte sie gedacht und das Fenster geöffnet, um frische Luft einzulassen. Obwohl sie geschlafen hatte, hatte sie noch immer hämmernde Kopfschmerzen und ihr Körper brannte, als hätte sie von Kopf bis Fuß einen wahnsinnigen Muskelkater. Jetzt, noch unter ihrer Bettdecke vergraben, schaute sie endlich auf ihren digitalen Wecker mit Uhr- und Datumsanzeige und erschrak bis ins Mark: Sie hatte fast 20 Stunden geschlafen! Dabei hatte sie sich doch den Wecker gestellt! Hatte sie ihn nicht gehört? Das konnte nicht sein. So etwas würde ihr nie passieren. Schließlich musste sie sich um Ben kümmern und würde diese Pflicht nie vernachlässigen! Das Miststück hatte nicht funktioniert! Zornig griff sie nach dem Wecker und schleuderte ihn gegen die Wand. Auch die Nachricht an die Rothaarige hatte sie auf diese Weise nicht rechtzeitig abgeliefert, und die würde jetzt denken, ihr Grippe-Zauber hätte gewirkt, und würde sich nun bereits ihres Sieges sicher sein. Sie musste unbedingt nach Ben sehen, aber vorher würde sie noch schnell das neue Rätsel an die Hexe auf den Weg bringen, und zwar genau so, als ob nicht ein ganzer Tag Pause seit der letzten Rätsel-Nachricht vergangen war. Sie würde diese Tatsache einfach ignorieren. Vorsichtig, damit ihr nicht schwindelig wurde vor lauter Aufregung und Grippe, stand sie auf und machte sich einigermaßen zurecht. Keine halbe Stunde später betrat sie ein Internetcafé. Ihr Gesicht war hinter einem dicken Schal versteckt.

11:27 Uhr

Katharina stand am Fenster ihres Büros und rauchte. Inzwischen war es ihr egal, ob Mausner, der Staatsanwalt oder sonst wer sie dabei erwischen würde, sie hielt die Anspannung nicht anders aus. Seit dem frühen Morgen wartete sie erneut mit Vivien und Tobi auf ein Zeichen von Rumpelstilzchen. Bisher vergebens. Irgendwann hatte sie Vivien gebeten, sich bei den zuständigen Kollegen zu erkundigen, wie weit die Fahndung nach Simone Rehder angelaufen sei. Als sie mit Tobi allein war, hatte sie ihn nach Helmchen und dem Baby gefragt. Natürlich interessierte es sie, ob es Tobis Freundin gut ging, doch vordergründig diente es der Ablenkung und das war auch Tobias klar. Tobi war vor wenigen Minuten zu Mausner gegangen. Auch wenn sie davon ausgingen, dass das Alibi von Norbert Wehmeyer korrekt war, hatte der Kriminalrat es überprüfen lassen und dafür einen Kollegen von der Streife instruiert. Tobias wollte sich erkundigen, ob es hier schon ein Ergebnis gab. Katharina blies den Rauch in die kalte Luft. Seit dem Vorfall in München war es ihr nicht mehr so schlecht gegangen wie in den letzten Tagen. Die Tatsache, dass sie nicht wirklich etwas tun konnten und nicht weiterkamen, machte sie zunehmend fertig. Und das Gewicht der Verantwortung für

Ben drückte sie immer weiter zu Boden. Am Abend war es am schlimmsten, wenn sie allein in ihrer Wohnung saß. Zumal sie trotz Ablenkung vor dem Fernseher den Kopf nicht freibekam und täglich länger brauchte, um überhaupt in den Schlaf zu finden.

Ein hell klingender Ton riss Katharina aus ihren Gedanken. Sie hatte die Lautstärke ihres Computers hochgedreht, um jederzeit mitzubekommen, wenn eine E-Mail einging. Sie glaubte zwar nicht, dass Rumpelstilzchen erneut diesen Weg für die nächste Nachricht wählen würde, doch sie wollte sichergehen. Auch das Handy war ständig auf laut gestellt. Hastig drückte sie ihre Zigarette aus und trat an ihren Schreibtisch. Der Bildschirm zeigte ihr Mail-Postfach und tatsächlich stand an oberster Stelle eine neue E-Mail. Es war die Lesebestätigung zu der Mail, die Katharina ein zweites Mal an Rumpelstilzchen abgesendet hatte. Katharinas Herz begann zu hämmern. Rumpelstilzchen saß also gerade am Computer und checkte seine E-Mails! Aufgeregt griff die Kommissarin nach dem Telefonhörer und rief in der Technik an. Sie ließ sich mit einem der Computerspezialisten verbinden und fragte atemlos, ob er jetzt schnell zurückverfolgen könne, woher die Lesebestätigung käme. Er wolle es versuchen, erklärte der junge Mann und Katharina leitete ihm die Lesebestätigung weiter. Nachdem sie aufgelegt hatte, rief sie in der Zentrale an. Die sollte über Funk durchgeben, dass die Kollegen vom Streifendienst, die am nächsten dran waren, dringend das Internetcafé aufsuchen sollten, aus der Rumpelstilzchen die erste E-Mail abgeschickt hatte. Dort sollten zumindest die Personalien von allen Anwesenden aufgenommen werden. Wenn möglich sollten die Personen sogar festgehalten werden, bis Katharina dort eintraf. Katharina gab die Adresse des Cafés durch, legte auf und sprang nahezu im selben Moment vom Stuhl, um sich auf den Weg in das Internetcafé zu machen. Kurz bevor sie bei der Tür angelangt war, ertönte ein weiteres Mal das Signal für eine neue E-Mail. Rasch lief sie zu ihrem Computer zurück. Sie hatte eine E-Mail mit dem Absender *rumpelstilzchen2 @web.de bekommen*! Mit angehaltenem Atem öffnete Katharina die Nachricht:

Hänsel und Gretel liefen in den Wald.
Es war so finster und auch so bitterkalt.
Sie kamen an ein Wäldchen, so heilig und nicht klein,
wo mag im Forst die Kutsche vom Hänselein wohl sein?
Da kam eine Hexe, die zur Kutsche schaut hinein,
und ward bekämpft von Hans und Gretelein.
Die Hexe soll sterben, das Pärchen geht nach Haus.
Dann ist das Märchen von Hans und Gretel lang nicht aus.

Na, Katharina – ich hoffe, du hast mich gestern nicht zu sehr vermisst? Hast du mir deshalb gleich zweimal das Gleiche geschrieben? Einmal sogar mit Lesebestätigung? Wirst du etwa ungeduldig? Na ja, jetzt hast du ja alles, was du brauchst. Auch ein weiteres Rätsel! Aber vorweg noch das: Zwei der drei Fragen von vorgestern hast du mir richtig beantwortet, eine davon war die Zusatzfrage. Dafür hatte ich dir etwas versprochen. Gleichzeitig war aber eine Antwort falsch, und so musste Ben erneut ein wenig leiden … Für dich gab es einen Tag ohne Rumpelstilzchen, und was Ben zu ertragen hatte, überlasse ich gern erneut deiner Fantasie.

Zu heute habe ich mir ein besonders spannendes Rätsel überlegt. Sicher hast du gemerkt, dass ich den Text von Hänsel und Gretel ein wenig verändert habe, oder? Nun, darin findest du einen Hinweis, wenn du ihn denn erkennst. So wie Hänsel und Gretel den Weg nach Hause suchten, musst du heute den Weg zu Bens Auto finden. Das hast du doch bestimmt schon vermisst. Wenn du es findest, wird dich darin eine Überraschung erwarten. Was es ist, wird deine Antwort sein – die später unübersehbar das Cockpit deines eigenen Wagens ziert, aber bitte ohne irgendeine Veränderung.

Viel Glück bei der Suche wünscht
Rumpelstilzchen

Katharina sank auf ihren Stuhl. Im selben Moment klingelte ihr Telefon. Es war die Technik, die ihr die Adresse eines Internetcafés nannte, aus der die Lesebestätigung abgesendet worden war. Es war nicht das Café, aus dem Rumpelstilzchens erste Mail gekommen war, sondern lag außerhalb Lüneburgs. Katharina bedankte sich für die schnelle Arbeit und während sie den Hörer auf die Gabel legte, traten Tränen in ihre Augen. Es waren Tränen der Wut. »Scheiße«, rief sie einmal laut durch das Büro, bevor sie erneut die Nummer der Zentrale wählte und dort darum bat, die Kollegen nun zur neuen Adresse zu schicken. Nachdem sie wieder aufgelegt hatte, lehnte sie sich in ihrem Stuhl zurück und versuchte, ihren Atem wieder zu beruhigen. Genau in diesem Moment betrat Vivien das Büro.

»Katharina? Alles okay? Du bist ja leichenblass!«

Katharina zeigte nur stumm auf den Bildschirm und Vivien trat, ohne zu zögern, heran und las.

»Erkennst du darin irgendeinen Hinweis?«, fragte sie und Katharina schüttelte den Kopf, während ihr Blick auf der Nachricht ruhte und die Gedanken in ihrem Kopf Purzelbäume schlugen. Was hatte Ben diesmal zu erdulden gehabt? Welche Antwort war falsch gewesen?

Ein weiteres Mal griff die Kommissarin zum Hörer und wählte jetzt die Nummer von Kriminalrat Mausner. »Herr Mausner? Katharina von Hagemann. Die nächste Nachricht ist angekommen. Können Sie mit Tobias zu mir kommen? Ich brauche Hilfe.«

Vivien stellte ein Glas Wasser auf Katharinas Schreibtisch. »Hier, trink. Du fällst mir ja sonst gleich um, so, wie du aussiehst.«

Kommentarlos griff Katharina zum Glas und leerte es in einem Zug, den Blick immer noch stur auf den Bildschirm gerichtet.

»Verdammt«, brach es plötzlich aus ihr heraus. »Wie krank kann denn jemand sein?«

In diesem Moment betraten Tobias und Stephan Mausner das Büro. Vivien winkte sie heran und zeigte auf Katharinas Bildschirm. Nachdem beide den Text gelesen hatten, rief Tobi: »Heiligenthaler Forst!«

»Wie bitte?«, fragte Vivien erschrocken.

Doch Katharina sah Tobi dankbar an: »Tobi, du bist ein Held – das ist es! Das muss es sein! Bens Auto steht im Heiligenthaler Forst!«

Eine halbe Stunde später saß Katharina mit Tobi im Auto. Mausner hatte sie eindringlich gebeten, nicht mitzufahren, da der Märchentext seiner Meinung nach eine klare Anspielung auf eine Gefahr enthielt, die Katharina betraf, doch sie hatte sich strikt geweigert. Am liebsten wäre sie allein gefahren, doch ihr war klar, dass das entgegen jeglicher Regeln und obendrein nicht hilfreich sein würde. Die Spurensicherung war in Alarmbereitschaft und würde losfahren, sobald Katharina und Tobi das Auto von Ben gefunden hatten.

»Schon merkwürdig, dass Rumpelstilzchen zweimal direkt hintereinander den gleichen Weg für eine Nachricht wählt, oder?«, fragte Katharina und drehte sich zu Tobi um, der am Steuer saß.

»Ja, irgendwie schon«, bestätigte er. »Aber vielleicht ist genau das der Grund – er oder sie will uns – dich – verwirren.«

»Das ist längst gelungen«, antwortete Katharina leise.

»Wir finden dieses Monster!«, versuchte Tobi seine Kollegin aufzubauen. »Ich glaube nicht, dass Ben etwas passiert ist.«

»Du spielst auf meine Mail an?«, fragte Katharina mit hochgezogenen Augenbrauen. »Denkst du, dass es ein Fehler war, ein Lebenszeichen von Ben einzufordern?«

»Nein, das auch nicht«, sagte Tobias vorsichtig. »Aber was für ein Lebenszeichen erwartest du?«

»Keine Ahnung, aber ich konnte nicht anders – ich musste das tun. Ehrlich gesagt habe ich inzwischen auch Angst, dass der Schuss nach hinten losgehen könnte.«

Sie befanden sich inzwischen mitten im Heiligenthaler Forst und während Tobias langsam den Wagen über die Forstwege steuerte, sahen sich beide aufmerksam um. Gleichzeitig schwirrten Katharinas Gedanken weiterhin durcheinander. Kurz bevor sie losgefahren waren, hatte sie aus purer Verzweiflung, und ohne es mit irgendwem abzustimmen, direkt auf die Mail von Rumpelstilzchen geantwortet. Kurz und knapp: *Bevor wir weiterspielen, fordere ich ein Lebenszeichen von Benjamin Rehder.* Sie hatte auf »Senden« geklickt, ehe sie es sich anders überlegen konnte. Nun bereute sie es. Natürlich hatte sie die Forderung ernst gemeint. Sie musste einfach wissen, wie es Benjamin ging und dass er lebte. Doch nun packte sie die Panik vor möglichen Konsequenzen.

»Da!«, rief Tobi plötzlich aus und Katharina zuckte vor Schreck zusammen. »Da hinten, hinter der Baumreihe!«

Tatsächlich entdeckte Katharina ein Auto, als sie Tobias' Blickrichtung folgte. Es stand ziemlich versteckt und man konnte es nur erkennen, wenn man danach suchte. Tobi hielt den Wagen an, und noch während er den Motor ausschaltete, öffnete Katharina ihre Tür und stieg aus. Dann ging sie zielstrebig auf das versteckte Auto zu. Tobi folgte ihr und konzentrierte sich auf dem von tagelangem Regen durchweichten Waldboden möglichst in ihre Fußstapfen zu treten, wobei er annahm, dass sie wegen der Nässe keinerlei andere Fußspuren finden würden. Auch Reifenspuren konnte er nicht ausmachen, obwohl es so schien, als wäre dieser Weg der einzige zwischen den Bäumen hindurch. Katharina blieb ungefähr drei Meter vor dem Auto stehen und wartete auf Tobi. »Es ist tatsächlich Bens Wagen …«, flüsterte sie, als er auf ihrer Höhe war. »Siehst du hier außer dem Auto sonst noch irgendwas oder irgendwen?«

»Nein«, antwortete Tobias, sah sich aber weiterhin gründlich um.

»Na dann«, sagte Katharina forsch und setzte sich in Bewegung.

»Warte, lass mich vorgehen!«, rief Tobias, doch Katharina war mit schnellen Schritten bereits an Bens Auto angelangt. Sie streifte sich Handschuhe über, blickte über die Schulter zu Tobias und sagte: »Ich hab Bens Ersatzschlüssel mitgenommen. Die lagen in seiner Schreibtischschublade im Büro. Was soll ich zuerst aufschließen? Tür oder Kofferraum?«

»Siehst du irgendwo im Innenraum Drähte oder Kabel?«, fragte Tobias und Katharina sah ihn nervös an.

»Du meinst, da drin könnte ein Sprengsatz liegen?«

»Wer weiß – ich trau diesem Rumpelstilzchen inzwischen alles zu.« Tobias blieb in einigem Abstand vom Auto stehen, wohlwissend, dass ihn das nicht schützen würde, falls sich in dem Auto tatsächlich eine Bombe befand. »Lass uns auf die Spusi warten, Katharina, ich ruf sie direkt an und dann sind die Jungs in 20 Minuten hier.« Er hoffte außerdem, dass die Spusi wenigstens Fasern an den umliegenden Büschen finden würde, wenn es schon keine Spuren im schlammigen Waldboden gab. Irgendwie musste Bens Entführer hier schließlich weggekommen sein.

Katharina hörte ihrem Kollegen nicht mehr zu. Sie war langsam um Bens Auto herumgegangen und hatte durch die einzelnen Scheiben gespäht. Während Tobias sein Handy ans Ohr nahm, nachdem er die Kurzwahl der Spurensicherung gewählt hatte, öffnete Katharina ohne ein weiteres Wort die Beifahrertür. Mit einer langsamen Bewegung zog sie einen kleinen Gegenstand aus dem Fußraum und hielt ihn Tobi entgegen. Mit brüchiger Stimme sagte sie: »Ich nehme mal an, das hier ist mein Geschenk von Rumpelstilzchen!« Tobi erblickte in ihrer Hand eine kleine Voodoo-Puppe, die wie eine Hexe gekleidet war. Die Hexe hatte zudem wilde, rote Locken und grüne Augen, und in ihrem Herzen steckte eine lange Nadel …

23:58 Uhr

Bene polierte gedankenverloren ein Glas. Wenn er hier noch ein wenig Ordnung geschaffen hatte, würde seine Kollegin allein weitermachen und er konnte nach Hause gehen. Und genau das machte ihm zu schaffen. Er, der sonst wunderbar mit sich allein zurechtkam, fand es derzeit bedrückend und nahezu unerträglich, in seine leere Wohnung zu kommen. Gerade nachts. Nach dem Job. Denn dann drehte sich das Gedankenkarussell in seinem Kopf am schnellsten und beschwor Bilder herauf, die Bene absolut nicht sehen wollte. Ben, wie er angenagt von wilden Tieren tot irgendwo im Wald lag. Ben, der von vermummten Gestalten auf das Schlimmste gefoltert wurde. Ben, dessen Augen ihn hoffnungsvoll anschauten und zu sagen schienen: »Ich weiß, du holst mich hier raus«.

Bene stellte das Glas zu den anderen ins Regal. Natürlich konnte er auch noch hierbleiben, doch seine Schicht war zu Ende und er würde dadurch das Alleinsein nur aufschieben. Er ging nach hinten zu seinem Spind, holte sich seine Jacke und verließ das Hotel »Heideglanz« durch die Tür, die auf die Gasse Bei der Lüner Mühle führte. Hier wandte er sich nach links und ging über die Brausebrücke, an deren Geländer unzählige Verliebte bunte Vorhängeschlösser mit ihrer ganz persönlichen Gravur als Zeichen ihrer vermeintlich dauerhaften Liebe angebracht hatten. Wie inzwischen jedes Mal, wenn er an diesen Liebesschlössern vorüberging, musste er an Katharina denken.

Er kannte Katharina nun seit dreieinhalb Jahren und das, wie er meinte, recht gut. Obwohl auch in den vergangenen Jahren immer mal eine kleine Funkstille zwischen ihnen geherrscht hatte, waren sie doch nie ganz voneinander losgekommen. Vor allem waren sie immer füreinander dagewesen, wenn der eine den anderen brauchte, darum verstand er es auch überhaupt nicht, dass Katharina ständig Vivien bei ihm anrufen ließ, um ihn auf den neuesten Ermittlungsstand zu bringen oder Antworten von ihm für dieses irre Rumpelstilzchen zu erfragen. Wollte Katharina ihn etwa auf diese Weise loswerden? Indem sie versuchte, ihn mit ihrer neuen Kollegin zu verkuppeln? Nein, das konnte er sich nicht vorstellen. So etwas war nicht Katharinas Art. Wenn er es recht bedachte, war sie immer eher schroff, wenn ihr etwas auf dem Herzen lag. Und das tat es momentan zweifelsfrei. Benes Herz krampfte sich unter seinem dicken Sweater und der Lederjacke zusammen, während er von Bei der Abtspferdetränke in die Straße Am Berge einbog. Er hätte auch geradeaus über die Rosenstraße und den Rathausmarkt nach Hause gehen können, aber er schlug unbewusst diesen Weg ein. Ben war inzwischen seit 18 Tagen verschwunden. Würde er seinen Zwillingsbruder je wiedersehen? Benedict Rehder musste heftig schlucken, und obwohl niemand ihn sehen konnte, war er froh über den kühlen Nieselregen, der sein Gesicht befeuchtete und sich mit den vereinzelten Tränen mischte, die über seine Wangen liefen. Rechts von ihm lag jetzt die Münzstraße. Die Straße, in der Katharina wohnte und in die er wie selbstverständlich einbog. Zu sich hätte er geradeaus weitergehen müssen. Eigentlich wollte er ihr zuerst nur auf diese Art nahe sein, doch als sein Blick zu ihrem Wohnzimmerfenster hochwanderte, sah er, dass dahinter Licht brannte. Das Licht flackerte bläulich durch das Fenster und Bene nahm an, dass Katharina fernsah. Vielleicht war sie auch vor dem Fernseher eingeschlafen, aber sie lag wohl sicher noch nicht im Bett. Kurzentschlossen trat er an die Haustür und drückte die Klingel auf der »von Hagemann« stand. Schon allein aus Gewohnheit machte er danach einen Schritt zurück auf die Straße und schaute erneut zu Katharinas Fenster hoch. Er musste nicht lange warten, da öffnete es sich und Katharina steckte den Kopf hinaus. In Ermangelung einer Gegensprechanlage war dies ihre Art, vorab zu schauen, wer vor der Tür stand. Sie sagte nichts, schaute ihn nur kurz verwundert an – zumindest kam es Bene durch den immer noch leichten Regen so vor –, nickte kurz, zog den Kopf wieder zurück und schloss ihr Fenster. Keine zwei Sekunden später ging der Türsummer und Bene drückte die schwere Eingangstür auf.

Als Bene in ihrem Stockwerk ankam, stand Katharina in der geöffneten Tür und erwartete ihn. Sie trug ein viel zu großes T-Shirt, eine alte, an den Knien ausgebeulte Jogginghose und dicke rote Wollsocken, deren Farbe sich mit der ihrer verstrubbelten Haare biss. Keiner von beiden sagte etwas. Katharina trat beiseite und Bene nahm es als Aufforderung, die Wohnung zu betreten. Hinter sich zog er die Tür zu, entledigte sich seiner regennassen Jacke und hängte sie in die Garderobe. Dann streifte er seine ebenfalls durchnässten Sneaker ab. Bei alledem hatte Katharina Bene wortlos zugeschaut. Jetzt trat sie auf ihn zu und blickte ihm dabei in die Augen. Bene erkannte darin dasselbe, was er heute Morgen beim Blick in den Spiegel in seinen gesehen hatte: einsame Verzweiflung. Ohne noch länger zu zögern zog er Katharina an sich und vergrub seinen Kopf in ihrer Mähne, während sie sich an ihn schmiegte, als hätte sie nur auf ihn gewartet.

»Ich habe Angst«, flüsterte sie leise.

Mein süßes Liebchen! Hier in Schachtelwänden
Gar mannigfalt geformte Süßigkeiten:
Die Früchte sind es heil'ger Weihnachtszeiten,
Gebackne nur, den Kindern auszuspenden!

Dir möcht ich dann mit süßem Redewenden
Poetisch Zuckerbrot zum Fest bereiten;
Allein was soll's mit solchen Eitelkeiten?
Weg den Versuch, mit Schmeichelei zu blenden!

Doch gibt es noch ein Süßes, das vom Innern
Zum Innern spricht, genießbar in der Ferne,
Das kann nur bis zu dir hinüberwehen.

Und fühlst du dann ein freundliches Erinnern,
Als blinkten froh dir wohlbekannte Sterne,
Wirst du die kleinste Gabe nicht verschmähen.

(Christgeschenk, Johann Wolfgang von Goethe)

19. KAPITEL:

SAMSTAG, 20. DEZEMBER 2014

08:17 Uhr

Katharina saß an ihrem Schreibtisch und versuchte sich zu konzentrieren, doch es gelang ihr nicht. Gestern hatten sie noch die Nachricht erhalten, dass die wenigen Gefängnisfreunde von Heinzen, die ebenfalls nicht mehr inhaftiert waren, ein Alibi für diverse Zeiten hatten, in denen Rumpelstilzchen definitiv aktiv gewesen war. Jetzt lag das bisher erstellte Täterprofil vor ihr, mit dem sie kaum vorangekommen war. Alle ersten Erkenntnisse über Rumpelstilzchen hatten sich mit jeder Aktion erneut bestätigt, doch es waren so gut wie keine weiteren hinzugekommen. Wenn sie bloß keine Vermutungen mehr anstellen müssten, sondern das wahre Motiv oder das Ziel der Entführung kennen würden, hätten sie vielleicht einen neuen Ansatz für die Ermittlungen. So traten sie auf der Stelle und waren darauf angewiesen, weitere Nachrichten abzuwarten. Rumpelstilzchen allein diktierte die Richtung und von Tag zu Tag wuchs die Angst um Ben, zumal sie nur noch bis zum Heiligen Abend Zeit hatten, Ben zu finden, wenn Rumpelstilzchen diese Botschaft in seiner ersten Nachricht ernst gemeint hatte, wovon sie ausgehen mussten. Neben dem Profil lag ein vergrößertes Foto der Voodoo-Puppe – das Original saß hinter Katharinas Wagenfenster. Tobi hatte die Puppe gestern noch direkt von den Kollegen in der KTU untersuchen lassen und ihr dann schnellstmöglich übergeben. Wie erwartet hatte die KTU auch daran keine hilfreichen Spuren gefunden. Fingerabdrücke an der Puppe gab es mehr als reichlich verschiedene, an der Nadel wiederum keinen einzigen. Die Materialien waren keine Außergewöhnlichen und in jedem Bastelgeschäft zu bekommen. Auch hier hatte Rumpelstilzchen offensichtlich größte Sorgfalt walten lassen. Genauso, wie an Bens Auto. Um die Fahrertür herum war alles picobello abgewischt worden, und es fanden sich dort keinerlei Fingerabdrücke, ebenso wenig wie am Lenkrad und am Schaltknüppel. Darüber hinaus war der Fahrersitz gründlich abgesaugt worden – vermutlich mit einem akkubetriebenen Handgerät – und bis auf wenige vereinzelte Haare, die bei einem Schnellcheck unter dem Mikroskop aussahen als stammten sie von Ben, war nichts gefunden worden. Ansonsten war im Auto nichts weiter gereinigt worden. Das sprach dafür, dass Rumpelstilzchen das Auto schnurstracks in den Wald gefahren hatte, um es dort abzustellen. Sehr genau darauf bedacht, keine unnötigen Spuren zu hinterlassen. Die Auswertung der Spuren, die im Rest des Wagens sichergestellt worden waren, würde eine Weile dauern, zumal einige Kollegen der Spurensicherung aufgrund der Weihnachtszeit bereits im Urlaub waren. Zudem war Bens Auto schon älter, es würden also zwangsläufig sehr viele verschiedene Spuren zu sichern sein. Für die Ermittler würde es am Ende bedeuten, die Nadel im Heuhaufen zu finden, wie Tobi feststellte, wofür er sich einen wenig begeisterten Blick von Katharina einfing, die sofort an die Voodoo-Puppe denken musste.

Die Anwesenheit von Bene in der vergangenen Nacht hatte Katharina gutgetan. Aber es war auch irgendwie verstörend gewesen. Wenn sie Bene ansah, sah sie gleichzeitig auch Ben vor sich, was sie unter normalen Umständen gut voneinander trennen konnte. Und auch Bene war vor lauter Sorge um seinen Zwilling nicht er selbst gewesen. Doch sie hatten sich gegenseitig ein wenig Halt geben können, wenn auch nur für ein paar Stunden. Ihnen beiden war nicht nach Sex zumute gewesen. Körperlich schon, aber moralisch war es beiden nicht möglich gewesen, das war ihnen klar gewesen, ohne darüber zu sprechen. Sie hatten eine Weile geredet und sich dann, eng aneinandergeschmiegt, auf Katharinas Futon gelegt, bis sie beide zu später Stunde in einen unruhigen Schlaf gefallen waren. Am Morgen hatte Katharina ihre Wohnung verlassen, ohne Bene zu wecken. Sie hatte ihm lediglich eine Nachricht hinterlassen, dass sie sich freuen würde, wenn er am Abend wieder vorbeikäme. Auf dem Weg zum Kommissariat war ihr dann eingefallen, dass Samstag war und Bene sicher bis spät in die Nacht Dienst in der Bar haben würde. Inzwischen hatte sie sogar das Gefühl für die Wochentage verloren.

Nun saß sie bereits seit einer Stunde an ihrem Schreibtisch. Sie wartete erneut verzweifelt auf eine Nachricht von Rumpelstilzchen, denn bisher war nichts gekommen. Dass sie nicht wusste, auf welchem Weg die nächste Aufgabe sie erreichen würde, machte die Sache noch nervenzehrender. Außerdem wuchs, seit sie aufgewacht war, die Angst in ihr, dass sie mit ihrer Forderung nach einem Lebenszeichen zu beherzt gewesen war. Was, wenn Rumpelstilzchen sich nun gar nicht mehr melden und sein perfides Spiel einfach beenden würde? Solange sie nicht sicher sein konnten, ob das Ganze gegen Ben oder doch gegen sie selbst gerichtet war, mussten sie mit allem rechnen. Erneut überprüfte die Kommissarin ihre Mailbox, um zu sehen, ob eine neue Nachricht eingegangen war, als es alles andere als zaghaft an der Tür klopfte. Katharina zuckte vor Schreck zusammen und drehte sich auf ihrem Bürostuhl so hastig um, dass sie fast vornüberfiel. Beim Anblick der Person, die in der Tür stand, blieb ihr vor Überraschung der Mund offen stehen. Vor ihr stand Simone Rehder. Bevor Katharina etwas sagen konnte, ergriff die Exfrau von Ben das Wort: »Ich hab gehört, Sie wollten mich noch mal sprechen?«

Die Kommissarin konnte es nicht fassen. Sie rang förmlich nach Worten, um sich nicht zu sehr im Ton zu vergreifen. »Das haben Sie gehört, ja?«, fragte sie zynisch. »So kann man es auch nennen. Wir fahnden nach Ihnen!«

Nun war es Simone Rehder, die sichtlich irritiert war: »Sie tun was? Aber wieso denn? Ich war doch nur ein paar Tage unterwegs, das ist ja wohl nicht verboten!« Sie setzte einen pikierten Gesichtsausdruck auf und Katharina war nicht sicher, ob es gut gespielte oder echte Verwirrung war.

»Frau Rehder«, begann sie, krampfhaft bemüht, sich zu beherrschen. »Wir suchen Sie seit Tagen. Sie sind nicht ans Telefon gegangen, Sie waren nicht in Ihrem Laden … Verdammt noch mal, wo haben Sie die ganze Zeit gesteckt, während wir versuchen, Ihren Exmann zu finden?« brach es schließlich doch aus ihr heraus.

Simone Rehder starrte die Kommissarin aus großen Augen an. Langsam kam sie auf Katharina zu und setzte sich auf den Stuhl, der an Viviens provisorischem Schreibtisch stand.

»Wollen Sie etwa sagen, dass Ben immer noch verschwunden ist? Seit Sie neulich bei mir im Geschäft gewesen sind?« Sie schien nach den richtigen Worten zu suchen. »Ich … ich bin die Weihnachtsmärkte in der Lüneburger Heide abgefahren. Wissen Sie … mein Geschäft, also das mit dem Schmuck … das läuft nicht so richtig an. Da hab ich mir halt gedacht, ich gehe in die Offensive und biete ein paar der Sachen auf den Weihnachtsmärkten an.«

»Und – hat es geklappt?«, fragte Katharina voller Sarkasmus, doch das schien bei ihrem Gegenüber gar nicht anzukommen.

»Nein, überhaupt nicht«, kam stattdessen von dort die trockene Antwort. Der Blick von Simone Rehder fiel auf das Bild der Puppe auf Katharinas Schreibtisch. »Diese blöden Puppen, die werden überall gekauft wie verrückt. Aber meinen schönen Schmuck wollte keiner haben.«

Katharina starrte zuerst auf das Bild und dann zu Simone Rehder. »Moment mal, Sie meinen, Sie haben diese Puppen auf einem Weihnachtsmarkt gesehen?«

»Auf einem?« Simone Rehder lachte bissig. »Auf jedem einzelnen! Reine Massenware, wahrscheinlich made in Taiwan oder so.«

Katharina stand auf, nahm das Bild in die Hand und trat auf Simone Rehder zu. »Genau solche Puppen? Mit solchen Haaren und …«

»Na ja, nicht mit der Nadel in der Brust, das ist ja eher Voodoo. Damit sollten Sie übrigens nicht spaßen, also ich hab da auf meinen Reisen Sachen erlebt, das glauben Sie nicht.« Welche Sachen das waren, führte sie zu Katharinas Erleichterung nicht weiter aus. Stattdessen fuhr sie mit einem schiefen Grinsen, das Katharina als etwas gehässig empfand, fort: »Pardon. Aber ja, diese Puppen gibt es in verschiedensten Ausführungen. Blond, Brünett, dunkelhäutig und -haarig oder aber mit roten Haaren. Die sieht Ihnen übrigens ein bisschen ähnlich, aber das ist Ihnen sicher auch schon aufgefallen.«

In diesem Augenblick betrat Tobias das Büro und verschaffte Katharina auf diese Weise einen Moment, um Luft zu holen. War diese Frau tatsächlich so naiv? Oder spielte sie hier Rumpelstilzchens Spiel mit ihr?

Tobias blickte kurz von Katharina zu Simone Rehder und begriff die Situation innerhalb weniger Sekunden. »Guten Tag. Simone Rehder, richtig? Mein Name ist Kommissar Schneider. Vielleicht erinnern Sie sich an mich?«

Die Exfrau von Benjamin schaute ihn für wenige Sekunden an, schüttelte entschuldigend den Kopf und wandte sich dann wieder an Katharina. »Was wollen Sie denn nun eigentlich genau von mir? Wissen Sie, ich bin extra früh hergekommen, damit ich meinen Laden gleich pünktlich aufmachen kann. Schließlich war er jetzt tagelang geschlossen und das noch umsonst. Vielleicht kann ich da wenigstens ein bisschen von den Leuten profitieren, die jetzt auf den letzten Drücker noch ein schönes Weihnachtsgeschenk suchen.«

Katharina war fassungslos. Sie brauchte eine Pause, sonst würde sie ausrasten. »Tobi, kommst du bitte mal kurz? Und Sie, Frau Rehder, bewegen sich nicht vom Fleck. Wir sind noch nicht fertig! Aber vorher noch eine Frage: Woher wussten Sie, dass ich an einem Samstag hier zu finden bin?«

»Oh, da hab ich mir gar keine Gedanken drüber gemacht«, gab Simone Rehder zu. »Ben hat auch immer gearbeitet. Egal, welcher Wochentag grad war. Und wenn Sie nicht hier gewesen wären ... irgendwen hätte ich ja garantiert angetroffen.«

Katharina nickte dazu nur, dann folgte Tobias ihr in den Flur und schloss die Tür zum Büro. »Boah, ich kann mir gar nicht vorstellen, dass Ben mit der verheiratet war!«

Katharina hätte gelacht, wenn sie nicht so wütend gewesen wäre. »Das glaubst du nicht, die ist hier aus heiterem Himmel reingestiefelt, als wenn nichts wäre. Entweder ist die wirklich so verpeilt oder sie ist perfekt in die Rumpelstilzchen-Rolle geschlüpft.«

»Das heißt, du verdächtigst sie immer noch?«, fragte Tobias überrascht.

»Keine Ahnung«, gab Katharina zu. »Auf jeden Fall traue ich ihr nicht. Ich muss noch weiter mit ihr sprechen, so schnell lass ich die hier nicht wieder weg.«

In diesem Moment kam Vivien den Flur entlang. »Guten Morgen, ihr zwei!«, sagte sie lächelnd, dann wurde sie ernst. »Warum steht ihr hier? Gibt es was Neues?«

»Kann man wohl sagen«, antwortete Katharina. »Aber das kann Tobi dir gleich erklären. Ihr zwei müsst bitte auf den Weihnachtsmarkt.« Sie sah auf ihre Armbanduhr – es war inzwischen kurz vor zehn. »In ein paar Minuten machen die Buden auf, das passt perfekt. Simone Rehder hat behauptet, dass es diese Puppen, wie die, die wir in Bens Auto gefunden haben, auf allen Weihnachtsmärkten gibt. Geht bitte los und überprüft das. Und wenn ihr tatsächlich einen Händler findet, fragt nach, wo sie überall verkauft werden. Und guckt, ob es unsere Puppe, also … also mit roten Locken, ob es die standardmäßig gibt oder ob jemand sie vielleicht hat anfertigen lassen.«

»Moment mal – Simone Rehder?«, unterbrach Vivien und sah von Katharina zu Tobi.

»Ja, die sitzt da drinnen«, antwortete Katharina leicht gereizt. »Aber wie gesagt, ihr müsst jetzt erst mal los. Ich will endlich einen Schritt weitergekommen. Alles Weitere später, um Simone Rehder kümmere ich mich schon.« Sie drehte sich um und betrat das Büro, in dem Simone Rehder immer noch auf Viviens Stuhl saß und Katharina ungeduldig entgegensah.

»Frau von Hagemann, so war doch Ihr Name, richtig? Was ist denn nun mit Ben? Das war doch eben nicht Ihr Ernst, dass er immer noch nicht wieder aufgetaucht ist, oder?«

In kurzen Sätzen schilderte Katharina Bens Exfrau die Situation. Den Namen »Rumpelstilzchen« ließ sie dabei komplett außen vor sowie viele weitere Details. Sie erklärte nur das Notwendigste, doch das genügte, um nun auch Simone Rehder den Ernst der Lage erkennen zu lassen.

»Mein Gott, wenn ich das gewusst hätte … Es tut mir wirklich leid. Ich würde Ben doch nie im Stich lassen! Woher hätte ich denn ahnen sollen, dass er entführt wurde? Ich verspreche Ihnen, ab sofort bin ich immer erreichbar. Auch wenn ich nicht weiß, wie ich Ihnen helfen könnte. Schließlich hab ich Ben jahrelang nicht gesehen und hab im Ausland gelebt.«

»Ich werde Ihnen schon mitteilen, wie Sie uns helfen können, wenn es so weit ist«, erklärte Katharina. Von den Rätseln hatte sie ebenfalls nichts erzählt. Wenn die nächste Nachricht eintraf, würde Simone Rehder noch früh genug davon erfahren. »Haben Sie ein Handy?«

»Ja, schon …«, druckste Simone Rehder herum. »Aber das ist selten an, wegen der Strahlung und so.«

»Sie geben mir jetzt Ihre Handy-Nummer, und ab sofort ist es immer angeschaltet, auch der Ton!«, forderte Katharina barsch. »Sollten wir Sie erneut nicht erreichen können, lasse ich Sie, wenn es nötig ist, verhaften.«

Katharina wusste, dass sie dafür keine Handhabe hatte, doch ihre Ansage hatte ihre Wirkung nicht verfehlt, und allein darauf kam es an.

»Schon gut«, gab Bens Exfrau kleinlaut zu verstehen und kramte in ihrer Tasche nach einer Visitenkarte. Auf die Rückseite schrieb sie ihre Handy-Nummer. »Hier, bitte. Ich geh dann jetzt erst mal. Sie geben mir aber doch Bescheid, wenn Sie Ben gefunden haben, oder?«

»Sicher«, antwortete Katharina knapp. »Eine Frage habe ich aber noch: Ein paar ehemalige Nachbarn von Ihnen meinen, Ben am Tag seines Verschwindens gesehen zu haben. Angeblich ist er mit einer Frau, die Ihnen nicht ganz unähnlich war, in sein Auto gestiegen und weggefahren. Wenn Sie es nicht waren, haben Sie irgendeine Idee, um wen es sich gehandelt haben könnte?«

»Haben das wirklich mehrere Nachbarn behauptet oder nur eine?«, fragte Simone Rehder mit einem zynischen Unterton zurück und Katharina hakte hier sofort ein: »Wen meinen Sie?«

»Na, diese hinterhältige Schrapnelle, die Ingwersen!«, erwiderte Simone Rehder aggressiv. »Da sollten Sie vorsichtig sein. Die erzählt viel, wenn der Tag lang ist. Sieht alles, hört alles, weiß alles – meint sie zumindest. Und dann erzählt sie es anderen so, dass die ihre Geschichten auch glauben. Mich konnte sie noch nie ausstehen. Wundert mich gar nicht, dass sie auch nach Jahren noch meinen Namen in den Schmutz ziehen will. Warum sollte ich mit Ben wegfahren? Sie wissen doch, dass er auf meine Mail nicht geantwortet hat!«

»Vielleicht aus demselben Grund, aus dem Sie in sein Haus eingedrungen sind?«, erwiderte Katharina ruhig. Sie freute sich, dass es ihr gelungen war, Simone Rehder unerwartet aus der Reserve zu locken. Vielleicht verriet sie dabei mehr, als sie wollte.

»Aha, da hat der liebe Bene wohl auch geplaudert, was? Hören Sie, Frau Kommissarin. Mein Exmann hat mir den Haustürschlüssel nie abgenommen, und ich brauchte dringend ein Dokument. Das hab ich nur leider nicht gefunden. Dafür allerdings einen Brief, den mein lieber Ex offensichtlich an Sie geschrieben hat. Hat Ihnen Bene das etwa nicht erzählt?«, kam es bissig von Simone Rehder. »Vielleicht wollen Sie mir ja zur Abwechslung mal was erzählen?« Beinahe triumphierend sah sie Katharina an.

Dass Bens Exfrau den Brief von Maximilian ansprach, brachte Katharina für eine Sekunde aus dem Konzept. Simone Rehder merkte davon jedoch glücklicherweise nichts, denn die Kommissarin kam schnell auf ihre Eingangsfrage zurück, die sie geschickt etwas umformulierte: »Das heißt, Sie haben keine Ahnung, wer diese Frau gewesen sein könnte, die mit Bens Auto weggefahren sein soll?«

»Nein, absolut nicht.«

»Okay, Frau Rehder, dann können Sie fürs Erste gehen«, sagte Katharina abrupt und stand auf. »Aber wie gesagt, ich meine es ernst: Bleiben Sie jederzeit für uns erreichbar, ansonsten wird das nächste Gespräch nicht mehr so freundlich. Und ich bin mir sicher, es wird ein nächstes geben.«

Während Simone Rehder ihre Sachen zusammenraffte und sich ebenfalls vom Stuhl erhob, fiel Katharina noch etwas ein: »Sagen Sie Frau Rehder, gehören Sie eigentlich einer Sekte an oder haben Sie jemals einer angehört?«

Genervt rollte Simone Rehder mit den Augen: »Jetzt geht diese Fragerei schon wieder los! Wer hat diesmal über mich geschludert? Bene oder die Ingwersen oder beide zusammen? Oder diesmal vielleicht die liebe Julie, die gibt es ja sicher auch noch! Noch eine, die mich nie besonders leiden konnte und der ich durchaus zutraue, dass sie mir irgendwelche absurden Dinge unterstellt. Aber bitte: Nein, ich gehöre keiner Sekte an und habe es auch nie. Ich habe lediglich in Indien in einem Aschram gelebt. Das ist schließlich nicht verboten. Kann ich jetzt endlich gehen?«

»Ja, gehen Sie. Auf Wiedersehen!« erwiderte Katharina und drehte sich weg. Sie mochte diese Frau nicht und wollte sie deswegen auch nicht mehr länger ansehen müssen.

11:51 Uhr

Sie hatte ihm eben die Handschellen abgenommen. Jetzt biss Ben sich auf die spröden Lippen, dann setzte er sich auf, nahm sich das Schälchen Hühnerbrühe, das sie ihm gebracht hatte, und machte sich darüber her. Er nahm sich nicht die Zeit, die Brühe langsam und sicherlich bekömmlicher zu löffeln, sondern hob das Schälchen direkt an den Mund und schlürfte es aus. So verkommt man also in der Gefangenschaft, da reduziert sich irgendwann alles nur noch auf die Überlebensinstinkte und man schmeißt jegliches gute Benehmen und jegliche Vernunft über Bord, dachte Ben bei sich und krümmte den rechten Zeigefinger, um mit ihm die letzten Tropfen aus dem Schälchen aufzunehmen. Als er den Finger daraufhin ableckte, hörte er sie voller Zufriedenheit neben sich sagen: »Ich sehe, es schmeckt dir. Das freut mich.«

Am liebsten hätte Ben erwidert: »Der Hunger treibt's rein«, weil er alles andere wollte, als ihr eine Freude zu bereiten. Stattdessen drehte er seinen Kopf zu ihr und rang sich ein Lächeln ab. Er wusste inzwischen, dass sie ihn nicht als Liebessklaven hier unten halten wollte, sondern dass sie meinte, ihn zu lieben und von einem gemeinsamen Leben im Alltag mit ihm träumte. Dieser gemeinsame Alltag sollte unter dem Weihnachtsbaum am Heiligen Abend beginnen. Das alles hatte sie das letzte Mal, als sie bei ihm war, in einer Art Selbstgespräch gemurmelt und ihm, ohne es zu wollen, auf diese Weise auch mitgeteilt, dass er noch keine Monate hier unten war, da Weihnachten noch bevorzustehen schien. Auch auf Katharina hatte sie geschimpft. Sie immer wieder als »die Rothaarige« oder als »Hexe« tituliert, die ihn, ihren Geliebten, nicht bekommen würde, denn sie würde den Hexenzauber in ihm schon noch endgültig exorzieren. Genau so hatte sie es gemurmelt: Exorzieren. Er war in einem Zustand zwischen Wachen und Schlafen gewesen und hatte mit geschlossenen Augen gelauscht. Er hatte nicht alles begriffen. Dazu redete sie zu wirr und zusammenhanglos vor sich hin. Dennoch zog er seine Schlüsse. Wie es schien, liebte sie ihn auf krankhafte Weise und wollte ihm hier unten im Keller zeigen, dass keine andere Frau sich besser um ihn kümmern würde als sie. Jetzt wartete sie darauf, dass er es verstand und ihre Liebe erwiderte, und spätestens am Heiligen Abend sollte das der Fall sein. Er war sozusagen ihr ganz persönliches und besonderes Weihnachtsgeschenk. Bei dem Gedanken daran schüttelte es Ben. Natürlich würde er ihr den Gefallen tun und ihren Traum wenigstens so lange wahr werden lassen, bis er hier aus diesem verfluchten Keller herausgekommen war. Davor hatte er gedacht, sie würde nie wiederkommen und er würde elendig verdursten, da er kein Wasser mehr bekommen hatte, worauf sie sonst stets geachtet hatte. Doch auch dafür hatte sie ihm in ihrem Selbstgespräch die Antwort geliefert. Sie war krank und hatte Fieber, genauso wie er selbst. Und dann war da noch irgendwas mit Katharina gewesen und einem Wecker, aber was genau, hatte er nicht verstanden.

»Irgendwann koche ich auch mal für dich«, sagte Ben jetzt wie selbstverständlich und hoffte, damit den richtigen Ton angeschlagen zu haben.

»Das würdest du tun?«, fragte sie ungläubig. »Für mich?«

»Aber natürlich, nur für dich. Das bist du mir wert und sonst keine. Das weißt du doch!«, trieb der Kommissar seine Worte auf die Spitze, und sie verfehlten ihre Wirkung absolut nicht. Dabei waren es nur so wenige gewesen, aber, wie es schien, die richtigen. Nun musste er nur aufpassen, es nicht zu übertreiben und sie misstrauisch zu machen.

»Ich … ich weiß gar nicht, was ich sagen soll. Heißt das … dass du … dass du …«

»… ich dich liebe? Ja, das heißt es«, erwiderte Ben und musste würgen, was sie aber glücklicherweise nicht bemerkte. Dafür sah Ben im Kerzenlicht, wie sie errötet war, was ihm wiederum Genugtuung verschaffte. Sollte er sie, die er schon so lange kannte, tatsächlich auf so perfide Weise überlisten können?

»Und was ist mit … mit …«

»Mit der rothaarigen Hexe?«, sagte Ben schnell, bevor sie es tat. »Nichts, was soll mit der schon sein? Du hast ihren Zauber gebannt und dafür werde ich dir ewig danken.«

»Ist das wahr?«, hauchte sie, wartete seine Antwort jedoch nicht ab, sondern erhob sich von ihrem Schemel, kniete neben der Schlafcouch nieder, nahm seine Hand in ihre und bedeckte sie mit Küssen. Ben musste an sich halten, damit er ihr seine Hand nicht vor lauter Ekel entzog. Als sich ihr Mund jedoch küssenderweise langsam von seiner Hand über den Arm nach oben arbeitete und der Kommissar bemerkte, dass sie ihren Kaftan raffte, während sie sich langsam von den Knien erhob, um über ihn zu steigen, hielt er es nicht mehr aus. So ruhig und so sanft es ihm möglich war, schob er sie etwas von sich weg, nahm dann ihr Gesicht, das er inzwischen abgrundtief hasste, in seine Hände und blickte ihr direkt in die Augen.

»Liebes«, sagte er, doch der Frosch in seinem Hals erstickte das Wort fast bis zur Unkenntlichkeit. Er räusperte sich und setzte noch einmal an: »Liebes, lass uns warten, bis wir in unserem schönen Bett liegen, in dem wir beide auch nebeneinander einschlafen können. Es soll doch etwas Besonderes sein.«

»Ja«, hauchte sie zu Bens Erleichterung und erhob sich langsam von ihm, bis sie wieder neben seiner Schlafcouch stand und liebevoll auf ihn hinunterblickte. »Du hast recht, Geliebter. Ich werde alles für unsere Liebesnacht herrichten. Und für unser neues gemeinsames Leben. Und dann hole ich dich.«

Sie warf ihm noch eine Kusshand zu, die sicherlich kokett wirken sollte, drehte sich um und verließ den Raum. Am liebsten hätte Ben ihr hinterhergeschrien, sie solle ihn jetzt schon mitnehmen, doch er wusste, dass solch eine Forderung alles wieder kaputtmachen könnte. Ein paar wenige Stunden oder vielleicht auch Tage würde er es hier jetzt auch noch aushalten. Vielleicht schaffte er es in der Zeit sogar, wieder etwas zu Kräften zu kommen, an Wasser zumindest mangelte es ihm inzwischen nicht mehr. Sie hatte ihm eine volle Kiste Mineralwasser hergeschafft. Und seine körperliche Verfassung schien sich auch zu bessern, er spürte, dass das Fieber zurückging. Eine Wasserflasche stand direkt neben seinem Schlafsofa für ihn bereit. Er griff nach ihr und schraubte den Verschluss auf. Obgleich er wusste, dass dem Wasser sicher auch diesmal etwas beigemischt war, das ihn gleich wieder schläfrig machen würde, hob er die Flasche an und trank sie gierig bis auf den letzten Tropfen leer. Schlafen war jetzt allemal besser, als sich mit Warterei zu quälen.

12:13 Uhr

Katharina griff nach ihrer Jacke. Sie hatte das Gefühl, gleich zu ersticken. Sie brauchte dringend frische Luft und einfach nur das Fenster aufreißen, reichte ihr nicht. Wenige Minuten später stand sie vor dem Kommissariat. Im Moment regnete es grad mal nicht und sie sog dankbar die kühle Luft ein. Seit Simone Rehder vorhin das Büro verlassen hatte, hatte Katharina versucht ihre Gedanken zu sortieren. Doch selbst mithilfe einiger schneller Notizen war es ihr nicht gelungen. Diese Frau machte sie wahnsinnig. Katharina war sich die ganze Zeit nicht sicher gewesen, ob ihr Verdacht, Simone Rehder könnte Rumpelstilzchen sein oder zumindest mehr über Bens Verschwinden wissen, als sie zugab, auf ihrer Antipathie Bens Exfrau gegenüber beruhte oder ob mehr dahinter steckte. Sie konnte sich beim besten Willen nicht erklären, was Ben irgendwann einmal an ihr gefunden hatte. Dennoch war Katharina bewusst, dass ihre persönlichen Gefühle nicht hierher gehörten. Sie war befangen und nicht mehr objektiv, und das ließ sie unprofessionell werden. Das war das Letzte, was sie wollte oder sich in dieser Situation erlauben konnte. Das musste sie schleunigst aus dem Kopf bekommen. Jetzt, an der frischen Luft, ging sie das Gespräch von vorhin ein weiteres Mal durch. Tatsächlich klappte es besser mit der Konzentration und je länger sie nun sachlich darüber nachdachte, desto mehr kam sie zu dem Schluss, dass Simone Rehder nicht geschauspielert hatte, sondern einfach eine vollkommen schräge Person war. Sie fragte sich, ob diese Frau schon immer so gewesen oder erst nach der Trennung von Ben auf so eine merkwürdige Spur geraten war. Wenn sie Ben erst gefunden hatten, würde sie ihn irgendwann danach fragen. Wenn …

Sie kramte ihre Zigarettenschachtel hervor und zündete sich eine Marlboro an. Definitiv traute sie Simone Rehder nicht, doch für Rumpelstilzchen hielt sie sie bei allem Für und Wider auch nicht mehr. Eine Komplizin vielleicht? Ging es bei Bens Entführung vielleicht doch um Geld? Hatte Simone Rehder nicht die Wahrheit gesagt, als sie sie nach der Sekte gefragt hatte? Vielleicht wurde die Frau selbst erpresst? Katharinas Gedankenkarussell drehte sich. Erneut kam ihr der Gedanke an die Gefängniskontakte von Helmut Heinzen in den Sinn. Vivien hatte bei der Recherche in der JVA zwar ein paar wenige Namen von ehemaligen Häftlingen genannt bekommen, die mit Heinzen Kontakt gehabt hatten und wie er bereits entlassen waren, doch sie hatten keinen Grund, diese Leute vorzuladen. So hatten sie beschlossen, die jeweiligen Bewährungshelfer zu befragen, doch die waren nicht gerade entgegenkommend und das verlangsamte die ganze Sache. Da es allesamt Männer waren und Katharina sowieso eine Frau hinter Rumpelstilzchen vermutete, wollte sie dies zwar geklärt haben, doch es stand nicht auf ihrer Prioritätenliste.

Von Weitem sah sie jetzt Vivien und Tobi aufs Kommissariat zusteuern. Sie ging ihnen entgegen und sah die beiden erwartungsvoll an: »Und? Habt ihr was rausgefunden?«

Tobias zog etwas aus einer kleinen Papiertüte hervor und hielt es Katharina entgegen – es war eine Puppe, die der auf Katharinas Schreibtisch bis hin zum roten Haar glich. Lediglich die Stecknadel im ausgestopften Körper fehlte. »Die hier bekommst du tatsächlich massenhaft und in allen möglichen Ausführungen, unter anderem auch in dieser«, sagte Tobias resigniert. »Das hilft uns nicht weiter.«

»Stimmt«, gab Katharina ihm recht. »Mal angenommen, dass es richtig ist, was Bens Exfrau sagt, und es diese verdammten Dinger auf allen Weihnachtsmärkten in der Umgebung gibt, können wir uns das Nachfragen nach einzelnen Käufern sparen.«

Einen Moment lang schwiegen alle drei. Dann fragte Vivien: »Gibt es schon eine neue Nachricht von Rumpelstilzchen?«

Erschrocken griff Katharina an die Gesäßtasche ihrer Jeans und anschließend in die Jackentasche. »Verdammt, ich hab mein Handy oben im Büro liegen lassen!« Hastig drückte sie die Zigarette aus und eilte ins Gebäude, gefolgt von ihren beiden Kollegen. Als sie wenig später das gemeinsame Büro betraten, lief Katharina direkt auf ihren Schreibtisch zu und griff nach dem darauf liegenden Handy. Nichts. Dann aktivierte sie den Bildschirm und schaute in ihr Mailprogramm, doch auch dort war keine Nachricht von Rumpelstilzchen eingegangen. Erschöpft ließ Katharina sich auf ihren Drehstuhl sinken. In diesem Moment blinkte das Display ihres Handys auf, das sie noch immer in der Hand hielt. Sofort saß Katharina wieder kerzengrade und las *Nachricht von Rumpelstilzchen*. Mit klopfendem Herzen und unter dem wachsamen Blick von Vivien und Tobias, die neben sie getreten waren, öffnete sie die Nachricht. Was sie sahen, ließ allen dreien den Atem stocken: Auf dem Display hatte sich ein Foto geöffnet – darauf erkannten sie zweifelsfrei Ben, in der Hand die heutige Ausgabe vom »Lüneblick«. Ansonsten konnte man nicht viel erkennen. Die Aufnahme war mit einem Blitzlicht gemacht worden, und außer Ben und der Zeitung sah man keinen Gegenstand, durch den man hätte darauf schließen können, wo das Foto gemacht worden war. Einen langen Moment starrten alle drei auf das Bild.

»Er lebt«, entfuhr es Katharina als Erste und es zeigte sich eine Spur von Erleichterung in ihrem Gesicht. Gleichzeitig war zumindest ihr und Tobias sofort klar, dass es Ben verdammt schlecht ging. Im Gegensatz zu Vivien wussten sie, wie verändert und elend er auf diesem Foto aussah, verglichen mit ihrer letzten persönlichen Begegnung mit ihrem Chef. Mit zitternden Fingern scrollte Katharina das Foto nach oben. Wie erwartet fand sie darunter eine Textnachricht von Rumpelstilzchen: *Hier das Lebenszeichen. Nun bist du mir was schuldig. Dein Leben vielleicht? Ich hab noch so eine hübsche Puppe mit deinem Ebenbild, soll ich die mal ein bisschen piesacken? Deine hast du ja richtig platziert! Übrigens möchte ich, dass sie dort vorerst bleibt! Jetzt aber zu heute: Geh ins Online-Gästebuch vom »Lüneblick« und finde dort mein nächstes Rätsel für dich …*

Katharina schluckte und Tobias drückte ihr sanft seine Hand auf die Schulter. »Ben lebt, Katharina«, sagte er leise,

»das ist im Moment alles, was zählt. Und wir werden ihn da rausholen.«

»Dazu müssten wir erst mal wissen, wo er ist.« Katharina nahm alle Kraft zusammen, um nicht verrückt zu werden. Die Drohung von Rumpelstilzchen war eindeutig, und sie hatten in den letzten zwei Wochen erkennen müssen, dass hier jemand am Werk war, der seine Sache ernst meinte. Für einen Moment schoss ihr der Gedanke an Maximilian wieder durch den Kopf, doch sie verdrängte ihn gleich wieder, so gut es ging. Nein, er steckte nicht dahinter – wahrscheinlich dachte sie jetzt nur an ihn, weil Simone Rehder heute früh, ohne es zu wissen, seinen Brief erwähnt hatte. Tobi hatte ihr gesagt, dass Mausner auf seine Bitte hin Erkundigungen hatte einziehen lassen: Maximilian saß nach wie vor in München hinter Gittern. Es gab keinerlei Anzeichen, dass er jemanden beauftragt haben könnte, sich für ihn an Katharina zu rächen. Auch wenn sie das dennoch nicht gänzlich ausschließen konnte, die Wahrscheinlichkeit war eher gering. Trotzdem schien es Rumpelstilzchen eindeutig darum zu gehen, Katharina anzugreifen. Die rothaarige Puppe hatte es schon konkretisiert und die letzte Nachricht war unmissverständlich. Doch wer hasste sie dermaßen? Katharina versuchte, sich zusammenzureißen. Es half weder ihr noch Ben, wenn sie jetzt schlappmachte. Sie zog ihre Jacke aus und öffnete den Internet-Browser, um dort die Webseite vom »Lüneblick« aufzurufen. »Tobi, rufst du bitte Mausner an? Wir müssen ihn informieren, dass wir ein Lebenszeichen erhalten haben«, sagte Katharina und sah Tobias ernst an. »Und du, Vivien, rufst bitte sofort bei Simone Rehder an. Mit Glück ist sie noch unterwegs und kann direkt wieder umkehren. Noch kennen wir zwar die nächste Frage nicht, aber ich befürchte, wir werden ihre

Hilfe brauchen. Und ich werde nicht noch einmal Zeit vergeuden, indem ich auf sie warte.« Sie nahm die Visitenkarte vom Schreibtisch, die Bens Exfrau ihr gegeben hatte, und reichte sie der Kollegin. Inzwischen hatte sie die gesuchte Website geöffnet und Katharina fand sofort den weiterführenden Button zum Gästebuch der Zeitung. Während sie scrollte, überflog sie die Einträge und stieß nach wenigen Sekunden auf die gesuchte Nachricht:

Gruß von Rumpelstilzchen! Hab es mir anders überlegt … Schau mal in den Briefkasten, dort, wo du arbeitest! Dachte mir, so ist es viel spannender …

»Verdammt«, fluchte Katharina und sprang auf. Irritiert sahen Vivien und Tobi sie an. »Dieses Arschloch spielt mit mir und ich kann nichts dagegen tun!«

Bevor einer der Kollegen Katharinas Reaktion hinterfragen konnte, war sie bereits – mit einem neuen Paar Gummihandschuhe aus ihrer Schreibtischschublade bewaffnet – aus dem Büro gelaufen. Fragend sahen die beiden sich an und tätigten dann die Anrufe, um die Katharina sie gebeten hatte.

Als die Kommissarin wenige Minuten später wieder ins Büro trat, hielt sie einen Umschlag in der Hand, wie sie ihn in den letzten Tagen schon zu oft gesehen hatten. Sie musste nichts erklären, sondern trat an ihren Schreibtisch und öffnete den Umschlag vorsichtig, während Vivien und Tobias hinzutraten. Gleichzeitig überflogen sie die computergeschriebenen Zeilen auf dem Briefbogen:

Na, Katharina – war das nicht aufregend, dieser kleine Umweg? Dafür wirst du jetzt auch mit einem ganz besonders schönen Märchen belohnt, denn heute geht es um Dornröschen.

Es folgte ein langer Kinderreim, der das Märchen beschrieb und der allen Dreien bekannt war, sodass schnell klar war, dass dieser unverändert war. Erst darunter führte Rumpelstilzchen seinen persönlichen Teil fort.

Hübsch, oder? Aber jetzt wird es noch viel hübscher: Wenn denn nun unser Prinz, der Königssohn, sein Dornröschen inmitten der Nacht zärtlich weckt … was macht er dann wohl mit ihr? Oder besser gefragt: Wie macht er es am liebsten mit ihr? Nun, Katharina, jetzt bin ich gespannt, wie du Bens Lieblingsstellung beschreibst … noch dazu öffentlich, denn ich erwarte deine Antwort im Gästebuch vom »Lüneblick« – heute noch! Viel sinnliches Vergnügen wünscht dir
Rumpelstilzchen

Tobias stöhnte, während Vivien die Zeilen erneut überflog und Katharina ihr Gesicht in den Händen verbarg. Doch sie fing sich schnell wieder und schaute auf. »Rumpelstilzchen hat sich sogar hierher getraut! Wie absolut dreist! Dieses Arschloch ist tatsächlich einfach an unseren öffentlichen Briefkasten marschiert und hat seinen verdammten Umschlag an mich dort eingeschmissen. Aber eines hat das ach so kluge Rumpelstilzchen nicht bedacht: Unser Briefkasten ist videoüberwacht – die Technik checkt gerade, wer seit heute Morgen da dran war! Vivien, hast du Simone Rehder erreicht – kommt sie zurück?«

Vivien nickte. »Ja, sie war noch nicht weit. Begeistert war sie nicht, aber ich glaub, ihr war klar, dass ein Nein ihr echte Probleme bereiten würde.«

»Gut«, sagte Katharina. »Ich bin sicher nicht scharf darauf, sie um Hilfe bitten zu müssen, aber bei dieser Frage kann uns außer ihr nun definitiv niemand helfen, den wir kennen. Außerdem: So ganz überzeugt bin ich irgendwie doch immer noch nicht, ob sie es nicht vielleicht selbst war, die den Brief eingeschmissen hat. So viele Zufälle kann es doch nicht geben ...«

Allein bei dem Gedanken, Bens Exfrau eine so intime Frage stellen zu müssen, wurde Katharina übel, erst recht wenn sie doch hinter dem Rumpelstilzchen-Pseudonym steckte. Dann würde das für Simone Rehder sicherlich eine enorme Genugtuung sein, die Katharina ihr einfach nicht gönnte. Kaum hatte sie den Gedanken zu Ende gedacht, kam ein Anruf von der Technik. Die Aufnahmen waren bereits durchgesehen worden. In der fraglichen Zeit war nur eine Person am Briefkasten gewesen, und die war nicht zu erkennen. Sie hatte sich unter einem langen Daunenmantel, einer Pudelmütze, einem dicken Schal und hinter einer Sonnenbrille versteckt. Simone Rehder konnte es nicht gewesen sein, denn die war zum Zeitpunkt des Einwurfs, den das Band anzeigte, bei Katharina im Büro gewesen.

So ein Mist, dachte Katharina. Ihre Kollegen hatten das Gespräch mitbekommen und mussten nicht weiter nachfragen. Katharina war das nur recht, denn sie war in Gedanken bereits wieder bei der Frage, die sie Simone Rehder würde stellen müssen. Ihr selbst war ihre Privatsphäre heilig, obendrein fand sie es mehr als unpassend, solche Themen überhaupt mit Fremden zu bereden. Ihre Erziehung hatte durchaus Früchte getragen, und sie hörte ihre Mutter förmlich sagen: »So etwas ziemt sich nicht.« Doch es gab keinen anderen Weg.

»Hoffentlich kommt die Rehder bald«, unterbrach Tobias die eingetretene Stille im Büro und sah auf seine Armbanduhr. Wie aufs Stichwort stand in diesem Moment Bens Exfrau in der Tür. Ihr Gesichtsausdruck sprach Bände, doch Katharina ignorierte es und gab der Frau keine Gelegenheit, ihre Verärgerung zu äußern. »Frau Rehder, tut mir leid, aber es ging nicht anders. Wir brauchen Ihre Hilfe.« Sie führte Simone Rehder in Bens Büro und schloss die Tür. Ganz sicher hatte sie nicht vor, die Situation für sie beide noch unangenehmer zu machen, als sie ohnehin schon war, indem sie das Ganze vor versammelter Mannschaft besprach.

So ruhig und knapp wie möglich schilderte sie die Situation und beendete ihre Erklärung mit der pikanten Frage. Erstaunlicherweise reagierte Simone Rehder sehr entspannt. »Ihnen ist das unangenehm, das sehe ich Ihnen an«, sagte sie trocken. »Muss es nicht. Wissen Sie, während meiner Zeit in Indien, als ich in die Geheimnisse des Tantra und in das dazu in Beziehung stehende Kamasutra eingeweiht wurde …«

»Frau Rehder, bitte!«, sagte Katharina barsch. »Das interessiert mich alles nicht. Und ich möchte das mit Ihnen auch nicht diskutieren. Ihr Exmann ist mein Chef. Und ja, natürlich ist das unangenehm für uns alle hier. Tun Sie mir also den Gefallen und geben Sie mir einfach eine möglichst sachliche Beschreibung ohne irgendwelche Details. Oder noch besser: Schreiben Sie die Antwort hier auf den Zettel.« Sie schob einen kleinen Notizblock sowie einen Kugelschreiber über den Tisch, an dem beide Frauen saßen.

»Wie Sie wollen«, sagte Simone Rehder und zuckte mit den Schultern. Ohne zu zögern nahm sie den Stift und notierte ein einziges Wort auf den Block, bevor sie ihn wieder zu Katharina hinüberschob. »Sie kennen meinen Exmann doch schon eine Weile. Dann ist Ihnen sicher klar, dass er nicht der Typ für exaltierte Spielchen ist …« Mit diesen Worten stand sie auf, öffnete die Tür, winkte Vivien und Tobias wortlos zu und verließ das Büro. Zurück ließ sie eine fassungslose Katharina, die sich den Block schnappte, ebenso wortlos wie eben noch Bens Exfrau an Vivien und Tobi vorbeimarschierte, sich an ihren Computer setzte und die geforderte Antwort so verklausuliert in das Gästebuch vom »Lüneblick« eingab, dass es nicht anstößig wirkte, aber Rumpelstilzchen es hoffentlich verstand. Erst danach hob sie den Kopf und sagte zu ihren beiden Kollegen: »Ich möchte nicht darüber sprechen!«

In den jungen Tagen
Hatt ich frischen Mut,
In der Sonne Strahlen
War ich stark und gut.

Liebe, Lebenswogen,
Sterne, Blumenlust!
Wie so stark die Sehnen!
Wie so voll die Brust!

Und es ist zerronnen,
Was ein Traum nur war;
Winter ist gekommen,
Bleichend mir das Haar.

Bin so alt geworden,
Alt und schwach und blind,
Ach! verweht das Leben,
Wie ein Nebelwind!

(Winter, Adelbert von Chamisso)

20. KAPITEL:

4. ADVENT, 21. DEZEMBER 2014

10:07 Uhr

Katharina schob das gekochte Ei, das Bene eben vor sie gestellt hatte, von sich weg in die Mitte des Esstisches. Stattdessen nahm sie ihren frisch gefüllten Kaffeebecher in beide Hände und führte ihn sich an die Lippen, um von dem heißen Getränk zu nippen.

»Hey, du verschmähst mein berühmtes Vier-Minuten-Ei? Das ist mir noch nie passiert!«, spielte er den Beleidigten.

»Als ob du je eine Frau zum Frühstück bei dir hattest«, konterte Katharina und grinste.

»Dich schon, wie man sieht.«

»Na, na, Vorsicht. Das ist eine glatte Falschaussage, du sitzt nämlich grad in meiner Küche zum Frühstück! Lehn dich also nicht zu weit aus dem Fenster!«

»Auch wieder wahr«, gab Bene zu und verzog sein Gesicht zu einer reumütigen Grimasse, bevor er ebenfalls anfing zu grinsen. Dann wurde er ernst: »Du musst etwas essen, denn wie ich dich kenne, hast du seit Tagen nur das Nötigste zu dir genommen. Es hilft niemandem, wenn du zusammenklappst. Ben am allerwenigsten.«

Auf Katharinas Gesicht erlosch das Grinsen so abrupt, als hätte jemand bei ihr einen Schalter umgelegt.

»Ich weiß«, sagte sie bedrückt, »aber ich hab einfach keinen Appetit.« Dann erhellte sich ihre Miene unversehens: »Dafür habe ich aber wunderbar tief und fest geschlafen. Und vor allem hab ich ausgeschlafen. Es ist bereits 10 Uhr durch und wir sind noch nicht lange wach.« Sie sah ihn mit einem Anflug von Zärtlichkeit an. »Das hab ich dir zu verdanken.«

»Soll ich das jetzt etwa als Kompliment auffassen, dass ich eine einschläfernde Wirkung auf dich ausübe, oder was?«, tat Bene entrüstet.

Katharina wurde von der läutenden Türklingel einer Antwort enthoben. »Wer kann das denn sein?«, fragte sie Bene und ging, nur mit ihrem viel zu großen T-Shirt bekleidet, zur Tür. Als sie öffnete, stand Julie davor, die sie spontan zum Adventskaffee am Nachmittag einlud.

»Hm, ich weiß nicht, ich wollt eigentlich gleich ins Kommissariat, ich bin sowieso schon viel zu spät dran«, wandte Katharina ein, doch Julie zerstreute ihre Bedenken: »Wegen Ben? Das kann ich gut verstehen. Aber weißt du, ich muss das für Leonie machen. Sie wundert sich eh schon, dass Ben gar nicht vorbeikommt, um sie zu fragen, was sie sich zu Weihnachten wünscht. Ich hab ihr gesagt, dass er verreist ist. Mit dem Adventskaffee möchte ich ihr wenigstens ein bisschen Normalität vorgaukeln. Mach es doch so: Geh aufs Kommissariat und sag dort einfach Bescheid, dass du bei mir bist. Und falls du dann nur eine Stunde bleiben möchtest, weil du wieder zurückwillst, ist das völlig in Ordnung. Leonie und ich würden uns freuen. Und über dich auch, Bene!« Den letzten Satz hatte Julie nach einem Blick auf Benes Sneaker, die in Katharinas Garderobe standen, laut in die Wohnung hineingerufen. Katharina waren Situationen wie diese immer noch unangenehm. Immerhin waren Julie und Bene einmal zusammen gewesen und hatten die gemeinsame Tochter Leonie, doch als sie nun Julies Blick begegnete, der freundlich auf ihr ruhte, entspannte sie sich wieder.

»Okay, eine Stunde wird wohl drin sein«, erwiderte sie und lächelte Julie an. »Danke für die Einladung.«

»Ja, danke«, ertönte es aus der Küche, »ich bin auch dabei!«

Nachdem Katharina die Tür geschlossen hatte, kam Bene aus der Küche und nahm Katharina in den Arm: »Das ist doch eine nette Idee. Und Julie hat recht – es ist wichtig für Leonie. Auch wenn sie inzwischen meint, ein echt großes Mädchen zu sein, die Vorweihnachtszeit genießt sie schon noch sehr.«

»Hmhm«, machte Katharina nur und schmiegte sich noch enger an Bene, als plötzlich ihr Handy zu klingeln begann. Sie löste sich aus seinen Armen und ging in die Küche, wo das Telefon neben der Kaffeemaschine lag. Als sie es hochnahm, blieb ihr Blick auf dem Display haften und sie erstarrte. Sie kannte die Telefonnummer, die auf dem Display angezeigt wurde, nicht. Rief Rumpelstilzchen sie gerade an? Sie hatte zwar gerade noch vor ein paar Tagen seine Nummer abgespeichert, doch vielleicht hatte es sich ein neues Prepaid-Handy zugelegt? Zumindest bekam sie auf ihrem Handy sonst so gut wie nie Anrufe mit unbekannten Nummern … Würde sie gleich seine Stimme hören?

Die Hand, in der Katharina das noch immer klingelnde Handy hielt, begann zu zittern. Bene trat in die Küche und schaute Katharina fragend an. Dann begriff er und stellte sich neben sie. Mit furchtsamen Augen blickte auch er auf das Handy. Katharina führte das Telefon zum Ohr und nahm ab.

»Von Hagemann«, meldete sie sich laut und deutlich, dennoch hörte man die Anspannung in ihrer Stimme.

»Na endlich, ich wollte eben auflegen. Du weißt doch, dass ich es nicht mag, auf deine Mailbox zu sprechen«, hallte es vorwurfsvoll an Katharinas Ohr und das so laut, dass selbst Bene die Worte noch einigermaßen verstehen konnte. Ein entspanntes Lächeln breitete sich auf seinen Lippen aus, während Katharina mit den Augen rollte und erleichtert sagte: »Hallo, Mama.«

»Hallo Katharina, wie geht es dir?«, fragte ihre Mutter ein wenig gestelzt.

»Danke, gut«, log Katharina. Ihre Mutter wusste sonst kaum etwas über ihr Leben, da musste sie auch jetzt nichts von den Sorgen ihrer Tochter erfahren. Außerdem war Katharina sich nicht sicher, ob es ihre Mutter überhaupt interessieren würde. Im Zweifel würde es heißen: »Siehst du, wärst du bei deinem Vater in die Kanzlei eingestiegen, anstatt zur Polizei zu gehen …« Darum fragte sie jetzt: »Was ist das für eine Telefonnummer, von der du mich gerade anrufst?«

»Ach, ich sitze hier mit Hermine Karwencke zusammen. Erinnerst du dich an Hermine? Ja, und die hat mir ihr Handy geliehen, weil ich meins mal wieder zu Hause liegen gelassen habe«, erklärte Anne von Hagemann die unbekannte Telefonnummer.

»Aha, und warum rufst du mich an, wenn du doch offensichtlich in guter Gesellschaft bist?«, wunderte sich Katharina und nickte Bene zu, der ihr ein Zeichen gegeben hatte, dass er mal eben unter die Dusche springen würde.

»Das ist ganz einfach«, erklärte Katharinas Mutter. »Der Sohn von Hermine, der Thomas, der kommt zu Weihnachten zu seinen Eltern. So, wie sich das gehört. Und der Thomas kommt dafür extra aus Frankfurt nach Hamburg. Das hat mir Hermine eben erzählt, die gerade übrigens diskreterweise kurz einmal ›wohin‹ verschwunden ist. Sie hat mich nämlich überzeugt, dass ich dir noch einmal ins Gewissen reden soll. Also, Katharina, dein Vater und ich wir würden uns wirklich sehr freuen, das Weihnachtsfest gemeinsam mit dir zu verbringen. Und von Lüneburg nach Hamburg ist es ja nun auch wirklich nur ein Katzensprung.«

Katharina schüttelte innerlich den Kopf. Bereits als sie neulich ihre Mutter getroffen hatte, hatte sie ihr gesagt, dass sie nicht kommen würde. Es mochte ja sein, dass es ihre Mutter freuen würde, und um ihretwillen tat es Katharina auch leid, aber nicht um ihren Vater, dem sie seit Jahren aus dem Weg ging. Darüber hinaus wusste sie nicht, was gerade dieser Heiligabend ihr bescheren würde. Mit Weihnachten hatte dieser Tag in diesem Jahr für sie nichts mehr zu tun. Würden sie Ben dann bereits gefunden haben? Was hatte Rumpelstilzchen vor, warum dieses Ultimatum bis zu diesem Feiertag? Jetzt an ein obendrein vermutlich unerträgliches Familienessen zu denken, war ihr unmöglich.

»Tut mir leid, Mama, aber ich muss über Weihnachten arbeiten. Ich hab Dienst«, sagte Katharina und fand, dass das nicht einmal gelogen war.

11:25 Uhr

»Morgen Kinder, wihird's wahas geben, morgehen werden wir uns freun …«, trällerte sie glücklich vor sich hin, während sie ihr Bett frisch bezog. Schon vor geraumer Zeit hatte sie neue Bettwäsche gekauft, die im Wäscheschrank frisch gewaschen und gebügelt nur darauf gewartet hatte, über die dicken Daunendecken gezogen zu werden, um Ben und sie zu umschmeicheln, während sie sich liebten. Die Bettwäsche war sündhaft teuer gewesen, und unter normalen Umständen hätte sie sie niemals gekauft. Aber die Umstände waren nicht normal, und außerdem würde Benjamin bald für sie sorgen. Die Bettwäsche war aus reiner Seide in einem schönen Bordeauxrot, das wiederum perfekt zu ihrer schwarzen Spitzenunterwäsche passte. Auch die war neu. Normalerweise trug sie praktische Unterwäsche, doch die Zeiten würden mit Ben vorbei sein. Ihr Vater hatte ihr gezeigt, was Männer mochten, und ihr ein paar Dessous geschenkt. Aber das war Jahre her, und als er gestorben war, hatte sie sie weggeschmissen, da sie meinte, sie nie mehr zu benötigen. Doch dann war Ben in ihr Leben getreten …

Nachdem sie das Bett bezogen hatte, musste sie sich für einen Moment setzen. Die Grippe forderte ihren Tribut. Der Schweiß rann ihr von der Stirn. Bevor sie Ben später holen würde, würde sie noch einmal duschen müssen. Sie hustete und stand wieder auf, doch ihr wurde schwindelig und sie ließ sich erneut auf dem frisch bezogenen Bett nieder. Sie musste einfach etwas langsamer machen, dann würde ihr Vorhaben, für Ben alles perfekt vorzubereiten, auch gelingen. Wobei, überlegte sie, perfekt war es im Grunde erst, wenn es auch ihr besser ging. Auch für sie selber. Gerade dann, wenn Benjamin ihr bewies, dass er ihr Mann war und sie seine Frau, wollte sie es genießen können, ohne zwischendurch husten zu müssen. Sie beschloss, den geliebten Mann doch noch nicht heute zu sich zu holen, sondern wie geplant erst am 24. Dezember. Dann hätte sie hoffentlich nicht nur die Grippe und damit die Hexe endgültig besiegt, sondern könnte auch alles so märchenhaft herrichten, wie sie es sich vorgenommen hatte. Mit einem Weihnachtsbaum und allem Drum und Dran. Ben verstand das sicher. Schließlich hatte er ihr gesagt, dass er sie liebte! Außerdem war Vorfreude bekanntlich die schönste Freude und der gab sie sich jetzt hin, als sie sich auf die seidene Decke legte und daran dachte, wie es werden würde. Ein Hustenanfall riss sie aus ihrer aufkeimenden Erregung, zu der sie danach nicht mehr zurückfand. Sie setzte sich vorsichtig hin, sammelte sich und stand dann auf. Diesmal wurde ihr nicht schwindelig. Sie ging in die Küche, um sich etwas zu trinken zu holen, als ihr eine Idee kam: Sie würde Ben als kleinen Trost, dass er noch ein wenig in seinem Keller ausharren musste, sein Lieblingsessen kochen. Dafür musste sie jedoch herausfinden, welches das war. Sie meinte zwar, es zu wissen, aber manchmal änderten sich Geschmäcker ja auch.

15:47 Uhr

Seit einer Dreiviertelstunde saß Katharina inzwischen bei Julie und Leonie auf dem gemütlichen Sofa. Sie war mit schlechtem Gewissen angekommen, doch inzwischen merkte sie, dass die Ablenkung ihr tatsächlich gelang und guttat. Vor allem Leonie wirkte Wunder bei ihr. Die inzwischen zwölfjährige Tochter von Bene und Julie war immer noch ein Sonnenschein, auch wenn sie ihre bezaubernde kindliche Art allmählich verlor und zu einem selbstbewussten Teenager heranwuchs. Julie beschwor oft, wie sehr sie sich vor der Pubertät ihrer Tochter fürchtete, von Bene ganz zu schweigen, doch bisher gab es dafür noch keine Anzeichen. Lächelnd beobachtete Katharina, wie Leonie und Bene miteinander herumalberten. Wenn sie es nicht besser wüsste, würde sie denken, die Welt sei vollkommen in Ordnung.

Katharina griff gerade zur Kaffeekanne, um sich nachzuschenken, als ihr Handy klingelte. Sowohl Julie als auch Bene sahen alarmiert auf, als sie das Smartphone aus der Tasche zog und draufblickte. *Anruf von Rumpelstilzchen …* Katharina schoss vom Sofa hoch und lief mit dem Handy in der Hand in Richtung Küche, um ungestört zu sein. Sie schloss die Tür hinter sich und nahm das Gespräch an.

»Hier ist Katharina von Hagemann«, sagte sie so fest und bestimmt, wie es ihr möglich war.

»Aber das weiß ich doch, Katharina!« Die Stimme war technisch verzerrt, das hörte die Kommissarin sofort. Sie konnte nicht einmal heraushören, ob es sich um einen Mann oder eine Frau handelte.

»Was wollen Sie, verdammt noch mal?« Katharina fiel es schwer, an sich zu halten, gerade jetzt, beim ersten persönlichen Kontakt mit Rumpelstilzchen, den sie nicht erwartet hatte, obwohl sie bereits am Morgen einmal gedacht hatte, Rumpelstilzchen würde sie anrufen.

»Es ist Zeit für das nächste Rätsel«, surrte die Stimme ihr entgegen. »So viele Märchen sind ja nicht mehr übrig. Das heißt, die Tage sind gezählt! Für heute habe ich mir Tischlein deck dich überlegt.« Ein kurzes, trockenes Husten unterbrach die Erklärung von Rumpelstilzchen. Katharina war sich nicht sicher, ob Rumpelstilzchen selbst gehustet hatte, oder eine Person, die in seiner Nähe war. Konnte es Ben gewesen sein?

»Decken wir also den Tisch, Katharina«, ertönte es wieder durch den Hörer. »Aber womit nur? Sag mir, was ist die Leibspeise unseres Prinzen?«

Katharina schluckte. Ließ Rumpelstilzchen ihr diesmal nicht einmal einen Moment zum Überlegen?

»Wann und wo muss ich die Antwort übermitteln?«, fragte Katharina, um sich Zeit zu verschaffen.

»Nun, eigentlich hatte ich gedacht, jetzt gleich, wo wir doch gerade so nett miteinander plauschen …« Ein heiseres Lachen vollendete den Satz von Rumpelstilzchen. »Aber ich will ja gar nicht so sein. Ein bisschen Zeit sollst du auch heute bekommen. Ich werde dich in genau 30 Minuten erneut anrufen, und dann wirst du mir die richtige Antwort nennen, sonst … Nun, du weißt ja inzwischen, was sonst passiert. Gestern hattest du Glück, mal sehen, wie es heute sein wird.«

Klack, das Gespräch war beendet, bevor Katharina noch irgendetwas dazu sagen konnte. Rumpelstilzchen hatte aufgelegt. Katharina runzelte die Stirn. Die Fragen wurden immer merkwürdiger. Was sollte das? Fast fühlte sie sich, als würde sie ausgefragt. Das wiederum würde aber bedeuten, dass Rumpelstilzchen selbst die Antworten gar nicht kannte … Spontan musste Katharina an eines dieser in ihren Augen albernen und überflüssigen Spielchen denken, die bei großen Hochzeitsfeiern so gern gespielt wurden. Das Brautpaar musste gegenseitig bestimmte Vorlieben des Partners benennen, und daraus wurde dann abgeleitet, ob das Paar sich wirklich gut kannte und verstand. Konnte es sein, dass Rumpelstilzchen Ben in seiner Gefangenschaft die gleichen Fragen stellte und das Richtig oder Falsch sich dadurch entschied, ob sie beide die gleiche Antwort gaben? Was hätte Rumpelstilzchen davon, außer einem perfiden Spieltrieb nachzugehen und sie beide zu quälen?

Vorsichtig wurde die Küchentür einen Spalt weit geöffnet und Bene steckte den Kopf hinein. Fragend sah er Katharina an: »Alles in Ordnung?«

»Keine Ahnung«, gab die Kommissarin zu. »Das war Rumpelstilzchen …«

»Am Telefon?«, fragte Bene alarmiert. »Hast du die Stimme erkannt?«

»Nein, die Stimme war verzerrt, ich kann nicht einmal sagen, ob es ein Mann oder eine Frau war.« Sie sah Bene an. »Was ist das Lieblingsgericht von deinem Bruder?«

Irritiert sah Bene sie an. »Sein Lieblingsgericht? Das ist die heutige Frage?« Er schüttelte den Kopf und überlegte. Dann schmunzelte er: »Hackbraten. Hackbraten mit Kartoffelstampf.« Als er Katharinas zweifelnden Blick sah, erklärte er lächelnd: »Ich erinnere mich genau, wie er als Kind einmal zu unserer Mutter gesagt hat: ›Mama, dein Hackbraten wird mein Leibgericht bleiben, solange ich lebe. Das schwöre ich dir!‹ Und wenn wir – was ja zugegebenermaßen nicht allzu oft vorkommt – also, wenn wir heutzutage mal gemeinsam bei unseren Eltern zum Essen sind, steht in der Regel genau dieser Hackbraten auf dem Tisch. Und Ben strahlt jedes Mal wie damals als kleiner Junge.«

»Okay«, sagte Katharina, »so ganz wohl ist mir dabei allerdings noch nicht. Nimm es mir nicht übel …« Sie steckte den Kopf durch die Tür in den Flur und rief: »Julie, kannst du mal ganz kurz kommen, bitte?«

Sie wollte vermeiden, dass Leonie etwas mitbekam. Einen Augenblick später stand Julie in der Küche und Katharina wiederholte ohne jegliche Erklärung die Frage nach Bens Lieblingsessen.

»Eindeutig der Hackbraten seiner Mutter«, erklärte Julie voller Überzeugung. »Glaub mir, ich hab schon so manches Mal für ihn gekocht, und in der Regel höre ich mir danach an: Julie, das war superlecker. Aber gegen den Hackbraten von meiner Mutter kommt niemand an.«

»Danke, ihr zwei«, sagte Katharina. »Julie, sei mir nicht böse, aber ich muss los. Ich bekomme gleich den zweiten Anruf, und den möchte ich lieber nicht hier, sondern auf dem Kommissariat entgegennehmen. Ich melde mich bei euch, versprochen! Und gib Leonie einen Kuss von mir!« Sie umarmte Julie kurz, griff ihre Lederjacke von der Garderobe und ging zur Haustür, wo Bene bereits auf sie wartete. Er warf einen kurzen Blick in Richtung Wohnzimmer, und als er sicher war, dass Leonie nicht in Blickweite war, drückte er Katharina einen sanften Kuss auf den Mund. »Pass auf dich auf!«

Dankbar sah sie ihn an und verschwand noch im selben Moment aus der Tür.

Schenke groß oder klein,
Aber immer gediegen.
Wenn die Bedachten
Die Gaben wiegen,
Sei dein Gewissen rein.

Schenke herzlich und frei.
Schenke dabei
Was in dir wohnt
An Meinung, Geschmack und Humor,
Sodass die eigene Freude zuvor
Dich reichlich belohnt.

Schenke mit Geist ohne List.
Sei eingedenk,
Dass dein Geschenk
Du selber bist.

(Schenken, Joachim Ringelnatz)

21. KAPITEL:

MONTAG, 22. DEZEMBER 2014

10:46 Uhr

Sie musste einige Male verschnaufen. Die Grippe, die ihr ordentlich auf die Bronchien gegangen war, hatte sie kurzatmig werden lassen, und die schön gewachsene Nordmanntanne war schwer, obwohl sie sie in ihrem Netz hinter sich her schleifte. Tragen wäre überhaupt nicht möglich gewesen. Gleich würde sie noch die Einkäufe vom Auto in die Küche bringen, und dann hätte sie alles für die Woche parat. Am 24., wenn sie Ben endlich zu sich holte, würde sie seine Lieblingsspeise kochen. Dank der Hexe kannte sie diese ja nun, genauso, wie seinen Lieblingswein. Das war viel besser als das für Norddeutschland typische Heiligabendessen, das aus Würstchen mit Kartoffelsalat bestand, denn das hätte ihr für diesen speziellen Anlass nicht genügt. Liebe ging schließlich auch durch den Magen. Würstchen mit Kartoffelsalat würde es am 2. Weihnachtsfeiertag geben, und für den 1. Feiertag plante sie einen knusprigen Gänsebraten.

Sie begann trotz der Mühe, die sie mit ihm hatte, »Oh Tannenbaum« zu summen. Sie war glücklich. Ab dem nächsten Jahr würde Ben sich um all diese Dinge kümmern.

Es würde eine ganz klassische Aufgabenteilung geben, wie bei allen glücklichen Paaren. Das hatte sie schon oft gelesen. So sehr hatte sie sich danach gesehnt, und jetzt war es endlich wahr geworden. Er war auch so verständnisvoll gewesen, als sie ihm gesagt hatte, dass sie noch ein paar Tage brauchte, bevor sie ihn hochholen konnte. Er hatte sie einfach nur angeschaut und dann die Augen geschlossen. Sie hatte ganz genau gewusst, was das heißen sollte: »Ich warte ewig auf dich.« Das war das Schöne an ihrer Beziehung. Sie verstanden sich auch ohne viele Worte.

Inzwischen war sie mit der Tanne in ihrem Wohnzimmer angelangt. Der Baumständer stand schon bereit, doch sie brauchte eine kleine Pause und setzte sich in den Sessel. Sie war stolz auf sich. Bald hatte sie alles geschafft, um Ben ein schönes Heim und vor allem ein erinnerungswürdiges erstes gemeinsames Weihnachtsfest zu bescheren. Nächstes Jahr würden sie den Baum zusammen schmücken und dann natürlich erst am Morgen des Heiligabend, wie es sich gehörte. Sie begann, vor dem inneren Auge ihre Vorstellung davon abzuspulen, wie es sein würde, wenn sie Ben den geschmückten Baum zeigte, als ihr plötzlich bewusst wurde, dass in dem Bild etwas Entscheidendes fehlte: Bens Geschenk! Wie hatte sie das nur vergessen können? Sie selbst erwartete natürlich keines von dem Geliebten – wie hätte er es auch besorgen sollen? – und im Grunde fand sie, war sie selbst Geschenk genug für ihn. Schließlich würde sie sich ihm ganz und gar hingeben, was für ein größeres Geschenk konnte sie ihm machen? Sie gluckste bei dem Gedanken vor sich hin, rief sich aber schnell wieder zur Vernunft. Erst die Arbeit, dann das Vergnügen, sagte sie sich und erhob sich vom Sessel. Während sie den Tannenbaum unter größter Anstrengung in den Ständer hievte, ließ sie der Gedanke an ein zusätzliches Geschenk nicht mehr los. Als sie mit dem Aufstellen des Baumes fertig war, hatte sie zwei Dinge beschlossen: Sie würde Ben zusätzlich zu ihrer Person ein weiteres schönes Geschenk machen. Eines, das er sich immer schon gewünscht hatte. Und sie wusste auch schon, wie sie herausfinden konnte womit sie ihm eine unvergessliche Freude bereiten konnte, ohne ihn selbst nach einem Wunsch zu fragen – dann wäre schließlich die Überraschung verdorben. Die zweite beschlossene Sache war die, dass sie sich jetzt erst einmal für eine halbe Stunde in ihr Schlafzimmer zurückziehen würde, um erst danach alles zu erledigen, was heute noch anlag.

11:37 Uhr

Katharina, Tobi und Vivien saßen am Besprechungstisch in Bens Büro und warteten auf Kriminalrat Stephan Mausner. Er hatte sich für 11:30 Uhr angekündigt, um den aktuellen Stand zu erfahren. Katharina hätte diese Besprechung gern schon früher am Morgen abgehalten, doch wie üblich war Mausner erst spät ins Büro gekommen. Ungeduldig trommelte sie mit den Fingern auf die Tischplatte. Sie hatte noch keine neue Meldung von Rumpelstilzchen bekommen, weder auf die gestrige Antwort noch mit einer neuen Aufgabe. Und übermorgen war Heiligabend … Außerdem ließ der Kriminalrat sie mal wieder warten.

Als hätte er ihre Gedanken erahnt, trat Stephan Mausner in diesem Moment durch die Tür: »Guten Morgen, zusammen, entschuldigen Sie meine Verspätung, aber ich hatte noch einen dringenden Anruf zu erledigen.«

Was kann im Moment dringender sein als die Suche nach Ben?, dachte Katharina grimmig, sparte es sich jedoch, ihre Gedanken laut auszusprechen.

»Also«, sagte Mausner, während er sich mit an den Tisch setzte, »was gibt es Neues?«

Katharina berichtete so knapp wie möglich von dem Anruf, den sie am Vortag von Rumpelstilzchen erhalten hatte.

»Irgendeine Chance, den Anruf zurückzuverfolgen?«, fragte der Kriminalrat.

»Nein«, antwortete Tobias. »Rumpelstilzchen macht diesbezüglich leider nach wie vor keine Fehler. Der Anruf kam, wie zuvor die Textnachrichten, von einem Prepaid-Handy, und das Handy ist direkt danach wieder ausgeschaltet worden. Eine Rückverfolgung oder Ortung war also nicht möglich. Alles, was wir sagen können, ist, dass das Handy im Stadtzentrum eingeloggt war, und das wiederum ist eigentlich nichts wert. Genauso wie bei den E-Mails – die Kollegen aus der Technik haben das gecheckt, die Mails kamen aus verschiedenen Internetcafés.«

Mausner schüttelte den Kopf. »Eine Nachfrage dort nach einer auffälligen Person hat dann vermutlich auch nichts gebracht, nehme ich an?«

»Nein, nichts«, antwortete Vivien. »Den Leuten dort ist niemand aufgefallen. Wie auch?«

»Und was ist mit der Stimme, Frau von Hagemann?«

Katharina sah ihn müde an. »Die war, wie vorhin schon geschildert, verzerrt. Ich hab das Gespräch aufgezeichnet und an die Technik gegeben. Die Hintergrundgeräusche waren aber störend und gleichzeitig nicht definierbar, und die Entzerrung hat kein Ergebnis gebracht. Das Einzige, was die Kollegen sagen konnten, ist, dass sie vermuten, dass es sich um eine Frau oder um einen Mann mit hoher Stimme handelt.«

»Also im Prinzip auch gar kein Ergebnis«, fasste Mausner zusammen. »Dann bleibt uns wohl weiterhin nichts anderes übrig, als auf neue Nachrichten zu warten.« Mausner erhob sich und wandte sich zur Tür. »Die Presse hat übrigens nachgefragt. Irgendjemand hat Wind davon bekommen, dass wir Heinzen erneut festgenommen haben. Da hat ein findiger Redakteur die alte Geschichte hervorgekramt und wollte wissen, ob Benjamin Rehder an der Aufklärung beteiligt gewesen war, weil er doch damals von Heinzen öffentlich bedroht wurde.« Er runzelte die Stirn. »Ich hab erneut die Info rausgegeben, dass Hauptkommissar Rehder sich zurzeit aufgrund einer Fortbildung nicht in Lüneburg aufhält. Zwei Tage vor Weihnachten ist das aber natürlich nicht mehr besonders glaubwürdig. Stellen Sie sich also darauf ein, dass die Presse möglicherweise versucht, auch bei Ihnen direkt noch mal nachzuhaken, und bestätigen Sie dann um Himmels willen meine Auskunft.« Er sah Katharina direkt und eindringlich an: »Zwei Tage noch, wenn Rumpelstilzchen seine Drohung wahr macht, was auch immer das bedeuten mag. Ich zähle auf Sie, Frau von Hagemann.« Mit diesen Worten drehte er sich um und verließ das Büro.

»Als wenn ich das nicht wüsste«, stöhnte Katharina. »Aber wie sollen wir Ben finden, wenn wir nach wie vor nicht den geringsten Anhaltspunkt haben, weder zur Identität von Rumpelstilzchen noch zum Aufenthaltsort? Normalerweise gibt es bei einer Entführung eine Forderung, die eine Übergabe nötig macht, da könnten wir wenigstens was tun. Diese ständige Warterei auf eine neue Meldung macht mich noch verrückt.«

Sie schaute zu Tobi und Vivien und sah ihnen an, dass beide genau das Gleiche dachten. Sie kamen einfach keinen Schritt weiter, und die Zeit rannte ihnen davon.

»Was ist mit Simone Rehder?«, fragte Vivien. »Vielleicht hat sie ja doch etwas mit der Sache zu tun? Sie könnte auch jemanden geschickt haben, der den Brief an dich hier abgegeben hat, damit sie ein Alibi hat und wir nicht denken, sie sei Rumpelstilzchen. So wie damals der Junge, den der »Weihnachtsmann« beauftragt hat. Wir könnten Simone Rehder vielleicht beobachten lassen.«

»Nein«, sagte Katharina zerknirscht, weil sie selbst noch vor ein paar Tagen ganz anders gedacht hatte. »Ich finde ihr Verhalten zwar nach wie vor komplett merkwürdig und daneben, aber ich hab es noch mal mit dem Täterprofil abgeglichen, nachdem sie neulich hier war. Das passt einfach nicht zusammen. Und ich denke nicht, dass sie sich hier verstellt hat.«

Vivien stand auf. »Wisst ihr was, ich werde sie trotzdem einfach anrufen und fragen, ob ihr in der Zwischenzeit vielleicht noch irgendetwas eingefallen ist, was uns weiterhelfen könnte. Schaden kann es nicht. Und mich macht dieses Nichtstun ansonsten auch ganz verrückt.« Sie verließ das Büro von Ben und ging an ihren Arbeitsplatz, um zu telefonieren. Katharina und Tobi blieben zurück.

»Bei euch zu Hause alles in Ordnung?«, fragte Katharina und sah Tobi müde lächelnd an.

»Ja, alles bestens«, sagte Tobi. »Helmchen geht es gut und sie schont sich auch. So richtig bei der Sache bin ich da aber ehrlich gesagt gerade nicht, solange wir Ben nicht gefunden haben.«

Katharina verbarg ihr Gesicht in den Händen und rieb sich die müden Augen. »Ich hab das Gefühl, dass ich irgendetwas übersehe, Tobi. Irgendetwas sagt mir, dass wir kurz vor der Lösung stehen, aber es ist, als wenn ich den Eingang nicht finde. Oder den Wald vor lauter Bäumen nicht sehe. Irgendetwas sehe ich nicht …«

»Seit wann hast du das Gefühl?«, fragte Tobi interessiert.

»Ich glaube, seit gestern. Am Nachmittag war ich doch kurz bei Julie und Leonie. Ich könnte schwören, dass Julie eine Bemerkung gemacht hat, die etwas bei mir in Gang gesetzt hat, aber genau da kam der Anruf von Rumpelstilzchen und ich krieg einfach nicht mehr zusammen, was es war.«

»Katharina! Katharina, dein Handy!«, rief Vivien aufgeregt von nebenan.

Sofort stürzte Katharina in den Nebenraum und sah auf das Display ihres Telefons. *Nachricht von Rumpelstilzchen*, las sie dort und öffnete die Meldung sofort. *Schau ins Gästebuch vom »Lüneblick«!* Mehr stand dort nicht. Katharina setzte sich auf ihren Schreibtischstuhl und öffnete den gespeicherten Link zur entsprechenden Internetseite. Vivien und Tobi traten hinter sie und sahen ihr über die Schulter, während sie die Einträge des Gästebuchs überflog.

»Da«, rief Vivien plötzlich und zeigte auf einen Eintrag: *R. an K.: Der Froschkönig holte für seine Prinzessin eine goldene Kugel aus dem Brunnen – was aber ist das perfekte Geschenk für unseren Prinzen? Antwort hier, bis Mitternacht!*

»Das perfekte Geschenk?«, wiederholte Vivien ungläubig. »Was ist denn das für eine Frage? Das kann doch alles Mögliche sein …«

»Es sei denn, es gibt etwas, das Ben sich schon lange wünscht«, überlegte Tobi. »Ich wüsste aber spontan nicht, dass er so was mal erwähnt hätte … Du, Katharina?«

Katharina starrte auf den Bildschirm, während sie antwortete. »Nein, keine Ahnung. Ich verstehe es auch nicht. Aber immer mehr kommt es mir so vor, als wenn Rumpelstilzchen nach Dingen fragt, zu denen es selbst keine Lösung kennt. Die Frage ist nur: Wer hätte ein Interesse daran, solche Dinge über Ben zu erfahren? Was bringt das? Lieblingswein, Lieblingsessen, Wunschgeschenk, Deadline Heiligabend … Scheint fast so, als möchte da jemand Ben ein unvergessliches Weihnachtsfest bereiten …«

»Ich hab Simone Rehder eben in ihrem Laden erreicht. Allerdings war es nur kurz, sie hatte keine neuen Informationen und außerdem wohl tatsächlich gerade mal Kundschaft«, berichtete Vivien in Katharinas Überlegungen hinein. »Soll ich sie noch mal anrufen und nach dem Geschenk fragen?«

»Nein, lass nur«, sagte Katharina. »Ich bin mir fast sicher, dass sie uns dabei nicht helfen kann. Ich glaube irgendwie nicht, dass es hier überhaupt eine richtige oder falsche Antwort gibt.« Während Katharina das Eingabefeld für einen Kommentar im Gästebuch öffnete, sahen Vivien und Tobias sich irritiert an. Dann beobachteten sie, wie Katharina ihre Antwort tippte: *K. an R.: Juwelier in der Bäckerstraße. Die teuerste Uhr, die dort im Schaufenster liegt, hat es ihm schon lange angetan.* Dann hielt sie kurz inne, bevor sie weitertippte. *Solltest du aber doch am besten wissen, wenn er dein Prinz ist. Vielleicht bist du doch die falsche Braut?* Bevor Tobias oder Vivien etwas einwenden konnten, drückte Katharina auf »Senden« und die Nachricht an Rumpelstilzchen war unwiderruflich verschickt.

22:53 Uhr

Vivien wälzte sich in ihrem Bett hin und her. Sie hatte bereits geschlafen, doch irgendein Geräusch unten auf der Straße hatte sie geweckt, und jetzt fand sie nicht wieder in den Schlaf zurück. Prompt kam ihr der heutige Tag wieder in den Sinn und sie musste an Katharina denken. Die erfahrene Kollegin hatte sie erneut beeindruckt, und Vivien hoffte, dass sie noch häufiger die Möglichkeit bekommen würde, mit Katharina von Hagemann zusammenzuarbeiten. So wie Katharina würde sie auch gern sein. Entschlossen und mutig, trotz dieser nervenzehrenden Situation. Vivien selbst hatte nach wie vor viel mehr Abstand in diesem Fall, weil sie Benjamin Rehder nicht persönlich kannte, trotzdem glaubte sie, sich vorstellen zu können, was momentan in Tobias und Katharina vorgehen musste. Vor allem für Katharina musste es die Hölle sein, diese Verantwortung zu tragen und doch nicht handeln zu können. Dennoch hatte sie heute den Mut aufgebracht, Rumpelstilzchen zu provozieren. Zumindest hatten Tobi und auch sie die Antwort von Katharina so empfunden und erschrocken darauf reagiert. Und die Kollegin hatte ihnen nicht widersprochen. Sie hatte lediglich gesagt, dass sie keine andere Chance mehr sehe, als Rumpelstilzchen aus der Reserve zu locken. Dann hatte sie Tobias und Vivien aufgefordert, den besagten Juwelier in der Großen Bäckerstraße unauffällig zu beobachten. Die beiden hatten sich abgewechselt, doch nichts Außergewöhnliches bemerkt. Auch die teuerste Uhr im Schaufenster, die Katharina einfach so als Lockmittel genannt hatte, war nach Ladenschluss noch dort gewesen. Tobias und Vivien hatten zu Beginn ihrer Überwachung zusammen das entsprechende Schmuckstück ausgemacht und den Juwelier aufgefordert, sie sofort auf dem Mobiltelefon zu informieren, wenn jemand sich ausdrücklich dafür interessieren würde. Doch ein Anruf war nicht erfolgt und die Uhr aus Platin lag noch immer am selben Platz. Morgen früh würde die Überwachung dann weitergehen, dann aber durch Tobi allein.

Entnervt, weil sie immer noch nicht wieder einschlafen konnte, schaltete Vivien jetzt ihre Nachttischlampe an und setzte sich auf. Zum Lesen hatte sie keine Lust, und wenn sie jetzt aufstand, um im Wohnzimmer fernzusehen, würde sie im Zweifel auf dem Sofa einschlafen, was ihr einen steifen Nacken einbringen könnte, und darauf hatte sie schon gar keine Lust. Ihr Blick fiel auf ihr Handy, das neben der Nachttischlampe lag. Sie griff danach und rief ihre Fotogalerie auf. Eines der letzten Bilder klickte sie an, und es öffnete sich über den ganzen Bildschirm. Es zeigte Bene beim Bratwürstchenessen. Sie hatte das Bild aus Jux aufgenommen, als sie bei ihrer ersten Verabredung gemeinsam auf dem Weihnachtsmarkt gewesen waren. Bene hatte über das Bratwürstchen geflucht, weil der erste Bissen so heiß gewesen war, dass er sich fast die Zunge daran verbrannt hatte. Sie hatte sich über ihn lustig gemacht und gesagt, dass sie seinen Zorn auf das Bratwürstchen unbedingt für die Nachwelt festhalten müsste, und ein Foto von ihm gemacht, wie er in gespielter Wut auf das Würstchen blickte. Seitdem hatte sie sich das Bild x-mal angeschaut. So wie jetzt auch. Wenn es ein Papierfoto wäre, dachte sie, wäre es bestimmt schon ganz abgegriffen. Sie überlegte, dass sie Bene gern einmal wieder privat treffen würde, auch wenn sie sich wegen Katharina vorgenommen hatte, den Kontakt weitestgehend zu vermeiden. Vor ein paar Tagen hatte sie wenigstens immer mal seine Stimme gehört, wenn sie ihn wegen Rumpelstilzchens Rätsel anrufen musste, doch für die letzten hatte sie seine Hilfe nicht erbitten müssen. Ohne großartig darüber nachzudenken, tippte sie spontan eine Textnachricht an Bene in ihr Handy ein, mit der direkten Frage, ob er sie noch einmal auf den Weihnachtsmarkt begleiten würde. Dann drückte sie sofort auf »Senden«. Gleich darauf setzte sie eine weitere Nachricht ab, in der sie Bene das Foto von ihm mit der Bratwurst schickte. Da Vivien davon ausging, dass er arbeitete, wartete sie noch eine Weile, in der Hoffnung, dass er antworten würde. Als nichts kam, dachte sie an den morgigen Tag, der sicher wieder anstrengend werden würde, knipste das Licht aus und rollte sich zum Schlafen ein. Genau in diesem Augenblick gab ihr Handy das Signal für eine eingegangene SMS wider und sie setzte sich – diesmal im Dunkeln – erneut auf, tastete nach ihrem Handy und öffnete mit erhöhtem Pulsschlag Benes Nachricht. Würde er sie treffen wollen? Sie las die Nachricht, wofür sie nur etwa eine Sekunde benötigte, denn Bene hatte sich kurz gefasst: *Der Wmarkt ist nur noch bis morgen und da hab ich keine Zeit. LG Bene.*

Mist, daran hatte sie nicht gedacht. Spontan schrieb Vivien zurück: *Stimmt. Lass uns trotzdem noch einmal verabreden. Ich würd mich freuen!* Erst nachdem sie die Nachricht gesendet hatte, ärgerte sie sich. Bene hätte auch von allein darauf kommen können, dass sie nicht unbedingt auf den Weihnachtsmarkt gehen mussten. Es gab in Lüneburg genug Kneipen und Cafés, in denen man sich treffen konnte, wenn man nur wollte. Hatte er jetzt eventuell wegen der letzten Nachricht das Gefühl, sie würde ihm hinterherlaufen? Vivien wollte alles andere als das, wurde aber von einer weiteren SMS von Bene in ihren Gedanken unterbrochen. Mit einem Lächeln öffnete sie seine Nachricht. Ob jetzt ein Vorschlag kam?

Noch während sie die drei kleinen Worte las, erstarb jedoch das Lächeln auf ihrem Gesicht. Bene hatte geschrieben: *Keine gute Idee.*

Noch mal Mist! Auch daran hätte sie denken müssen. Bene war in der momentanen Situation sicher nicht nach einem Date zumute. Schnell schrieb Vivien zurück: *Wegen Ben? Vielleicht willst du darüber reden. Wollen wir telefonieren oder bist du am Arbeiten?*

Benes Antwort ließ nicht lange auf sich warten: *Nein, nicht wegen Ben, sondern Katharina. Da bin ich übrigens grad. Damit ist wohl alles gesagt. Sie schläft schon, ich jetzt auch gleich. Gute Nacht!*

Vivien schluckte. Fast wären ihr die Tränen gekommen. Sie hätte es nie für möglich gehalten, dass sie sich jemals verlieben würde. Und jetzt war es der falsche Mann. Na toll! Dennoch wollte sie gern das letzte Wort haben. Das war sie sich selbst schuldig. Sie tippte *Kapiert!* ein und drückte auf »Senden«.

Ehret immer das Ganze! Ich kann nur einzelne achten:
Immer im Einzelnen nur hab ich das Ganze erblickt.

(Das Ehrwürdige, Friedrich Schiller)

22. KAPITEL:

DIENSTAG, 23. DEZEMBER 2014

06:34 Uhr

Katharina reckte die Arme unter der warmen Bettdecke hervor und gähnte. Lächelnd streckte sie ihren Arm nach links aus, doch dort fühlte sie nur das warme Bettlaken. Überrascht öffnete sie die Augen und drehte sich um. Die Seite neben ihr war leer. Im gleichen Moment hörte sie die Dusche in ihrem Badezimmer rauschen. Bene war also nicht weg, sondern nur schon aufgestanden. Sie langte nach ihrem Handy, das neben dem Futon auf dem Fußboden lag, um nach der Uhrzeit zu sehen. Erst als sie auf dem Display las: *Nachricht von Vivien*, fiel ihr auf, dass sie aus Versehen Benes Handy gegriffen hatte. Mit einem Schlag wirbelten die Gedanken in ihrem Kopf herum. Vivien und Bene. Julie. Advent. Ben … und plötzlich fiel ihr wieder ein, welche Bemerkung von Julie bei ihr etwas ausgelöst hatte, als der Anruf von Rumpelstilzchen sie überrascht hatte. Julie hatte von Bens Nachbarin gesprochen. Nur kurz, während Leonie mit Bene herumgealbert hatte und deswegen nichts mitbekommen konnte. Nachdem Katharina ihrer Freundin von Simone Rehder und deren kleiner Hetzrede über Johanna Ingwersen berichtet hatte, hatte

Julie Katharina ihrerseits erzählt, dass die Frau ihr unangenehm aufgefallen war, als sie vor etlichen Jahren mit der damals noch kleinen Leonie öfter bei Ben gewesen war. Die Nachbarin hatte permanent bei Ben geklingelt und irgendwelche fadenscheinigen Erklärungen für die Störungen vorgebracht. Mal brauchte sie ein Ei, dann etwas Milch, dann wollte sie ihm einen Kuchen bringen, ein anderes Mal ein Gartengerät ausleihen. Oder sie machte auffällig viel Krach, wenn sich Julie, Ben und Leonie draußen auf der Terrasse oder im Garten aufhielten, indem sie den Rasen mähte, der ohnehin schon kurz war, oder die Terrasse fegte, bis sie mit dem Besen fast durch die Fliesen schrubbte. Nachdem Ben Julie versichert hatte, dass die Nachbarin sonst eigentlich sehr zurückhaltend und freundlich sei, war Julie sicher gewesen, das Johanna Ingwersen etwas gegen sie und ihre Tochter hatte, oder zumindest dagegen, dass die beiden so viel Zeit mit Ben verbrachten. Seitdem hatte Julie immer zugesehen, der Nachbarin nicht über den Weg zu laufen – vor allem aus Furcht um Leonie. Darum hatte sie auch nicht gewusst, dass sie immer noch dort wohnte, bis Katharina ihr von ihrer Aussage erzählt hatte.

Als die Kommissarin eben aus Versehen die Meldung Viviens auf Benes Display gesehen hatte, war es ihr wie ein Blitz in den Kopf geschossen. Vivien wollte etwas von Bene, doch Bene nicht von ihr. Offensichtlich versuchte Vivien aber, den Kontakt aufrechtzuerhalten … War das möglicherweise auch das Motiv für Bens Entführung? Unerfüllte Liebe? So verrückt es klang – nach allem, was sie in den letzten Wochen herausbekommen und hinterfragt hatten, war es das Einzige, was ansatzweise einen Sinn ergab. Der direkte, wenn auch nur verbale Angriff auf Katharina, die permanenten Hinweise auf den Prinzen, bei dem es sich eindeutig um Ben handelte, und die vielen merkwürdigen Fragen nach Bens Vorlieben. Das musste es einfach sein! Hellwach sprang Katharina förmlich aus dem Bett und suchte hastig ein paar frische Kleidungsstücke zusammen. Als Bene in diesem Moment nur mit einem Handtuch um die Hüften aus dem Badezimmer kam, rannte sie ihn fast um. Ohne Erklärung huschte sie ins Bad, schloss die Tür und ließ den irritierten Bene im Flur zurück. Keine zehn Minuten später kam sie, fertig angezogen und die roten Locken zu einem Zopf zusammengebunden, wieder heraus.

07:08 Uhr

Nachher würde sie in die Stadt gehen und sich die Uhr für Ben wenigstens anschauen. Wahrscheinlich war sie zu teuer, aber vielleicht ja auch nicht. Jetzt würde sie dem Geliebten aber erst einmal sein Frühstück bringen. Heute hatte sie sich ganz besonders viel Mühe damit gegeben. Nicht ganz uneigennützig, wie sie sich selbst eingestanden hatte, während sie es richtete. Ben sollte einfach einen Vorgeschmack davon bekommen, was ihn ab morgen alles Schönes erwartete. Ihr Vater hatte gerade ihr Frühstück immer sehr gelobt und sich über kleine Details auf dem morgendlichen Tisch gefreut, wie sauber gefaltete Servietten, poliertes Besteck, eine hübsche Kerze oder ein Strauß bunter Blumen, der kunstvoll in einer Vase arrangiert war. Für Ben hatte sie einen kleinen, eingetopften Weihnachtsstern mit auf das

Tablett gestellt. Als sie jetzt ihr Haus durch den Kellereingang verließ, stellte sie das Tablett auf einer Treppenstufe ab und steckte sich eine Zigarette an. Sie rauchte sie nicht ganz bis zum Ende, denn es drängte sie zu ihrem Geliebten. Sie drückte die Zigarette aus, legte die Kippe behutsam auf einen Mauervorsprung – später würde sie sie in Alufolie wickeln und in den Müll schmeißen – und hob das Tablett wieder auf. Sie ging an ihrer Gartenhecke entlang, und als sie sich durch die etwas ausgefranste Stelle weiter hinten in der Ligusterhecke drückte, musste sie aufpassen, dass sie das vollgeladene Tablett gerade hielt und nichts hinunterfiel.

07:10 Uhr

Katharina lenkte ihren Wagen in Richtung Ochtmissen. Nachdem sie am Morgen endlich den, wie sie meinte, entscheidenden Schluss gezogen hatte, war sie mit ihrem eigenen Auto direkt zum Kommissariat gefahren. Sie wollte jetzt keine einzige weitere Minute mehr verlieren. Im Büro hatte sie nur Vivien angetroffen. Tobi wollte den ersten Überwachungsdienst beim Juwelier übernehmen und von zu Hause aus dorthin fahren. Da es unnötig viel Zeit gekostet hätte, Tobi zu informieren, dass er doch schon jetzt ins Kommissariat kommen sollte, hatte sie ihm lediglich per SMS eine Nachricht geschickt, was sie vorhatte, und war dann mit Vivien sofort wieder in ihr Auto gestiegen. Auch auf einen Dienstwagen hatte sie verzichtet, um Zeit zu sparen, denn sie hätte erst den Schlüssel und die Papiere holen müssen. Ihr Bauchgefühl sagte Katharina, dass sie diesmal auf der richtigen Spur war, sie würde keine Sekunde mehr verschwenden. Erst im Auto hatte Katharina Vivien über ihren Plan aufgeklärt, ohne allerdings zu erwähnen, dass es ausgerechnet ihre Nachricht an Bene gewesen war, die den plötzlichen und lang ersehnten Geistesblitz ausgelöst hatte. Zu Katharinas Überraschung brachte jedoch Vivien selbst das Thema plötzlich auf.

»Katharina, ich … ich müsste da mal was mit dir … klären«, druckste die junge Kommissarin unsicher herum. »Das ist jetzt zwar sicher nicht der passende Moment, aber … es ist mir wichtig.«

Überrascht blickte Katharina kurz zum Beifahrersitz hinüber, bevor sie ihre Augen wieder auf die Straße richtete: »Sag einfach, was gibt es denn?«

»Es ist … na ja, wegen Bene.«

Katharina fand den Moment in der Tat nicht wirklich passend, schwieg jedoch, denn neugierig war sie schon, was Vivien ihr zu sagen hatte.

»Also, als ich ihn kennengelernt hab«, rang Vivien nach Worten, »da wusste ich nicht, dass Bene und du, dass ihr … na, du weißt schon. Als ich das dann mitbekommen habe, da war ich irgendwie schon mittendrin im Schlamassel.« Als hätte sie sich über ihre eigenen Worte erschrocken, sah Vivien Katharina mit großen Augen an und fuhr fort: »Also, nicht, was du jetzt vielleicht denkst, also da ist nichts gelaufen zwischen mir und Bene – echt nicht! Aber ich hätte es mir gewünscht. Und ich hab erst gestern noch mal versucht, den Kontakt zu ihm wiederherzustellen.« Sie schwieg einen Moment und Katharina ließ ihr Zeit. »Das war nicht okay von mir, und ich wollte mich bei dir entschuldigen. Bene hat mir sehr deutlich klargemacht, dass zwischen uns nichts laufen wird. Und das werde ich ab sofort respektieren. Versprochen!«

Katharina merkte, wie ein kurzer Glücksmoment durch ihren Körper lief. Das lag vor allem daran, wie Vivien Benes Reaktion geschildert hatte. Und sie zollte Vivien Respekt für ihre Aufrichtigkeit. Lächelnd sah sie Vivien kurz an, als sie an einer Ampel halten mussten: »Danke, dass du so ehrlich bist, Vivien. Das rechne ich dir hoch an, wirklich.«

»Das heißt, du bist nicht sauer auf mich?«, fragte Vivien mit einem ersten Anzeichen von Erleichterung.

»Nein, warum auch. Du sagst doch selbst, es ist überhaupt nichts passiert. Von mir aus können wir das komplett streichen, als wäre nichts gewesen.«

»Danke!«, sagte Vivien und jetzt war die Erleichterung ihr deutlich ins Gesicht geschrieben. »Weißt du, ich mag dich nämlich echt. Und ich fände es total blöd, wenn so eine idiotische Männergeschichte zwischen uns stehen würde. Ich hoffe ja auch, dass ich in Zukunft vielleicht mal wieder die Gelegenheit bekomme, in deinem Team mitzuarbeiten. Auch wenn die Umstände furchtbar sind, solange wir Ben noch nicht gefunden haben, ich würde gern von dir lernen.«

Katharina war verblüfft. Damit hatte sie nicht gerechnet. Aber umso mehr freute es sie. »Ich hab da zwar nicht viel Einfluss, aber ich verspreche dir auf jeden Fall, dass ich bei Mausi ein gutes Wort für dich einlege. Du hast bisher wirklich einen guten Job gemacht. Apropos Job – wir sind gleich da und du musst bitte vorher noch etwas erledigen, okay?« Unterwegs war Katharina noch ein weiteres Detail eingefallen, das sie bisher nicht für wichtig erachtet hatte. Alexander Thiele hatte bei ihrem ersten Gespräch beiläufig erwähnt, dass Simone Rehder schon einige Zeit vor der endgültigen Trennung nach einem neuen Sinn für ihr Leben gesucht hatte. Damals glaubte sie, diesen in der Musik zu finden, und hatte sich im Keller des gemeinsamen Hauses mit Bens Unterstützung ein Musikzimmer eingerichtet. Wie Alex erklärt hatte, mit allem, was dazugehörte. Aufnahmegerät, Mikro, Soundmaschine und – das war dann wohl auf Bens Wunsch hin geschehen – schallisolierten Wänden. Doch eben einen solchen Raum hatte sie bei der Durchsuchung von Bens Haus nicht entdeckt. Vermutlich hatte Ben die ganzen Sachen einfach entsorgt, nachdem Simone gegangen war, und der Raum war wieder zu einem ganz normalen Kellerraum geworden. Doch was, wenn nicht? Wenn sie den Raum, oder besser gesagt, die Tür zu diesem Raum einfach übersehen hatten? Es war nur ein winziger Strohhalm, doch Katharina klammerte sich immer fester daran.

»Ruf bei Simone Rehder an. Frag sie, in welchem Kellerraum sie damals ihr Musikzimmer hatte. Und lass dich nicht von irgendwelchem Geschwafel von ihr ablenken, wir müssen einfach nur wissen, wo genau sich der Raum befindet. Falls du sie nicht erreichst, ruf Alexander Thiele an, der weiß es im Zweifel auch.«

Vivien guckte zwar etwas irritiert, nahm aber ohne zu zögern ihr Handy aus der Jackentasche und folgte Katharinas Anweisung.

07:17 Uhr

Bens Garten war in ihren Augen ziemlich ungepflegt. Das Laub war nicht zusammengekehrt und in den Beeten hatte während des Sommers das Unkraut gewuchert und jetzt eine unansehnliche Schicht vermoderter Pflanzen hinterlassen. Sie wusste, dass der Garten nicht anders aussähe, selbst wenn Ben in den vergangenen Wochen nicht im Kellerraum seine Liebe zu ihr entdeckt hätte. Aber auch das machte nichts. Sie fand es herrlich, im Garten herumzupuzzeln. Wenn Gartenarbeit also nichts für Ben war, akzeptierte sie das gern. Vorsichtig, Stufe für Stufe, ging sie jetzt die Treppe zu Bens Kellereingang hinab. Den Kellerschlüssel hatte sie sich bereits vor zwei Jahren nachmachen lassen, als sie mal wieder die Blumen bei ihm gegossen und sich um die Post gekümmert hatte, weil er für eine Woche auf einer Fortbildung gewesen war. Es war völlig unproblematisch gewesen, da Ben hier hinten kein Sicherheitsschloss angebracht hatte. Wenn er auch in ihrem gemeinsamen Heim so unvernünftig war – obwohl er doch Polizist war und es besser wissen müsste –, würde sie ihm wohl mithilfe der Zeitung vor Augen führen müssen, wie fahrlässig so etwas war. Jeden Tag passierten die schrecklichsten Dinge und Einbrüche schienen an der Tagesordnung zu sein. Wenn sie von nun an zusammenlebten, musste er da ein bisschen umsichtiger werden. Schließlich war es seine Aufgabe, sie zu beschützen.

Gerade als Johanna Ingwersen aufschließen wollte, hörte sie ein Geräusch, das sie aufhorchen ließ. Ein Auto kam ihre sonst ruhige Wohnstraße entlanggefahren, was um diese Uhrzeit ungewöhnlich war. Wenn, dann fuhren die

Nachbarn hier morgens eher weg zur Arbeit. Sie hörte, wie das Motorengeräusch verstummte und kurz darauf eine Wagentür zugeschmissen wurde. Wahrscheinlich hatte einer ihrer Nachbarn irgendetwas vergessen und war noch einmal nach Hause zurückgekehrt, um es zu holen, dachte sie bei sich, schloss die Kellertür auf und schlüpfte hinein. Von innen schloss sie wieder sorgfältig ab. Während sie sich auf den Weg zu Ben machte und darüber nachdachte, dass sie der Hexe heute eine Frage zu Bens Hochzeitsanzug stellen und dafür das Märchen vom tapferen Schneiderlein benutzen würde, hörte sie nicht, dass noch eine weitere Wagentür zugeworfen wurde. Und auch nicht, dass es wenige Sekunden später an ihrer eigenen Haustür klingelte.

07:19 Uhr

Katharina hatte den Wagen vor Bens Haus geparkt. Während Vivien noch mit Simone Rehder sprach, die wie erwartet nicht willens oder in der Lage war, einfach eine kurze und präzise Antwort zu geben, stieg Katharina bereits aus. Sie atmete tief durch und sammelte sich. Wenn sie wirklich recht hatte mit ihrer Vermutung, dann durften sie jetzt keinen Fehler mehr machen. Sie hatte Vivien unterwegs so gut es ging instruiert, doch sie wünschte sich, Tobias wäre an ihrer Seite. Sie beide waren inzwischen einfach ein gut eingespieltes Team. Sie hatte den Gedanken noch nicht ganz zu Ende gedacht, als Vivien ebenfalls ausstieg und neben sie trat.

»Los geht's«, sagte Katharina und die beiden Frauen gingen zur Tür des Nachbarhauses. Sie betätigten die Klingel über dem etwas kitschigen, offenbar selbst getöpferten Namensschild mit der Aufschrift »Ingwersen«. Auch nach wiederholtem Klingeln rührte sich nichts im Haus. Die beiden Frauen sahen sich wortlos an und Katharina nickte. Wenige Sekunden später betraten sie das Haus von Ben. Beide Kommissarinnen hatten ihre Waffen gezückt, als sie in gegenseitiger Deckung durch den schmalen Hausflur gingen. Auch hier war kein Mucks zu hören. Alles schien unverändert wie nach der letzten Durchsuchung. Katharina glaubte sogar, noch immer den abgestandenen Zigarettenrauch wahrzunehmen. Im Wohnzimmer angekommen, fiel ihr Blick auf die wenigen Topfpflanzen, die dort auf der Fensterbank standen. Jede einzelne sah prächtig aus. Doch sie hätten längst vertrocknet oder zumindest schlapp aussehen müssen, nachdem sie seit Wochen kein Wasser bekommen hatten. Es sei denn ... es sei denn, es war jemand im Haus gewesen, um sie zu gießen. Und das konnte nur Johanna Ingwersen gewesen sein. Sie hatte Katharina noch gezielt danach gefragt, doch die Kommissarin hatte es abgelehnt. Ein weiterer Punkt, durch den Katharina ihren Verdacht bestätigt sah. Sie gab Vivien ein Zeichen in Richtung Keller. Unten angekommen, zeigte die Kollegin auf einen Bauernschrank und flüsterte: »Laut Simone Rehder muss das Zimmer dort sein. Aber da ist nichts!«

»Warte mal«, sagte Katharina, sah sich noch einmal um und steckte dann ihre Waffe in den Hosenbund. Sie trat auf den Schrank zu und öffnete weit seine Türen. Auf der einen Seite waren Regale. Hier waren Handtücher und Bettwäsche gelagert. Auf der anderen Schrankseite hingen Jacken und auf dem Boden lagen ordentlich zusammengefaltet neben zwei Kisten ein paar Kleidungsstücke. Katharina schob die Jacken auseinander, um einen Blick auf die Rückwand des Schrankes zu werfen, während Vivien mit der Taschenlampe ihres Handys für Licht sorgte. Und tatsächlich: In der Wand war ein schmales Loch, hinter dem sie eine Stahltür ausmachte. Nun steckte auch Vivien ihre Waffe weg, um beide Hände frei zu haben. Die beiden Frauen rissen die restlichen Jacken heraus und warfen sie achtlos hinter sich. Dann griff Katharina durch das Loch hindurch und drückte den Türgriff herunter, doch wie erwartet war die Tür verschlossen. Sie schlug mit der Faust gegen die Tür und gab Vivien ein Zeichen, still zu sein. Wenn sich Ben hinter der Tür befand und bei Kräften war, würde er sie sicher hören. Als sie keine Reaktion ausmachen konnte, trommelte sie erneut gegen die Tür. Plötzlich hörte sie auch von innen ein Klopfgeräusch. Mit einer Mischung aus Freude und Panik rief Katharina laut: »Ben, Ben, bist du da drinnen? Ich bin's, Katharina, ich hol dich da raus!«

»Wir müssen die Tür irgendwie aufbekommen«, sagte sie zu Vivien und sah sich nach einem Gegenstand um, der ihr dabei behilflich sein könnte.

»Das ist 'ne Stahltür, wie sollen wir die aufbekommen?«, erwiderte Vivien zu Recht und zeigte auf ihre Waffe. »Sollen wir das Schloss aufschießen?«

»Das können wir nicht riskieren«, antwortete Katharina nervös. »Wenn Ben in der Nähe der Tür sitzt und dort vielleicht gefesselt ist, laufen wir Gefahr, ihn zu verletzen. Such du in den Nebenräumen, ich gucke hier. Wir brauchen so was wie eine Axt oder eine Brechstange. Oder irgendwas, womit wir das Schloss aufbrechen können.«

Vivien huschte in einen der weiteren Kellerräume, während Katharina sich in der näheren Umgebung umschaute.

Ihr Blick stieß auf einen dicken Schraubenzieher, der in einem Regal lag. Sie holte ihn sich, stieg wieder in den Schrank und schob das Eisen in das große Schloss der Tür. Sie versuchte, den Schließmechanismus außer Kraft zu setzen. Es war zwar eine dicke Stahltür, aber kein Sicherheitsschloss, vermutlich war es also einfacher, das Schloss zu knacken, als die ganze Tür aufzuhebeln. Sie setzte den Schraubenzieher neu an und drückte ihn abermals im Schloss hin und her, bis sie ein kurzes Knacken vernahm. Im selben Augenblick glaubte sie, Viviens Stimme zu hören, doch sie wollte nicht warten. Voller Hoffnung drückte sie den Türgriff und rüttelte an der Tür, die tatsächlich nachgab und sich in den Kellerraum hinein öffnen ließ. Katharina schaute in absolute Dunkelheit und griff nach der kleinen Taschenlampe, die sie eben im Schrank entdeckt und vorsichtshalber eingesteckt hatte. Während sie sie anschaltete, flüsterte sie: »Ben, bist du hier irgendwo?«

Der Lichtschein fiel auf eine Schlafcouch neben der eine scheinbar achtlos hingeschmissene Bettdecke lag. Als Katharina jetzt die Schlafcouch mit der Lampe ableuchtete, fuhr ihr der Schreck durch alle Glieder: Auf dem Bett lag Ben – vollständig unbekleidet. An Armen und Beinen war er mit Paketklebeband gefesselt und in seinem Mund steckte ein Knebel. Doch seine Augen waren geöffnet und Katharina sah, dass er sie erkannte. Sie ließ den Schraubenzieher auf den Boden fallen und kniete sich ungeachtet seiner Nacktheit neben die Couch. Mit der Taschenlampe zwischen den Lippen erlöste sie Ben als Erstes von seinem Knebel. Er sah furchtbar aus. Vollkommen abgemagert und mit tiefen Ringen unter den Augen. Aber er lebte! Am liebsten wäre Katharina ihm vor Erleichterung um den Hals gefallen, doch dafür war keine Zeit, sie musste die

Fesseln lösen. Wo blieb überhaupt Vivien? Gerade als sie ansetzte: »Nur noch einen Moment, Ben, ich brauche nur ein Messer, um deine …«, registrierte sie Bens panischen Blick. Reflexartig drehte sie sich um und sah im Schein ihrer Taschenlampe gerade eben noch Johanna Ingwersen auf sich zustürzen, bevor ihr Körper mit Strom durchzogen wurde und sie bewusstlos zu Boden sank.

*Nun kommen die vielen Weihnachtsbäume
aus dem Wald in die Stadt herein.
Träumen sie ihre Waldesträume
wieder beim Laternenschein?*

*Könnten sie sprechen! Die holden Geschichten
von der Waldfrau, die Märchen webt,
was wir uns erst alles erdichten,
sie haben das alles wirklich erlebt.*

*Da steh'n sie nun an den Straßen und schauen
wunderlich und fremd darein,
als ob sie der Zukunft nicht trauen,
es muss doch was im Werke sein!*

*Freilich, wenn sie dann in den Stuben
im Schmuck der hellen Kerzen stehn,
und den kleinen Mädchen und Buben
in die glänzenden Augen sehn.*

*Dann ist ihnen auf einmal, als hätte
ihnen das alles schon mal geträumt,
als sie noch im Wurzelbette
den stillen Waldweg eingesäumt.*

*Dann stehen sie da, so still und selig,
als wäre ihr heimlichstes Wünschen erfüllt,
als hätte sich ihnen doch allmählich
ihres Lebens Sinn enthüllt;*

Als wären sie für Konfekt und Lichter
vorherbestimmt, und es müsste so sein,
und ihre spitzen Nadelgesichter
sehen ganz verklärt darein.

(Weihnachtsbäume, Gustav Falke)

EPILOG:

MITTWOCH, 24. DEZEMBER 2014

12:33 Uhr

Hauptkommissar Benjamin Rehder brummte der Schädel, doch dieses Gefühl kannte er inzwischen, wenn er nicht gerade schlief. Er war eben aufgewacht, hatte die Augen aber schnell wieder geschlossen. Das helle Licht, das ihn umgab, hatte ihn geblendet und sofort heftige Schmerzen in seinem Kopf hervorgerufen. Gleichzeitig war er aber fast dankbar für diesen Schmerz, der schnell in das allgegenwärtige Brummen übergegangen war, denn er wusste, dass er von einem hell gestrichenen und sterilen Krankenhausraum herrührte. Andererseits – wusste er es wirklich? Vielleicht hatte er auch das nur geträumt – wie so vieles auf seinem Gefangenenlager.

Als er das letzte Mal aufgewacht war, hatte sich jemand an seinem Arm zu schaffen gemacht. Er war sich sicher gewesen, dass sie es war, doch dann hatte er zwei Stimmen gehört, die sich gedämpft miteinander unterhielten. Er kannte die Stimmen nicht. Es waren eine männliche und eine weibliche. Zwei oder drei Mal war sein Name gefallen. Aus den weiteren Gesprächsfetzen hatte er geschlossen, dass er sich im Klinikum Lüneburg befand. Seine letzte

Erinnerung war die, dass Johanna Ingwersen ihm das Frühstück gebracht hatte, dann jedoch Katharina von draußen laut seinen Namen gerufen hatte. Er hatte versucht aufzustehen und dafür seine Bettdecke zur Seite geworfen, doch um auf die Beine zu kommen, war er zu schwach gewesen. Dennoch hatte er Johanna das Tablett aus der Hand schlagen können. Sie hatte sich sofort auf ihn gestürzt und aus einer ihrer tiefen Kaftantaschen den Paketkleber geholt. Damit hatte sie ihn auf grobe Weise gefesselt, und dann hatte sie ihm die Serviette in den Mund gestopft. Sie hatte sich dabei bei ihm entschuldigt und immer wieder gesagt, dass müsse sein, bis die Hexe endgültig besiegt sei. Kurz darauf hatte er gehört, wie das Schloss der schweren Eisentür geknackt wurde, und dann hatte auch schon Katharina im Schein einer Taschenlampe im Raum gestanden. Er hatte sie warnen wollen, dass Johanna sich im Dunkeln versteckt hatte, doch dann war es zu spät gewesen. Johanna Ingwersen hatte Katharina mit dem Elektroschocker außer Gefecht gesetzt. Die Kommissarin hatte das Bewusstsein verloren. Danach hatte sich die Irre wieder ihm zugewandt und ihm eine ihrer Spritzen verpasst. Wie immer hatte sich daraufhin sofort ein schwarzes Nichts in ihm ausgebreitet, und das Nächste, was er wieder mitbekommen hatte, war das Gespräch der zwei Stimmen gewesen. Aber wenn die Stimmen und das Krankenhauszimmer kein schöner Traum waren, sondern Wirklichkeit – wie war er dann befreit worden? Und was war mit Katharina?

Ben zuckte zusammen, als er ein Klopfen vernahm. Vorsichtig öffnete er nun doch die Augen. Sofort musste er wieder blinzeln, und das Licht drückte auf seine Pupillen. Dennoch behielt er die Augen offen. Noch erkannte er alles nur wie mit einem Schleier belegt. Schräg rechts von ihm war eine Tür, die sich langsam öffnete. Sein Herz machte einen Sprung, als ein roter Wuschelkopf sich durch den Spalt schob und hineinlugte.

Als Katharina sah, dass Ben wach war, betrat sie das Krankenzimmer und schloss die Tür hinter sich. Im Arm hielt sie einen sehr kleinen Tannenbaum in einem Tontopf, der sogar ein paar winzige, bunte Kugeln trug. Eigentlich hatte sie für so etwas überhaupt nichts übrig, doch als sie ihn gestern Abend auf ihrem Weg nach Hause in einem Blumenladen entdeckt hatte, hatte sie ihn spontan mitgenommen. Vorsichtig stellte sie das Bäumchen auf die Fensterbank von Bens Einzelzimmer. »Geht ja nicht, dass es hier so ganz unweihnachtlich zugeht«, sagte sie lächelnd und trat auf das Krankenbett zu. Als sie ihre Hand auf Bens Arm legen wollte, merkte sie sofort, wie er instinktiv zurückzuckte. »Entschuldige, wie dumm von mir«, sagte sie erschrocken und trat einen Schritt zurück.

»Schon okay«, sagte Ben mit belegter Stimme. »Ich muss mich nur erst neu dran gewöhnen, wieder normale Menschen um mich zu haben. Setz dich doch zu mir! Es ist schön, dich so lebendig und gesund zu sehen.«

Katharina zog einen Stuhl heran und setzte sich. »Ja, nicht wahr? Ich hab ja auch nur ein bisschen Strom abbekommen. Danach brauchte ich ein wenig Ruhe und dann war es das. Aber was viel wichtiger ist: Wie fühlst du dich?«

»Nach wie vor etwas vernebelt«, antwortete Ben. »Das kommt sicher noch von diesem Teufelszeug, das sie mir ständig gespritzt hat. Und ehrlich gesagt, es fügt sich erst jetzt so allmählich wieder alles in meinem Kopf zusammen. Das geht mir zu langsam. Bringst du mich vielleicht erst mal auf den aktuellen Stand?«

Katharina lächelte. Scheinbar wollte Benjamin so normal wie möglich behandelt werden und sofort zur Tagesordnung übergehen. Wahrscheinlich war das seine Art, gewisse Dinge zu verarbeiten. Katharina tat ihm gern den Gefallen: »Ich seh schon, mein Chef ist bereits fast wieder im Dienst. Ich weiß zwar nicht, ob das wirklich gut für dich ist, aber okay – ich wäre ja genauso.«

So knapp und undramatisch wie möglich schilderte Katharina die Ereignisse der letzten Wochen aus ihrer Sicht. Als sie den Namen »Rumpelstilzchen« das erste Mal erwähnte, zog Ben die Augenbrauen hoch. »Rumpelstilzchen? Stimmt, so hat sie sich auch mir gegenüber mal ganz am Anfang genannt. Als ich noch nicht wusste, wer sie war. Die ist einfach nur irre!«

Während Katharina die weiteren Vorkommnisse beschrieb, schwieg er und schüttelte nur ab und an müde den Kopf. Nachdem Katharina bei der Rettung von Ben angelangt war, sah sie ihn unsicher an. »Ich möchte eines jetzt gleich loswerden, Ben. Es … es ist mir wahnsinnig unangenehm, dass ich in deinem Privatleben herumstochern musste, und dabei sicher Dinge erfahren habe, die du mir freiwillig nicht erzählen würdest, aber …«

Ben hob unter Mühen die Hand, um Katharina zu stoppen. »Hey, hör auf, Katharina! Du hast mir damit vermutlich das Leben gerettet. Ich weiß ja nicht, ob diese Verrückte mich getötet hätte, aber das, was sie wohl eigentlich mit mir vorhatte, wäre schlimmer gewesen als der Tod. Dir muss überhaupt nichts unangenehm sein, und ich will darüber nie wieder etwas hören – verstanden?«

Dankbar lächelte Katharina: »Verstanden, Chef!«

»Gut, dann hilf mir jetzt mal bitte das Rückenteil von diesem blöden Bett hochzustellen. Hier so flach vor dir zu liegen, noch dazu in diesem wunderschönen Krankenhausnachthemd, hat mit Chef sein nämlich wenig zu tun. Außerdem hab ich in den letzten Wochen mehr als genug gelegen. Wenigstens halbwegs sitzen wäre jetzt das Größte.«

Katharina half Ben, sich im Bett aufzurichten, stellte das Rückenteil schräg und schüttelte ihm das Kissen zurecht, bevor er wieder zurücksank. »Sehr viel besser«, sagte er, und trank einen Schluck Wasser aus dem Glas, das neben dem Bett auf dem Tisch stand. »Was ist mit Johanna Ingwersen?«

Katharina sah ihn ernst an. »Nachdem Vivien sie überwältigen konnte … Ach ja, zu der neuen Kollegin muss ich dir übrigens noch ein bisschen was erzählen, eigentlich war sie es nämlich, die dir und mir das Leben gerettet hat. Die sollten wir im Auge behalten, die ist wirklich gut!«

»Machen wir, immerhin hat sie mich nackt gesehen«, versuchte Ben einen Scherz, konnte Katharina dabei jedoch nicht in die Augen sehen. Auch ihr war die Situation unangenehm und so fuhr sie schnell fort: »Also, Vivien konnte sie überwältigen. Und ich war zum Glück auch relativ schnell wieder auf den Beinen. Als die Ingwersen dann allmählich ihre Niederlage erkannte, hat sie plötzlich geredet wie ein Wasserfall. Als wollte sie sich ihr Handeln von der Seele reden. Sie hat alles komplett gestanden und geschildert, dass sie diese ganze Entführung, wenn man es denn so nennen kann, lange und ausführlich geplant hat. Mich hatte sie erst auf dem Kieker, nachdem sie mich bei dir an dem Abend gesehen hatte, als wir den Abschluss unseres Falles gefeiert haben. Sie hatte Angst, dass ich dich ihr wegnehme.« Hier machte Katharina unwillkürlich eine Pause. Als sie es merkte, fuhr sie schnell fort: »Das hat sie dann aber wohl zum Anlass genommen, ihren Plan endlich in die Tat umzusetzen. Die ganze Hexen-Nummer und die Fragen, die hat sie sich allerdings erst dann zusammengesponnen, um mich in ihre kranke Geschichte mit einzubeziehen. Eigentlich unglaublich … Auf jeden Fall hat sie sich direkt an jenem Abend noch ins Haus geschlichen, und während du mich an der Tür verabschiedet hast, hat sie dir K.-o.-Tropfen in den Rotwein gekippt, um dich später in den Kellerraum zu schaffen. Sie war, wie es scheint, immer schon mal durch ein etwas merkwürdiges Verhalten aufgefallen, aber der Tod ihres Vaters hat sie wohl vollkommen aus der Bahn geworfen.« Katharina machte eine Pause und dann sagte sie fast entschuldigend: »Und in dich hat sie sich verliebt. Schon vor einigen Jahren. Du solltest in Zukunft irgendwie die Rolle ihres Vaters übernehmen und gleichzeitig ihr Mann sein. Wir haben in ihrem Haus die ganzen alten Sachen von ihrem Vater gefunden, inklusive einem ganzen Praxisbestand an Medikamenten, Spritzen und so weiter. Dass der Allgemeinmediziner war, weißt du ja sicherlich.«

»Klar«, antwortete Ben. »Ich kenn den alten Ingwersen ja noch. Ich war sogar auf seiner Beerdigung. Aber dass seine Tochter so abgedreht ist, ist mir nie aufgefallen. Okay, sie war immer ein bisschen schräg und hat mich, wenn ich ihr mal mit irgendwas geholfen hab, immer gleich belagert und so. Aber für mich war das ein Nachbarschaftsdienst, wie man das halt so macht bei einer alleinstehenden Frau.« Er schüttelte erneut ungläubig den Kopf. »Dass man sich so täuschen kann, noch dazu als Bulle!« Er lachte etwas bemüht auf.

»Na ja«, fuhr Katharina fort, »dir gegenüber hat sie sich aufgrund ihrer Zuneigung zu dir offensichtlich anders verhalten als es sonst ihre Art war. Jedenfalls hat sie uns in aller Ausführlichkeit geschildert, wie sie euer zukünftiges, gemeinsames Leben geplant hatte. Und dann kam die Erkenntnis, dass dieser Traum nun zerplatzt ist, offensichtlich erst richtig bei ihr an. Da ist sie komplett ausgerastet. Die Details erspare ich dir. Wir mussten sie auf jeden Fall direkt in die Psychiatrie bringen lassen. Und ich bin mir fast sicher, dass sie da nach dem Prozess auch wieder landen wird.« Katharina merkte, dass Ben müde wurde. »So, und jetzt noch schnell ein paar erfreulichere Nachrichten: Ich soll dir ganz liebe Grüße von Alex, Julie und Leonie ausrichten. Sie werden dich morgen besuchen kommen. Deine Eltern und Bene wollen nachher noch vorbeischauen.«

»Meine Eltern?«, fragte Ben erschrocken. »Die sind doch im Urlaub. Ich habe gehofft, sie hätten von der ganzen Geschichte gar nichts mitbekommen.«

Katharina schüttelte den Kopf. »Wir mussten sie informieren, Ben, es ging nicht anders. Und dann sind sie natürlich zurückgekommen, sobald es ihnen möglich war. Sie sind gestern Vormittag gelandet und wir haben sie direkt informiert, nachdem wir dich in Sicherheit wussten. Es geht ihnen gut. Sie haben das alles ziemlich gut verkraftet. Vermutlich, weil dein Vater selbst Polizist war. Mach dir um sie keine Sorgen.« Dass sie nicht nur Bens Eltern, sondern auch Bene, Julie und Leonie am frühen Abend zum gemeinsamen Weihnachtsessen sehen würde, verschwieg sie. Sie fand, diese Information passte jetzt grad nicht hierher. Auch von seiner Exfrau erzählte Katharina Ben vorsichtshalber noch nichts. Von ihrer Rückkehr würde er sicher ohnehin bald erfahren, doch Katharina hoffte, dass Simone ihm noch ein bisschen Zeit lassen würde, sich zu erholen. Als sie sah, dass Ben die Augen zufielen, erhob sie sich und stellte vorsichtig den Stuhl wieder zurück. Fast zärtlich sah sie Ben an und flüsterte: »Ich bin so froh, dass wir dich wiederhaben, Ben! Da war es die ganze Zeit viel zu warm für einen Dezember, und trotzdem war es die eisigste Vorweihnachtszeit, die ich je erlebt habe.« Mit leisen Schritten ging sie zur Tür. Sie drückte den Griff herunter und drehte sich noch einmal um: »Frohe Weihnachten, Ben!«, murmelte sie leise, bevor sie das Zimmer verließ und sich auf den Weg nach Hause machte.

Jedem ENDE wohnt ein ANFANG inne …

DANKSAGUNG

Nachdem wir nun den 3. Lüneburg-Krimi gemeinsam geschrieben haben, kann ich mich nur wiederholen: Danke, Claudia, dass du damals die Dinge beim Namen genannt hast – eine bessere Schreibfreundin kann ich mir nach wie vor nicht vorstellen.

Als wir dieses Buch geplant hatten, hatte ich noch nichts von den »runden Zeiten« geahnt, in denen ich mich während des Schreibprozesses wiederfinden würde. So ist manches Mal einiges zum Erliegen gekommen. Insbesondere auch deswegen möchte ich an dieser Stelle allen Freunden, Kollegen, dem Gmeiner-Verlag und vor allem meiner Familie für ihr Verständnis danken. Obwohl der Inhalt nichts mit ihr zu tun hat, wird »Eisheide« für mich immer mit dieser ganz besonderen Zeit zusammengehören. Nicht anders wird es sicher meinem Mann Oliver und unseren drei Großen gehen – unserem Kleinsten wohl eher nicht, trotzdem er die erste Zeit seines Lebens auf meinem linken Arm verbracht hat, während ich mit der rechten Hand geschrieben habe. Schon Goethe wusste: »Von den Kindern kann man leben lernen und selig werden.« Ich darf das jeden Tag durch euch Vier erfahren … Kurz und gut: Danke für euch. Ihr seid im wahrsten Sinne des Wortes wunderbar!

Kathrin Hanke

Was für ein Jahr! Für unsere Leser scheint – erfreulicherweise – ein Jahr Wartezeit bis zur nächsten Fortsetzung immer viel zu lang, doch am Schreibtisch sind diese Monate geradezu davongeflogen. Es war sicher kein unbeschwertes Jahr, doch am Ende siegte wieder einmal das Glücksgefühl, das fertige Manuskript in den Händen zu halten. Danke, liebe Kathrin – für ein weiteres aufregendes, anstrengendes, viel zu kurzes aber dafür so intensives Jahr! Ich freu mich schon jetzt wie verrückt auf das nächste gemeinsame Schreiberlebnis mit allem, was dazu gehört!

Aber auch ich möchte mich diesmal ganz besonders bei vielen lieben Menschen bedanken: Danke, Andreas – für unglaublich viel Verständnis und Unterstützung in einer Zeit, in der du selbst ganz andere Dinge zu bewältigen hattest! Und ich danke meinen Eltern für den Rückhalt, die aufmerksamen Hinweise und die ehrliche Kritik. Hella – was soll ich sagen: Danke! Und damit meine ich nicht nur deine fachliche Unterstützung. Ich bin so froh, dass es dich gibt! Und dann sind da noch all die anderen wichtigen Menschen in meinem Leben, Familie und Freunde, die einfach fabelhaft sind, weil sie da sind und immer Verständnis haben für zeitliche Engpässe, spontane Müdigkeitsanfälle und so manches andere. Die unvergesslichen gemeinsamen Stunden mit euch – hier geht mein spezieller Dank an Wolfgang und Edda sowie Constanze und Carsten – haben mich immer wieder jeden noch so großen Stress sofort vergessen lassen. Es ist so schön, euch zu kennen!

Claudia Kröger

Gemeinsam gilt unser erster Dank auch diesmal unseren inzwischen so vielen treuen Leserinnen und Lesern. Es ist so schön, bei den Lesungen mittlerweile bereits bekannte Gesichter im Publikum zu entdecken – sozusagen unsere Wiederholungstäter! Ob Lob, Kritik oder Anregungen – der direkte Austausch macht uns viel Spaß und ist ehrlich wertvoll.

Außerdem möchten wir uns bei Jan Orthey, Sylvia Anderle und dem gesamten Team von Lünebuch – der Buchhandlung am Markt in Lüneburg, der lieben Familie Patz von der Buchhandlung Patz in Bienenbüttel und bei Katja Poppner und ihrem Team von der Buchhandlung Hanstedt für großartig und liebevoll organisierte Lesungstermine bedanken!

Hella, dir gilt erneut unser Dank für deine fachliche Manöverkritik bei allem, was die Polizeiarbeit betrifft und Tine, dir danken wir für einen weiteren tollen Trailer, der unsere Geschichten zum Leben erweckt.

Natürlich möchten wir uns für die Unterstützung von unserer Lektorin Claudia Senghaas und den vielen engagierten Mitarbeitern des Gmeiner-Verlags bedanken, die es überhaupt erst ermöglicht haben, dass wir hier nun schon unseren 3. Lüneburg-Krimi in den Händen halten dürfen!

Kathrin Hanke & Claudia Kröger

Weitere Krimis finden Sie auf den folgenden Seiten und im Internet:

WWW.GMEINER-SPANNUNG.DE

K. HANKE / C. KRÖGER
Heidegrab

978-3-8392-1597-5 (Paperback)
978-3-8392-4483-8 (pdf)
978-3-8392-4482-1 (epub)

»Katharina von Hagemanns neuer Fall lässt in die Abgründe menschlicher Seelen blicken, grausam spannend bis zum Schluss.«

Mitten in den Vorbereitungen für das Lüneburger Stadtfest muss Katharina von Hagemann sich mit grausigen Funden auseinandersetzen: Menschliche Körperteile werden in und um Lüneburg entdeckt. Wer treibt hier sein sadistisches Spiel? Wird in der sonst so idyllischen Hansestadt jemand qualvoll zu Tode gefoltert? Ein Zufall bringt die Kommissarin auf eine verstörende Spur und lässt sie die verworrenen Zusammenhänge hinter diesem brutalen Fall erahnen. Doch kann sie ihn auch aufklären?

Das Neueste aus der Gmeiner-Bibliothek

Unsere Lesermagazine

Bestellen Sie das kostenlose KrimiJournal in Ihrer Buchhandlung oder unter www.gmeiner-verlag.de

Informieren Sie sich …

www … auf unserer Homepage:
www.gmeiner-verlag.de

@ … über unseren Newsletter:
Melden Sie sich für unseren Newsletter an unter www.gmeiner-verlag.de/newsletter

f … werden Sie Fan auf Facebook:
www.facebook.com/gmeiner.verlag

Mitmachen und gewinnen!

Schicken Sie uns Ihre Meinung zu unseren Büchern per Mail an gewinnspiel@gmeiner-verlag.de und nehmen Sie automatisch an unserem Jahresgewinnspiel mit »mörderisch guten« Preisen teil!